소련기행 · 농토 · 먼지

이태준 문학전집 4

소련기행 · 농토 · 먼지

소련기행 • 농토 • 먼지

『이태준문학전집 4 · 소련기행 • 농토 • 먼지』를 내면서

　　상허 이태준(尙虛 李泰俊)은 우리 근대문학에서 단편소설의 진수를 보여준 작가이다. 그는 1930년대 '구인회'를 주도하면서 카프(KAPF)의 정치주의적 문학행위를 지양하고자 노력하는 한편, 박태원 · 이상 등과 함께 근대문학의 형식과 문체확립에 뚜렷한 공적을 남긴 것으로 평가된다. 이른바 '암흑기'였던 일제말기에는 순수문예지 《문장》의 실질적 책임자로서 국문학 발전과 후진양성에 남다른 열정을 보여주기도 하였다. 문학의 자율성과 예술성을 상실하지 않으면서도 사회 현실의 문제를 외면하지 않았던 그의 단편소설은 소설사에서 30년대를 대표하는 것으로 인정받고 있으며, 장편소설 또한 통속성과 계몽성을 조화시킨 것으로 평가되고 있다.

　　이태준은 당대에 가장 널리 읽혀진 작가였으나 해방 후의 월북으로 말미암아 그에 대한 관심과 평가는 한동안 정곡을 잃을 수밖에 없었고, 전후 세대들에게는 복자(覆字)로 가리워진 익명의 존재로 남아있었다.

1988년 월북작가에 대한 해금조치를 전후로 하여 이태준에 대한 문단과 학계의 관심이 집중되면서 그의 작품이 본격적인 조망을 받기 시작한 것은 그나마 다행한 일이라 하겠다.

이태준 문학이 지닌 문학사적 성과와 문제성을 고려할 때 정본이라 할 만한 이태준전집이 나오지 않은 것은 여간 아쉬운 일이 아니다. 물론 지금까지 간행된 이태준전집이 전문연구자나 일반 독자에게 이바지한 공적은 간과할 수 없지만, 그것들은 판본 문제나 체제에 있어서 적지 않은 문제점을 드러내고 있기 때문이다.

'상허문학회'는 이러한 문제의식을 공유하면서 우선 철저한 원본검토와 여러 판본의 대조를 통해서 기존 판본의 문제점을 최소화하려 노력하였으며, 이제까지 경시되었던 수필과 기행문, 월북 후의 작품을 총망라하여 명실상부한 이태준전집이 되도록 편성하였다. 또한 각 권마다 해설과 낱말풀이를 덧붙여 일반 독자의 이해를 돕고자 하였다.

총 18권으로 기획된 『이태준문학전집』은 실존적 개인의 문학을 총집결한 것일 뿐만 아니라 1930년대 소설의 중요한 성과를 묶은 것이라는 점에서 주목받을 수 있을 것이다. 이 전집이 이태준에 대한 일체의 선입견을 불식하고 그의 문학과 인간을 총제적으로 조감할 수 있는 계기가 되기를 바라며, 독자들의 소중한 재산으로 기억될 수 있기를 희망한다.

『이태준문학전집』편집위원

차 례

일러두기

1. 이 책은 「이태준문학전집 4권」으로, 『소련기행』은 1947년 5월 조소문화협회. 조선문학가동맹 발행본, 『농토』는 1948년 8월 三星文化社 발행본, 『먼지』는 1950년 2월 북한에서 발행한 「문학예술」에 실렸던 작품으로, 1997년 「민족문학사연구」 10호에 실렸던 김재용 발굴작품을 판본으로 삼았다.

2. 표기는 현대표기법으로 고쳤으나 대화나 독백은 원문의 구어, 방언 등을 살려 그대로 두었으며 바탕글에서도 방언이나 확실히 그 뜻을 알 수 없는 낱말들은 그대로 두어 원문의 분위기를 해치지 않으려 하였다. 지금의 문법에 어긋나는 몇몇 어미, 조사, 낱말 들도 당시의 언어 쓰임새를 보여준다고 판단되어 그대로 두었다.

3. 띄어쓰기는 현행 맞춤법표기로 하였다.

4. 원본의 한자는 한글로 바꾸거나 ( )안으로 처리하였고, 뜻풀이가 필요한 낱말 등은 《어휘해설》로 풀어 넣었다.

소련기행

蘇聯紀行

李泰俊 著

朝蘇文化協會·朝鮮文學藝術同盟 発行

소련기행

서

이제 우리도 대외관계가 정궤(正軌)에 오르면 어느 나라보다 중국과 소련은 한번 가보고 싶었다. 중국은 우리 문화의 과거와 연고 깊은 나라요 소련은 우리 문화의 오늘과 장래에 지대한 관계를 가질 사회이기 때문이다. 그런데 소련부터 가는 것이나 그 기회가 이처럼 속히 있을 줄은 뜻밖이였다.「평양 조소문화협회」에서 사절단이 가는 데 동행할 수 있다 하여 아모 준비도 없이 떠났던 것이다.

과거 많은 사회사상가들은 결함 많은 인류사회를 개조해보려 여러 가지 꿈들을 꾸어왔다. 그러나 하나도 실현은 없이 꿈대로 사라지고 말었으나 이 모든 꿈들의 토대에서 솟은 맑스와 레닌의 꿈은 이미 지구의 최대륙 위에 건설되었고 전 인류의 가장 밑바닥에 깊은 뿌리를 박어놓은 것이다. 낡은 세상에서 낡은 것 때문에 받던 오랜 동안의 노예생활에서 갓 풀린 나로서 이 소련에의 여행이란, 롱(籠) 속에서 나온 새의 처음 날으는 천공(天空)이었다.

나는 참으로 황홀한 수 개월이었다. 인간의 낡고 악한 모든 것은 사라졌고 새 사람들의 새 생활, 새 관습 새 문화의 새 세계였다. 그리고도 소련은 날로 새로운 것에도, 마치 영원한 안정체 바다로 향해 흐르는 대하(大河)처럼 끊임없이 나아가고 있었다.

이런 소련은 멀리 있는 것도 아니었다. 평양서도 공로(空路)로 세 시간 남짓하면 그곳 하늘로서 울연한 고층시가와 임립(林立)한 공장굴둑의 「우라디오스도크」를 기익(機翼) 밑으로 나려다볼 때, 저런 큰 현실이 우리 코 닿을 데 놓여있다는 것은, 우리는 지도에서도 전혀 본 적이 없은 것처럼 놀라웠다. 일제(日帝)는 이 위대한 새 세계의 출현을 그 편린이라도 우리가 주목할까보아 얼마나 악랄한 경계를 해왔던 것인가!

소련이란, 사회주의의 16개국가의 연방, 표준시간이 수십 처(數十處)나 다르고, 70여 이민족어(異民族語)의 출판이 쏟아지는 곳이다. 이 광대한 천지를 고루 다녀볼 수는 없었으나 모스크바 대외문화협회의 자세하고 친절한 인도로, 제도의 중요시설과 문화로 전후부흥(戰後復興)으로 볼만한 도시들은 일별한 셈이요 역사 오랜 민족의 공화국도 두어 곳 가보았다. 여기 약간의 솔직한 감상은 나의 것으로 비판되려니와 먼저 나는 내 눈에 비친 것을 주로 묘사에 옮겨 현상을 현상대로 전하기에 명념(銘念)하였다. 이것이 저 위대한 새 인간사회의 실상과 과히 동뜨지 않어 우리의 민주조선건설과 나아가 소련인민과 조선인민의 친선을 위해 얼마라도 이바지된다면 나로서 얼마나 분외의 영광이랴.

끝으로 소련의 원동군단(遠東軍團)과 조선 주둔군의 여러분과 모스크

바, 에레완, 트비리씨, 레닌그라드 대외문협 여러분의 후의를 깊이 감사
한다.

1946년 11월 귀로
구월산하(九月山下)에서 저자

첫 날

8월 10일. 감격, 새로운 8·15의 첫돌이 며칠 남지 않았다. 거리거리에 솔문이 서고 광장마다 기념탑이 서고 군데군데 사람들이 웅성거리고, 옛 고구려의 서울은 여러 세기 만에 이 시민들의 진정에서의 성장을 해보나 보다.

대동강물은 그저 붉게 흐르나 비행장의 하늘은 여러 날 기다린 보람 있게 맑게 개여있었다.

우리를 실어갈 쌍발대형기의 나래 아래서 주둔 소련군사령장관 치스쨔꼬프대장은, 우리의 일로평안을 빌었고, 자기 나라에 가면 무엇보다 그동안 일본의 대소선전(對蘇宣傳)이 옳았는가 옳지 못하였는가를 보아달라 하였다. 떠나며 보내는 굳은 악수와 조소친선(朝蘇親善)을 위해 높이 부르는 만세소리를 뒤로 남기고, 우리는 비기(飛機) 두 대에 분승, 영시 25분에 이륙하였다.

비행장에 둘러선 수백 인사의 환호는 푸로펠라 소리에 태극기와 적기(赤旗)를 휘두르는 모양들만 돗뵈기에 스치듯 어릿어릿 지내쳤다. 시선은 이내 수평이 소용없어진다. 솔개미의 신경으로 물상(物象)의 정수리만 내려 더듬어야 하니, 나는 이 눈선 수직풍경에 우선 당황해졌다. 처음 보는 대동강을 지나 모란봉(牡丹峯)도 한줌 흙만한 것을 지나 큰 집이라야 골패짝만큼씩한 시가가 한편 귀가 번쩍 들리며 회전한다. 평양에 익지 못한 나는 어디가 어디인지 한 군데 알어볼 수 없다. 강이 또 하나 나오더니 이번엔 비행장이 손바닥만하다. 평양을 한 바퀴 돌은 것이었다. 조 좁은 비행장에서 어떻게 날렀나싶게 우리는 이미 고공에 떠있었다. 다시 모란봉 위를 지나서야 기수는 동북간을 향하고 그린 듯한 균형 자세를 취한다.

높이 뜨니 가는 것 같지 않은데 잠간 사이에 실개천같이 가늘어진 대동강 상류가 어느 산갈피에 묻혀버리고 웅긋중긋 산봉우리들이 몰려들었다. 기체가 주춤거리며 때로 기웃둥거림은 양덕(陽德), 맹산(孟山) 우으로 조선의 척량(脊樑)을 넘는 것이었다.

구름들이 고왔다. 함박눈에 씌운 나무들이 정원에 둘러선 것 같았다. 어떤 것은 기익(機翼)에 부딪쳐 폭삭 꺼지는 것 같고 어떤 것은 우리가 한참씩 시야를 잃고 그 속을 빠져나가야 했다. 이 눈부시게 흰 구름 속을 나오면 하늘은 몇 배 푸르렀다.

아, 해방된 조선의 하늘! 이 아름다운 청자하늘을 우리는 지금 날으고 있는 것이다! 농민, 노동자, 학자, 정치가, 예술가, 이렇게 인민 각 층에서 모인 우리가 농중에서 나온 새의 실감으로 훨-훨 날으며 있는 것이다. 권력의 독점자(獨占者)들만이 날을 수 있던 이 하늘을 오늘 우리 인민이 날으는 것은, 땅이 인민의 땅이 된 것처럼 하늘마저 우리 인민의 하늘이란, 새 선언이기도 한 것이다.

나는 맞은편에 앉은 농민대표, 호미 그것처럼 흙을 풍기는 거친 손의 윤영감을 바라보고 이 여행, 이 비행의 감격이 다시금 새로웠다. 농민도 학자도 다같이 비행기를 탈 수 있는 사회, 이 한 가지는 모-든 조건에 있어 비약이요 그 약속이기 때문에 실로 아름답고 꿈인가싶게 감격되지 않을 수 없었다.

「꿈꿀 힘이 없는 자는 살[生] 힘이 없는 자다!」

나치스독일과 가장 맹렬히 싸운 작가 에룬스트 톨라-가 어느 작품 서두에 써놓은 말이다. 지금 우리가 이런 꿈같은 화려한 양식으로 찾어가는 쏘비에트야말로 위대한 꿈이 실현되며 있는 나라가 아닌가!

어느덧 분수령을 넘은 듯 계곡은 모다 동으로만 뻗어나갔다. 군데군데 산등어리에 버즘먹는 화전과 공중에서 우박 뿌려지듯한 무덤들이 자연의 두창(痘瘡)처럼 보기 싫었다. 기다리던 것보다 빠르게 바다가 나오는데 그는 기차에서보다 더 여성으로 보였다. 녹정불가타(綠淨不可唾)로 검불 한 오리 떨어트리어도 상채기 날 듯한 이 미인바다는 버섯 돋듯한 섬들을 보여주며 흥남(興南) 단천(端川)의 항만과 공장들을 보여주다가 그만 웅기만(雄基灣) 일대에 이르러서는 구름 속에 숨기 시작했다. 청진(淸津) 인 듯한 항도의 일부가 슬쩍 지내치고는 기하(機下)는 완전히 구름바다로 바뀌고 말았다.

이내 국경일 것인데 국경이라도 두만강, 우리 민족이 피와 눈물이 가장 많이 흐른 두만강일 것인데 여기를 구름 때문에 우리는 분별없이 지날 수밖에 없었다. 생활을 찾어 간도로, 연해주로, 우리 선인들이 가장 많이 헤매인 국경이며, 3·1운동 이후 우리 민족의 영웅들이 가장 많이 그 피 흐르는 발로 넘나든 데가 이 국경일 것이다. 김일성장군이 그 반생을 동구서치(東驅西馳)하던 빨치산 무대의 일부가 지금 우리 발밑에 있을 것이요, 이번 우리 민족해방의 선구 붉은군대도 이 두만강을 건너 들어왔던 것이다. 더구나 나 자신은 남몰래 다감(多感)한 바 있었다. 이(李)왕조가 넘어질 무렵, 보수세력에 밀린 개화사상의 일 청년(一靑年)이던 내 선친께서는 여섯 살 난 나를 이끌고 이 국경을 넘으셨고, 간도 일대를 중심으로 개화운동을 재기시켜보려던 꿈은 안은 채, 바로 합방되던 해,

연해주 해변 「아지미」인가 「시지미」인가 하는 일 고촌(一孤村)에서 그만 기세(棄世)하시고 말은 것이다. 내가 이조풍(李朝風)의 당기 땋어 늘이었던 머리꼬리를 구라파식 니켈가위로 짤러버린 곳도 이 국경 넘어 「우라디오스도크」에서였다. 감개무량한 국경 일대는 끝끝내 구름에 덮여있었다.

"쏘련이다!"

누가 웨치었다. 구름이 한편 트인 것이다. 우리는 그쪽으로 몰리었다. 큰 호수와 밍숭밍숭한 초원인데 전답이 없이 계절만 살찌는 여유있는 자연이 벌써 눈에 설은 풍경이었다. 흰 벽의 양관(洋館)들과 함선 많은 항만들이 온전히 이국적이다. 기수는 자조 방향을 바꾸더니 고층건물이 무데기로 드러나고 공장연기 자욱히 엉킨 「우라디오스도크」는 전 소련에서 「따스겐트」와 제 3위를 다투는 대도시라 한다.

무슨 밭인지 얼레로 빗긴 것 같은 것은 기계농장일 것, 무성한 임상(林床), 평화스러운 방목의 무리, 밭마다 누른 꽃이 해바래기인 것을 알어볼 수 있도록 낮어졌을 때, 한편으로 백색 양옥들의 시가가 보이며 비행장이 펼쳐졌다. 푸른 뻐쓰, 그 옆에 늘어선 군복과 위생복의 사람들, 쳐다보고 또렷하게 손들을 젓는다. 무슨 지붕엔지 스칠 듯 가라앉으며 우리 30호기는 33호기보다 앞서 소련의 첫 공항, 「워로실로브」에 안착하였다. 오후 4시, 여기 시각으로 오후 5시에, 이제 조선과 모스크바 사이에는 일곱 시간의 차가 있어 가끔 한 시간씩 뛰어야 할 것이었다.

산이라기보다 둥글둥글한 풀언덕을 미끄러져오는 바람이 평양에서보다 훨씬 써늘하다. 33호기도 이내 뒤를 이어 착륙하였다. 우리의 긴 여정을 인도해줄 풀소프소장과 강소좌 두 분을 아울러 27명인 우리 일행은 함경도 사투리의 조선인 장교도 한 분 끼인 소련 원동특립군단 제씨의 뜨겁고 정중한 환영인사를 받았다.

조선에 호역(虎疫)이 도는 관계로 조선서 오는 사람은 누구나 먼저 격리촌으로 가서 5, 6일 묵어보는 절차였다. 조선서 가지고온 음식은 죄다 처분해버리어야 하는데 한자리에서 다 없앨 수 없을 뿐더러 가장 오래두고 조선 입맛을 즐기려던 고추장을 버려야 하는 것을 가장 아까워들 했다. 입맛이란 것도 사상만치나 완고성 있는 것으로 외국 오는 사람들에게는 꽤 중요한 화제의 하나가 되는 것 같았다.

격리촌은 뻐쓰로 20분쯤 달리는 남쪽인데 「스이훈」이란 강변, 방목의 소떼만 오락가락하는 넓은 초원으로 2,30명씩 수용하는 큰 천막들로 이루어졌다. 몸은 목욕하고 짐은 소독하고 일행은 세 천막에 나뉘어졌다. 모기장의 이중천막이였고 바닥은 널마루요 꽃병 놓인 테이블들과 순백의 침대들은 야영이 아니라 피서지 호텔 같았다. 임시발전소가 있어 전등이 있고 어미에 「나」 「야」가 많아 정다운 어감인 모스크바 방송도 중간기둥에 매여달린 라디오에서 울리었다. 우리 천막에도 위생복을 입은 두 처녀가 나타나 시중을 들었다. 그들의 건강한 뺨들은 말을 통하지 못하기 때문에 더 잘 웃었다. 한편에 걸린 고전풍모의 초상을 물으니 「꾸뚜소브」라 했다. 귀에 익은 이름이다. 톨스토이의 「전쟁과 평화」에도 나오는 인물로 나폴레옹이 모스크바까지 쳐들어왔을 때 그들의 조국을 지켜준 명장이였다.

역시 천막인 식당에 가서, 나는 미리부터 목이 움치러든 것은 세 개씩이나 놓인 술잔에서다. 아닌 게 아니라 열주 워드카로 축배가 잦었다. 나는 포도주를 받았으나 그것도 잔마다 내는 수는 없다. 조선서 먹어보던 양식과 대차(大差) 없으나 스프가 대량인 것과 뻐터- 이외에도 치즈가 놓였고 기름에 지진 것이 많아 지방중점(脂肪重點)인 양식이였다.

저녁 후의 천막 밖은 상쾌하였다. 파도소리까지는 오지 않으나 바다에서 오는 안개가 낮게 흘렀고 어스름한 달빛에 우리가 처음 밟는 듯한 잔디와 크로버-의 풀밭에서 십여 명의 세스트라양들은 (간호학교를 나온

처녀들로 신변잡역까지 겸해 보살펴주는 여성들을 「세스트라」라 한다. 저자 주)
누가 청하기도 전에 소리를 높여 노래를 불렀다. 이내 저희끼리 춤도 추
고 나중에는 우리더러도 노래도 부르고 춤도 추자 하였으나 우리 일행에
는 사교춤 추는 사람도 없는 듯했다. 세스트라양들뿐 아니라 군의도, 식
당감독도 그들은 이 마당을 그냥 지나지 않았다. 같이 노래부르고 같이
어우러져 춤을 추었다. 자기네 노래를 모르면 조선노래라도 불러달라 했
고 한 사람이보다 여럿이 같이 부르는 노래와 같이 추는 춤을 보여달라
했으나, 우리는 여기 응할 노래도 춤도 생각나지 않았고 다만 「근년의 조
선민족은 얼마나 불행하게 살았나!」 하는 것이 다시금 깨쳐졌을 뿐이다.

　노래도 듣기만, 춤도 보기만 하던 우리는 다른 천막으로 들어가 스포
츠영화인 「세기의 개가」를 보게 되었다. 적광장(赤廣場)에 전개되는 16
공화국의 대 체육축전으로 스딸린대원수의 웃음 띤 「호호야(好好爺)」다
운 얼굴도 볼 수 있었다. 약간 곡예적인 데도 있으나 동작의 쾌속과 군중
의 기동미는 새 각도의 체육미였다.

　자정이 훨씬 지나서야 우리들은 침소로 돌아왔다. 불빛을 가리고 누
우니 아직 대패자국 새로운 마루와 테이블, 걸상들에서 오는 생나무 냄새
가 싱그러웠다. 아직도 어느 천막에서인지 노래소리가 흘러왔다. 일도 노
래하듯 하고 쉬는 시간은 아이들처럼 더욱 단순해지는 여기 사람들은, 싱
그러운 향기가 생나무에서만 아니라 그들에게서도 풍겨오는 것 같았다.

격리촌

소련에서의 첫 아침, 라디오에서 경음악이 가늘게 흘러왔고 천막이 바람에 꽤 세차게 펄럭거렸다. 남녀 두 의사의 간단한 회진을 받고 밖에 나오니 안개가 깃발 날리듯 하는데 삼방협(三防峽) 생각이 나게 이가 시리다. 마차가 날러오는 강물로 세수하고 조반 전에 나는 오락천막에 들리었다가 여기서 한 가지 놀랄 만한 사실을 발견하였다. 노어 신문잡지들 틈에 조선말 서적이 여러 권 놓여있는 것이다. 조선에서 간행된 것이 아니요 모다 초면인 이곳 출판인 것이다.

「전동맹공산당 강령과 규약」 1936년판

「스딸린과 붉은군대」 1936년 외국노동자 출판부판

「레닌의 유년 및 학생시대」 울리야노바 저 1937년 하바톱스크 원동 변강국립출판부판

「농촌사업에 대하여」 스딸린 저 1933년판

「파시즘에 반대하는 노동계급」 1935년판

「레닌선집」 1934년판

「1905년혁명에 대한 보고」 레닌 저

「당사업의 결점에 대하여서와 뜨로쯔끼파 및 기타 표리부동자들을

청산하는 방침에 대하여」 스딸린 저 1937년판

　「스딸린동무의 연설」 1935년판

　체홉동화 「까스딴까」 1937년판(정오표 부)

　까실동화 「별로모르아저씨와 알료사-랴잔이야기」 1936년판

　파제에브소설 「파궤」 김준 역 1934년판

　「고르키-단편집」 김춘성 역 1937년 외국노동자출판부판

　(내용, 첼까스, 매의 노래, 해연의 노래, 동무, 집행 등)

　기중 오랜 것이 1933년, 기중 새것이 1937년판인데 여기 있는 것은 「워로실로브」에서 구할 수 있는 것만 우리 일행을 위해 내다놓은 것이요 1933년 이후 외국노동자출판부를 중심으로 출판된 조선어의 사상, 문예서적은 6, 70종에 달하리라 한다. 조선 안으로 들여보낼 수가 없어 37년 이후는 중단되었다 하며 지질과 제본이 실질적이게 튼튼했고 백 페이지 넘는 것은 헝겊뚜껑을 썼다. 잠간 주독(走讀)해보아, 「매우 힘들었다」를 「모질게 바빴다」투의 함북 사투리가 많고 문맥이 유창치 못한 듯하나 태도만은 진실한 것이 느껴졌다. 물론 소련으로서 세계에 향한 중요과업의 하나였겠지만, 백여 종의 번역이란 번역자들의 노력도 쉬운 것이 아니였을 것이다. 특히 조선과 같이 국내에서 노예생활을 하고 있는 동포들을 위해 이미 입에 서툴러진 모어(母語)로 한 마디 한 줄씩 뇌이고 다듬고 했을 이 이역에서 고국을 향한 진실했던 침묵의 노력을 생각할 때 나는 가슴이 뜨거워졌다. 그리고 여기서 생각나는 것은, 이런 일에 응당 그분의 힘이 많았을 것 같은 포석(抱石) 조명희(趙明熙)씨였다. 나는 씨를 안 적이 없다. 그러나 나뿐 아니라 우리 문단 전체가 씨의 귀국을 고대하는 중이라 나는 그길로 강소좌를 찾어 혹 씨의 소식을 아느냐 물어보았다.

　포석선생은 십여 년 전에 하바롭스크에 있는 소련의 극동작가동맹에 부위원장으로 추대되였고 특히 조선문학도들을 지도해왔으며 조선인의

사범전문에서 교편도 잡은 일이 있었다는 것까지는 아나 그 후는 모른다 하였다. 이날 오전에는 어제 비행장에 마중나왔던 박장교까지 나타났기에 역시 씨의 거취를 물었으나 그도 그 이상 알지 못하였다. 앞으로 기회 있는 대로 더듬으려 하거니와 어려서부터 소련서 자랐다는, 이 박장교란 참말 유쾌한 군인이었다.

누구에게나 옛날 친구처럼 숭허물 없고 잠시도 재미있지 않고는 몸을 가만두지 못하였다. 춤은 자기가 워로실로브에서 제일 잘 춘다 했다. 그의 날씬한 체격은 사교딴쓰엔 교사의 면허가 있을 뿐 아니라 노서아의 여러 가지 복잡한 춤도 맥히는 것이 없는 듯했다. 여러 세스트라양들과 쉴새없이 춤을 추었고 그들을 웃기고 그들과 우리 사이에 통역을 재미있게 해주었다.

"어찌갱이, 조선서는 어째 춤으 앙이 추오?"

"보옵세, 어찌갱이, 이 가시나들과 무슨 말이든지 하랑이, 내 어찌갱이 고대루 통역으 하갓당이……"

박장교는 군소리 「어찌갱이」를 세 마디에 한 마디씩은 넣어가면서도 세스트라양들과 우리 사이에 명통역이 되였다.

귀엽게 생긴 처녀 하나는 좀 애조를 띤 「카츄샤노래」를 부르다 말고 우리 일행 중 한 청년에게, 「당신 결혼하였느냐」 물었다. 오히려 우리 청년이 얼굴을 붉히였을 뿐 그 처녀는 천연했다. 나는 그뒤에 읽었지만, 오쓰드롭쓰끼의 「어떻게 강철은 단련되였는가?」라는 혁명 후 가장 많이 읽힌 것이라는 소설에서 잠시 지나가버리는 인물이지만 「깔로츠까」라는 처녀의 성격에 흥미가 있었다. 그는 자기보다 훨씬 연소한 손풍금 잘 켜는 소년을 끌어안고 여럿이 노는 데서 이렇게 지꺼리기를 천연스럽게 하는 것이었다.

"애, 멋쟁이 손풍금쟁이야? 너 좀더 자라지 못한 게 한이로구나! 그랬드면 갈데없이 내 신랑감인데! 난 손풍금 멋들게 켜는 사람만 보면 그만 가슴이 스르르 녹는단다!"

이 귀염성스럽게 생긴 세스트라양도 박장교의 통역을 통해 나중에는 그가 마음에 든 듯한 우리 청년에게 「조선에 같이 가만 준다면 사랑하겠다」 하였고 「당신과 결혼해 아이를 낳는다면 이쁜 아이일 것이다」 했다.

그리고는 자기도 그제는 웃었지만 나는 여기서 웃음만이 아니라 좀 더 넌즈시 생각해볼 가치 있는 무엇이 있다고 믿었다. 내 많이 읽지 못한 노서아문학에서 일견 말괄량이 같은 「깔로츠까」나 이 세스트라양 같은 성격을 제정시대 문학에서는 그닥 본 기억이 없다. 이것은 노서아인의 젊은이뿐도 아니다. 조선인 박장교도 여성이면 「깔로츠까」일 수 있고 이 세스트라양일 수도 있는, 그런 구김살 없이 자라난 천진한 사람이요 감정에 솔직한 성격이다. 덮어놓고 무릎을 꿇리기만 하던 승려도 물러가고, 외식(外飾)만 가르키던 불란서인 「올드 미쓰」의 가정교사들도 물러가고, 관헌의 억압도 지주의 횡포도 다 사라져버린 새 사회 새 환경에서 자라난 사람들, 지금 30년 되는 쏘비에트에서 30미만의 청년들이야말로 무엇이고 우리와는 다른 새것이 일상생활에서도 어느 한 모로나 보여져야 할 것이다. 이 세스트라양과 박장교의 공통되는 일면, 그 일면이 우리들과는 공통적으로 다른 것, 나는 이것이 쏘비에트에서 환원되며 있는 인간의 잃어버리었던 고귀한 소질의 하나가 아닌가 싶어, 차츰 이곳 사람들에게 흥미와 기대가 커지었다.

박장교는 자진해 우리에게 노어와 딴쓰를 배워주마 하였다. 일행의 거의 전부가 그를 따라 축음기 있는 천막으로 왔다. 라디오 체조도 몇 번 배우려다 동작이 굼떠 남들의 웃음을 산 나는, 딴쓰도 역시 힘든 공부여서 한 시간이 못 되어 흥미를 잃고 말았다.

해가 한낮이 되면 천막 속은 무더웠다. 더러는 불볕에 나서 세스트라

양들과 딴쓰 연습을 했고, 한 패는 무슨 나무인지 구슬열매가 상긋한 향취 풍기는 그늘 밑에서,

"다와리쉬 뿌디마이쩨(동지 일어나시오)."

"도브레 우드로(안녕히 주무셨습니까)."

하고 회화들을 배웠다.

오찬 뒤에는 나는 좀 무더운 듯하나 침대로 와 낮잠을 한 시간씩 자기로 했다. 잠이 깨어보면 흔히는 중앙에 놓인 큰 테이블을 중심으로 원기왕성한 축들이 세스트라양들과 서투른 회화연습을 하거나 그렇지 않으면 카츄샤노래를 배우고 있었다.

여기 사람들은 카츄샤를 조선사람들이 춘향이나 심청이 이상으로 사랑한다. 그리고 어느 전쟁소설에서 읽은 듯한데, 결전을 앞두고 진지에 엎디어,

"조국이란 대체 무엇이란 말인가?"

"몰라! 다만 페료샤가 늘어선 평화스러운 언덕 ......"

하고 고향을 생각하는 구절을 읽은 법하거니와 소련사람들은 카츄샤와 함께 페료샤(白樺)를 몹시 좋아하는 것 같았다.

「카츄샤」에 흥이 난 처녀에게 「페료샤」를 물으니 역시 반색을 해 천막 밖을 내다본다. 여기는 없다고 머리를 젓는다. 그리고 모스크바 가는 동안 많이 보리라는 형용을 했고, 우리도 형용으로 여기서 모스크바까지 메칠이나 걸리느냐 물으니 두 손벽을 맞대여 보이고도 두 손가락을 펼쳐 보였다. 모두 하품을 했으나 어서 하로 바삐 떠났으면 하는 조바심들이였다.

그러면서도 과히 심심치들은 않은 것이, 해 지는 것이 낙이였다. 어두우면 영화를 감상할 수 있는 때문인데 「승리의 관병식」 「복수」 「쏘야」 「스딸린그라드방공전」 「돌꽃」 「일본패망기」 「아들들」 저녁마다 한두 가

지씩 즐길 수가 있었다. 그중에도 「쏘야」와 천연색 「돌꽃」은 상당한 우수작으로 기억된다. 전시, 혹은 전란 직후에 이런 역작을 계속해 내인 것은, 이미 1922년대부터 「선전적인, 학술적인, 예술적인, 필림의 노동자, 적위군, 농민 각 지구에 광범한 공급」을 국력으로 실행키 위해 각 공화국에 영화만은 영화성(映畫省)과 대신(大臣)을 두어온 소련다운 면목이 여실하다 하겠다.

어떤 날 저녁은 영화 뒤에도 노래와 춤이 어우러지면 주인측에서는, 얼마 안 남은 다녈밤을 내쳐 새워버리자 하였다. 그러나 먼 여로가 앞에 있는 손들은 하로밤도 내쳐 노지는 못 하였다. 더구나 나는 치통으로 메칠째 고생중이요 갑재기 지방 많은 음식은 소화까지 좋지 않아 기쁜 8월 15일도 나는 우울하게 지내였다.

이날은 이곳 원동군단으로부터 내빈도 맞어 오락천막에서 정중한 기념식이 있었다. 이기영(李箕永)씨의 개회사, 허정숙(許貞淑)씨의 8ㆍ15 기념보고, 폴소프소장의 축사, 이찬(李燦)씨의 기념시낭독, 스딸린대원수에게 메세-지, 김일성장군에게 축전, 그리고 조국 남쪽을 향한 만세로 마치었고 식당에서는 샴페인 터뜨리는 소리 축포 같은 축하오찬으로 다시 초원에서, 군단으로부터 나와준 수풍금명수(手風琴名手)의 주악으로 축하무용회, 이런 환락은 5, 6일째 묵다가 내일 떠나갈 우리 일행의 다채(多彩)할 전도(前途)의 축복이기도 하였다.

그러나 나는 더 한층 우울하지 않을 수 없었다. 검사결과가 좋지 않다는 것이다. 호역은 아니나 좌우간 다시 한 번 검변할 필요가 있으니 같이 떠날 수 없다는 것이요, 또 나 자신도 배탈이 낫지 않어 그대로 떠나자 하여도 하로이틀길 아니고 곤란하게 되였다.

16일 석양, 일행들은 떠나고 나만 그저 남어있게 되였다. 내 짐작으로도 대단한 역질이 아닌 것만은 알 수 있고, 의사와 간호양들도 나에게 접근하기를 조금도 꺼리지 않았다. 아모튼 안정하여 건강을 회복하고 볼 일이어서 풀소프소장이 있던 작은 천막으로 옮겨와 정말 입원환자로의 요양을 받게 되였다.

죽을 쑤어다 주면서 역시 육류를 가져왔다. 나는 오이지를 먹었으면 정신이 날 것 같은데 오이지란 말을 몰라 세스트라양의 연필을 달래 오이를 그려 보였더니 배 아픈데 생물을 먹으면 안 된다는 형용을 한다. 오이지는 절인 것이 되어 괜찮다는 뜻을 통하고 싶었으나 그것을 그림으로 설명할 도리는 내 재주로 없었다.

그러나 죽과 약이 들어 이튿날부터는 천막 밖을 거닐 기운을 얻었다.

산도 없는 하늘이라 해도 말벗 없는 나만치나 지리하고 답답해보였다.

그 다음날 저녁이다. 우리 일행들이 묵던 천막에는 새로 온 군인들이 들었는데 세스트라양이 오더니 키노구경을 가자 했다. 따라가보니, 오락 천막에는 군인들로 그득 찼고 불은 껐으면서도 영사가 되지 않는 것은, 영사기가 고장인 듯했다. 거의 한 시간이나 기다려 비치기 시작했으나 일분도 못 가 끊어진다. 이렇기를 4, 5차에 다시는 비쳐볼 념도 없어 나는 내 천막으로 돌아오고 말었다. 자리에 누워서도 듣노라니 어쩌다 한 번씩 확성기에서 녹음 풀리는 소리가 나군하다가는 역시 오래지 못해 끊어지군한다. 이렇기를 열 시가 되도록 하는 것을 듣고는 나는 잠이 오지 않기에 다시 일어나 영화천막으로 가보았다. 구경하려는 군인들도 그저 많이 있었고 기사도 그저 땀투성이가 되여 기계를 주무르고 있었다. 그러나 또 2,30분 기다리다가는 나는 단념하고 돌아오고 말었는데, 한잠 슬컨 들었다 깨인 때였다. 토-키의 음악과 대화소리가 울려오는 것이다. 확실히 영화가 상연되고 있는 것이었다. 나는 정신을 차려 생각해보았다. 다녈밤에 고장난 기계를 세 시간 이상을 관중 앞에서 주물러 그여히 목적을 달하고 마는 이들의 성격을.

이런 감탄과 반성에서인지 다음날부터는 내 신경도 무위(無爲)의 하일장(夏日長)이 그다지 답답치는 않아서, 스이훈 강변을 유유자적할 수 있었고, 또 시내로부터 두 군인이 나를 찾어와 주기도 하였다. 일어를 잘 하는 베드로흐중좌와 조선말이 능한 미하애로흐소위로서, 베드로흐중좌는 만주에서 일군의 항복을 통역한 이래 평양까지 나가 북조선 정계에도 널리 접면이 있는 요인의 한 사람이었다.

이들은 내가 심심할까보아 나왔노라 하였고 어서 건강이 좋아지어 모스크바로 떠날 수 있기를 바란다 하였다. 조선에 가보았다니, 조선 인상이 어떻더냐 물으니, 생각했던 것보다 높은 문화였고, 다시 한 번 놀란 것은, 그만한 문화사회에서 지난 봄 3·1기념식날 애국자들을 향해 테러 행동이 나타난 것이라 하였다.

이들은 다음날도 찾어주어 강변을 거닐었고 저희들은 수영을 하고, 그간 음식은 제대로 먹게쯤 되었으나 아직 냉욕(冷浴)은 못하게 하는 나를 위해서는, 여기도 마침 강태공이 한 분 나와 있어, 그에게서 낚싯대를 한 벌 빌려다 주었다. 흐르는 물이어서 고기는 잡지 못하였으나 삼공(三公) 부럽지 않은 청유(淸遊)의 반일(半日)이었는데, 바로 이날밤, 나는 벌써 자리에 누었을 때, 베드로흐중좌가 「오메데도−」 소리를 치며 다시 나타난 것이다. 내가 떠나도 좋게 결정되었고 더구나 비행기편으로 갈 것이니까 편히 가고 빠르게 갈 것이라 했다. 그리고 이 격리촌에선 한시가 답답할 것이니 자기와 함께 시내로 들어가자 하였다.

의사, 세스트라양들, 다 모여들어 나를 위해 만세를 불러주는 기분들이다. 비올 듯한 무덥던 천막의 밤을 나서 경쾌한 소형차로 바람을 가르며 달리는 것이, 또한 베드로흐중좌와의 새로 맺어지는 우정이 나는 좀처럼 잊을 수 없는 유쾌였다.

「워로실로브」의 며칠

20분쯤 달리어 시가인데 어떤 데는 아스팔트요 어떤 데는 자갈바닥으로 집들도 어둠 속에서 자세 볼 수는 없으나 4, 5층집과 낡은 단층집이 조화되지 않게 섞여있어, 한낱 반농반상(半農半商)의 변방부락이던 것이 혁명 후 현대적 도시로 비약하며 있는 인상이었다. 더구나 전 소연방(全蘇聯邦)의 중요한 항도 「우라디오스도크」의 위성으로서도 장차 의의가 클 신흥도시였다.

중좌는 우선 자기 처소로 인도하는데 몹시 우람스런 문을 열면 또 한 번 들어서야 올라가는 계단이며 다섯째 층에 이르러 복도에 들어서면 한편은 부엌, 부엌 옆방의 쇠를 열면 중좌의 방이었다. 넓이 두 간, 길이 세 간쯤의 방인데 한편으로 이중창, 침대 하나, 장의자 하나, 테이블과 책장과 양복장과 걸상들, 테이블 위에는 탁상전화, 라디오 등이 놓여있었다. 자기는 혼자 와있어 식사는 군대식당에 가 한다 하였다. 침대가 하나인데 어떻게 같이 있을 것이냐 한즉, 다 되는 수가 있으니 보기만 하라 하였다. 키는 나보다 적고 둥글둥글한 얼굴에 눈이 퍽 선량한 인상을 주는, 나이도 우리와 동년배인 이 침착한 정치부의 장교는 누구나 이내 신뢰와 우정을 느끼게 하였다. 장의자에다 자기 자리를 만들고 침대에다 내 자리를 펴주었다. 그리고 과히 피곤하지 않으면 거리로 나가보자 하였다. 벌써 열 시나 되었는데 갈 데가 있겠느냐 한즉, 우리나라에서 열 시란 초저녁이라 했다.

우리는 다시 자동차로 시내에 있는 공원으로 왔다. 차는 전속운전수인 군인에게 맡기고 불 밝은 공원 안에 들어서니, 사람들이 빼국할 지경으로 거닐고 있는데 거의 남녀동반이요 남자에는 훈장으로 가슴을 장식한 군인이 많았다. 녹음은 짙으지 않으나 줄기차게 뻗은 나무들이 머리 위를 덮었고, 얼마 안 걸어 레닌의 연설하는 모양의 큰 석고상이 보이였다. 노천무도장을 지나 우리는 영화관으로 오는데 마침 초저녁회는 끝나고 둘쨋번 구경군들이 (一夜二回상연) 들어가기 시작한다. 영화관 채림이 재미있었다. 관내에 들어오기는 했는데 그저 바깥처럼 서늘한 이유를 살피니, 지붕은 있으나 장방형인 양편 벽이 하반뿐인 것이였다. 공간인 상반은 바깥과 통해있었고 바닥도 그냥 땅인데다 걸상까지 통나무 벤취요 내부에 흰빛을 많이 써서 설렁한 산장로대(山莊露臺)와 같은 공기다. 겨울에는 「스케이트링」으로 이용해도 좋겠다.

벽이 없는 상반부엔 중간마다 기둥뿐으로 꼭대기 석 자가량은 조선집 대청 위의 교창모양으로 엇짠 창살을 둘렀고 흰 칠한 그 위에 쁘쉬킨, 체홉, 꼬르키- 등 십여 문학가들의 사진이 걸려있었다.

영화는 까리닌의 장례식 실경과 최근 미국작품 「무희」, 끝까지 보기에 좀 피로하여 중간에 일어서고 말았다.

이튿날 아침, 우리의 조반은 베드로흐중좌의 운전수가 군대식당으로부터 날러왔다. 빵, 치즈, 감자와 토마도를 넣은 고깃국, 삶은 계란, 소의 내장을 고아 으깨인 것 같은 통조림 등.

비행기가 언제 떠날는지는 오늘 알어볼 터인데, 혼자 호텔에 가 있기보다 여기 같이 있는 것이 말동무도 되고 연락에도 편치 않겠느냐 하기에 나도 이 우방현실(友邦現實)에 골고루 잠겨볼 좋은 기회이기도 하여 며칠이고 한데 폐를 끼치기로 하였다.

조반 뒤에 중좌는 사령부로 가고 나는 오전 중은 혼자 쉬기로 하였다. 방 안을 거닐다가 문득 창 밖을 내다보니 5층의 공동주택이 ㄷ자로 둘린 축구장만한, 나무도 많은 후원이 나려다 보이는데 웃통을 벗은 동양인들이 일을 하고 있었다. 아랫도리는 그저 각반을 친 군복인 채 일군 포로들이 백화장작을 패면서 도로공사에 쓸 것인 듯, 아스팔트를 가마에 녹이며 있었다.

착각 같은 실경이 아닌가? 한때 서슬 푸르던 자칭 일출국 천손신병(天孫神兵)들의 하마 감추지 못하는 새 세기의 풍모였다.

애국심에 등한한 것도 탈이거니와 지나치게 극성을 부려 신역(神域)이니, 신손(神孫)이니까지, 남은 어찌되었든 제 몸만 추키던 것은 결과에 있어 망신, 망국심이였던 것이다. 나는 빈 방을 어정거리며 요만치라도 지리적으로 떨어져 전망감(展望感)에서일까 지금 너무 여러 가지 애국심 때문에 볶개고 있는 조선을 바라보고 싶었다. 이제 일본식 그대로는 아니라 하드라도 단기가 4천여 년이라는 것을 학문으로 알어보려기보다 자랑거리부터 삼으며 단군을 신격화시키어 조선민족을 또한 신보(神譜)에 올리려는 속된 애국심이 일부에 부동(浮動)하고 있지나 않은가? 행여 일 서생(一書生)의 기우이기를 바라는 것은 물론이다. 그러나 기우 같은 일이 곧잘 기우 아닌 경우도 있어, 한때 구라파의 문화인들이 국제문화옹호대회를 열며, 영불(英佛)의 지식인들이 공동성명을 내는 등, 그중에도,

「어떤 국가주의든지 그것이 종교의 역(域)까지 앙양될 때는 그것은 어쩌는 수 없이 평화와 문명을 위협할 것이라」

한 그런 구절 같은 것은 그때 사람들 귀에는 기우 이상의 잠꼬대였을 것이다.

묵묵히 두엇은 톱으로 장작을 자르고, 두엇은 그것을 뼈개고, 두엇은
불을 지피고 있다. 저들에게는 「장고봉(張鼓峰)」을 제2의 「노구교(蘆溝
橋)」로 삼으려던 나팔소리나, 「바이칼」 호수로 군마의 목을 축이자던 황
목대장(荒木大將)의 열변이 아직도 이타(耳朶)에 쟁쟁할지 모른다.

「이 세상 모든 문명은 우리 아리안민족이 창설했다! 아리안민족이야
말로 인간의 원형이요 인간의 푸로메데우스(희랍신화에 나오는 천계에서 하
강한 신인)이다! 신(神)민족이 부스레기민족을 지배하는 것은 천리(天理)
이며 약자가 강자에게 복종해야할 것도 자연의 법칙이다!」

히틀러도 이렇게 그 「나의 투쟁」에서 저희들은 신손인 것을 주장했
다. 애국심 「신형」이라 할까 무쏘리니는 어떤 형이였는지 모르나, 그도
아마 대중의 이성이 눈뜰까보아 신비주의로 끌고 들어갔을 것이 틀리지
않을 것이다. 그것이 무지에서였건, 음모에서였건, 아모튼 이런 단순한
애국심이 조선보다는 앞선 독일이나 일본이나 이태리의 민중들을 곧잘
현혹시켜 나갔던 것이다. 이제 나는 소련에 깊이 들어가면서 저 일본 신
손들과 함께 독일 신손들도 구경하게 될 것이다. 나는 오늘 여기서 저들
의 서글픈 영자(影子)를 향해 비방하기 위해서가 아니다. 우리처럼 낙후
된 민족일수록 그릇 달아나기 쉬운 단순한 애국의 위험성을 반성하려는
때문이다.

방 주인의 서가에 우리 눈에 익은 한자 표제의 책이 두어 권 보였다.
「일본안내(日本案內)」와 「노일사전(露日辭典)」 그리고 최근에 읽는 중인
듯 펼친 채 엎어둔 것은, 「크레씨 막」이라는 여자의 영문으로 된 중국 연
안(延安)기행이였다. 마침 읽을 수는 없으나 사진이 많은, 신문반절형의
소련잡지 여러 권이 있어 그것으로 시간을 보냈다. 나중에 알고보니 소
련 출판물의 중요한 것의 하나로 제호는 「오꼬뇩(불에 대한 애칭)」으로 순
간(旬刊)이였다.

이 나라에는 두 가지 큰 신문이 있으니 정부기관지로 「이스배스챠」 공산당기관지로 「프라우다」인데, 이 「오꼬뇩」은 푸라우다사(社)에서 나오는 것으로, 건설면의 기사와 문예와 사진이 많이 소개된다. 최근호 하나인데 4, 50명 남녀가 훈장을 찬 사진이 났다. 이 속에는 조선사람도 한 분 있어 알어본즉, 그는 소연방 내인 중앙아세아 「우즈벡」 공화국에 사는 김만삼(金萬三)이란 노인으로 벼농사를 개량하여 수확을 기록적으로 높이였기 때문에 전 소련적 명예인 스딸린상을 받은 것이라 한다. 학술, 예술은 물론, 어느 모로나 인민에게 맹헌하는 사람에게는 전 쏘비에트적으로 표창되는 것이었다. 이 사진들 중의 하나인 알렉산드라 · 첼까쓰라는 여자는, 이번 전쟁에 가장 격전지인 스딸린그라드에서 허물어진 주택을 남자들이 귀환하기만 기다릴 것이 아니라 여자들의 손으로 지어보자고 시작하여 좋은 성적을 내였고 이것이 널리 모범되여 전 연방적으로, 여자들로 주택문제를 해결해나가는 「첼까쓰운동」이 전개되였다 한다. 이 운동의 주인공 첼까스여사도 금별의 영웅장을 탄 것이다.

이 「오꼬뇩」은 편집 전체에 이채가 있는 것은, 원색판의 유화소개도 있고, 우미(優美)한 유리공예품(식기)의 사진도 있어 화려 잡지이면서 상품광고가 없는 것과 정물과 경치사진까지도 촬영책임자의 이름이 부기된 것 등이다.

○

베드로흐중좌는 정오가 되어 운전수와 함께 한아름씩 워드카와 샴페인과 쌀까지 며칠치 식료를 타가지고 왔다. 그리고 비행기는 날만 좋아지면 모래로 떠날 날이 정해졌다 했다.

중좌는 쌀을 가지고 부엌으로 가 옆집 부인에게 밥을 지어달라는 눈치인데 그 부인 역시 물을 얼마나 두어야 할지 경험이 없는 듯, 쌀냄비를 나에게 가지고 왔다. 쌀이 조선산보다 메졌으나 오래간만에 흰밥에 오이지만으로 지방질에 멀미를 내던 속을 훨씬 청신케 하였다.

여기서들도 오이지만은 약간 싱겁게 담궈 상식(常食)하였고 기후가 선선해 토마도를 여름내 기르면서 장기간 중요 야채로 삼고 있었다.

이날 오후는 거리로 나와 처음으로 밝은 낮에 소련의 현실 속을 거닐게 되었다. 여기가 조선서는 초입이나 서구쪽에서는 소련의 가장 깊은 곳이기도 하므로 되도록 자세히 보고 싶었다.

그러나 그전 「송학녕」 위에 새 「워로실로브」의 건설이 시작중이라 시각(視覺)에 부딪치는 것은, 이 거리에는 을리지 않을 만치 혼자 큰 건물들이 군데군데 따로 솟은 것이다. 전차가 있어도 넓을 만치 큰길들이요 2, 3층집은 별로 없고, 새로 지은 것이면 으레 5, 6층이다. 그런 것은 관공청 아니면 공동주택들인 듯한데 여기 건물들은 벽돌로 짓고 겉도 흔히 내벽처럼 회벽을 하되 희게, 누르게, 붉게, 혹은 푸르게 색칠을 한다. 새로 칠한 것은 깨끗하나 아랫도리는 아모래도 흙이 뛰고 부스러지고 한다. 석재(石材)가 드문 듯하다. 문은 이중, 우람스럽고, 창들도 튼튼한 이중들이다.

어쩌다 상품 놓인 진열창들이 보인다. 대부분 식료품이요 서점도 있다. 길 위엔 군인이 많고, 보재기나 실망태 속에 토마도, 감자, 오이지, 또는 검은 빵, 햄, 통조림 등을 사들고 가는 부인도 많았다. 대부분 직장을 통해 나오는 배급품들이요, 큰 도시엔 자유로 살 수 있는(배급가격보다는 비싼) 백화점이 있으나 여기는 아직 없다 하였다. 소련은 이것이 애초부터 뜨로쯔끼파와 대립된 방침의 하나이기도 했지만, 경공업은 생필품을 최소한도로 공급하는 데 그치고 전폭적으로 중공업에 치중한 바, 이번 승리도 그 덕이였으며 이에 따라 경공업은 절로 기초가 확립되며 있는 것도 그 덕이라 했다. 별로 소비면은 보이지 않는 시가를 한바퀴 둘러 우리는 차를 시외로 몰았다. 다시 스이훈 강변을 산보하고 다시 그 격리촌에 들러 목욕을 하고, 거기서 베드로흐중좌는 우연히 십여 년 만이라는 동창을 한 분 만났다. 「안드레이」라는 항공소좌로 조선 함흥에서 들어오는데 내일 저녁이면 이 천막촌에서 놓여날 기한이라 했다.

그는 조선에 있다 와서 조선사람을 만나니 고향사람을 만난 것 같다고 그 두툼한 손으로 내 손을 쥐고 흔들었다. 조선말을 배웠느냐 한즉, 「술이 있소?」 한마디뿐이요 자기는 그 한마디가 가장 소중한 것이라 하고 웃었다. 몸이 부대하고 고불통으로 담배를 빠는 그는 술을 매우 즐긴다 했다.

그는 이튿날 저녁 때 시내에 들어오는 길로 우리를 찾아왔는데, 워드카를 고뿌로 마시면서, 「이 워드카 발명자를 알아낼 수 없어 그의 동상을 세워주지 못하는 것이 천추의 한사(恨事)라」 하고 웃었다. 유쾌한 사나이였다. 그는 40일 휴가를 얻어 우크라이나 끼에프에 있는 집으로 가는데 격리촌에서 벌써 엿새를 잃었고 기차가 이제 상당한 날수를 집어먹으니 술을 안 먹고 어쩌느냐 하였다. 그는 대식가일 뿐 아니라 음식솜씨가 좋아서 이틀을 여기서 묵는 동안 끼니때면 우리에게로 와 자진해 쿡노릇을 해주었다.

날마다 날씨가 좋지 않다. 밤이면 비가 쏟아졌고 밝아서도 하늘은 구름에 덮여 예정대로 비행기는 날으지 못하고 있다. 항공군인인 안드레이소좌는, 「하늘 변덕은 여자와 같은 것, 전쟁에서는 착륙이 문제 외니까 언제든지 날으지 당신네는 착륙이 목적 아니냐? 그러니까 진드근히 술이나 배우며 하늘양(孃) 성미에 인종(忍從)하라」 하였다.

이들은 군인이나 문학을 좋아들 하였다. 안드레이소좌는 가끔 술 예찬시를 읊었다. 베드로흐중좌도 자기 서가에서 많은 노서아작가들의 책을 보여주었고, 꼬르키-의 「눈이 창공 같은 여자」라는 단편책을 나에게 기념으로 주었다.

나는 노서아작가들의 이름을 표음(表音)에 부정확한 일본문자로밖에 모르므로 베드로흐중좌가 아는 범위에서 이름들을 정확히 발음해달라여 적어보기로 했다.

쁘쉬킨, 에쎄닌, 뚤게네브, 톨스토이, 또스토에브스키-, 체홉, 꼬르키-, 러트몬토-,

그리고 현역작가들로,

마야꼽쓰끼-(시), 숄로호브(소설), 에렌브륵(평), 레오노브(시), 씨모노브(소설), 파블렌꼬, 꼴네이쥬크, 네끄래쏘-, 찌호노브(시), 세이플린스, 인쁙-, 바실레브스까야(波蘭人 여류), 트발또브스키- 끄로스만, 파제어프(소설)

○

안드레이소좌를 기차로 떠나 보내고도 나는 그 다음날엔가 8월 27일에야 비행장으로 나오게 되였다. 그러나 비는 그저 찔끔거린다. 오늘 착륙할 비행장만은 날이 들었으니 떠나와도 좋다는 기별이 있다는 것이다.

공로 4일 (空路四日)

원동군에서는 모스크바까지 나의 길동무로 조선말 할 줄 아는 미하에로흐소위를 동행시켜주었다. 베드로흐중좌의 차로 비행장에 나오는데 개천마다 물이 넘치고 길도 패나간 데가 많다.

여러 날 기다리던 모스크바에의 발정이 만반 갖추워졌다. 육군대령 한 분, 항공중좌 한 분, 그들의 부관들과 두 묘령여성들과 우리 일행 두 명과 서로 수인사하고 자리잡고 비행기도 발동을 일으켜 활주로로 달리던 길이었다. 활주로까지 겨우 백미(白米)나 남었을까 하는 데서 원체 여러 날 쏟아진 비에 바닥에 수렁이 생겨 비행기는 앞바퀴가 빠져가지고 꼼짝을 못하게 되었다. 장시간 애를 쓰다가 대형 군용트럭 네 대가 왔다. 그러나 비행기는 끌려나오지 않는다. 얼마 만에야 어디서인가 전차처럼 전체가 쇠요, 무한궤도로 생긴 「뜨락돌(트렉터)」이란 것이 두 대가 왔다. 밭 가는 기계와 추수하는 기계를 끄는 모체인데 생긴 것은 군용트럭의 반도 못 돼 보이는 것이 끄는 힘은 강대하여 단 두 대가 힘들이지 않고 우리의 불구에 빠졌던 비행기를 활주로까지 끌어내 놓았다.

이러노라니 벌써 오후가 되었다. 그새 하늘양은 또 착륙할 저쪽 비행장의 하늘을 그냥두지 않은 것이었다. 오늘은 못 떠난다는 것이다.

베드로흐중좌는 다시 차를 가지고 왔으나 내일은 이른 아침에 떠나리라 했고 시내에서 여기까지는 상당히 동안이 뜬데 밤사이에 홍수로 길이라도 막히면 큰일이다. 나도 대부분의 일행들과 함께 비행기 안에서 자기로 했다. 푹신한 의자라 앞에 가방을 놓고 다리를 얹으면 편히 잠들 수 있었다.

이날밤에도 좍-좍 쏟아지는 빗소리를 들으며 나는 불란서의 소설 「야간비행」이 생각났다. 남미로 다니는 여객 정기항로인데 24시간의 반인 야간을 휴업상태에 빠지는 것과 더구나 우천에는 무기휴업상태가 되는 것을 타개해보려 귀중한 인명희생을 내면서까지 인간의 의지와 자연의 위력과 싸우는, 문명에의 적극주제(積極主題)인 작품이였다. 최근의 항공술은 이 밤과 비를 어느 정도로는 정복하고 있을 것이다. 그러나 아직 보편화, 실제화는 못 되어 안드레이소좌의 말대로 이렇게 동화처럼 잠자리 뱃속에서 밤을 새우며 하늘양에게 인종하지 않을 수 없는 것이다.

애타던 심리는 오히려 빗소리가 그친 고요함에 놀라 깨였다. 조고만 풀렉시창(窓)에 새벽별들이 빤짝였다. 동틀머리에는 안개가 자욱했으나 이는 날이 개일 길조라 모두 일찍 일어나 활주로 도랑에서 세수하고 휴대한 식료들로 간소하나 유쾌한 조찬들이였다.

일찌감치 여섯 시에 떠난다던 것이 열 시가 되어도 안 떠난다. 미하에로흐소위는 「공중(空中)이 와야 떠납니다」 한다. 무슨 말인지 몰랐는데 나중에 밖으로 나려가보니 이번에는 비행기 뒷바퀴에 바람이 빠진 것이다. 바람을 넣을 생각은 않고 시계들을 꺼내들고 하늘만 쳐다보기에 나도 가끔 쳐다보았는데 이윽고 한편에서 소리부터 들리더니 걷히는 안개 속으로 복엽식(複葉式) 소형기 하나가 날러오는 것이다. 모두 손을 휘둘렀다.

가까이 착륙하기가 바쁘게 이쪽 기관수들이 달려가 큰 산소통 하나를 안고 왔다. 산소인지, 압축시킨 공기인지 가늘은 철관을 통해 잠간 사이에 홀쭉했던 뒷바퀴를, 그 육중한 기체가 눌린 채 팽팽하도록 일으켜 놓는 것이었다. 그리고도 가장 중요한 절차가 남았으니 열 시 반이나 되어서야 오늘 중도에서 나리어 기름 넣을 비행장으로부터 떠나와도 좋다는 기별이 온 것이다.

공중에 떠서 보니 「워로실로브」 일대는 처처에 창수(漲水)였다. 「하바롭스크」 상공에서 보는 「아므르」강도 널리 범람해 있었다. 여기까지 북쪽으로만 직상하던 기수는 여기서부터는 대체로 서향일로(西向一路)다. 아직 삼림지대나 평지가 많아, 물도 골을 못 찾어 하나같이 ㄹ자모양으로 꼬불거리었다. 비행장만큼씩한 밭들이 연이어 나온다. 농촌들은 흔히 장방형이다. 가운데로 직선 큰길이 나고 양측으로 장방형들이 가로 붙어나갔다. 그 작은 장방형들은 자가용 채전(自家用菜田)들이며 그 채전의 큰길쪽 모퉁이마다 거의 균일한 집들이 놓였다. 집을 울타리가 아니라 채전을 목장식으로 두른 것은 마소를 금한 것이요, 농촌 가까이는 으레 밭 아닌 초원이 있고 그 초원에는 마치 곤충이 알 쓸어붙인 것처럼 누릇누릇 히끗히끗한 것은 젖 짜는 소떼와 양떼인 것이다.

이런 평화스러운 초원의 둘레나 농촌의 뒷등성이에는 으레 연록(軟綠)이 아름답고 밑둥은 성냥가치처럼 조촐한 페료샤, 백화(白樺)의 숲이였다. 이 백화를 조선서 「짜장나무」라 하는 이도 있으나 백화는 「짜장나무」보다는 더 희고 꺼풀도 두텁다.

함북지방에서는 이 백화의 꺼풀로 구물 베리도 만들고 동고리 같은 그릇도 만드는데 그것을 「봇」이라 하며 백화를 「봇나무」라 한다. 「봇나무」가 옳을 것이다.

비행장만큼씩, 축구장만큼씩, 연달어 나오는 장방형의 밭들, 그 중간, 중간에 장방형의 농촌들, 다시 장방형의 채전과 장방형의 집들, 장방형의 인류문화에 가장 많은 형태여서 「골-든 카-드」라 한다거니와 공중에서 보는 소련의 대륙이야말로 일대 「골-든 카-드」의 조각보다.

오후 세 시 반까지 날러 K시에 나리었다. 비행기도 기름을 먹고 사람도 점심을 먹었으나 오전 코-스를 늦게 떠나서 오후 코-스를 날을 시간이 없다는 것이다. 짐들은 기내에 두고 식당과 숙소가 있는 구락부인 듯한 곳으로 들어왔다.

여기도 땅 1, 2백평쯤에는 조곰도 구애되지 않는, 밭도 있다가, 공장도 있다가, 주택도 있다가, 그냥 공지이기도 한 소도시였다. 나는 차라리 거닐기 좋고 누워 하늘 쳐다보기 좋은 비행장으로 도로 나왔다. 아모튼 그 지리하던 우천 밑에서 고비원주(高飛遠走)해 온 것만 해도 속이 시원하다. 지평선은 사방 돌아보아야 언덕 하나 솟은 데가 없어, 활주로 한기장을 걷는 것으로도 대륙을 횡단하는 기분이다.

저녁 때 구락부식당으로 갔다. 미하에로흐소위는 식권을 타가지고 있었고 식당에서 일 보는, 하나같이 혈색 좋은 처녀들은 나를 중국사람이냐고 묻기도 했다. 한편 구석에는 한 길이 되는 고무나무분이 섰고, 음식은 다른 군인이나 우리나 똑같은데 빵은 얼마든지 먹을 수 있게 큰 그릇 채 테이블마다 중앙에 놓였고 저육(猪肉)과 감자와 흰밥 볶은 것을 한 접시, 스프 한 접시, 밀가루 젬병 한 접시, 케익 두 개, 홍차 한 잔이었다. 술 먹고싶은 사람들은 따로 사 마실 수 있었다. 우리는 타가지고 오는 술도 있으나 미하에로흐소위도 술을 즐기지는 않았다. 그리고 우리 침소는 식당에서 동안 뜬 3층집인데 한 방에서 미하에로흐소위와만 자게 되었다.

누른 털담요 위에 두터운 자릿보를 덧덮었으나 여기 기후는 벌써 발이 시리다.

"다와리쉬 미하에로흐?"

"네"

"당신은 춥지 않으시오?"

"아이고! 이까짓것 조곰도 아닙니다."

"또 소설 보시는군? 재미 있습니까?"

"차츰 차츰 재미 좋습니다."

그는 오늘 비행기에서부터 노역(露譯)된 곡기윤일랑(谷崎潤一郞)의 「痴人の愛(못난 사람의 사랑)」을 읽고 있었다.

"조선소설도 보신 것 있소?"

"아직 아닙니다. 앞으로 읽으려합니다. 이제 리선생 작품 나에게 보내주십시오."

"보내드리고말구요. 보낼 만한 좋은 것을 이제 쓰리다."

"꼭 기다리겠습니다."

"조선에 언제 가보셨습니까?"

"작년에 가보았습니다. 평강, 철원까지."

"아, 철원에요? 거기가 내 고향입니다."

"아, 그렇습니까?"

"인제 서울 오시면 우리 집을 꼭 찾어와 주십시오."

"물론입니다. 내가 주소 적어두었습니다."

여기 있는 조선사람들은 대개 함경도 말씨나 이 미하에로흐소위는 글로 배운 말이여서 서울말이요, 한자어도 「반동」이니 「노선(路線)」 「동향」 같은 것을 한자로 쓰기도 하는 실력이다. 앞으로 조선관계에 한몫 일꾼이 되여줄 것이다.

○

이튿날도 역시 다음 착륙예정지로부터 떠나라는 기별을 기다려 오전 열 시 반에야 이륙되었다.

2천미(二千米)가량의 과히 높지 않은 고도인데 여기는 어제보다 추워져서 기내는 처음으로 난방이 시작되었다. 유리보다 두터운 풀렉시창이 가끔 흐린다. 창을 닦으면 맵도록 푸른 천공인데 솜 엷게 피인 것 같은 구름은 성냥불을 그어 대어보고 싶다.

한참 가다가는 취우(驟雨) 속도 지나가는데 비행기창에 부딪는 빗발은 전혀 횡선(橫線), 나래는 도모지 젖지 않는다. 이런 변화도 없는 때는 나만 혼자 심심했다. 나는 삼팔선관계로 책 한 권 못 가지고 떠났고, 평양서 잡지 몇 권 들고온 것은 「워로실로브」에서 다 읽어버린 것이다. 묘령들은 쏘파에 앉아 축음기를 틀었고, 군인들은 하나 있는 테이블을 둘러싸고 트럼프를 놀았다. 대장과 소위가 한데 섞어놓는 것이다. 우리 미하에로흐소위도 중장의 걸상, 팔 짚는 데 걸터앉아 한몫 들었을 뿐 아니라 나중엔 중장의 훈수(訓數)를 하였고, 중장이 실수하면 중장의 등을 탁치며 웃었다. 늘 다리고 다니는 그들의 부관도 아니요 이번이 초면인 듯한 일개 소위로 장관과 이렇게 평교간처럼 노는 것에는 일본군대만 보아온 나로는 저윽 놀라지 않을 수 없었다. 그리다가 한번은 마조앉은 대령이 무엇인가 물으니까 미하에로흐소위는 허리를 펴 정색을 하고 여태와는 다른 어조의 큰 소리로 대답하였고 다시 여전히 자연스럽게 노는 것이었다. 나중 점심때, 내가 물어본즉, 「대장께서 당신의 건강이 어떠하냐고 물었습니다」 했다. 그것쯤 자세를 고쳐 대답할 필요가 있느냐 한즉, 「내가 당신을 모스크바까지 안내하는 것은 공무입니다」 하였다.

이것으로 보아 노는 데는 상하동락이요 일에는 질서엄격한 것을 엿보기에 넉넉하였다.

오후 두 시가 훨씬 지나 만주와 연락점에 가까이 있는 O시에 나려 기름 넣고 이어 날러 양구(良久)에 「바이칼」 대호(大湖)가 나타나기 시작했다. 지도들을 펼치고 보는데 길다란 호형(湖形)의 남단으로 가장 좁은 허리를 횡단하나 30분 가까이 걸리었다. 맞은편은 산이 있고 급한 단애여서 맑은 물빛과 흰 모새까지 조선의 동해안을 연상시켰다.

기하(機下)에서 호광(湖光)이 사라진 뒤에는 이내 평양 대동강처럼 맑은 물의, 크기는 훨씬 더 큰, 이쁜 강이 나왔다. 바이칼로 들어가는 물은 큰것만 30여강인데 바이칼로부터 나오는 것은 이 물 맑기로 전 연방내(全聯邦內)에서 첫째인 「앙가라」강뿐이란다. 화물선들을 끄으는 증기선도 보인다. 지구상의 가장 큰 대륙에서 가장 크게 차지한 이 소련서는 하천이 운수(運輸)와 생산에 큰 역할을 하고 있으므로 따로 하선대신(河船大臣)까지 있는 나라다. 대신(大臣) 말이 나왔으니 생각나는 것은 건재대신(建材大臣)인데 아마 이것도 아직 소련 이외에는 없는 대신인지 모른다. 건재성(建材省)이란 얼마나 건설면에 치중하는 나라인가를 느끼게 한다.

이 앙가라강을 좌우로 공장굴뚝 많은 I시를 그냥 지나 역시 앙가라강변인 소도시 「벨라야」에서 이날 행정은 마치었다.

공중에서 보기엔 강변이 지척 같았으나 비행장에 나리니 강은 보이지 않았다. 그러나 강색이 맑은 환경이라 비행장은 골프장처럼 아름다웠고, 가까이 둘러선 폐료샤숲은 뛰어가보지 않고 견딜 수 없었다. 대장은 미하에로흐소위를 통해 나에게 감상을 물었다. 풍광에 대한 소감일 것으로 그도 다시금 주변을 둘러보군 한다. 나는 「만일 격리촌이 이런 곳에 있었다면 혼자 한 달을 묵어도 좋았을 것이라」 대답하고 서로 웃었다.

해가 떨어지니 어제 K시보다도 추워진다. 비행장 식당도 하반(下半)은 지하건축으로서 들어서니 훈훈해 좋았다. 그러나 시내는 상당한 거리가 있기에 더러는 기내에서 자기로 했다.

비행기란 재미있는 기구다. 착륙할 때 좀 격동을 피치 못할 뿐, 언제나 몸을 애껴 으젓하다. 공중에 떠서도 나래 한번 경망히 구는 법 없고 나려서도 그리 손질을 요하거나 지저분히 배설이 있거나 하지 않다. 발동기 위에 카버-를 덮고 나래와 꼬리 관절에 고정기(固定器)를 끼여놓으면 무슨 고고학품(考古學品)처럼 고요한 놈이다. 그리고 누구에게나 무게와 부피를 삼가게 하여 생활을 간소케 한다. 공기 청징(淸澄)한 앙가라 강변 잔디밭에서 조고만 풀렉시 창으로 시베리아의 별들을 바라보며 잠드는 것이 나는 반드시 아름다운 꿈을 꿀 것 같았다.

○

다음날, 8월 30일. 제3일의 행정은 어느 날보다도 일찍 서둘렀다. 아침 아홉 시에 떠서 일기(一氣)로 여섯 시간을 날러 신흥공장도시로 유명한 N시에 와 점심을 치렀다. 어느 비행장에서보다 큰 구락부요 큰 식당이요 풍성한 식단이었다.

지체 않고 다시 날러 낙조(落照)와 함께 우랄산 밑 S시에 나리니 여기는 사뭇 초동(初冬)이다. 평양서 빌려 가지고온 겨울 내의를 입었으나, 더욱 2층 침대가 빼국히 들어찼고 상하 빈자리 없이 귀환군인들인듯 3, 40명이 자는 방이였으나 어찌 꼬부리고 잤든지 아침에 허리가 아팠다. 미하에로흐소위는,

"이 도시는 우리나라에서 금과 …… 유리 같은 것 무엇입니까? 참 옳습니다. 운모(雲母)가 아주 많이 발견됩니다."

하였다.

"여기가 이렇게 추우면 더 가면 얼마나 추우리까?"

한즉,

"이제 우랄산을 넘으면 다시 춥지 않겠읍니다."

하였다.

○

　제4일, 8월31일. 우랄산을 넘어 구라파에 들어서는 마지막날이다. 농무(濃霧)로 열 시 반이나 되어 떠났는데 이 광막한 시베리아 대륙 횡단 행정 탁미(踔尾)에 있어 한 가지 특기할 사실은 직로보다 약간 북상해야 하는 「꼬르키-」시에 들리는 것이다. 동승한 선공중장(船空中將)이 나리기 위해서인데 나로서는 의외의 수확이었다.

　우랄산지대는 멀리서부터 높아온 때문일까 그리 산답지 않았고 거기를 넘어서부터는 바람방아와 방울지붕의 사원풍경(寺院風景)들이 구라파 풍치다웠다.

　오후 두 시에 이르러 고색창연한 사원들과 현대적 고층건물들이 섞인 문호 꼬르키-의 고향, 그가 1905년에 쓴 「어머니」에 나오는 공장이 그대로 있는, 그의 이름을 기념하는 도시에 나렸다.

　「볼가」강 상류를 끼고 발전된 도시인데 인구 70만, 강 건너 낮은 지대가 일견 공장지구였다. 「어머니」에 나오는 「스따로예쏠모보」라는 기차공장, 이름만 「끄라스노예(赤)쏠모보」로 갈리었으나 아직 그대로 있고 그 소설의 주인공 직공 「빠욜」도 지금까지 생존해서 이 공장일을 볼 뿐 아니라 그의 팔남매 자녀들까지 모두 이 공장에서 일하고 있다 한다.

　우리가 다시 공중에 떴을 때, 특히 공장지구를 유심히 보았다. 딴은 녹슨 함석지붕의 늙은 공장들도 즐비하고 파철(破鐵)의 산데미가 처처에 쌓여있다. 이번 전쟁에 다리 난간까지 뜯어가던 일본을 보아온 눈이여서 각처에 철물이 흔한 것은 전쟁한 나라 같지 않다.

　자, 이번에 최종 코-스다! 모스크바가 곧 보일 것처럼 기내는 수선거린다. 기하엔 공장지구가 연이어 지나간다. 「앙가라」보다는 물빛 검은 「볼가」의 기슭기슭에 교회당뿐 아니라 광대한 저택들도 나타난다. 「전쟁과 평화」에 나오는 안드레 노공작의 저택도 저런 것이였을까? 기관실에 다녀 나오는 묘령 한 분, 이제 30분 안에 모스크바에 나릴 것이라 작약(雀躍)한다. 「워로실로브」에서부터 합계 삼십사오 시간이다. 만일 만주를 통과해 온다면, 경성에서부터도 그만 시간이면 올 듯한데 모스크바는 경성보다 해 뜨고 지는 시간이 일곱 시간 늦으니까 해가 경성서 여섯 시에 뜬다면 그 해가 만주, 시베리아, 동구를 지나 모스크바에서는 경성시간으로 자정을 넘어 새로 한 시나 두 시에 진다. 그러므로 장래 항공기의 속도가 더욱 발달되어 지금의 34, 5시간을 19시간 정도로 줄인다면, 해 뜰 때 경성에서 떠나 그날 그 해 질 때 모스크바에 나릴 수 있을 것이다. 서울 조반을 먹고 모스크바의 저녁을 즐길 수 있는 날이 족히 먼 꿈은 아닐 것이다.

임간도시(林間都市)들이 나타난다. 우랄산 저쪽에서 보던 붉은 소나무들도 곧기도 하려니와 곁가지가 적고 뱀장어처럼 살진 송림 속인데 도시적 세련을 풍기는 주택들이 몰켜나온다. 이런 임간도시가 그냥 계속되더니 붉은빛 많은 고층건물들이 일망무제로 벌어진다. 인구 7백여만, 내년이면 8백 년의 역사를 갖는 「모스크바」인 것이다. 새까만 아스팔트길들이 알른거린다. 비행장이 여기저기 지나간다. 특별히 두드러져 솟는 것은 반드시 이름있는 건물들일 것이다. 붉고 희고 누른 입체의 대집단이다. 기계 기름으로 문채영롱(紋彩玲瓏)한 모스크바강과 자동차가 물매미떼처럼 아물거리는 다리들, 동상 선 광장들, 시 한가운데 있는 듯한 풀 새파란 비행장에 우리는 오후 3시 20분에 나리었다.

모 스 크 바

일정한 시각이 없이 뜨고 나리고 하며 온 우리와 때를 맞추어 마중나온 사람은 어느 일행에도 없었다. 한편은 울창한 숲으로 둘렸는데 그 밑에는 수족관처럼 큰 고기 작은 고기 무수히 엎디듯 비행기의 횡렬(橫列)이다.

우리는 제 패만큼 흩어졌다. 비행장사무소에서 준, 문간에서 웬 사람이냐 물으면 보일 표를 받아가지고 거리로 나섰다. 우리는 미하에로흐 소위도 모스크바엔 초행이라 어리둥절해 이 사람 저 사람에게 묻다가 택시- 지나가는 것을 잡았다.

내 눈은 더 바빠졌다. 사람들의 옷빛, 전차, 뻐쓰, 자동차, 여러 가지 색채다. 전쟁을 치른 흔적이 도모지 보이지 않는데 어떤 큰 집 하나가 5, 6층의 전면일폭에다 미채(迷彩)가 아니요 그럴듯한 전원풍경을 그린 것이 희안하다. 여자들이 못하는 일이 없나보다. 가슴 오뚝 솟고 지시봉을 율동적으로 놀리는 교통순사도 모자를 빼뚜름히 쓴 여자요, 거리에서 가장 우미한 동작인 뻐쓰모양의 무궤도전차도 여자운전수가 많다. 육중한 길 다지는 차도 여자가 부리고 있다. 맨 식료품점으로 진열창마다 가지가지의 빵, 가지가지의 과실, 그리고 저육(猪肉)과 정육(精肉)의 가지가지를 도시대(都市大)의 비례로 측정이나 한 것처럼 엄청나게 큰 모형들이 성관(盛觀)이다. 귀여운 것은 날씬한 다리로 날을 것처럼 집으로 돌아가는 길, 붉은 신호에 몰켜선 소학생들의 재재거림이다.

미하에로흐소위는 군(軍)기관 두 군데를 들러서 이틀 전에 우리 일행들이 와있는 호텔을 알았다. 크레믈린궁에서 솟았을 붉은 별의 첨탑이 바라보이기 시작하더니 얼마 안 가서 영어로 「사보이」라 읽을 수 있는 호텔이 나왔다.

차를 세우고 미하에로흐소위가 안으로 알어보러 들어간 새, 나는 출입문 앞에서 모자도 안 쓰고 손에 신문만 말어 들은 동양신사 한 분과 마조쳤다. 어쩐지 우리 사절단과 관계 있어 보여 인사를 해보니 반갑게 「내 조선사람이오」 한다. 하회를 기다릴 것 없이 이분을 따라 호텔 안으로 들어섰다.

먼저 온 일행들은 풀소프소장만 남어있고 모두 외출중이었다. 발소리 안 나는 푸군한 화문깔개들과 구석마다 깊숙한 의자들이며 대리석 인체(人體)들이 선 고풍스런 장식은 푸군한 안도감을 준다. 방이 정해지기까지 나는 이곳 외국출판부 조선부에서 활약하고 있는 이 김동식(金東植)씨와 이야기하였다.

이분도 어려서 조선을 떠나 소련에서 자란 분이다. 조선에 어서 와보고 싶다 하였고 일제시대 조선에서 어떻게들 견디었느냐 하였다. 이분은 마침 포석(砲石)에게 대한 여러 가지를 알고 있었다. 약 10년 전에 포석은 원동 유성촌에서 신혼하여 유자(有子)하며 해삼위(海蔘威) 조선신문사에 있다가 하바롭스크 원동작가동맹에 부위원장으로 초빙되여 그곳에서 조선청년들에게 문학적 고양을 지도하였고, 조선어 문예지 「노력자의 고향」을 4호까지 주재했고, 저작으로는 조선탈출을 테마로 한 서간체의 「채옥(彩玉)에게」와 「5월 1일 행렬」 그리고 산문시 「짓밟힌 고려」는 노문

(露文)으로도 번역되었다 한다. 1934년 원동작가대회에서 「조선작가들의 과업」을 보고 하였고, 그 문하에는, 시에 강(姜)태수, 연(延)성룡, 평론과 소설에 김(金)기철, 극에 태장춘(太長春), 시 「사랑스러운 사랑」과 「뜨락돌 운전수」를 쓴 한병철(韓秉哲)씨는 3년 전에 작고했고, 이외에 노문(露文)으로 「해산(解産)」을 쓴 김(金)와씨리씨 등인데 이들은 지금 중앙아세아에서 신문도 발간하며 있으나 조명희(趙明熙)씨의 원동 이후의 소식은 역시 모른다 했다.

미하에로흐소위는 강소좌 방으로, 나는 3층에 있는 우리 일행 중 침대 남는 방으로 오게되였다.

이 방에 들어서니 나는 북국으로 총사냥 온 것 같다. 책상이며 걸상들이 금속조각의 산양과 사슴의 머리와 다리로 장식된 것이라든지, 잉크병, 전기스탠드, 모두가 수렵취미의 도안들이다. 우선 목욕을 하고 한잠 쉬어보기로 했다.

비행기는 아니나 모스크바로 날으고 있는 것처럼 웅성거리는 소리다. 16공화국의 두뇌요 심장 이라는 이 쏘비에트 수도의 맥 뛰는 소리요, 새 5개년 계획의 추진하는 거대한 세기의 치차(齒車) 소리기도 한 것이다.

○

일행들은 내가 한잠 늘어지게 자고 난, 밤 열 시 가까운 때에야 돌아왔다. 식당에 나려가 반가이들 만났다. 그리고 복쓰(대외문화협회) 동양부에서 오꼬노브씨가 찾어왔다. 시간을 몰라 마중나오지 못한 것을 미안해했고, 일행이 이틀 동안 먼저 다닌 곳은 틈틈이 따로 안내하리라 했다.

이 오꼬노브씨를 나는 처음에 조선분인가 했다. 그는 어느 민족인지 모르나 동양인으로서 일본말로 쉬운 의미를 통할 수가 있었다. 우선 외국출판부의 김씨, 이 대외문화협회의 오꼬노브씨, 이렇게 여러 가지 민족들이 중요한 국가기관에서 일하고들 있는 것은 벌써 다민족 국가 소련다운 일모라 느낄 수 있었다.

우리는 소식당을 전용하는데 성대한 식탁이였고 열주(烈酒)를 계속해들 수 없는 나는 맥주와 레몬아드 등이 있어 다행이였다. 옆의 대식당에서는 음악과 함께 춤이 벌어지고 있었다. 이 호텔에는 우리 이외 영국에서 온 단체도 있었고 미국군인들도 보였다.

마침 우리 방 식구에 농민대표 윤영감이 있어, 여기 와 무엇이 제일 좋드냐 물으니, 오늘 스딸린 자동차공장에 가 라디오까지 듣는 호화형 승용차가 맨들어져나오는 것과 화물자동차는 4분에 하나씩 떨어지는 것을 본 것이라 했고, 첫날 참배한 레닌묘에서 조곰도 상치 않은 레닌선생의 잠든 듯한 얼굴을 본 것이라 했다.

○

9월 1일. 나의 모스크바 첫 외출은 크레믈린궁, 외객을 위한 복쓰의 전용뻐쓰 두 대에 실려 큰길에 나서니 곧 모스크바 대극장이 있는 광장이다. 이 광장을 지나면 좌측에 현대식 고층의 모스크바호텔, 그 앞이 또 광장, 우측은 큰 책사(冊肆)가 많다는 꼬르키-거리, 이 둘째번 광장은 벌써 한편이 크레믈린의 붉은 궁단(宮壇)이다. 궁단 밑 녹지대를 잠간 지나면 단정한 복장의 파수병들이 서있는 크레믈린의 측문이 된다. 차에 앉은 채로 문을 통과한다. 시가보다 지대가 훨씬 높아지며 쁘쉬킨의 동화 삽화 같은, 금색, 은색의 방울지붕들, 뾰죽지붕들이 나온다. 차를 나리면 한편으로는 모스크바의 반쪽이 즐비하고, 문들은 높고 두터워 조심조심 열린다. 들어서면 집 속마다 따로 하늘을 가져 까맣게 높은 데서 보석광

주리 같은 샨데리아가 처처에 드리웠다.

우리가 첫번 들어선 곳은 역대무구진열실(歷代武具陳列室), 그리고 피득대제(彼得大帝) 이후 금을 물쓰듯 한 갖은 궁정집기(宮廷什器)와 제왕 후빈들의 장신구들, 그중에도 회중(懷中), 탁상, 괘종 등의 시계가 무려 수천 종이여서 전 구라파적으로 시계치장 유행시대가 있었음을 엿볼 수 있었고, 동서 각국으로부터 노 제실(露帝室)에 보내온 선사들이 각국의 공예가치로 볼만한 것이 많은데 조선서 간 것만은 어찌 빈약한 것인지 차라리 안 보니만 못하였다. 지금도 소련을 조선의 대부분이 모를 것처럼 그때도 노서아 현실에 대해 너무나 모르고 있은 것이 아니였나싶었다. 1896년에 온 것으로 필운이 조금도 없는 화원식의 「태백대취도(太白大醉圖)」와 「노자출관도(老子出關圖)」가 일대(一對)로 걸려있고, 이것도 그 연대밖에 안 된 빈약한 자개의롱 한 짝이 놓여있는 것이다. 보내는 사람들이 그 물건이 놓일 노서아의 궁전이나 그 물건을 감상할 안목들에 대해 아모런 관심도 지식도 없는 것이 사실이였을 것이다. 세계인의 안목이 빈번이 지나가는 이 자리에서, 저 촌스러운 한 짝 자개농과 일화원의 득의작도 아닌 것이 조선의 공예나 미술을 어떻게 선전하고 있을 것인가? 나는 그 자리에서 어떤 일본 호고가(好古家)의 말이 생각났다. 「일본정부와 인사들은 국보급의 공예나 미술품이 간상(奸商)들 때문에 해외로 흘러나가는 것을 통탄만 해서는 안 된다. 차라리 지진 없고 방화에 안전한 외국미술관에서 영구히 일본문화를 선전하고 있을 것을 생각하라」 한. 고려자기의 명품이 일본이나 미국의 일류박물관에서 왕좌와 같은 케이스를 차지하고 앉었다는 말은 들었어도 소련이나 기타국에는 그런 말을 듣지 못하였다. 차라리 국내에는 점수를 줄이드라도 상대국에서 환영만 한다면, 우리 민족의 공예품도 좀더 세계적 진열창에 널리 놓여져야 하겠다.

크레믈린 경내는 중세기 이후 건축전람회 같았다. 사원도 여러 가지가 있고, 궁실도 순 이태리식, 내부만 불란서식인 것, 초기의 순 노서아식 궁실, 중엽의 궁실, 전등사용 이후의 궁실, 고대로 보관되어 있는 바, 초기 것에서 재미있는 것은, 왕의 기도실과 언제나 구차하고 불행한 사람들의 편이였던 예수의 정신이 이 속에 머물러있을까 싶지 않은, 일종 사치비품 같은, 보석 투성이의 성경책들과, 형식상으로라도 「백성의 창」이란 것이 설계되어 있는 것이다. 2층 위인 왕의 침소에서 나려다보는 창인데 백성들은 그 밑에 와 엎디어 그들의 소장(訴狀)을 넣고가는 궤가 있었다. 거기까지는 좋으나 소장을 받기만 할 뿐, 그 궤를 열어 처분하는 일은 극히 드물기 때문에 그 궤의 별명은 「돌기-야씨크(오랜 궤짝)」이며 지금도 무슨 긴급한 일을 맡고도 그냥 내버려두는 것을 「돌기-야씨크에 들어갔다」 한다는 것이다.

소련의 국회의사당은 따로 있는 것이 아니라 이 크레믈린 속에, 그전 궁실에서 그냥 복도로 연락되게 중축의 일부로 되어있다. 장방형인 것과 직선이 많고 백색이 주조인 것은 이성과 과학정신의 상징 같았다. 후반은 2층으로 뒷자리에서는 연단까지 상당한 거리다. 그러나 어느 좌석에도 연사의 말이 그대로 오고 이쪽의 말도 그대로 연단에 가는 통화장치가 되여있었다. 나는 카버-를 거두워주는 의자에 잠시 기대어, 정면으로 레닌의 사자후의 거상을 바라보며 엄숙한 감정에 부딪쳤다.

생각하면 의의 깊은 전당이다. 단순히 쏘비에트연방의 의사장으로가 아니다. 인류가 가져본 사업 중에 가장 크고 옳은 사업의 기관실인 것이다.

우리 인류에게 혁명사나 건국사는 허다하되, 그 자유와 문화의 복리가 전 인류에게 미치며 전 인류의 영구한 평화상태를 향해 나아가는 「계획사회」의 출현은 여기가 처음이기 때문이다.

만강의 경의를 표해 옳은 것이다. 아직까지 인류가 경륜하고 있는 국가나 사회 중에 여기처럼 근본적인 개혁에서, 이른바, 「인간이 철저한 의식을 갖고 그의 역사를 자신이 만들어나가는 사회」는 다른 데 없으며 더욱 오늘 조선과 같은 민족이나 사회로서 옳은 국가건설을 하자면 어느 용도로 비쳐보나 운명적으로 결탁이 될 사회는 어디보다 여기이기 때문이다.

나는 오늘 크레믈린 구경이 아니라 이 최고 쏘비에트 의사실 구경이, 더욱 모스크바에 들어 첫날 이곳을 구경하는 것이 가장 감명 깊고 만족한 일이다. 이것은 쏘비에트에 대한 예의로가 아니다. 「구라파의 양심」이라던 로망 로오랑이나 바르부스가 진작부터 쏘비에트를 지지한 것이나, 앙드레 지-드가 바로 이 크레믈린 앞마당 붉은광장에서 꼬르키-의 영구 앞에서

「문화의 운명은 우리 정신 속에서 쏘비에트의 운명과 넌즈시 결탁되여있기 때문에 우리는 쏘비에트를 옹호하는 것이라」

고백한 것은, 이 말만은 가장 진실한 바를 웨치였던 것으로, 이 쏘비에트에서 자라나는 자유와 문화의 복리는 조선 같은 약소민족에게는 물론이요 나아가서는 전 인류의 그것과 이미 뚜렷하게 결탁되여 있는 것이다.

○

우리는 오후 3시에나 호텔에 돌아와 오찬 뒤에는 대외문화협회에서 온 오를로와여사로부터 소련국가체제에 대해 들은 바 있었는데 그 대강을 초하면 다음과 같다.

여사의 말에 「쎄쎄쎄르」란 소리가 자조 나왔다. 그것은 「쏘비에트 사회주의 공화국연방」이란 네 마디 노어의 첫자를 C.C.C.P(애스 애스 애스 애르)인데 이것을 「쎄쎄쎄르」로 발음하는 것이었다. 총인구수 일억구천

여만, 민족수를 엄밀하게 가리면 147족인데 그중에 자기 말과 자기네 문화가 어느 정도의 전통이 서서 자민족대로 발전할 가능성을 가진 민족은 60여족이며 이 다수민족들에게 가장 합리적이게 조직된 국가기관이 51개인 바 공화국이 16, 자치주가 9, 민족현이 10이며 입법과 재정통일의 주권은 이 51국가기관의 연합체인 최고 쏘비에트라 한다. 선거권은 농촌필부나 최고기관의 스딸린 수상이나 마찬가지 1표의 권한이며 이렇게 51국가기관을 통해 뽑혀 올라온 최고 쏘비에트 대의원은 지금 1,339명인데 그중 공산당원이 1,085명, 비당원이 254명이라 한다. 민족들의 연맹에의 가맹과 탈퇴는 자유이며 민족들의 선진, 낙후의 차별이 없이 절대평등이 원칙으로, 자민족문화 중심으로의 발전의 자유, 그리고 이런 자유와 평등을 실제화시키기 위해서는 낙후민족의 경제상태를 비약시키지 않을 수 없으므로 농본지대를 농공지대화, 혹은 공농지대화의 중대한 과업이 생긴 것이라 한다. 전 연방 내에서 노서아공화국 같은 선진민족으로도 자기만 경공업에까지 손을 대어 인민의 일반소비면을 윤택하게 해주지 못한 것은, 그래서 일부 외인들이, 「쏘비에트 인민들의 생활이 무엇이 풍족하냐」고 성급히 보아버릴 수도 있게 된 원인은, 실상은 16공화국이 다 잘살 수 있는 광범하고 평등한 공업기초에부터 전력을 집중해온 때문이었다. 그 결과 낙후된 민족들이 그동안 얼마나 자라고 있었는가는, 끼르기쓰 공화국이 혁명 전에는 제유공장 1, 치즈 공장 1, 제혁공장 2, 모두 수공업적인 4개 공장이던 것이 1945년에는 대소 5천의 공장이 생기였고, 그중 4백여공장은 전 연방적으로 유력한 공장들이라 한다. 이 낙후된 농본지대였던 끼르기쓰는 지금 국민경제의 70퍼센트가 공업생산에 의존되는 것이라 했고 이런 부력의 비약은 모든 문화의 조건을 또한 비약시켰을 것은 필연의 사실이었다. 소연방을 구성한 16공화국이란, 로시아, 우크라이나, 백로시아, 라트비아, 리트와니야, 에쓰또니아, 까레로 · 핀, 몰다비아, 구루지아, 아르메니야, 아제르바이쟌, 뜨르크멘, 우즈벡, 끼르기쓰, 까자흐, 따지크 등인데, 구루지아 공화국은 스딸린수상의 고향이며 중부아세아에 놓인 우즈벡 공화국은 조선사람들이 많이 사는 나라다.

○

이날 석양에 나는 혼자 호텔 앞을 나서보았다. 여럿이 구경으로보다 혼자 걸어보고 싶었다. 그러나 멀리 갈 용기는 아직 없어 고작 대극장 근처를 한바퀴 돌아왔는데 서점도 두어 군데 있었다. 모다 종업 후였고 길에는 유지에 싼 아이스크림과 캔디 파는 데가 많다. 은지에 싼 고급과자도 있고 이것과 호대조(好對照)이게 농촌 여자들이 자기 집에서 기른 것 같은 소박한 과실(배, 사과)를 팔기도 했다. 말쑥한 영양(令孃)들이 아이스크림을 아모렇지도 않게 먹으며 활보한다. 어떤 모퉁이에는 간결한 가설로 청홍의 소다와 냉수를 공급한다. 지방질을 많이 섭취하는 여기 시민들은 특히 찬 미각이 많이 필요되는 듯하다. 적신호에 막힐 때마다 여러 가지 교통기구가 몰키군하는데 두 대씩 연결한 구식전차, 새파란, 혹은 새빨간 뻐쓰형의 무궤전차 그것도 혹은 2층이며 택시에도 여러 사람을 실을 수 있게 무개(無蓋)로 된 것도 있고 그리고는 대소와 색채 잡다한 자동차들인데 전후에 새로 생산된다는 호화형이 저것이 아닌가싶은, 이곳 시민들도 유심히 살펴보고 만족해하는 바퀴 흰 대형류선(流線)도 가끔 보인다. 자전차는 드물다. 한편에 붉은 「M」자가 크게 뻔쩍이는 건물은 도모지 내포할 용적이 없어보이는데 사람이 연달어 들어가고 또 한몫 대량으로 쏟아지는 것을 보아 요술이 아닌 바엔 지하철일 것이 분명하였다.

돈을 써보고 싶어졌다. 수십 일째 돈 쓰는 습관을 잊은데다가 풀이도 제대로 모르는 돈이여서 아직 얼떨떨하다.

간판들이 대개 유리에 금자나 은자인데 「레스토랑」이니 「카페-」니 하는 간판은 더러 보이나 홍차 한 잔이나 실과나 아이스크림 한 접시쯤 위해 들어앉는 경음식점(經飲食店)은 보이지 않았다.

9월 2일. 천체지식보급소(天體知識普及所)라 할까 큰 궁륭관(穹窿館)을 만들어 놓고 환등과 망원경으로 천체현상을 설명해주는 기관이 있었다. 우리는 이날 여기서 중학졸업반의 여학생 2백여 명을 만난 것이 더 인상에 깊다.

모다 담수어(淡水魚)처럼 발랄했다. 제복이 아니요 양말도 긴 것 짜른 것 불일(不一)하고 구두도 벌써 많이는 굽이 높다. 이들도 아랫층에서 잔돈을 꺼내 소다- 마시기를 즐겨했다. 웃층 궁륭실에서 우리와 함께 착석하였을 때, 이 참새떼는 갑재기 조용해지며 약간 볼이 붉어지는 학생 하나가 일어서 우리 좌석을 향하였다. 그리고 탄력 있는 어감으로 우리에게 친절한 사연을 보내는 것이었다. 강소좌는 이 소녀의 뜻을 이렇게 옮겨주었다.

"들으니까 여러분은 멀리 조선서 오셨다구요. 우리는 모스크바 제 206호 여자중학 졸업반 학생들입니다. 우리나라에 오신 여러분을 우리들은 뜨거운 마음으로 환영합니다."

쨔르르 한참이나 박수가 울렸다. 불을 끄니 별 밝은 밤하늘이 된다. 들판에 앉어 여름밤 하늘을 쳐다보는 것 같다. 아모렇게나 뿌려진 별이 아니라 천체 고대로 줄여놓은 것이요 해도 떠 지나가고 달도 솟아 지나가고 일식, 월식, 그리고 화성, 혜성 다 지나가면서 설명이라기보다 강의인 듯하다. 각 학교에서 천문시간은 여기를 사용하는 것이라 한다.

우리는 얼마 보다가 일어섰지만, 우리 때문에 불이 켜졌을 때, 우리는, 왜 남학생들은 없느냐 물어보았다. 서너 학생이 몰려 나서며 대답하는데 작년부터 남녀공학이 폐지되었다는 것이다.

나중에 오를로와여사로부터 자세히 들었지만, 소련에서는 작년부터 공학제를 폐지했다는 것이다. 초등과 중학은 남녀 별교요 전문과 대학에서는 그대로 공학이라 한다. 소년기에는 생리적 특수조건에서 오는 성격상, 지능진도상, 혼합지도하는 것이 무리였다는 것이다. 체육, 지육(知育), 정육(情育)에 각이한 방침이 필요되기 때문에 소년기에 있어 남녀무별 교육은 여러 가지 불합리가 따르는 것으로, 여사는, 「나 자신 공학해보았는데 사내아이들과 같이 배우니까 여성생리나 가사과목 같은데 충실하고 싶지 않았고, 따라 성미가 거칠어지기 쉽고, 옷매무시 하나에도 잔신경을 쓰는 것이 여성으로는 옳은 일인데 그런 것을 수치로 아는 폐단이 있었노라」 하였다. 그리고 남녀의 사회적 연결은, 소, 중학교에서도 삐오닐(아동궁전)과 콤소몰(공산청년회)을 통해 적의(適宜)히 사교되는 것이라 한다.

오후에는 혁명박물관을 보게 되었다. 소련에서 혁명박물관이라면 굉장할 것으로 상상했는데 기대에 어긋나는 것은, 이유가 있었다. 나는 아직 보지 못한 레닌박물관이 따로 있는데 레닌의 일생은 이곳 혁명의 일생으로 혁명에 관한 자료는 거의 전부가 레닌박물관에 우선적으로 진열되었을 것이었다.

이 혁명박물관의 특색은, 스딸린대원수에게 온 각 민족공화국, 또는 다른 나라에서들 보내온 기념품의 진열이었으며 인상 깊이 남은 것은, 1919년 우크라이나 「끼에프」에서 생긴 일인데, 어느 구역위원회(區役委員會) 사무실 사진이었다. 출입문을 널판으로 ×자로 봉해버리고 그 옆에 「사무 못 봅니다. 모두 전선에 나가기 때문에」라 대서(大書)한 것이다. 행정책상과 총검의 제1선이 따로 없는 투쟁으로의 건설이었다. 오늘의 쏘비에트가 있게한 싸움의 가장 실감나는 자료의 하나다. 그리고 각 국 각 민족에게서 선사온 것 중에 한 가지 이채 있는 것은, 아메리칸 인 디언 추장들이 보낸 거대한 백우관(白羽冠)이다. 이것에는 까닭이 있었 다. 추장들은 가끔 「뽈꼬뽀제쓰」라고 저희들이 존경하는 인물을 그들의 영장(領將)으로 추대하는 풍습이 있는데 최근에 스딸린대원수를 추대한 것이라 한다. 그 밖에도 연방 아닌 나라들, 특히 그중에도 약소민족들로 부터 온 것이 많다. 이것은 레닌과 스딸린의 사상, 또는 쏘비에트의 타고 난 성격이 세계약소민족들과 깊이 연결되는 바 있음을 여실히 설명하는 것이었다. 그리고 스딸린 수상이 고불통을 애용하므로 각국각색이 고불 통선사가 많은 것이다. 이 고불통들에서는 인간 스딸린선생의 빙그레 웃 었을 미소가 감촉되었다.

○

어제 저녁 내가 혼자 나가 본 붉은 「M」자는 지하철이 틀리지 않았다. 우리는 지하철을 타러 나선 것이다. 동경지하철밖에 못 본 나는 먼저 깊 이에 놀랐다. 지상에서 제일 깊은 데는 70척이라 한다. 70척을 계단으로 걸으려다는 큰일이므로 나려가는 것, 올라오는 것 모다 무시로 움직이고 있는 「에스카레터」다. 한 계단을 들어서 밟기만 하면 급경사로 나려간 다. 정거장들은 대중의 지하궁전이란 느낌을 주도록 화려하다. 대리석의 기둥과 벽과 애국자들의 입체상, 혹은 부조로 제정시대 궁전 꾸미듯 했 고, 상반은 창공색, 하반은 심록(深綠)의 차신(車身)도 고왔다. 불송이 같 은 모자의 여차장, 여역원들이요 고촉(高燭)의 광선과 고속의 주행은 교 통이라기보다 일종 오락 같았다. 더구나 이 심도로 물까지 나는 난공사 를 전쟁중에도 계속해냈고 거기엔 여자들의 힘이 절대했다 한다. 이 차는 등급이 없는데 어린이들과 어린애 달린 어머니들만 타는 딴 칸이 있었다. 요즘 우리 일행을 위해 날마다 와주는 김동식씨도 이 지하철로 다닌다 한다. 이곳 시민들의 생활내용을 엿볼까 하여 우리는 김씨에게 가정형편을 물었다. 김씨 즐거이 공개하였다.

김씨는 2천루불의 월급인데 내외분과 아기 하나 세 식구로서 공동주택에 들어 있으며 방이 둘, 목욕실과 부엌은 두 집이 같이 쓰고 집세는 매월 60루불이라 한다. 이 집세란 그 사람 수입비율로 정하는 것으로 4천루불 수입자라면 같은 집에 120루불, 단 천루불의 수입자라면 같은 집에 30루불을 낸다는 것이다. 부엌 같이 쓰는 것이 불편치 않으냐 한즉, 난방을 부엌에서 하는 것이 아니요 오직 취사뿐이요 취사라도 순 조선식보다는 끓이는 것이 적은데다 화덕이 한번에 대소 여러 남비를 쓸수 있음으로 한 집쯤 더 같이 쓴다 해도 부자유는 없으리라 했다. 난방은 스팀이며 스팀을 쓰는 동안은 그 경비 부담만 집세비율로 집세에 첨가되는 것이라 한다. 내외가 다 나와 일을 본다 하드라도 여덟 시간 뒤에는 집에 돌아가는 것이요 부엌 설비가 간편하기 때문에 식후에는 곧 남녀간 자기 시간을 가질 수 있다는 것이다. 도시민의 자연생활과 신선한 야채를 위해서 시외에 공동채전도 있다 한다. 관계기관에서 기계로 갈아놓은 땅에 자기 분량만큼 씨만 뿌렸다가 캐러 오라는 때 가서 캐기만 하면 되는데, 이 김씨네는 해마다 감자를 심어 두어 포대 팔고도 1년내 먹는다 했다. 이분 부인께선 직업을 갖지 않았으나 만일 직업을 가지려면 아이는 아침에 나갈 때, 곧 이웃마다 있기도 하고 큰 직장이면 그 직장마다 있는 탁아소에 맡기고 가면 되고, 젖 먹이면 젖 시간엔 자유로 나와 먹이는 것이며 퇴근할 때 들리어 집으로 다리고온다는 것이다.

주식품이나 의류는(담배도) 직장을 통해 배급이 있고 그것으로 부족하면 백화점이나 기타 자유상점에 가 얼마든지 사는 것인데 담배의 예를 들면 배급보다 약 4배 비싸다 한다. 의료는 각 구에 국영병원이 있어 무료이며 산부(産婦)는 임신중에 미리 등록되었다가 임기(臨期)하여 병원에서 자진해 다려가는 제도라 한다. 다산모에게는 다섯서부터 훈장, 열부터 「어머니 영웅」으로 최고명예를 받으며 양육에 국가보조가 많다. 학교에도 일반 신입생들에게 그 후원기관에서 학용품 일체를 당하고 입학금이니, 수업료니의 부담이 없으므로 어떤 가정이나 살다가 갑재기 큰돈 쓸 일이 생겨 낭패되는 일은 별로 없다 한다.

집은 개인소유도 할 수 있고 개인소유 집은 팔거나 그저 주거나 하되, 세놓는 것은 금한다 한다. 여자는 55세, 남자는 60세까지 자기 기능대로 일하고(그것도 가족의 수입으로 생활이 넉넉하면 자유다) 이상 연령이 지나면 최종월급비례의 생활비를 매월 국가에서 준다 하며 무의(無依) 노인을 위해서는 양로원이 있다 한다.

9월 3일. 오늘을 우리는 크게 기다려왔다. 8·15는 조선뿐이요, 소련이나 미국에서는 이날이 일본에게서 정식으로 항복조인을 받은, 전승기념일이었다. 첫기념이라 영화 「승리의 관병식」 같은 관병식을 기대했으나 밤에 붉은광장에서 축포가 있을 뿐이라 한다. 그러나 시내 각 광장마다 무대가 가설되고, 대극장, 대관청 등에는 붉은 기와 레닌, 스딸린 초상들로 장식되며 있었다. 어느 기관이나 떠들석한 날이여서 복쓰에서는 오늘 뱃놀이를 채린 것이다.

모스크바강, 말이 강이지 항구와 같은 시설의 부두로서 며칠씩 걸리는 긴 여행을 떠나는 2,3층의 열차식 증기선들이 즐비하다. 이 하선(河船)들은 동구라파 평원의 대부분을 세 바다에 연결시키는 원항(遠航)들이라 한다.

우리는 소형 한 척을 따로 타고 술이며 안주를 그득 싣고 이 모스크바강과 서너 길이나 고저의 차가 있는 볼가강과 연결시키는, 물 가두는 축항(築港)이 있는 데까지 목표로 강을 거슬러 올라간다. 마침 모스크바에 와서 처음 청명한 날씨다. 강상에는 남녀 학생들의 요트대, 뽀트대, 그리고 처처에 낚시질꾼들이 있는데 낚시질꾼 중에는 훈장을 차고 나온 사람도 있다. 오늘이 전승기념일인 때문이리라.

강기슭 좌우에는 가끔 적송(赤松)과 백화(白樺) 숲이 엇갈려 나오고 제정시대 별장들인 듯, 또는 최근에 지은 휴양소 같은, 노대(露臺) 넓은 건물들이 지나간다. 인도와 철도의 다리들도 무지개처럼 우리 머리 위를 지나간다. 이 테이블 저 테이블에 술병들이 마개가 뽑힌다. 우리 호텔의 식당 사람들까지 같이 왔다. 말을 통하는 강소좌, 김동식씨, 미하에로흐 소위는 테이블마다에 찢긴다. 겨우 한 분 차례가 우리 좌석에 왔을 때, 나는 오를로와여사에게, 지금 쏘비에트의 여류외교관으로 활약하는, 코론타이 부인의 소설, 「붉은 사랑」을 화제로 꺼내었다.

"조선에서도 그 작품을 많이들 읽었습니까?"

"일어역으로 널리 읽혔습니다."

"그 작품을 동양에선 어떻게들 비평하십니까?"

"한참 청년들은 연애와 결혼의 자유를 부르짖고 인습과 싸우던 때입니다. 단순히 인습타도에 과감한 것만으로는 통쾌히 보는 사람들도 있었으나 너머 지내쳤을 뿐 아니라 제호가 붉은 사랑인 만치 그것을 그대로 쏘비에트의 성도덕으로 아는 사람이 많았습니다."

"그랬을 줄 압니다. 여기서도 평이 나빴습니다. 레닌선생 생존하셨을 때이므로 선생께서도 이 작자에게, 그 작품은 가정을 파괴시키는 것이라고 딴딴히 말씀하셨습니다."

"지금 그전 작품들로 누구의 것이 많이 읽힙니까?"

"고전으로 뿌쉬킨이 많이 읽힙니다. 톨스토이도, 체홉도, 그리고 꼬르키-가 가장 많이 읽힙니다."

"톨스토이의 사상은 여기서 어떻게 비평됩니까?"

"그 무저항주의는 좋지 않다고 봅니다. 꼬르키-는 나쁜 것과는 용서 없이 싸우는 정신이여서 좋습니다."

하고 아직 30대의 총명한 여사는 동의를 구하는 웃음이였다.

"어서 여기 작가들과 만나도록 해주십시오."

"연락중입니다. 그러나 레닌그라드에 가있는 분도 많고 지금 여행중 인 분도 있고 아모래도 남방에 다녀와서야 기회가 될 것 같습니다."

우리 일행은 처음 올 때는 중앙아세아에 있는 우리 동포들의 농촌을 구경하고싶어 했으나 와서 본즉 여기서도 기차로 내왕 십여 일이 걸리는 데요, 그런 시간의 부담이라면 앞으로 신조선 건설에 좀더 다각적으로 참고될, 적은 나라들이나 조선과 유사점이 많은 민족공화국을 보기로 택 하여, 흑해를 두고 「루마니아」와 「불가리아」의 대안(對岸)에 있는 「구루 지아」공화국과 거기 연접하여 「토이기(土耳其)」와 접경인 「아르메니야」 공화국을 보기로 한 것이다.

"구루지아 민족은 지금 얼마나 됩니까?"

"3백만가량입니다."

"아르메니야 민족은 얼마나 됩니까?"

"백만 좀 넘는다 합니다."

"자기 민족어로 발전하는 민족 중에 가장 수 적은 민족이 어떤 민족 입니까?"

"아마 옌쓰 민족일 것입니다. 4천 명밖에 안 되니까요. 그러나 자기 네 말과 문자가 있어 그것 정리를 하고 중요 출판을 자기네 말로 하고 있 읍니다."

"전 소연방 내에서 몇 가지 말의 서적이 출판되고 있습니까?"

"72종어라 합니다."

나는 소련의 문화가 「한 세계」를 이루는 기초가 이것이 아닌가싶었다.

먼- 지방에서들 사람을 꽃피듯 싣고 모스크바에 들어서는 여객선들이 자꾸 지나간다. 두 시간이나 착실히 올라와서야 두 강의 수평차이점에 다달었다. 큰 강을 양쪽으로 짤러 막고 물을 웃강만치 더 넣기도 하고 아랫강만치 더 뽑기도 하는, 그래서 그 물과 함께 같이였던 배들이 웃강으로 올라가기도 하고 아랫강으로 나려오기도 하는, 큰 물장난 같은 장치였다.

독군(獨軍)들이 여기를 목표로 맹렬히 공륙(空陸)으로 이 근처에 침입했으나 피해는 없었다 한다. 총 멘 파수병들이 여자들이다. 우리들의 배도 여기서 장난감 노릇을 해보고 저녁 일곱 시에 돌아온 것이다.

○

승전기념예포는 저녁 아홉 시였다. 여기 식당의 저녁 시각은 대개 열 시 이후라(점심도 일러야 세 시) 그동안 나는 붉은광장에 갈 구두나 닦어보리라 생각했다. 그리고 느낀 것이 이 호텔에 일 보는 사람들이다. 자본주의 사회의 호텔 같으면 아침에 일어나기가 바쁘게 구두가 닦여져 있을 것이나 여기는 그렇지 않다. 층마다 층계 모퉁이에 책상을 놓고 앉었는 여자들은 객실과 욕실의 소제와 열쇠를 맡는 것만 일이다. 밑엣 출입문 안에도 노랑테 모자를 쓴 남자가 있다. 문도 잡어단여 주고 짐도 부러들이나 오직 사무적이요 굽신거림은 없기 때문에 나도 아직 그들의 존재에 감촉됨이 없었다. 식당에도 남자노인들인데 재빠르지 못한 것은 연령의 소치만도 아니다. 차를 가져오고도 앞에 놓은 설탕 그릇이 비었음을 이쪽에서 눈짓하기 전에 먼저 알어내는 적이 적다. 이쪽의 지적으로 알었어도 당황하지 않는다. 서서히 무거운 걸음으로 가져온다. 미안했다는 것을 나타내려 덤빔으로써 도리어 이쪽을 미안케 하는 일은 조금도 없다. 손님의 비위를 맞추려 깝신거리고 희뚝거리어 도덕적으로 위선에 이르는 것은 고사하고 심리적으로 객을 도리어 마음 못 놓게 하고 부담을 느끼게하는 것보담은, 차라리 이 사람들의 진실하기만한 태도가 편하고 정이 든다.

호텔문 밖에서 신 닦는 사람을 본 듯하기에 나와보았으나 시간이 늦어 가고 없다.

이런 것이 과연 불편한 것인가? 불편하다고 주장해야 하는가? 밤에도 상점들이 문을 열고, 늦도록 신 닦는 사람은 제 안해와 제 어린것들과 즐길 시간 없이 그 자리에만 붙백혀 있어야 하는 사회가 정말 편한 사회일까?

○

다른 날 밤보다 불빛이 많아졌다. 부인 동반의 군복도 더 많아졌고 가슴에 찬 훈장들도 더 자랑스럽다. 붉은광장 근처에는 벌써 차라는 것은 못 들어선다. 길들은 온통 빼국하다. 광장집회에 세련된 시민들이라 곬을 찾어 날쌔게들 움직인다. 움직이는 곳을 따르면 어렵지 않게 레닌묘 맞은편까지 올 수 있었다. 일행 중 내 키가 제일이나 여기서는 가끔 발돋음을 하게 된다.

밤에 바라보는 레닌묘는 사각의 피라밋, 고구려시대 장군총(將軍塚)을 연상시키는 건축이다. 이「사람의 모래밭」이 된 광장과 크레믈린을 둘레로 무수한 탐조등이 올려뻗친다. 비행대가 날른다. 이윽고 축포가 터지기 시작하는데, 바시리대가람(大伽藍)의 훨씬 뒷쪽에서다. 크레믈린 한쪽이 들석들석 궁글른다. 대포들은 보이지 않으나 그 우렁찬 소리보다 줄기찬 불부터 먼저 내어뿜는다. 아직도 세계 어느 구석에고 일제나 나치스의 잔재가 남았으면 나서라는 포효 같았다. 사방에서 꽃다발 같은 오색별의 화포들이 용솟음한다. 대포들의 포효는 점점 집단화한다. 감격하는 얼굴들! 어떤 얼굴은 침통하다.

만일에 이 전쟁을 이기지 못하였다면? 아, 상상만으로도 끔찍한 노릇이다! 그자들 마음대로 꾸며 전하는 뉴-쓰만으로도 스딸린그라드에서, 레닌그라드 주변에서 전세가 일진일퇴할 때, 마레-에서, 라바울에서 일진일퇴할 때, 우리는 빈 주먹으로라도 얼마나 땀을 흘리며 마음을 태웠던가! 중국에서는 우리 의용대들의 붉은 피가 흘렀거니와 국내에서는 일제의 임종적 발악(臨終的發惡) 밑에서 유구무언, 오직 정성과 단장(斷腸)의 원한으로 이 정의군들의 승리를 창천에 호소하고 애원했던 것이다. 작년 8월 15일, 우리 3천만은 처음 오는 자유에 얼마나 참어온 울음부터를 터뜨렸는가!

오, 위대한 승리여!

전사 있어온 이래 가장 존귀한 이 승리를 존귀한 승리로서 마치게 할 일이 아직 이 지구 위에 남어있는 것이며 무기를 들고 같이 싸우지 못한 우리들은 오늘 이 남어있는 일에 남보다 앞서 나서지 않으면 않될 것이다.

○

저녁 뒤에 자정이나 가까워 우리는 이번에는 대극장 앞 광장으로 나와보았다. 밀도는 붉은광장에서만 못하나 여기도 모래밭 같은 사람들이다. 무대에서 손풍금이 울리고 지방민족공화국에서 온 듯, 물색 찬란한 치마 입은 처녀의 일군이 나와 합창과 아울러 춤을 춘다. 차례로 한 명씩 전면에 나서서 소리를 먹이는데 희극적 내용인 듯 광장은 까르르 웃판이 되고 춤추던 처녀들은 높은 소리로 멋지게 받어넘긴다.

모스크바 안에 있는 여러 광장들에서는 이날 밤 각 지방에서 온 축하 가무단들로 밤이 새워질 것이라 한다. 사람들은 좀체 흩어질 것 같지 않었다.

9월 4일. 여기 학교들은 전문 이하는 이름이 따로 없고 대개 호수뿐이다. 우리는 첫학교 구경을 모스크바시 제106호 남자 소 중학교로 오게 되었다. 소학과 중학이 한데 있는 학교다. 별로 크지 않은 벽돌 4층집, 운동장이 큰 마당 정도인데 여기도 꽃밭이 많어 조선에서 보는 것 같은 운동장은 아니다. 창마다 빛깔 고운 창장이 드리우고 재목(材木)에도 부드러운 빛깔을 칠한데다 복도는 넓고 아늑하여 얌전스런 여학교맛이다. 첫층 복도에는 다채한 쁘쉬킨 동화의 삽화들이 걸리었고 2층 복도부터는 이 나라 문인들의 설명 붙은 사진들이 걸리고 유명한 애국자들의 석고상들도 놓여있다.

교장 한 분, 학감 두 분, 교육방침연구소 주임, 군사체육부 주임, 물리실험실 주임 등으로 전교원 54명, 그중 남교원은 21명뿐, 소학 6년까지는 사범출신 교원이요 중학인 7학년부터 10학년까지는 대학출신 교원들이다. 학생 총수 1천4백 명, 오전 오후로 갈러오는데, 4학년까지 오전반이라 한다. 한 반 평균 42명, 학기는 3개월씩, 한 학년이 4학기이며 교내에는 학생자치회가 있고 교외에 「삐오닐」과 「콤소몰」이 있는데 콤소몰(共靑)회원은 전교생의 약 반수가량이라 한다. 점심에 차를 그저 주는 식당이 있고 의료실이 있고 강당은 4층이요, 동식물원과 연결하는 박물연구회, 문예, 수학, 사회의 각 교육방법 위원회가 있고 교실 안은 시계와 국가적 위인의 사진과 벽신문이 있다. 벽신문은 그 반 학생들의 편집으로 중요한 것은 신문을 그대로 오려다 붙인 것도 있었다. 이곳 학교 후원회는 학부형들로 된 것이 아니라 그 지구 내에 있는 가장 경제력으로 유실한 산업기관이 되는 것인데, 이 학교는 가까이 있는 중공업 위원회에서 그 책임을 진 바 되여 매 학년 학용품 기타 교육자료 일체를 부담하며 그 기관 내에 있는 영화시설 같은 것도 이 학교에서 이용한다는 것이다. 얼른 조선과 다른 특색을 따지자면, 소 중학이 한데 있는 것, 학교가 이름이나 교훈이 따로 없고, 학기 시험문제도 교육성에서 일률적으로 나오는 것, 학생들이 교외에 있는 국가적 훈련기관을 통해 한 학교 학생으로 보다 한 나라, 한 사회의 학생으로 연결되는 것, 한 학년기 4학기인 것, 남자중학에도 여선생이 많은 것, 후원회가 사회기관인 것, 그리고, 어느 방면으로나 특재가 있는 아이는 월반을 시키든지 그런 아이들을 위해 있는 아동 전문학교로 보내는 것이다.

이날 오후에 우리는 교육성에 가서, 소련의 교육제도는 혁명노선을 타고 문맹타파와 기회균등과 인민문화 건설으로 매진하는 적극성 있는 형식임을 더욱 느낄 수 있었다. 전에는 귀족자제의 학교, 자본가자제의 학교, 노 농민자제의 학교 등 3층으로 차별되여 있던 것을, 단일적 쏘비에트 학교로 개편하는 데서 비롯하여 문맹퇴치 비상위원회를 조직하고 전 지식인에게는 문맹퇴치에 일할 의무를 지웠으며 5분지 4나 되는 미취학 아동을 위해 학교증설 교원양성에 주력하여 제정시엔 취학아동이 백 호당 58명이던 것이 지금은 백 호당 208명이며 10월 혁명 후 신설학교는 제정시대 200년간 세운 학교 수에 해당하게 되였다 한다. 전 소연방 내 소학교 수는, 4년제가 약 8만5천교, 7년제가 약 2만교 10년제가 약 6천교인데 연제가 다른 것은 그 공화국마다 특수사정이라 하며 1938년부터 의무교육을 중학까지로 높이어 1946년까지는 성취할 예정이였으나 전쟁으로 지연되였다 한다. 문맹퇴치 운동에는 일반 지식인에게도 최소한 몇 명씩이란 의무가 지워진 것과 지방에는 소학교 교원들과 상급반 학생들의 활동이 컸고 각 노동단체들의 자진 궐기한 것도 효과가 컸다 한다.

○

이날은 호텔에 돌아오니 다섯 시 전에 시간이 좀 있었다. 우리는 3, 4 인씩 작반되어 서점과 백화점으로 나섰다.

서점에 들어서니 이야말로 까막눈이다. 무슨 책인지 뜯어볼 수 있는 것은 호텔 매점에서도 볼 수 있는, 영어로 된 당사, 국내 전쟁사 등이요, 읽지 못하드라도 기념으로 로어책 몇 가지를 사려 현역작가들의 이름을 대이니 하나도 없다는 것이다. 꼬르키-의 이름을 대였을 때는 아홉 권으로 된 꼬르키-전집을 보이는데 전시판은 아니다. 정가가 650루불이며 또스토에브스키-전집도 있는데 열한 권으로 책은 좋았으나 3천루불, 그 때 조선돈으로 4배이니 1만 2천원 셈이다.

몇 서점에 둘러보았으나 현역작가들의 것은 소설이고 시집이고 모다 떨어졌고, 조선말로 된 오쓰뜨룹쓰끼-의 「어떻게 강철은 단련되였는가」 가 보였고, 이것만은 최근간인 「스딸린선거연설」이란 팜프렛이 나와있었다. 일어의 사회과학, 좌익 소설도 있었고, 처음 보는 자형인 여러 민족공화국들의 말로 된 책도 많았다.

대극장 옆에 있는 백화점은 사람이 빼국 차 있었다. 넥타이를 하나 골랐다. 20루불에서부터 60루불까지 있었다. 가을 중절모 하나를 사는 데 4백루불이였다. 가만히 보니 비단이 가장 비싼 것 같았고 가죽 장갑이 벌써 나왔는데 고급은 3백루불이였다. 사진기부에는 「라이카」를 개조시킨 「페드」라는 것이 대량생산인 듯한데 1천8백루불씩이요 군인까지

향수를 많이 쓰는데 향수 파는 부는 여러 군데 있었다. 물건은 풍성하게 들어차있고 고객들의 구매력도 왕성했다. 매장마다 돈을 받는 것이 아니라 살 물건을 정하면 매장에선 정가를 가르켜만 주었고 그 정가만큼 돈 받는 데로 가서 돈을 내고 영수증을 가져와야 물건을 찾는데, 돈을 미처 못 받어 줄을 지어 기다리게 되는 수가 많다.

9월5일. 오전 중에는 보건성에 갔었으나 여기 사업은 너머나 전문적인 듯, 앞으로 병원이나 탁아소 같은 실물을 자세히 보기로 하고 숫자적인 기록은 생략한다.

오후에 종교위원회에 가서 소련의 종교정책의 진상을 듣고 조선서 듣던 풍설과는 많이 다름을 알었다.

종교위원회란 종교지도기관이 아니라 종교계와 정부와의 연락기관이라 하며 이 위원회 책임자는, 무엇보다 종교의 자유는 제정시대보다 지금 쏘비에트사회에 더 있는 것을 알어달라 하였다. 제정시대에는 나라가 허가하는 종교 이외에는 믿지 못하였고 교리나 성전의 해석도 국책에 맞도록 제한되고 왜곡되여 자유주석이 불가능했던 것이다. 그때는 종교가 국가에 매여있은 것이다. 그러나 혁명 후 레닌선생은, 종교를 국가와 학교에서 분리시키라 한 것이다. 그것은 국가나 학교가 종교 때문에 받는 구속에서 자유가 될 뿐 아니라 종교자체도 국가나 학교 때문에 받던 구속에서 해방되는 것이였다. 이것을 종교가들이 반대한 것은 옳지 못했고 더구나 민중에게, 쏘비에트란 몽상이다. 며칠 아니 가 자멸할 것이라고 선동함에 이르러는, 쏘비에트는 그들을 종교가이기 때문에 누른 것이 아니라 반쏘비에트 운동자들이기 때문에 교회는 종교집회소이기보다 반쏘비에트 소굴이기 때문에 탄압한 것이다. 그러나 이런 것이 쏘비에트의 대 반쏘정책이지 대 종교정책이 아님을 차츰 종교측에서도 이해하게 되어 이번 전쟁을 계기로 종교가들은 국가에 적극 협력하였고, 1943년에는 종교계 지도자들이 스딸린수상에게, 종교발전의 원조를 청한 바, 수상은 이를 쾌락하였고, 그해 9월 4일에는 종교측 대표 세 명이 수상과 면담까지 있어, 국가와 종교계의 관계는 더욱 호전되었다. 반쏘적으로 나갈 때 제외되였던 종교가들의 선거권도 다시 부여하고 종교기관 건물들도 국유였던 것을 전부 무상 반환하였다 한다.

"그러나 국가보조 없이 종교단체들이 기능을 발휘할 수 있겠습니까?"

하는 질문에 위원회로부터는,

"소연방 내에는 천주교도 있지만 대부분 희랍교인데 노서아의 희랍교는 세계에 가장 부교(富敎)입니다. 이번 전쟁에 국가에 협찬한 것이 현금만 3억이 넘습니다."

하였다.

"연방 내에 예배당이 얼마나 됩니까?"

"예배당이 2만 2천가량이고 수도원이 8천여 처입니다."

"종교발전이 사회주의 국가발전에 있어 상충될 경우는 없겠습니까?"

"사회주의적 건설에 열성적 참가인 한 상충될 리 없다고 생각합니다."

"낙후민족들 사회엔 종교라고까지 할 수 없는 미신습속이 있을 터인데 그런 것에는 정부는 어떤 정책을 취합니까?"

"구속하지 않습니다. 다만 그런 낙후된 사회일수록 과학생활의 향상을 더 치중시킵니다."

"반종교적 언론에 자유가 있습니까?"

"종교 선전에 자유가 있듯이, 종교를 비판하는 언론에도 물론 자유가 있습니다."

나중에 오를로와여사에게서 들은 바이지만, 부활제 때는 여러 가지

물들인 달걀을 먹는 종교적 풍습이 있는데 소비조합에서들은 이날 색달
걀을 준비했다가 배급한다고 한다.

○

여기서 좀 시간이 늦어, 잔뜩 벼르고 간 「모스크바 예술좌(藝術座)」
구경이 첫막은 시작되어 있었다.

과히 크도 적도 않은, 붉은 벽돌로 아로새긴 것이 많아 노서아 맛이
나는 외관이다. 그리고 내용을 대강 짐작하는 체홉의 「앵화원(櫻花園),
(벗꽃동산)」임이 얼마나 기뻤는지 모른다. 밑층에서 모자, 외투 다 맡긴다.
어느 기관이나 이런 절차다. 윗층으로 올라가면 옆으로 매점, 바깥을 향
해 정면으로는 쉬는 낭하(廊下), 폭신한 장의자(長椅子)들이 둘려놓이고
쁘쉬킨, 체홉, 꼬르키-, 그리고 이 예술좌 창설자 스따니슬라브스끼-를
비롯해 명우(名優)들의 사진이 걸려있고 문을 꼭 여미고 섰는 안내양들
은 누구에게서 기침소리 하나 날세라, 침묵을 유지시키기에 눈들이 날카
롭다. 만도(晚到)한 것은 우리 일행뿐도 아니다. 나는 적은 지폐 한 장을
꺼내 안내양에게로 가 프로그램 한 장을 샀다. 프로그램은 필요한 사람
에게만 실비로 파는 것이라 한다. 펴보나 읽을 수는 없는데 이 예술좌 마
크가 우미하다. 해면으로 폭이 넓은 사각형 안에 몇 줄 물결을 그웃고 그
위에 갈매기 한 마리가 뜬 것이다. 체홉의 작품 「갈매기」를 상연하여 첫
성공을 거둔 이 예술좌의 유래 깊은 마크였다. 체홉의 예술답게 가벼운
선으로 갈매기소리와 파도소리 한데 애연히 들리는 듯한 도안이다.

이윽고 박수소리가 와르르 울려나왔다. 고요히 벨의 금속성의 소리
도 울려왔다. 몇 군데서 문이 버그러지며 사람들이 밀려나온다. 우리는
새로 들어가 무대에서 꽤 가까운 자리에 앉게 되었다.

아늑한 극장이다. 드리워진 부드러운 장막에도 갈매기다. 평화스럽고 고요하고 애연한 맛, 체홉의 예술을 좋아하는 사람들, 이 모스크바 예술좌를 자조 찾어오는 이 사람들은 다 저 갈매기 마크를 마음속에 찾을 것이다.

낭하에서 종이 운다. 다시 착석되는 관객들은 반 이상이 여성들, 어린애는 하나도 없는 체홉의 가벼운 유모어를 하나도 놓치지 않을 세련된 팬들뿐이다.

고요히 불빛 낮어지며 막이 들린다. 여기는 징 뚜드리는 소리는 없다. 무대에서보다 관객들이 정신을 바짝 채리는 옷자락소리가 난다. 퇴락해진 별장경내에서 꺼져가는 귀족사회의 운명이 한 사람 몸짓에서, 한 사람 말소리에서 자꾸 점철되기 시작한다. 새로 올 사회에는 도저히 있을 수 없는, 이미 그들로서의 난숙된 인물들이다. 막을 거듭해 이들이 무르익어갈수록 새 시대의 싹 대학생이 쑥쑥 자란다. 모두 영절스럽다. 몸짓 하나까지라도 횅하니 외워있는 배우들이요 우리는 듣지 못하는 말맛에까지 반하는 여기 관객들은 하득하득 숨차다가 막이 끝나면 우루루 일어서 무대 앞으로 밀려 나오며까지 박수를 한다. 막이 들린다. 배우들이 답례한다. 막은 나렸으나 박수는 그치지 않는다. 배우들은 아모리 다음 준비가 바뻐도 두세 번은 박수에 답례를 하게 된다. 그중에도 충복역(忠僕役)을 하는 노배우에게 가장 뜨거운 경의들을 표하였다. 그는 정부의 훈장을 탄 「인민의 배우」라 한다.

참말 연극들을 즐긴다. 관객과 함께 되는 예술, 이 연극은 이렇듯 열광하는 팬들이 없이 저 혼자 발달되였을 리 없다. 전에 이 모스크바 어떤 극장에서, 구경꾼 하나가 불쑥 일어서 한참 열연중의 배우를 향해,

"참 자네 연극 잘하네! 자네 나헌테 갚을 고기값 그만두게."
하였다는 말이 생각났다.

학생 때 동경에서도 쯔키지소극장(築地小劇場)에서 하는 서양극을 몇 번 보았다. 서울서도 「극연(劇研)」에서 하는 바로 이 「앵화원」도 본 적이 있다. 그러나 그 작품의 본국 사람들이 하는 것은 처음 본다. 얼굴, 키, 목소리, 몸짓, 모다 꾸밀 것 없이 옷만 바꾸어 입으면 바로 그 작품 속엣 사람들일 수 있는 것이다. 이런 자연스러운 조건에서, 이 예술좌 사람들이 전통적으로 가장 몸에 맞을 체홉 작품의 상연이란 가장 득의의 공연일 것이다. 도취의 밤이었다.

9월 6일. 시립병원의 하나를 구경갔다.

최초에는 개인병원이란 것이 시영으로 자라 지금은 큰 동네 하나로 고층병실들이 들어찼다. 독군 폭탄에 여러 번 목표가 되었으나 다행히 주변의 몇 건물이 파손되었을 뿐이며 전쟁중에는 병원 전체가 전선에서 들어오는 부상병으로 차있었다 한다.

여기 병원으로 특기할 것은, 입원환자는 몸만 들어오는 것이다. 몸도 먼저 욕실을 통해 들어오는데 의복, 침구, 음식, 식기 어느 것이나 집에서는 못 가져오고 아모리 가족이라도 환자가 꼭 보아야 할 경우 이외에는 함부로 드나들지 못한다. 우리 일행들도 전부 소독복, 소독모를 쓰고 병실들을 구경하였다. 환자들이 동일한 의복, 동일한 기구들이므로 예민한 환자 신경에도 하등 차별감이라거나 물질고(物質苦)의 불안이 없어진다. 더욱 치료비 때문에 근심되거나 치료는 하드라도 그것 때문에 앞으로 몇 달씩 생활비에 타격을 받을 불안이 없는 사회니 환자들은 오직 병의 아픔만 견디면 된다. 심리적으로 2중의 아픔이 없는, 가장 합리적인 치료가 시행되며 있다.

○

　오늘 저녁은 대극장 구경이다. 연극은 반드시 기쁜 구경만은 아니다. 그러나 가극이란 먼저 구경스러워야 쓴다. 구경스럽자면 극장부터 찬란해야 하고 찬란한 것에 더 어쩔 도리가 없으면 이번엔 굉장한 것에로 내달을 길밖에 없다. 이렇게 찬란과 굉장을 겸하여서 들어가기만 해도 기쁘고 흐뭇한 데가 이런 대극장이다.

　정문을 들어서면 초행엔 혼자 찾어나올 수 없는 복잡한 골목들을 지난다. 군데군데 막간에 나와 쉬는 데와 매점, 식당들이 있다.

　우리 자리는 무대에서 좌측으로 첫층에 정해졌다. 방처럼 되였는데 네 사람이 앉으면 알맞겠다. 참말 황홀하다. 황금과 진홍 비로-드로 전부다. 조각은 모두 금박이요 손 닿는 데는 모두 푸군푸군한 붉은 비로-드다. 관객석은 여섯층으로 둘리었고 중앙은 텅 비인 사뭇 고공으로 천녀(天女)들이 날으는 천정에선, 휘황한 쌴데리아가 큰 나무에 무데기로 꽃피듯 했다.

　이런 찬란과 굉장으로 된 대극장에선 연극도 그런 가극이라야 을린다. 마침 얼마든지 화려할 수 있는 고전으로 쁘쉬킨의 「오네겐」이였다. 일본에서도 대학문과에서들 노문학의 고전으로 많이 가르키던 작품이다. 백여 명의 대관현악과 함께 막이 들리는 무대는, 넌즈시 꺼져버린 대쌴데리아가 그리로 옮겨진 듯, 화려하다. 원체 넓고 높은 무대라 동리면 그냥 동리만한 것이 나오고 산속이면 백화숲 그대로의 산골짜기가 나온다. 수백 명의 라-린가(家) 무도회가 화려했다. 노래는 모다 명수들, 쁘쉬킨의 동화에서부터 자랐고 쁘쉬킨의 불행한 최후를 기억하는 이 국민들은 이 가극에서 더욱 감격됨이 클 것이다.

쁘쉬킨 자신처럼 이 작품 속에도 미모의 연인 때문에 결투하는 장면
이 나오고 그 결투로 인해「올리가」의 애인「렌스끼-」는 애처럽게 죽고
마는 것이었다. 사교계의 명화(名花)로 안해를 삼았던 쁘쉬킨도 안해 때
문에 결투로써 죽는 것이니, 이「오네겐」은 작자 자신의 슬픈 운명을 연
상시킨다. 냉무(冷霧) 자옥한 황야에서 연적은 살고 성실한 사랑의 주인
공은 가슴을 안고 넘어질 때, 만당관중(滿堂觀衆)은 숙연해하였다.

우리는 이제 신극에 대한 기대가 더욱 크거니와 아직 노서아 예술의
전통 속에서 자라는 이곳 무대들에서 가치 있는 고전들부터 감상할 수
있음은 너무나 우리의 소망대로였다.

9월 7일. 모스크바에는 대학이 대소 60여 교가 있다 한다. 그중의
하나인, 창설된 지 191년이 되는「노모노숩」대학은 당시의 철인「노모
노숩」을 기념하는 모스크바에서 저명한 종합대학이다. 꼬르키-거리를
지내쳐 잠간 걸으면 외관은 역시 그리 커보이지 않으나 동리 하나에 그
득차 있는 설비로도 내실한 대학이다.

총장 깔긴박사 외 부총장이 두 분, 각과 주임(63과)교수, 조수의 기구
로 총 교수진 천3백여 명, 학사원연구생 5백 명, 백여 민족에서 온 학생
수 8천여 명, 4년과 5년제이며 중학에서 우등졸업생은 무시험, 졸업 후
에는 직업에나 연구에나 학교에서 알선하며 교외강의도 있다 한다. 물리
실험실에는 여학생이 더 많았다. 잠간 가서 구경으로는 박물표본실이 굉
장한데 그 수집종량으로 세계적인 것이라 한다.

이날 우리는 이 노모노숩 대학 외에 직업동맹과 농림성을 방문하였
는데 직업동맹이 방문은 어디보다도 의의가 컸었다.

내가 나린 중앙비행장을 지나서도 한참이나 달리어 시가가 끝나가는
주변인데 자주빛에 백색으로 장식된, 전체가 W자형으로 지어진 방대한

모던 건물이다.

4층에 있는 소집회실에서 우리는 총무 이외 각부 책임자들과 회견한 바, 어느 기관에서보다도 조선의 국제적 사정에 통효해 있었다. 소련의 전노동자와 사무원의 85퍼센트, 2천만 명 이상이 회원이며 이 소련직업동맹이 중심되어 창설된 국제노동조합연맹은 맹원이 7천만에 달하는 것이다. 우리 조선의 노동조합 「전평(全評)」도 이 국제노련에 가맹되여 있는 것이다.

얼른 생각하면 노동자를 착취하는 자산계급이 없어진 소련에서 노동자의 단결행동이 무슨 필요가 있을까 의문이기도 하다. 이 점에 관해서는 이곳 책임자는,

「우리는 무슨 이해상반되는 대상이 있어 충돌조정이 아니라 계획산업에의 협력, 사회주의 건설사업에 이해시키는 일과, 노동자의 논공, 기술향상운동 연방 내 각 직장마다 있는 50만의 구락부를 통해 문화사업 등이 과업이라」

하였고, 나아가 세계적 과업으로,

「전세계 노동자의 단결이라」

했다. 우리 노동자들만 (육체노동뿐 아니라 정신노동자도) 완전히 민주정신에서 단결된다면,

「아모리 어느 한 나라가 다시 제국주의적 전쟁을 일으키려야 우선 그 나라 안에 있는 직업동맹의 힘으로 거부되고 말 것이라」

했다. 이미 세계각국에 걸쳐 7천만의 공고한 단결을 가졌고 날로 가맹이 늘어간다 한다.

참으로 축복할 일이다. 세계인민의 밑으로부터 뭉쳐 솟는 힘으로써 세계의 평화와 문화의 안전보장을 위해 투쟁하는 기관인 것이다. 이 국제노련이야말로 인류 전체이익의 참된 보장자로서 굳게 뭉치고 튼튼히

자랄지어다.

○

아직까지 어느 관청보다도 외관이 장중한 농림성에 가서는 소련의 농업정황을 자세히 들었다.

토지가 광대한 이나라는 농업을 공업적이게 하는 데서만 발전할 수가 있었다. 대규모의 관개나 개착이 개인들로는 불가능하므로 국가에서 국영으로 농업경영을 시작한 바, 그것이「쏩호즈」국영농장이요, 이것을 농민들이 집단적으로 모방한 것이「꼴호즈」집단농장이다. 그리고 산간지대로서 독자의 경영법이 필요한 데는 그저 개인농장들이라 한다.

쏩호즈는 지리적으로 포도면 포도만, 면화면 면화만 나는 지방에서 국가적 대량생산을 목표로 농부들은 임금노동이며, 꼴호즈는 어떤 한 가지 생산에만 치중되지 않는 지대라 한다. 전지(田地)는 전부 한 꼴호즈마다 (평균 50호가량) 공동소유요, 집과 그 집 있는 채전(菜田) 1펙다(약 3천 평)는 개인소유로 자기가 필요한 대로 이용하는 것이며 유우(乳牛)는 5두, 도야지 3두, 양 40두, 밀봉(蜜蜂) 20통까지, 그리고 닭은 무제한으로 칠 수 있는 것이다. 이 꼴호즈가 경작지가 많은 지대엔 5,6꼴호즈를 둘레로 1처씩, 적은 꼴호즈들이면 20꼴호즈에 1처씩「엔데쓰」라는 것이 있다. 밭을 갈고 추수하고 타곡까지 하는 기계들과 그것들의 동력인「뜨락돌」의 정류소로서, 이 한「엔데쓰」에는 70여의 뜨락돌이 있고 이 기관수들은 이것만 전문인 임금노동인데 계약한 꼴호즈들의 전지를 갈아주고 추수와 타곡을 해주는 것이 일이다.

꼴호즈에는 자치기관인 위원회가 있어 회장, 서기, 집행부가 있으며 이들은 농사를 독려하고 농민들이 일한 것을 계산하며 일한 비례로 수확을 분배하는 것이며 상무 1인은 일한 농부의 한 몫을 받는다 한다. 쏩호즈의 농민들도 물론 주택과 채전과 목축이 보장되는 것이며 뜨락돌 사용이 불가능한 산간지대의 개인농들을 위해서는 정부로부터 우마의 앤데쓰가 준비되어 있다 한다.

지금 소련의 농민은 꼴호즈가 84퍼센트, 쏩호즈가 12퍼센트, 개인농이 4퍼센트인 바, 이번 새 5개년계획이 완축되는 날은 전 경작가능지 90퍼센트가 경작될 것이며 이것을 준비로는 뜨락돌 증산이 요청되는 바, 1928년에 뜨락돌은 2만7천이든 것이 1940년에는 52만4천에 달했으나 1950년까지는 72만이 목표라 한다. 그리고 농민의 전업은 그 꼴호즈 총회를 거치어 자유라 했다. 전 소연방의 농장수는 꼴호즈가 22만4천(1천8백만호) 쏩호즈가 4천이였는데 이번 독군에게 피해되기를 꼴호즈가 9만8천, 쏩호즈가 1천8백가량이라 한다.

농촌들의 문화시설은, 소학교, 극장, 탁아소, 병원, 라디오는 반드시 있고, 소학교에 중학을 겸유한 곳도 많다 한다.

생각컨대, 이 앞으로 꼴호즈의 실황을 보려니와 소련서는 어떻게 해야 한 사람이 땅을 많이 갈겠느냐가 문제이므로 적은 면적에서 어떻게 해야 많은 수확을 내겠느냐가 문제인 조선과는 농업사정이 서로 다를 것 같았다.

○

저녁 후에 몇이서 공원 구경을 나섰다. 열한 시나 되었으나 여기선 그때가 저녁 먹고 나서는 때였다. 영화나 연극도 대개는 구경하고 와서 저녁을 먹는다. 우리는 꼬르키-공원을 찾아갔다. 소련에는 예술가들의 이름으로 기념되는 것이 많은 중에도 꼬르키-이름이 가장 많은 것 같다.

여기서는 일하는 시간 이외에는 누구나 예술에 부딪치게 되어 있다. 직장에도 문화부가 있어 문학, 영화, 음악, 연극을 구경뿐 아니라 저희들도 만들어보고 출연해보고 한다. 웬만한 농촌이나 무슨 기관에는 손풍금가수나 합창단쯤은 다 있다. 군대가 행진할 때도 키대로 서기보다 합창하기 좋게 목소리대로 서기도 한다. 자기들이 배운 독본이나 가장 감격해 읽은 문학, 영화, 연극의 원작자라면 그들이 마음으로 따르고 의지하려는 것이 자연으로서 스딸린수상도 이 국민에게 「작가는 인민의 마음의 기사라」 가르킨 것이다.

이 꼬르키- 공원은 밤에만은 1루불의 유료입원이다. 초입은 평범하나 들어가도록 문화시설이 많다. 영화관, 도서관, 극장이 있고 푸로페라까지 소리를 내며 공중을 한바퀴 까꾸로 도는 장난 비행기들이 있는데 역시 오락을 통해 비행체질의 단련이 되게 되었다. 여기서 한 가지 재미있게 본 것은, 광장 한편에 무대를 만들고, 유행가를 써붙이고 남녀혼성 합창단이 나와서 유행가 지도를 하는 것이다. 수천 명이 모여 서서 따라 불렀다. 입원료를 받는 것은 이런 것의 비용인 듯하였다. 한편에선 춤도 그런 식으로 가르킨다. 어떤 벤취에서는 한 청년이 손풍금을 하면 그 앞에는 지나가던 사람들도 한데 어울려 춤을 추었다. 즐겁게들 살고 있다.

나는 작년 8월 해방이 되자, 육체가 먹은 나이는 할 수 없지만, 정신 나이만은 부쩍 줄이고 나서노라 했는데 이번 모스크바에 와서 더 줄이고 싶어진다.

9월 8일. 지난 3일, 이 전승기념식이 간략했음은, 앞에 이날이 있은 때문인 듯했다. 소련의 전차기념일인 것이다. 붉은광장에서 전차관병식이 있는데 복쓰를 통해 우리 일행에 초대권이 왔다.

오후 다섯 시, 우리는 30분 전에 나섰다. 광장으로 통하는 길은 모조리 막히였다. 초대권이 없는 사람은 못 들어간다. 초대권도 전부 기명(記名)으로 엄중하다. 붉은광장에 들어서기까지 근위병들이 가로막은 다섯 경계선을 지나야 되였다. 목침덩이 같은 검은 돌을 깐 광장의 큰길은 물을 끼얹은 듯 비였고 좌우측도(左右側道) 위에만 입추의 여지가 없이 몰키었다. 측도라 하여도 크레믈린 성벽 밑으로는 층계까지 만든 넓은 관람석인데 거기도 그뜩 찼다. 우리는 스딸린수상을 정면으로 바라볼 수 있는, 레닌묘에서 약2백미쯤 거리 되는 건너편에 안내되였다.

바야흐로 스빠스가야 탑의 시계가 다섯 점으로 들어갈 무렵, 박수가 울리기 시작한다. 레닌묘 검붉은 대리석 노대에 군모를 쓴 스딸린대원수를 따라 최고 쏘비에트 대신들이 나타나는 것이다. 사람들의 눈은 하나 같이 그리로 향해 정밀한 사진기 렌즈들이 된다. 불타는 렌즈들이다. 첨탑의 시계는 악기 같은 유량한 다섯 점 종소리를 울렸고 그 종소리의 여운이 끝나기 전에 예포가 터지며 군악이 울리기 시작했다. 새까만 오리떼 같은 비행편대가 광장상공에 먼저 나타났고 군악 소리도 삼켜버리는 요란한 무한궤도들의 진동 소리가 역사박물관 쪽에서 쏟아지면서 4열종대의 전차군이 맥진(驀進)해오기 시작한다.

스딸린대원수는 몸을 기웃거려 가누더니 선두에 선 전차대기를 향해 모자 가까이 손을 든다. 혁명박물관에서 본 젊었을 때 얼굴은 하관이 빠르고 눈도 날카로웠으나 빈발(鬢髮)이 반백을 넘은 오늘의 대원수는 얼굴뿐 아니라 전신에 부드러운 덕윤(德潤)이 흐른다. 일일히 경례에 답할 수가 없다. 새 대기가 나타날 때마다 넌즈시 모자 가까이 손을 올리곤 한다.

전차는 점점 굵어진다. 카츄샤 포전차도 나온다. 나중에는 돌깐 길이 못 견딜 것 같은 거형(巨型)들이 내닫는다. 앞으로, 앞으로 무한전개의 무한궤도, 그 위에 화성이나 목성을 향한 듯 원대한 포신들, 간악한 나치스와 일제의 마구(魔具)들을 초개같이 짓밟어버린 질주하는 철옹성들이다.

꼭 60분 동안, 여섯 시 정각이 되자 군악이 뒤를 따르고 이 세기의 철의 행진은 끝이 났다. 정중한 박수 속에 대신들은 레닌묘 노대를 나려 크레믈린 안으로 사라졌다.

스딸린 수상을 틀림없이 보았는데 그저 영화에서만 본 것 같다.

남방으로

9월 9일. 우리가 모스크바에만 다녀간다면 소연방을 보았다는 의미
는 희박해진다. 될 수 있는 대로 소연방을 구성한 여러 공화국들을 보고
싶은데 쏘비에트 연방은 고루 보기엔 너무 넓다. 도시로 가보고 싶은 데
는, 그전 이름으로 「뻬쩨르부룩」 지금 이름으로 「레닌그라드」가 전 소연
방 내에서, 아니 전 세계에서 붉은기가 제일 먼저 꽂히였다는, 혁명 당시
가장 주동적 역할을 한 도시인 것으로나, 제정시대 서울로서 가장 우미
한 도시라는 것으로나, 독군에게 29개월 동안이나 포위되어 그 전황이
세계의 이목을 가장 장기간을 두고 끌어오던 것으로나 이 레닌그라드는
꼭들 보고싶어 했고, 그래서 레닌그라드는 모스크바에서 그리 멀지도 않
으니, 나중에 다녀가기로 하고, 다음으로는 그 지긋지긋하게 빼앗고 빼
앗기고 하기를 되풀이하던 대체 얼마나 부서졌으며 남었다면 무엇이 남
었나싶은, 또 그런 자리에서 어떻게 수습을 해가지고 건설해내는가 싶은
「스딸린그라드」가 보기 소원들이였다.

그런데 스딸린그라드에 들릴 수도 있으면서 가장 참고될 공화국을
둘씩 볼 수 있는 데는, 다민족지대로도 세계일(一)인 코사크 지대인 것이
다. 기차로 가려면 내왕행정(來往行程)만 십수 일이 걸릴 것인데 소련에

서 특히 우리 일행을 위해 비기(飛機) 두 대를 전용으로 날려주었음은 더욱 감사한 일이었다.

공로로 가면 아침에 일찍 떠나 해 지기 전에 최남단에 있는 아르메니야 공화국의 수부 「에레완」에 닿을 수 있다 하여 우리는 이른 조반으로 나섰다.

구라파방면으로 가는 서비행장은 자동차로 40분이나 걸리는 교외인데 여기는 여객이 많아 마치 기차정거장 같았다. 그런데 「에레완」으로부터 이날 아침에 우리를 마중온 분이 있었으니 우리는 놀라지 않을 수 없었다. 사진에서 본 코론타이여사와 방불한 풍모로 아르메니야 대외문화협회장 페루샨여사였다. 우리는 더욱 든든하고 화제에 꽃이 피였다.

남구, 서구, 각지로 날으는 선이 철도망 같어, 얼굴과 몸차림이 서로 특색 있는 여객들은 지도 앞에서, 시간표 밑에서 저마다 바빴다. 복쓰에서 나온 분들과 오늘 원동으로 돌아갈, 나와 인연 깊은 미하에로흐소위를 작별하고, 전용기여서 우리 준비대로 떠나기를 오전 여덟 시 40분.

기계는 사람보다 참말 정확하다. 이 기계를 몇 번 타보면 사람이란 모든 기관이 불규칙, 부정직한 것을 깨닫게 된다. 비행장마다 활주로란 거의 기장이 일정할 것이다. 그러나 어떤 때는 떴거니 하고 내다보면 그저 활주로를 달리고 있다. 어떤 때는 어째 활주가 신통치 않다 하고 내다보면 어느듯 공중에 떠있었다. 어떤 때는 도모지 이 육중한 것이 좀처럼 뜰 것 같지 않어 걱정된다. 활주만 하는 것 같어, 이러다가 활주로가 끝나버리도록 못 뜨면 어쩌나 해서 내다보면 새하얀 활주로 끝이 살짝 꼬리 밑으로 사라지는 순간, 육중한 기체는 반듯이 떠있었다. 활주의 속도란 아직 지상의 것으로는 최속(最速)일 것이다. 그 속도 하에서 활주로의 기장이란 아조 반지빠르다. 조곰만 더 길었으면 마음이 안 조릴 걸 싶다. 그러나 여러 번째 보아야 나 같은 사람의 신경이면 「요 기장 내에서 꼭

떠야한다는 조건」 때문에 주눅이 들려 몇 번에 한 번쯤은 뜨기 전에 그만 활주로가 끝나버려 허둥거릴 것 같은데 비행기는 영낙없이 활주로가 끝날 만하면 난딱 떠버리는 것이다.

기하(機下)는 또 푸르고 누른 「골-든 카-드」의 연속이다. 공중에서는 그저 지리하게 평평하다. 너무 변화가 없어 잠들어버린 사람도 많았다.

지금 우리는 두 민족공화국으로 가는 길이다. 비록 수는 적은 민족이나 그 역사와 지역으로 보아 쏘비에트에서 민족정책을 세울 때, 상당히 말썽이 되였던 듯한 아르메니야와 꾸루지아로 가는 길이다.

불행한 민족에게 있어 민족주의는 가장 자연스러운 정의정신이였다. 우리 조선에 있어서도 해방 전에는 직업적 혁명가는 말할 것도 없이, 일제에 불협력하던 인사들은 막연하나마 모두 이러한 민족애의 정의정신을 지켜온 것이다. 피압박민족의 이 자기옹호 정신을 누가 가혹하게 비판할 여지가 있었으랴. 그러나 협박에서 풀려나 민족자체의 노선이 세계와 역사에 통하는 새 현실 속에서는, 이 거룩하기만 하던 민족의 자기옹호 정신도 감상적인 모든 것은 준열한 비판의 대상이 안 될 수 없는 것이다. 그만치 민족이나 국가는 소박한 자연발생적 감정이나 의분만으로는 그의 자유와 발전이 보장될 수 없을 만치 오늘의 민족들의 진로는 단순하지 않기 때문이다. 여기서 애국자간에 의견상위가 생기고 정세판단에 명확한 원칙이 없는 사람들은 흔히는 최초의 애국심까지 지탱 못하리만치 불순한 편당에 기운다. 민중은 공연히 이리 끌리고 저리 끌리고 한다.

이런 「민족의 딱한 사정」을 이곳 아르메니야와 꾸루지아는 진작 겪었던 것이다. 그때 이들과 지금 조선이 실정에 있어 완전히 일치되는 것은 아니나 민족문제에 있어 전혀 타산지석이 못 될 바는 아니다.

쏘비에트에서 민족문제가 가장 신중히 논의되었던 제12회당 대회 (1923년 4월)는 다음과 같은 기록을 남기였다 한다.

「대회는 민족문제에 관한 신중한 토의를 거치었다. 본 문제에 관한 보고연설자는 동지 스딸린으로, 동지는, 민족문제에 관한 우리 정책의 국제적 의의를 역설하였고, 서구 급 동양의 피압박민족들은 민족문제의 해결과 민족억압절멸(民族抑壓絕滅)의 표본을 쏘비에트 동맹에서 발견할 것이라 했다. 동지 스딸린은 쏘비에트 동맹의 제(諸)민족간의 경제적 문화적 불평등을 없애기 위해서는 정력적 활동의 필요를 지적했고, 그는 민족문제에 있어 편향-대노서아배외주의(大露西亞排外主義) 급(及) 지방뿌르죠아 민족주의-와 결정적으로 투쟁할 것을 당 전체에 웨치었다.

대회에서 민족주의적 편향자와 소수민족에 대한 저들의 대강국주의 정책이 폭로되었다. 그때 꾸루지아의 민족주의적 편향자 므네바니, 기타가 당에 반대한 것이다. 민족주의적 편향자는 남(南)고-까사쓰연방 창설에 반대하였고 남고-까사쓰 제민족의 우호강화를 반대하였다. 편향자는 꾸루지아에 있어서 타민족에 대한 뚜렷한 대강국배외주의자로서 나덤비게 되었다. 그들은 트비리씨(꾸루지아首府)로부터 꾸루지아인 아닌 전부를, 특히 아루메니야인을 추방하였고 꾸루지아 부인으로 비꾸루지아인과 결혼하면 시민권을 상실한다는 법률을 발표하였다. 뜨로츠끼-, 라뎃꾸, 쁘하린, 스끄립니끄, 라꼽스끼 등은 꾸루지아의 민족주의 편향자를 지지했다.」

이제 가보면 알려니와 아루메니야나 꾸루지아는 역사 오랜 민족으로는 백만 또는 3백만밖에 안 되는 적은 민족들이요 나라다. 그들이 만일 편향된 배타적 뿌르죠아 민족주의의 입국(立國)이었다면, 그 자신의 오늘 같은 문화발전으로 세계사적 수평에 떠올랐을 수도 없었을 뿐더러, 꾸루지아가 자기보다 적은 아르메니야는 위협했을는지 모르나 그 대신 자기보다 몇백 배 강대한 대노서아나 기타 인접대국들의 위협에서는 벗어날 도리가 없었을 것이다.

　쏘비에트는 적은 민족과 나라끼리의 배타와 침략만을 금제한 것이
아니라 어떤 강대한 민족이나 국가도 배타와 침략을 못하게 민족간, 국
가간, 절대평등을 원칙으로 한 것이며 이 원칙을 쏘비에트 연맹에 가맹
한 민족이나 국가에만 한해 적용하는 것도 아니다. 그것은 「쏘비에트에
가맹하는 것이나 탈퇴하는 것이 그 민족, 그 국가의 자유」라는 쏘비에트
연방헌법으로 석연(釋然)한 것이니, 쏘비에트는 어느 민족이나 국가에게
가맹을 강요하는 것도 아니요 가맹해야만 평등과 우호관계를 맺는다는
것도 아닌 것이다. 그러므로 쏘비에트의 민족정책은 곧 그의 국제정책의
바탕일 것이며 이 바탕이 민족들의 절대평등과 인류의 상호협조로써 보
다 나은 세계의 건설이 목표이기 때문에 가맹국 아닌 우리도 쏘비에트의
민족정책과 국제정책을 지지하는 것이며 어느 지역에서나 소수의 권력
독점자들을 제외하고는, 전 인민, 전 민족들이 이를 신뢰하는 것이다.

○

　오후 한 시가 지나서다. 점심들을 먹으며 내다보는데 동편으로 그야
말로 연봉제설(連峰霽雪)의 때 아닌 엄동풍경이 내닫는다. 고까사쓰 산
악지대, 「가스베크」군봉인 것이다. 좀더 설봉 가까이 지나보았으면 싶으
나 방향은 도리어 서편으로 기울면서 이것도 준봉(峻峰)들인 산을 넘는
다. 고도가 3천미까지 올라가며 산을 넘더니 산너머는 갑재기 바다가 된
다. 감벽(紺碧)이다. 저렇듯 파란 바다를 흑해라 한다. 당황해 고도를 낮
추는 우리 비행기는 해면에 활촉 박히듯 할 것 같았는데 역시 정직한 기
계는 해협에 경쾌한 카브를 그리며 다시 육지로 올랐다. 해변 조고마한
비행장이었다. 여기서 기름을 넣어야 계속해 날을 것이었다.

바깥은 몹시 더웠다. 비행장에서 눈 덮인 가스베크연봉이 그저 쳐다보이는데 바닥은 보통 더위가 아니다. 그리고 아직껏 보아온 소련의 자연과는 딴판이다. 삼복 때 조선 남부의 어느 곳 같다. 동북으로 중첩한 산이 둘리고 남향해 바다에 임한 전원의 아늑함도 조선 어디 같은데 다만 다른 것은 설봉이 솟은 것, 모양 이상한 나무들이 어둡도록 그늘 짙으게 우거진 것이다.

길에서 과실들을 판다. 무화과와 포도와 메론이 많고 조선서 동화에 많이 나오는 개암을 보는 것은 반가웠다. 우리는 대뜸 실과추념이 벌어졌다.

알고보니 여기는 꾸루지아 공화국 「아들려르」라는 곳인데, 여기부터 아열대지방이라는 것이다.

우기(友機)는 그저 나타나지 않는 것이 아마 다른 비행장에서 보유(補油)를 하는 듯했다.

어느 비행장이든 착륙하기가 바쁘게 보유차가 내달어 기름부터 넣고 보는 것이 통례인데 여기는 도모지 소식이 없다. 그러나 눈에 새로운 풍정에 지리한 줄 모르다가 두 시간이 착실히 지난 뒤에야 기름을 넣고 떠났다.

처처에 미경(美景)이다. 비행기는 관광이 목적인 듯이 바다 위를 나즈막히 떠, 감벽의 해안, 흰 벽 많은 휴양촌들, 뒷산에 우거진 녹음, 순백 유선의 전기열차가 철교를 달리는 계곡들, 그리고 창공에 솟은 애애(皚皚)한 설봉을 한눈에 넣어주며 날으는 것이다.

이 수채화의 해협이 아직 끝나지 않어서다. 비행기는 다시 어느 해변에 놓인 비행장에 나려버린다. 「아들려르」에서 너머 지체되여 해 지기 전에 「에레완」에 대일 시간이 없으니 여기서 자고 내일 식전에 떠나자는 것이다.

우리는 차라리 기뻤다. 「아들려르」보다 남방정취는 여기가 더 무르녹기 때문이다. 파초와 종려가 길에서 크고 백화보다는 푸르고 벽오동보다는 흰 「기니네」 거목들과 유도화(柳桃花)가 자연생으로 홍백이 집채처럼 어우러져 만발이다. 조선서는 온실에서 분에나 심고 보는 유도가 그의 고향이 여기든가!

먼저 갈매기와 파도 소리에 유혹을 받어 바다로들 나갔다. 모세가 아니라 바둑돌로 쭉 깔리었는데 멀-리 여기서 대안은 전진만장(戰塵萬丈)이였을 「루마니아」와 「불가리아」라 한다. 철 아닌 해수욕들을 즐기었다. 목욕 나온 여기 사람들에게 들으니 12월에도 해수욕을 한다 하며 가장 추운 정월이라야 평균온도 5도라 했다.

「스홈」이라는 여기 항도(港都)는 우리네 리수로 20리는 실하였다. 지나가는 빈 화물자동차를 잡어타서 좌우 경개를 둘러보기는 제격인데 전원이 상시 무성한데다 농가들은 더욱 깊숙하고 평화스러워 보인다. 주택들은 될 수 있는 대로 땅에서 높으려고 애를 썼다. 어떤 집은 3, 4척씩, 어떤 집은 아주 한 층을 띄워 수각(水閣) 짓듯 했고 어떤 집은 층계가 마당에서 대뜸 2층에 닿은 것을 보면 아랫층은 창고로 쓰는 것 같다. 무화과나무가 지붕을 덮은 집이 많다.

시내에 들어설 때는 해가 흑해에 잠겨버린 뒤다. 특히 흰 건물이 많고 녹지가 많은데 공원도 큰 것을 하나 휘돌아서 바닷가에 흘립(屹立)한, 층층이 바다를 향해 노대 넓은 백악의 「아파제」란 호텔에 닿았다. 들어서니 스딸린수상의 유화초상이 특별히 큰 것이 걸린 것은 수상의 고향이 이 꾸루지아 공화국임을 일깨워주는 것 같고 소련에 와 처음 보는 고풍스러운 모자를 쓴 상반신의 석고상이 있는데 이분은, 7백년 전 꾸루지아 민족의 문호 「쇼따, 루스따벨리」라 한다.

방을 정하고 매점으로 가니 굉장히 큰 수박이 있다. 소련에 와 제일

단 수박으로 배들이 불러 저녁도 먹는 이가 없었다.

바깥은 낮처럼 밝았다. 내일이 추석이라 한다. 이곳 풍습엔 달의 명절이 없다 하나 우리들은 다른 때 월명(月明)과 달리 문뜩 집 생각들을 하며 해변으로 나왔다. 구름 한 점 없다. 바다로 넓은 다리가 내쳐 나갔다. 진작부터 울려오던 음악이 이 다리 끝에서인데 거기는 식당이 있고 그 다음에는 무도장, 사람들은 그쪽을 향해 자꾸 불었다. 반월형으로 된 아득히 긴 방파제가 모두 걸어앉을 수 있게 되였고 그 뒤는 보도요, 그 다음은 「기니네」나무와 향기 코를 찌르는 홍백의 유도화요 그 나무들 밑은 벤취들이요, 그 저편은 아이스크림, 소-다, 과실들의 노점들이요 녹지를 훨씬 건너서는 차도와 시가가 시작된다.

노점 앞 벤취와 제방 위엔 사람들이 그득 찼다. 보트도 해면에 고기떼처럼 떴다. 노래들이 사방에서 일어난다. 월하에 보아서가 아니라 꾸루지아나 아르메니야는 다 세계적 미인향이다. 명모(明眸)들이 많이 지나친다. 강소좌가 벤취에 걸터앉은 한 묘령에게 무엇을 물었다. 독군이 여기 왔었느냐 물었다 한다. 묘령은 친절히 설명해준다. 함포사격까지는 없었으나 공폭은 여러 번 있어서 허물어진 집이 꽤 많이 있다는 것이다. 말만 통하면 곧 익숙해질 수 있어 새악시는 강소좌에게 자리를 권한다. 그리고 우리가 어디서 온 사람들이냐 묻는다 했다.

말을 몰라도 벌써 곧잘 친해진 친구가 있었다. 기니네나무 밑에 테이블을 놓고 그 위에 잔돈과 지전을 수북이 쏟아놓고 두 처녀가 돈을 가리고 있는데, 우리 일행의 한 청년은 그것을 동사한 사람처럼 같이 앉아 가려주고 있는 것이다. 종일 두 처녀가 아이스크림 판 돈을 가리는 판에 우리 청년이 나타나 아이스크림을 달랬다 한다. 바쁘니 좀 기다리라는 말인 듯하기에 그러면 나도 돈을 좀 가려주랴 하는 형용을 했더니, 그래달라고 하는 형용이여서 같이 가리는 중이라 한다.

이것도 인상 깊은 것의 하나다. 돈 다루는 것을 알지도 못하는 이국 청년에게 맡기는 신뢰, 다른 사회에선 보기 어려울 것이다. 돈 가림이 끝나기를 기다려 우리는 그들의 남은 아이스크림을 사 먹으며 그들의 기니네 그늘 테이블에서 오래 남국의 달밤을 완상할 수 있었다.

밤이 꽤 으식하였는데 사람들은 줄지 않는다. 바다로 내달은 다리 끝에서는 그저 춤추는 곡조의 음악소리다. 대체로 무엇보다 시간 여유들이 있어 보인다. 나는 김동식씨네 가정이 생각났다. 부엌은 간편하고 방은 둘뿐, 조선살림들에 비기여 주부가 무슨 일거리가 있으랴 싶다. 밥 해 먹고 집안 하나만 치이랴 해도 그날 하로는 다 없어지는 것은, 사회제도이기보다 한 가정이나 그 집 가풍문제일는지 모르나, 아모튼 「한가(閑暇)」라는 데 좀더 고려할 필요가 있다. 조선에야 아모리 남녀평등 법령이 나고 공원과 극장이 쏟아지기로 이를 이용할 부녀들이 몇 퍼센트나 될 것인가? 그것도 나쁜 의미의 유한자가 대부분일 것이다. 사람의 생활 더구나 문화생활이란, 그 문화적 설비를 지키는 것만으로 행복이며 문화라 할 수 있을까? 일즉 어떤 서구인은, 소련사람들이 공원이나 극장으로 많이 나오는 것은, 그 가정 내의 오락이나 정원설비가 부족한 때문일 것이라 보기도 했다. 사실 공동주택 속에 저마다의 오락실이나 정원이 있기 어려울 것이다. 있기 어렵다기보다 인간과 「한가」의 중요한 관계를 생각한다면 저마다 오락실과 정원을 따로 주어서도 곤란할 것이다. 「내 집」, 「내 정원」을 경쟁하는 습관이 배인 우리들은 때로는 공동오락실과 공동정원이 불만(不滿)할지 모르나 그런 경쟁자가 없는 데서는 혼자 창덕궁을 차지한댓자 하인을 수십 명 두기 전에는 일의 노예가 될 것뿐이다. 「내 것」에 시간으로 노예가 되어 신문 한 장 못 보고 지내는 것보다 가정은 간편해서 되도록 일거리를 적게 하고 보다 많은 시간을 몸도 가꾸고 독서도 하고 거리로 나와 예술과 자연을 사귀고 사회와 호흡을 맞추어 사는 것이 더 행복이요 더 문화가 아닐까? 여기 사람들은 공원이 내 정원이요 극장이 내 오락실이란 기분들이다. 귀중한, 「인간과 한가」에 신중히 고려된 제도라 아니할 수 없다.

인류가 만일 전쟁을 하지 않고 평화건설만 하고 또 이내 파정(破綻)이 생기고 마는 자본주의적 생산이 아니라 합리적인 사회주의적 생산만 해나간다면, 얼마 안 가, 인류의 생활은 풍족할 것이요 풍족해지는 비례로 인류의 노동시간은 7시간으로, 6시간, 5시간으로 자꾸 줄어갈 것이다. 사람은 사회제도 여하에 따라서 얼마나 바쁘고도 구차하게 살며, 얼마나 한가하고도 풍족하게 살 수 있는 것인가.

9월 10일. 먼저 간 일행들이 궁금해할 것이므로 우리는 미명부터 서둘렀다. 비행장에 나와 이륙할 때에야 해가 솟았다.

여기서부터는 얼마 안 가서 바다는 사라지고 산지대에 들어서는데 산은 차츰 붉어지기 시작한다. 산협을 나려다보아도 윤습한 맛은 조금도 없다. 남쪽으로 후지산(富士山) 비슷한 설봉이 보이는데 이미 아르메니야에 들어선 것이며 이 설봉까지 못다 가서 「에레완」이라 한다. 토이기식 됫박지붕과 문은 유리 창이나, 평면으로 흙을 덮은 지붕이 많다. 비스듬한 산기슭에 굴처럼 따고 지은 집도 많다. 어디서 오는 물인지 바삭바삭해보이는 땅에 급류로 시내로 들어가는 것도 보인다. 큰 공장들도 보이고 흙지붕들과는 딴판인 현대적 고층이 즐비한 거리도 나온다. 시가를 지나나가 비행장이 있었다.

오전 여덟 시 반에 도착한 바 어제 예정대로 온 페루샨여사는 이곳 복쓰의 다른 여러분들과 같이 탐스런 따리야를 한아름 안고 다시 우리를 마중나와 있었다.

아르메니야 공화국

아르메니야의 첫인상은 건조한 더위 속에서 눈덮인 산을 쳐다보는 것이다. 그 후지산 같은 산이 비행장에서 빤히 쳐다보이는데 바로 구약에 나오는 「아랄라트」, 「노아」가 올라가 방주를 지어 홍수난을 면했다는 명산이다. 이 해발 5천 5백미나 되어 남방임에 불구하고 만년설을 실은 아랄라트는 아르메니야민족과, 마치 백두산과 조선민족처럼 오래고 깊은 연고가 있는 산이다. 그러나 비행장에서 얼마 안 가 국경이기 때문에 산적(山籍)은 토이기에 속해있다 한다.

비가 1년이면 어쩌다 두어 번밖에 없어 풀이 별로 없고 비행장에서도 보면, 비행기가 뜨는 때나 나리는 때는 먼지가 폭탄 터지듯 한다. 그러나 공중에서 본 것처럼 어디선지 끌어오는 물들이 도랑마다 흐르고 그 도랑들은 전포(田圃)에 속해있다. 먼지 안 나는 길에 들어 얼마 안 달려 도심지대다. 아직 완성되지 않은 대극장 앞이 광장이요 큰길과 광장 모퉁이에 호텔이 있다.

세수를 하는데 물이 몹시 차고 맛도 달다. 나중에 들으니 깊이 지하수를 끌어 올리는 것인데 세계에서 수도물 좋기로 「제네바」가 첫째요 이 「에레완」이 둘째라 한다. 아침 식탁에는 이곳 명산 포도가 향기로웠다.

아르메니야는 면적 2만9천평방미, 인구 1백3만3천, 도시인이 23.9 퍼센트, 농촌인이 76.1퍼센트, 농민이 많은 비례로 조선과 비슷하다. 면화, 호마(胡麻), 포도, 그중에도 포도주의 대량생산은 전 연방적으로 의의가 크다. 1512년부터 인쇄출판을 시작하였고 종교문화로 오랜 역사를 가진 민족이다. 파사(波斯), 토이기, 몽고, 노서아 등 강대국들 봉건세력 밑에 고달픈 운명을 걸어왔다. 1870년, 제정시대의 일 노인(一露人) 장교 빠스께위치가 이 에레완을 찾아왔을 때는 인구 2만(지금은 25만)에 불과했고 그때부터 다시 제정노서아의 주목이 새롭게 되어 더욱 심각한 식민지적 착취대상이 되어왔다 한다.

우리는 먼저 「몰로또브」 이름을 기념하는 종합대학을 찾았다. 총장은 우리를 반겨 맞았다. 조선민족이 3·1운동 이후 맹렬히 반일투쟁을 해오는 데는 부단한 관심과 경의를 가져왔노라 하였고 해방된 지금 민주주의적 건국과 자유스러운 민족문화발전을 크게 기대한다 하였다.

이 대학은 그리 크지 않으나 모든 부면(部面)에서 알뜰히 자라며 있다는 것이 느껴졌다. 1921년에 창설하였고 당시에는 2과, 학생 2백 명이던 것이 오늘은, 수리, 물리, 화학, 생물, 지리, 지질연구, 역사, 어문학, 법학, 국제외교 등 10과에 학생 1천6백5십 명, 교수단 2백 명, 특히 어문학과에서는 자민족어와 민족고전에 힘쓰며 민족의 신문학건설에 있어서는 대학은 여러 면으로 아르메니야의 작가들과 협조해나간다 한다. 놀란 것은 이 대학도서관이나 다름없는 국립도서관에 이 민족고전으로서 귀중본만 만여 권이 정리 보관되어있는 것이다. 이 속에는 대부분이 종교서적으로 최고 서기 887년의 성경이 있었고 외국 것을 아르메니야 말로 번역한 것으로는 1817년에 된 「로빈손 크루소」와 1843년에 된 「일리야드」가 있었다. 총 장서 2백만 권, 그중 아르메니야어가 10만 권이라 했다. 이날 국립도서관은 「아르메니야 고서적전람회」 준비로 바쁘고들 있었는데 며칠 뒤에 열릴 아르메니야 작가대회의 기념축하전이라 했다.

이 에레완에 종합대학은 하나, 단과대학(전문학교급)은 8, 중학이 60이며 극장이 3, 아동궁전이 1, 가극대극장이 1, 인형극장이 1, 영화관이 5, 박물관(미술관도 포함)이 3, 공원이 2처(二處)인데 이 소련에서는 오락기관이 개인영리로가 아니요 민중의 교화와 예술의 생활화와 건전한 오락을 위해 국가적 사업으로 경영함으로 언제나 학교와 마찬가지 중요한 문화기관으로 치는 것이다. 이 25만여 불과하는 시민으로 중학이 60인 것을 보아 교육의 보편을 알 수 있고, 영화관과 극장이 11처나 되는 것을 보아, 인민을 쓸데없는 잡무와 고역에서 풀어 「한가」를 주어놓고 그 「한가」에 인생을 예술과 의의 있는 오락으로 지낼 수 있게 국가는 시설을 준비하고 있음을 알 수 있다. 우리는 이날 저녁, 공원 안에 있는 모스크바에서 예술좌가 하는 일을 여기서 하고 있는 소극장을 가보았다. 조용하고 깨끗하고 여유 있는, 알맞은 극장이었다. 들어가면 극장이 아니라 무슨 사교실 같다. 관람석과 무대는 그 사교실 한 옆으로 넌즈시 붙어있었다.

이날 저녁 연극은 아르메니야 작품 희극으로, 내용은 못난 딸로 잘난 사위를 얻으려다 실패하는, 희극 그것에 그치고 마는 것이다. 연기는 모다 우수하였다. 배우들이 안심하고 기술을 닦기 위해서나, 극장이 민중에게 좋은 연극을 보일 수 있기 위해서는 그 극단이나 극장이 개인 이해 상관으로 운영되여서는 절대 불가능한 것이다. 이 극장도 매년 정부로부터 백만루불의 보조로서 발전한다는 것이다.

연극이나 소설이나 영화는 흥미 속에서 되는 인생 공부다. 정서를 순화시키고 생활 각 방면에 대한 견해가 풍부해짐으로다. 영화나 극장이 이해타산에 의해 좌우되거나 일, 이 모리 개인의 손으로 운영될 성질의 것은, 현대에 있어서는 결코 아니다. 극장이 국가적 기관으로 운영되고 있고 영화엔 성(省)이 있고 대신(大臣)이 있다는 것은, 전쟁을 위한 육군,

해군, 공군의 성과 대신들만 많은 것보다 얼마나 문화적이요 평화적인가? 어느 나라나 어서 무력면의 성이나 대신은 줄고, 영화뿐 아니라 연극대신, 음악대신, 미술대신, 이렇게 진화된다면 세계는 얼마나 명랑할 것인가?

어린이 궁전도 보았으나 이제 레닌그라드에서 나올 그것과 아울러 말하기로 하고, 이날 오찬을 포도주공장에 초대되였던 것은, 나는 술에 멀미를 대였지만 한마디 감사하지 않을 수 없다. 83종의 포도주가 늙기를 기다리고 하세월을 보내는, 서늘해 좋았던 지하 저장실에서 우리는 70년 된 것과 45년 된 고(古)포도주에 도연(陶然)할 수 있었다. 술은 늙을수록 좋다 하여 70년, 80년 뒤에 올 사람을 위해 먹지 않고 간직한다 하니 대체 이런 적덕(積德)이 어디 있는가!

9월 11일. 「아카데미」라거나 「한림원(翰林院)」이라거나 다 그전 청각으로는 관료적인 것이지만 이 나라들엔 그럴 리 없다. 아르메니야 아카데미는 대극장 광장에 선 시인 「아보비앤」 동상이 엇비슷이 보이는 길 옆에 있었다. 이 한림원 원장도 같은 슬픈 역사의 민족을 만나 감개무량해 하였다. 자기 조국도 근동에선 문화선진국이였고 3천 년의 역사를 가진 민족이나 야만대국들의 침략으로 흥망이 무수하다가 130년 전 제로(帝露)에 합방되여 어두운 길을 걸어왔으며 아르메니야 지도자들은 노서아의 민주주의자들과 악수하여 10월 혁명의 성취로써 오늘의 자유 아르메니야가 있다 하였다. 아르메니야는 극도의 피폐로 민족의 반은 토이기에게 학살되였고 경제시설이란 아무것도 없는데다 자연조건도 좋지 못한 곳이다. 우리는 완전한 폐허에서 단 26년간에 이만치 자란 것은 오직 전 쏘비에트 경제체제에 의한 것이며 실날 같은 민족어문의 맥도 다시 건지어 오늘엔 이미 아르메니야 민족문화의 기초가 공고히 선 것도 우리 쏘비에트의 민족정책이 진리인 때문이라 했다.

이 한림원은 25개소의 과학기관과 연구소를 지도하고 있는데, 특히 집중적으로 연구에 몰두하고 있는 것은, 농촌경리부에서 신종곡(新種穀), 신농구, 지질, 관개사업 등의 연구였고, 연구보고는 노어와 영문으로도 발간되고 있었으며 문학연구부에서 아르메니야 문학사도 첫권이 나온 것을 우리에게 기증해주었다. 앞으로 연구보고서 교환을 서로 약속하였다.

국민교육용어는 아르메니야어(語)이며 어학으로 제 1외국에 노어, 다음에 영어이며 대학어학과에는 동양어의 연구도 있다 한다.

O

이날 오후 한 시경이다. 포도재배의 쏩호즈(국영농장)을 구경가는 길, 우리 일행엔 뜻밖에 사고가 생기였다. 먼저 한 차가 떠나고 나중 떠난 우리 차드랬는데, 시내에서 얼마 안 나가 언덕이 있었다. 막 넘어서니 길 반측은 막어놓고 독군포로들이 아스팔트를 고치였고, 통행하는 반측도 새로 바른 아스팔트가 미처 마르지 않고 번지르르해 있었다. 이 미끄러운 반측도(道)를 상당한 속력으로 들어섰는데, 저쪽에서 어찌된 셈인지 철근을 실은 마차가 들어섰다. 내리막인데 바닥은 미끄러워, 속력은 빨러서, 우리 뻐쓰는 마차를 휩쓸며 두 길이 넘는 길 아래로 굴러버린 것이다.

이 부서진 자동차의 부서진 틈바귀로 그래도 한 사람도 남지 않고 어떻게든 기여나올 수 있는 것은 모다 기적이라 했다. 복쓰의 한 분이 쇄골(骨)이 상하고 저쪽 마부와 박영신(朴永信)양과 필자가 10여 일 치료정도로 타박상을 받었을 뿐이다. 말은 아마 치명상이였을 것이다. 나는 가슴을 측면으로 두 사람의 무게에 맞어 한참은 숨이 막히였었다. 늑골이 상했을까보아 염려되였으나 곧 구급차에 실려 병원으로 와 진찰한 결과, 박양도 나도 뼈가 다친 데는 없으니 안정만 하라 하였다. 내(內)출혈로 열은 있을 것이라 했는데 딴은 밤이 되니 열이 있고 꼼짝 몸을 움직일 수가 없다. 손을 대일 수도 없게 아픈 것이 꼭 늑골이 어찌된 것만 같았다. 방 동무가 마침 의사 최창석(崔昌錫)씨여서 열도 보아주고 붕대도 고쳐주었으나 그분마저 잠들었을 때, 그 눈에 설은 토이기식 병원 지붕 우으로 추석 이튿날 달이 슬그머니 엿보아 줌에는 불현듯 집 생각이 났고, 10여 년 전에 불란서작가 바르뷰스가 소련에 왔다가 병으로 불귀객이 된 생각도 났다. 불란서는 조선에 대이면 여기서 지척이다. 몸이 부자유하고 보니 더욱 조선은 여기서 아득한 거리다. 거리란 사람에게 이처럼 애달플 수 있기 때문에 주검에도 시간의식이기보다는 공간의식으로 더 작용하나보다. 저승에 갔느니, 천당에 갔느니 하고.

9월 12일. 복쓰에서 의사와 함께 다녀갔다. 나는 소련에 처음부터 별스럽게 폐를 더 끼치게 되니 내 고의는 아니나 미안하다. 어제 우리가 병원에 실려갔을 때, 의사가 우리를 진찰하는 옆에서 페루샨여사는 어찌할 줄 몰라 자꾸 울고 서있었다. 운전수가 속력을 놓은 것은 먼저 떠나버린 앞차를 되도록 빨리 따러 우리 일행을 기쁘게 해주려던 호의에서였다. 그에게 책벌 갈 것이 미안했다. 그의 큰 과실이 아님을 우리들은 주장했으나 주인측에서들은 우리에게 미안하면 미안한 만치 전혀 그런 변호는 전해주려 하지 않았다.

이날 일행들은 해발 1천미 고지대에 있는 「세반」호를 구경하고 왔다. 경치는 없고 주위 180키로, 수심 1천2백미라는 무섭게 깊은 호수인데 이 호수야말로 아르메니야의 생명수이니까 꼭 보여주는 것이였다 한다. 비

구경을 못하는 이 나라는 이 세반호가 비의 창고셈이다. 물은 여기서 얼마든지 끌어오고 해는 얼마든지 비쳐주니 포도가 달밖에. 대개 청포도인데 가장 꺼풀이 얇고 씨 있는 둥 만 둥하고 갸름까지 해서「처녀의 손톱」이란 포도도 있다. 구경 못 나가는 대신에 과실은 티를 냈다.「처녀의 손톱」은 참 감향(甘香)했다.

그런데 이찬(李燦) 시인은 세반호에 가서 거기 조고만 섬에서, 작가대회 준비를 구상하고 있는 아르메니야 작가동맹 서기장을 만났다는 것이다. 통역으로라 긴 말은 교환치 못했으나 이곳 문단의 소식 일반을 들은 대로 전해주었다.

작가동맹원이 3백 명 된다 한다. 혁명 직후엔 농민문학동맹이 별립(別立)해 있었으나 이내 합동되었고 써클 조직은 없고 작가가 농촌에 나가「문예야회(文藝夜會)」라 하여 이것은 문예적 계몽운동으로 문법, 시사(時事), 예술에 대한 것을 그 지방사정에 맞추어 이틀이고 닷새고 강담을 하고 다음 회합은 그들의 요구대로 정하고 온다는 것이다. 작가 뿌리까드, 이것은 작가들의 부대행동으로서 몇 사람씩 국가적 대사업장에 나가 그 사업을 체득하는 한편, 그 사업진행이 원활하면 그중 열성자를 영웅화시키고, 부진하면 원인을 찾아 지적하며 진작시키는 작품을 써 낭독해 들리는 것인데, 이것은 좋은 성과의 실례도 있다 한다. 모든 문화건설에 있어 근본정신은 한결같이「사회주의적 내용을 민족적 형식으로」이며 영화는 국영이거니와 작가동맹, 연극동맹 다 국가의 보조로 자라고 있는 바, 아르메니야 정부의 매년 예산의 40퍼센트는 문화 예술방면에 씌우는 것이라 한다. 아르메니야 작가들도 반동적이던 사람들은 대부분 불(佛), 미(美), 이(伊), 이란 등지로 망명갔었는데 이번 전후에는 많이 귀환중으로 작가동맹은 물론, 정부에서도 환영하며 그들의 각국어로 자라난 자제들이 이미 5천 가까이 들어왔다 한다. 그들을 갑재기 아르메니야

말로 교육을 시킬 수 없으므로 우선은 그들의 아는 말대로 가르키는 학교까지 준비중에 있다는 것이다.

「사회주의적인 내용을 민족적인 형식으로」 우리 조선에 있어서는 어떨 것인가?

조선실정으로는 「민주주의적 내용을 민족적 형식으로」일 것이다. 그러나 작품에 있어 푸로파간다와 예술성의 결합이란 지난한 것으로 우리는 이런 것을 은근히 이번 소련에서 모색중이나 문학작품들은 갑재기 읽을 수 없고 연극에서나 기대가 큰데 아직은 모스크바에서는 고전, 에레완에서는 고전은 아니나 민족적 형식일 뿐, 푸로파간다적인 것은 아니었다. 아르메니야까지 같이 와준 오를로와여사의 말에 의하면, 여름이면 쉬었다가 전 극단들의 공연이 9월초부터 시작되는데 화려한 고전들부터 올리는 것이 일종 통례이기도 하며 최근에 전 연방적으로 민족인 것과 고전만에 무비판적으로 치우는 것이 현저하여 당에서도 극단들의 반성을 구하는 결정서까지 나왔다 한다. 그리고 나는, 지난봄 서울서 열린 조선문학가대회 때 메쎄-지를 받은 일이 있는 찌호노브씨를 만나보았으면 좋겠다는 화제에서 알게된 바, 지난 5, 6월에 레닌그라드에서 발간되는 문예지 「별」과 「레닌그라드」에 난 시 한 편과 소설 한 편이, 하나는 염세적인 것이요 하나는 반쏘비에트적인 것이 판명되어 상당히 말썽중이라 한다. 염세시의 작가는 옛날 귀족출신의 「아끄마도와」여사이며 「원숭이의 모험」이란 반쏘적인 소설의 작가는 「쪼셍꼬」라는 노작가라 한다. 이에 대해서 작가동맹위원장 찌호노브씨는 인책한 모양이여서 지금은 위원장이, 조선독립군과도 같이 지내본 일이 있다는, 최근엔 「젊은 전위대」로 가장 많이 읽히고 있는 「파제에프」씨라 한다. 더욱 나중에 모스크바에 돌아와 안 것이지만, 이 문제에 대해서 당중앙책임비서 「르스따노브」씨의 연설이 푸라우다지에 실린 바, 다음과 같은 요지라 한다.

레닌선생과 워로실로브장군이 진작부터

「물질건설과 아울러 사상투쟁도 끝까지 병행되여야 한다」

는 교훈과 다른 선배들의,

「작가는 개인이익을 공익에 복종시켜야 한다」

또는,

「문예는 전체사업에 유기적 부분이 되여야 한다」

한 지시를 일깨웠고,

「셍꼬씨와 아끄마도와여사는 자기의 선진하는 문화를 잊어버리고 뒤떨어진 서구문화에 굴복한 작가다. 우리 노서아 사람은 10월 혁명 이전 노서아 사람은 아니다. 인민들로 하여금 현대사업에 참가케는 못할망정, 후퇴시켜서는 안 된다. 이런, 그 자신이, 뒤떨어진 문화에 굴복되고 인민을 후퇴시킨 작가를 내인 레닌그라드당에서는 그간 전쟁에만 몰두했고 사상투쟁에 게을렀던 소치다. 더욱 전후에는 우리 청년들이 서구로부터 대량으로 귀환중이며 동서 각국에서 단체들도 많이 오고 있다. 국내 국외 정세로 보아 더욱 사상투쟁에 태만해서는 안 될 시기다. 한 문예의 승리는 한 전쟁의 승리와 한 공장의 건설과 같다. 그 실패도 마찬가지다. 레닌 동지의 말씀대로, 우리의 주점(主點)은 정치다. 문예도 정치와 결부해서 정치면을 반영해야 한다. 사회건설은 많이 달러졌지만, 인간의 인식이란 오래가는 것이다. 지금 30년이 못 다되는 우리 속에 아직 낡은 사람이 있었다는 것은 그리 놀라운 불명예는 아니다. 불란서혁명을 보라. 귀족문화사조가 혁명 후에도 백 년을 계속하지 않았는가? 오직 이런 낡은 사람을 최후의 한 사람까지 발견하기에 노력하자.」

이번에 열리는 아르메니야 작가대회에서도, 이 문제가 으레 등장될 것이요, 연극도 같은 예술운동의 분야와 고전과 민족적인 것에 치우친 문제며, 5개년계획에 있어 문단의 과업인 민족전설, 민요 등의 채집과 아울러 산업부면에 협조문제와 귀환 망명작가들의 포섭 등이 중요한 보고와 토의내용이 아닐까싶다.

이날밤 우리 일행을 위한 야회가 호텔 식당에서 열리었다. 음악과 박수 소리가 새벽녘까지 울려왔다.

9월 13일. 오늘 오후에는 꾸르지아로 떠나리라 한다. 누워만 있을 수 없어 일어나보았다. 어떻게든지 일어만 나면 누워서처럼 결리지는 않는다. 박양도 움직이는 연습으로 낭하로, 식당으로, 매점으로 거닐고 있었다. 낭하엔 풍경화가 많이 걸려있다. 여기 온 첫날인가 이튿날인가 미술관에도 갔던 것은 깜박 잊고 있었다. 10세기 때 채필(彩筆)로 성경삽화를 그리기 시작한 것부터 발전한 벽화와 성모 성자의 초상이며 18, 19세기는 왕공, 승려들의 초상이 많은데 풍경화에는 달이 많이 나왔다. 달을 사랑한 다감한 민족이였다. 회화로 가장 인상에 남는 것은 최근 파리에서 돌아온 작가들의 포비즘계통의 작품들이였고 민족생활의 내용을 보이는 작품으로, 한 승정(僧正)이 창백해지는 얼굴로 손에 들었던 편지를 마룻바닥에 떨어트리고 있는 것은, 로왕(露王)으로부터 아르메니야 국토를 몰수한다는 통고를 받은 것이라 하며 하나는, 어떤 사원 경내인 듯한데 귀중품 상자들이 모다 뚜껑이 열려 텅 빈 것이 뒤집히고 짓밟혀 부스러지고 한 광경이다. 이는 한때 토이기군들에게 약탈당한 것을 보이는 것이라 했다. 나는 절로 생각나지 않을 수 없었다. 이제 우리 민족에게도 저런 기록제작도 할 수 있는 자유가 왔으니 그런 것을 그리려들면 얼마나 많으랴!

이날 오후 두 시에 우리는 에레완을 떠났다.

꾸루지아 공화국

어제 못 와본 세반호를 나는 공중에서 나려다볼 수 있었다. 해발 천미(千米) 산상의 호수가 천2백미나 깊다 하니 해면에서도 2백미의 깊이다. 백두산 천지 생각이 난다. 이 세반호도 아마 태초엔 화산구였을 것이다.

꾸루지아와 아르메니야는 의좋게 가깝다. 한 시간 남짓해 우리는 이쪽 수부(首府) 「트비리씨」에 당도하였다. 여기도 바삭바삭 마른 풀이 좀 있을 뿐이다. 이 꾸루지아 대외문화협회에서도 몇 분 나와 맞어주었다. 시외가 한 20리 되게 멀다. 자동차를 주의시켜주나 기우뚱할 때마다 결리고 결리는 것 이상으로 심리는 놀란다. 자동차가 도모지 싫어졌다.

한쪽은 산이요 한쪽은 비행장에서 연결된 고원, 그 사이에 강이 흐르고 이 강을 품고 도시는 전개된다. 산에는 고성(古城)과 고사(古寺)들이 보이고 「케이블카」가 벌레 기어올라가듯 하는 것이 보인다. 산정에 백악관이 서고, 반드시 그 위에 유원지가 있는 듯하다. 강물은 맑지 못하나 수량이 대동강의 3분의 1쯤 되는데 층류급단(層流急湍)이여서 이 메마르고 뜨거운 트비리씨의 훌륭한 청량제가 된다.

이 나라 국민의 거의 4분지 1이 모인 70만의 당당한 현대적 도시다. 전나무처럼 생기고 가지 늘어진 상록수를 삼림처럼 높게 기른 가로수들인데 그 밑은 보도와 차도 사이에 화원을 만들었다. 우리가 인도된 호텔 「오리엔탈」은 가장 번화한 거리에 있었다.

나는 역시 병객 구실을 면할 도리가 없어 방을 정하고 누워있노라니 이내 여의(女醫) 한 분과 여기서 권위(權威)시라는 노박사 한 분이 왔다. 퍽 세밀한 진찰이 끝난 결과, 역시 늑골이 상하지는 않았으나 혹시 금이라도 갔는지는 모른다. 오늘은 피로했으니 다음날 병원으로 가 렌도겐 진찰을 해보자 하였고 만일 내가 원한다면 바로 비행기로 모스크바 크레믈린 병원에 보내주마 하였다. 밤이면 38도나 열이 있는 것이, 혹시 늑막염이 되는 것이나 아닌가 물었더니 그럴 리는 없다 할 뿐 아니라 딴 증세가 생긴다 하드라도 여기서도 대가들의 치료를 받을 수가 있고 더욱 주인측에 미안만 해지므로 마음을 늦구는 수밖에 없었다.

의사가 눕히는 대로 한번 반듯하게 자리잡히면 바늘에 꽂힌 나비처럼 사지를 어쩌는 수가 없다. 한 시간에 한 번씩 들여다보아 주는 복쓰에서 온 듯한 여자도 실과를 집어달라면 그것은 말을 들어도 일으켜달라는 것은 웃기만 하고 어린아이에게처럼 달래기만 위주다. 일행들은 아침에 나가면 세 시 네 시에나 들어왔고 점심 먹고 나가면 밤 열 시에나 들어온다. 거리엔 전차도 무궤도뿐이라 다이야 달리는 소리만 쨔르르 쨔르르하는데 그것들이 내 신경엔 어느 하나의 핸들이 삐끗해서 꼭 충돌이 될 것만 같다. 그러나 와지끈 소리는 없이 이틀이 지나고 다음날은 일요일인 듯 여러 군데서 종소리가 울려왔다. 소련에 와서 일요일날 조용히 예배당 종소리를 들어보기도 처음이다.

크레믈린 스빠스가야탑에서 울리는 종소리도 좋았지만 종이란 참말 훌륭한 악기다. 예배당에서 아마 종 대신 싸이렌을 분다면 에배당에 가지 않을 사람이 많을 것이다.

이렇게 일으켜주는 사람이 없어 꼼짝 못하고 누워있는 덕에 사실은 열도 나리고 결리는 것도 빨리 나어진 것이다. 사흘 뒤에 병원에 가서 X 광선에 비쳐본 바, 박양도 나도 뼈는 상한 데가 없다 하여 더욱 안심되였고 안심이 되니 몸도 갑자기 쓰기 편해진 것 같았다. 그래 중요한 구경이면 따라나서게 되었다.

9월 17일. 일행들은 그새, 이곳 한림원, 조직공장, 학교들, 여기서 자동차로 두 시간 이상 가는 시굴에 있는, 스딸린수상의 살던 집(조고마한 촌가인 것을 그대로 보존하기 위해 이 집을 속에 두고 대리석으로 크게 겉집을 지었드라 한다) 또 레닌그라드 축구팀이 와서 트비리씨팀과 경기하는 것도 보았다 한다.

오늘 박양과 나도 함께 끼여 가는 데는 영화성이었다. 처음에는 창고 하나를 수리해가지고 시작한 것이 지금은 동리 하나로 벌어졌다. 1921년부터 작품이 나왔고 초기에는 씨나리오와 감독, 모다 로인(露人)의 기술을 힘입었고 지금도 대자본의 문제는 전 동맹적 경제체제로서 극복하는 것이라 했다. 금년까지 156개의 작품을 내였고 지금은 천역색에 주력하며 전 소련에 돌릴 만한 뉴-쓰나 작품은 노어로도 녹음하는데 그런 작품에 의한 수입이 크다 한다. 감독 10명, 배우 45명, 전원 700명, 때로는 무대배우들의 동원도 있다 한다. 최근에 찍은 「꾸루지아의 자연」이란 천연색작품을 시사실에서 보았는데, 여기도 포도와 귤의 과원(果園)이 많이 나왔고 우리가 불시착으로 구경한 「스흠」의 경치도 나왔다.

이 촬영소 경내에서 보라빛 무궁화를 본 것은 반가웠다. 별로 가꾼 것은 아니나 한 길쯤 된 것이 다른 나무들 틈에 끼여있었다. 「이게 우리 국화라.」 소리칠 만치 신선하거나 화려치 못했고, 역시 터븐하고 시들은 꽃이 떨어도 못 지어 한번 가서 흔들어주고 싶은 고달픈 꽃나무였다. 이 꽃을 사랑했다기보다 선택한 그전 영감님들의 감각이란 참말 이해키 곤란하다.

여기는 온천이 유명하다고 꼭 가자고 안내한다. 바로 시내였다. 온천을 이용한 요양소로서 온천이 필요한 환자나 허약자는 누구나 올 수 있었고 특별한 치료비가 난다 하여도 며칠이고 몇 달이고 최고 50루불만 내게되는 제도였다. 한 사람씩 들어가는 욕실이나 나는 아직 허리가 옷도 혼자 못 입는 정도라 이찬(李燦) 형과 같이 들어갔다. 혼자 눕는 대리석 욕조나 그 미하에로흐소위 말대로 우리는 둘이 다 「두껍지 않은」 사람들이여서 함께 누울 수가 있었다.

이날밤 어느 레스토랑 대식당에서 복쓰 주최의 우리를 위한 야회가 있었다. 최고 쏘비에트위원, 정부요인, 대학총장, 문인, 음악가, 배우, 주객 2백여 명 운집, 더 생각해낼 수 없도록 가지가지 의미의 무수한 축배를 들었고, 이곳 음악가들의 노래와 민족무용을 구경하였다. 손바닥으로 치는 장고인데 전고(戰鼓) 같은 급조(急調), 피리도 두 사람이나 부는데, 여기 맞추어 여자와 남자가 같이 추는 춤으로, 여자는 요즘 신식혼인에 쓰는 너울 같은 것을 쓰고 검은머리를 치렁치렁 땋어 늘였다. 인형처럼 잔주름으로 걸으며 원을 그리며 돌아가면 단도까지 차고 코사크 기병식 치장을 한 남자는 맹렬한 율동으로 이를 에워싸며 나중에는 포옹에까지 이루군 하는 춤이다. 이 춤 한 가지로도 이 민족의 상무기질(尚武氣質)이 짐작되거니와 나는 워로실로브에서 베드로흐중좌로부터 들은 이 민족의 전설 한 가지가 여기서 생각났다. 한 무인이 적에게 잡혀갔다. (몽고인이 와서 백여 년이나 압정을 하는 등, 대국의 침해가 한두 번이 아닌 나라) 적왕은 무인의 간담을 서늘케 하려 그의 부모 잡어다 죽인 것을 알려주었다. 그러나 무인은 아무런 기색도 변치 않았다. 다음날은 네 안해를 죽였노라 알리었다. 그래도 심상했고 그 다음날은 네 자식들을 죽였노라 해보아도 역시 태연했다. 마지막날은 네 친구 아모를 죽였노라 하였더니, 그 말에는 눈물을 흘렸다는 것이다. 수는 적은 민족이나 도량이 커 호연지기(浩然之氣)가 있다. 이런 전통이 으레 새 꾸루지아 문화 속에 마르지 않고 흘러나갈 것이다.

음식에도 독특한 습속이 있다. 불을 끄고 내오는 음식이 있다. 긴 모판처럼 큰 접시에 가녘으로 생화(生花)를 펴고 양육(羊肉)인 듯한 요리를 고운 촛불을 켜놓아서 한편 어깨에 받들고 나오는 것이었다. 천어(川魚)를 백숙(白熟)하여 담박하게 먹는 것은 일본요리 같았고 계육(鷄肉)은 조선찜 비슷한 것도 있었다. 새로 두 시나 되여 파석(罷席)이 될 때, 자작시를 낭독해 들려준 훈장을 여섯이나 찬 에까지리나·소하쩨여사에게 경의를 표하려 갔더니 여사는 내 손을 잡은 채 춤추는 속으로 뛰여들었다. 출 줄 모르는데다가 옆구리까지 결리여 아마 여사의 발등을 착실히 밟았을 것이다.

이날 야회에서 꾸루지아의 명사들은 여러 번 새 조선의 민주건설을 위해 축배를 들어주었다. 이것이 형식화한 예의 같으나 이들도 같은 쓰라린 과거를 가진 민족들이라 주인도 일어서 말이 나오면 엄숙해졌고 객도 정금(正襟) 않고 잔을 들 수 없었다. 아르메니야와 꾸루지아의 형제들이 멀리 우리 조선민족에게 보내는 뜨거운 우정과 진정에서의 축복을 우리는 소리 높여 우리 동포들에게 전해야 할 것이다.

9월 18일. 오늘 아침엔 꾸루지아를 떠난다 하여 나는 트비리씨에 와 처음 일찍 일어나 이른 아침의 트비리씨를 내다보았다. 거리는 해돋기 전에 냉수욕을 하고 있었다. 비 올 줄 모르는 여기서 가로수들이 우거지고 노변화계(路邊花階)에 천자만홍(千紫萬紅)이 난만한 것은 아침마다의 이 인공취우 때문이였다. 군데군데서 수도물은 분수처럼 올려뿜어 나무와 꽃을 적시고 길을 닦고 있었다.

이 트비리씨는 일즉 스딸린수상이 젊어서 첫 사회운동을 일으킨 도시다. 먼 뒷날 오늘의 트비리씨는 그의 꿈의 화원이 무성하게 전개되여 있다. 쏘비에트의 민족정책이 확립되기 전에 민족주의 편향자들의 타민족추방운동이 일어나는 등 한때는 반동세력의 발호하던 도시로도 유명하다. 그때 이 트비리씨는 아마 스딸린을 비애국자란 공격도 응당 있었을 것이다. 여기서는 이미 지나가버린 풍우다. 이제 아르메니야, 꾸루지아, 모다 평화한 국경들이며 서로 협조하고 서로 자민족 발전에 합리적 관계를 맺고 나가는 것은, 오직 이들의 자유연맹인 쏘비에트가 가장 옳고 가장 타당한 민족정책을 파악한 때문인 것이다. 나는 공교히 몸을 다치어 이 두 공화국의 현실을 충분히 구경하지 못한 것은 유감이나, 이들은 낙후되였던 농본지대였음에 불구하고, 자본주의적 계단을 완전히 밟지 못한 채, 사회주의 체제에 돌입하여 무리가 없을 뿐 아니라 이로 인해 시대 하나를 넘어뛰어 비약발전하는 것은 무슨 까닭인가? 나는 어제 이곳 영화성에서도 들었지만, 「대자본의 문제는 전 동맹적 경제체제로서 극복한다」는 그것이 중요한 일례로서, 한 연맹 내에 가장 크고 가장 영도적인 노서아공화국이, 자본주의 계단의 충분한 기초를 가지고 사회주의 체제로 넘어간 때문에 그 힘이 이들 소공화국의 비근대적 경제기구의 결함을 넉넉히 메꾸어주고도 남는 것이었다.

이 쏘비에트의 민족무차별과 경제평등주의는 위대한 새 세계의 도덕일 것이다. 이것은 이미 쏘비에트의 대소 16공화국의 현실인 것이다. 아르메니야의 에레완에서도 보았지만 25만밖에 안 되는 도시에 전문, 대학이 아홉, 중학교가 60, 영화관과 극장이 열, 이런 고도의 문화시설은 그만한 경제력의 배경 없이는 불가능할 것으로 아르메니야의 단독실력으로는 이런 비약적 건설을 도저히 해낼 수 없었을 것이다. 공장이라고는 넷밖에 없던 끼르기쓰 공화국이 공장 5천을 가진 것이나, 이것은 1940

년에 미국 「뜨라이셀」이란 평론가가 지적한 것이지만, 1913년대에 아메리칸 인디언들과 쏘비에트의 따지크 공화국이 문맹비율이 동일했었는데, 17년 후 1930년에 이르러, 아메리칸 인디언은 문맹이 2퍼센트가 줄었고 쏘비에트의 따지크는 문맹이 60퍼센트가 줄었다는 것에 우리는 어떤 감상을 가질 수 있는 것인가? 주의의 이름은 무엇이든 좋다. 백일하에 다못 정의를 실행하라!

낙후민족에게 무엇을 팔아먹고 무엇을 뽑아갈까가 아니라 근본적으로 평등한 경제기초부터 세워주며 단 7천밖에 안 되는 소민족을 위해서도, 그 언어와 문자를 보장시키는 정책은, 확실히 양심적이요 의로운 지도인 것이다.

여기서는 모든 사람이 배운다. 길을 펴고 성장한다. 모든 민족이 그들의 가능성을 유감없이 발전시키며 있다. 그 훌륭한 새 세계요 한 평화향이다!

스딸린그라드

　에레완이나 이 트비리씨는 날이 별로 궂은 때가 없어 언제든지 항공은 자유인 것 같다. 오전 아홉 시, 우리는 예정대로 트비리씨를 날렀다.

　여기서 모스크바와 직선을 그으면 스딸린그라드는 중간 쯤에서 차편으로 훨씬 선외에 나선다. 그래서 침로(針路)는 어쩌는 수 없이 이번엔 가스베크 군봉을 바짝 붙어 지나게 된다. 최고 「엘브르쓰」봉은 5천6백29미(백두산 2,744미)가 된다니까 6천미만 뜨면 될 것인데 비행기는 조심조심 고도 3천6백미를 가르키며 옆을 돌아나간다.

　이는 차라리 적호(適好)한 조건이었다. 산의 위용은 안계에 빼어솟음에 있으니 수직으로 지도 보듯 하기보다 역시 우러러보아야 산일 것이다. 게다가 기하에는 구름이 자욱 끼었으니, 회색바다에 뜬 빙산들이다. 외연(巍然)한 빙산들은 함대처럼 동쪽으로 애애(皚皚)히 흘렀다. 앞봉(峰)이 큰가하면 다가서는 뒷봉이 다시 높다. 어느 하나가 주봉으로 떡 버티고 뒤로 제꼈으면 좌우 군봉들은 그 앞에 조읍(朝揖)하는 자세기도하다. 이 봉 저 봉이 에워막아 산성 안처럼 호젓한 동구(洞口)가 엿보이기도하고 멀찍이 물러서 건너편 주봉과 세(勢)를 겻는, 골격 험상한 객봉(客峰)도 솟아있다.

평지에 혼자 솟은 아랄라트는 기관(奇觀)일 뿐이였는데 여기는 일대 집단으로 청정과 신비의 한 세계를 이루었다. 이 날즘성 하나 올라 못 오는, 죽엄과 같이 고요하면서도 무궁한 생명체처럼 빛나고 있는, 이 도모지 지상엣 것 같지 않은 경역(境域)은 혼자 본다면 너무 엄숙해 무서울 것 같다. 전에 불란서 어떤 신비극작가는 여기를 보고 가서 상상만으로 썼는지 그것은 몰라도, 인간이 신의 의지와 싸우는 극에서, 이 고까사쓰 어느 산정에 와 환상의 십자가 앞에 인간을 굴복시켜놓거니와, 오늘 우리는 무릎까지 꿇 것은 없어도 이 호한(浩瀚)한 빙설세계에 무한청정과 일종 경건한 감격에 부딪치지 않을 수는 없다.

이 신비경을 우리는 40분 걸려 벗어나 다시 낮익은 「골―든 카―드」의 평야를 몇 시간 날러, 긴 파충류처럼 동구대륙을 완연히 흐르는 「볼가」가 보일 때는 오후 두 시나 되였다.

아닌 게 아니라 여기는 정지된 전원 이외에는, 불끈 땅속에서 무엇이 튀여나온 것처럼 둘레둘레 송두리채 빠진 데가 무수하다. 지붕 없는 집들이 나온다. 폭삭 부스러진 것보다 둘레는 서있는 집이 더 많다. 강변으로 끝없이 전개되는데 스딸린그라드는 차츰 벽돌로 된 만물상 풍경이다. 지붕은 날러간 말속 같은 공장, 벌(蜂) 둥지 같은 구멍만 숭숭 뚫린 빌딩, 중둥이 꺾어진 굴뚝, 밑만 속기여 엉거주춤하게 버티고 섰는 원주(圓柱)들, 뻐개지다 그만둔 7, 8층 벽의 절벽들, 그 밑에는 진저리치고 몸부림 친 벽돌의 슬픈 역사가 난만하다. 이 속에서 길들만은 찾어내였다. 공지(空地)를 얻은 길녘에, 혹은 주변으로 새로 지은 성냥갑만큼씩한 바라크들의 창도 있고 빨래도 널리어, 이것들이 마치 장래 일어설 새 스딸린그라드를 위해 뿌려진 「집의 씨앗」들 같았다.

강류가 굽은 대로 끝없이 뻗었던 도시는 끝없이 뻗은 잔해였다. 공장지대에 이르러서야 새 지붕들이 덮이고 임립(林立)한 굴뚝에서 부러지고 구멍나고 한 것들 이외에서 더러 연기도 난다. 이 연기야말로 뿜어내인다는 것보다도 불타버린 잿속에서 식었던 가슴에 새 숨을 들이켜는 불사조의 첫숨처럼 비장해 보였다.

이것은 비행사들의 호의로 비행장을 지나와서 스딸린그라드의 참상을 공중에 한바퀴 보여줌이였다. 다시 물러가 비행장에 나리니 여기도 다른 비행장과는 달러 비행기 잔해의 산이 처처에 솟아있었다. 독군이 절망에 빠졌을 때, 연락이나 탈출할 길이 공로밖에 없었으므로 이 비행장의 쟁탈전도 처절한 것이였다 한다.

공중에서는 고개 같은데 도심까지 자동차로 40분이나 걸린다. 다리 새로 놓는 것, 허물어진 집 치는 것, 푸른빛 해여진 군복의 독일포로들이다. 이제야 어디서부터 손을 대여야 할지 눈어름이 설 정도로 길만 대강 치워졌다. 첫째 공장, 다음에 병원과 탁아소, 그 다음에 학교, 그리고 주택이며 시가 전체는 근본적 개조로서 이제 급구 재건으로 힘이 학교까지 미친 것이라 하니, 이것도 와서 보면 이들의 단결된 애국심과 끈기찬 정력의 표현이려니와 이 벽돌무데기들만, 아니, 허물어지다 남은 벽들을 처분하는 것만도 까마득한 일일 것 같다. 일본이 한참 폭격당할 때, 저희들은 호르르 타버리면 깨끗해지니 전쟁도시로는 이상적이라 자랑삼아 하던 말이 생각났다. 가까이 이르러 보니 남아있는 벽들이 넘어진 벽보다 더 처참했다. 대소탄환에 성한 벽돌이 별로 없다. 전차길 중간에 서군한 쇠기둥이 이모저모로 큰 것은 주먹만큼, 적은 것은 밤톨만큼 구멍이 사방 꿰뚫려나갔다. 이만치 부피 적은 쇠기둥 하나가 만신창이니 이 시가공간에 얼마나 많은 탄환이 오고 가고 했을 것인가! 불타버린 전차, 자동차의 뼈대, 동체 끊어진 비행기의 무데기, 찌그러진 대소 전차들, 시내에도 아직 구석구석 무데기로 있다. 이번 전쟁의 자최와 부스레기는 이 스딸린그라드에만 쏟아놓은 것 같다.

호텔은 시내에서 벽이 기중 덜 허물어진 2층집 하나를 임시로 수리한 것이였다. 식당 가는 복도와 층계는 아직 독군목수와 미쟁이들이 고치고 있었다. 우리를 외국에서 구경온 사람들로 알아보는 독일포로들은 기색이 어두워지는 얼굴을 들지 않았다.

　우리는 이내 거리로 나왔다. 기중 큰거리일수록 기중 쓸쓸했다. 무슨 기이한 자연계 같았다. 어떤 허물어지다 말은 벽은 까─만 꼭대기에 스팀만 당금허니 한틀 달려있고, 어떤 건물은 좌우는 다 허물어지고 올라가는 층계만 5, 6층 남아있어, 시퍼런 하늘에 제단처럼 솟아있었다. 엿가래처럼 녹은 철근들, 튀고 갈러진 석재들, 이런 무데기 속에 어떤 데는 전등선이 지하실을 찾어 들어갔다. 일광을 향해 문과 창이 만들어진 것이니 무너지지 않은 지하실들은 우선 주택들로 쓰고 있는 것이였다.

　여기 기후는 벌서 서울의 이맘때보다 훨씬 선들거리어 꽤 두터운 옷을 입은 시민들은 바쁘게들 일터에서 돌아오고 있었다. 그리고 빠라크 짓는 일에 여자들끼리만 한 군데서는 벽돌을 쌓는 것과 한 군데서는 창틀에 뼁끼칠 하는 것을 볼 수 있었다.

　이날 저녁 볼가강 잉어가 오른 만찬은 호텔에서 빼갈료브시장의 초대로였다. 도시계획 기사도 참석해 있었는데, 시장은

　「이 스딸린그라드는 무척 길었던 도시로 강안을 따라 전장 60키로나 되였었고, 공장 '붉은 10월'로부터 농업대학 사이가 가장 심한 폭격을 받었다. 모든 건물은 99퍼센트까지 허물어졌고 쟁탈은 집 하나, 집 속에서 다시 층 하나 가지고 서로 며칠씩 싸운 예가 많다. 이 시에서 섬멸된 독군 33만 명, 붉은군이 그 6분지1인 5만5천, 모두 38만5천의 인명이 희생되었다. 독군의 차량만 6만, 떨어진 비행기 천여 대, 1943년 1월 31일, 이 호텔 이웃인 우니베르막 백화점 지하실에서 독군 파울루스사령관이 잡히고 가장 오래 저항하던 폰·클라우쓰중장 부대까지 항복하여 스

딸린그라드싸움이 끝난 2월 2일 이후에는, 우리 시는 먼저 산적한 적의 시체와 차량, 비행기 등을 청소하는 것이 큰 과업이였고, 이 시의 구명(舊名)은 싸이리츠느, 남방과 모스크바를 하선(河船)으로 연락시키는 식량의 요항(要港)이기 때문에 혁명 당시에도 가장 격전이 벌어졌던 곳, 싸이리츠느를 확보하느냐 못하느냐가 승리를 좌우할 문제였으므로 스딸린 동지가 친히 와서 혁명군위원회를 조직했고, 기관지「혁명군」을 발간했고, 백파(白派)와 그때도 독일의 세력이 육박한 속에서 모스크바와 레닌그라드로 3천7백 푸드의 식료를 보냈고, 처음으로 철갑차 10대를 만들어 철갑군대를 조직했고, 그래도 적이 우수함으로 고전을 거듭하다가 나중에 유명한 워로실로브와 뿌존느이 두 장군의 원군을 받어 적세를 완멸시킨 것이다. 이번 싸움에도 우리 붉은군대는 이 싸이리츠느 때 방어전의 정신으로 이긴 것이다.」

하였다. 그리고 도시계획기사의 새 스딸린그라드의 구상을 들은 바, 요점은「미끄로제(制)」라 하여 전 도시가 필요한 문화, 경제의 시설을 각 구마다 구본위(區本位)로 두어서 도서관이나 극장이나 백화점이나 공원에 가기 위해 먼 길을 걸어 딴 구로 다닐 필요가 없게 함이며 직장과 생활처소와의 거리도 최근한도로 해결할 방침이며 녹지는 1인당 26평방미, 그리고 고층건축만은 역시 도시미를 위해 중앙에 집중시킬 것이라 했다.

9월 19일. 일찍부터 전적(戰跡) 구경을 나섰다. 먼저 옆에 있는 전사광장, 여기는 이번 싸움보다 10월 혁명 때 혁명군 54명이 사형받은 광장으로 기념되는데 광장 중앙에는 공원처럼 된 그들의 묘가 화원과 화환과 기념비로 장식되어 있다. 광장 주위는 모다 속은 타버린 거죽만 5,6층의 대건물들로 둘리웠는데 그 독군사령관이 잡힌 백화점, 혁명 때「혁명군」

이란 신문이 발간되던 집, 이런 유서 깊은 집들이 지하에서 발굴된 고대의 유적들처럼 잔해들과 침묵으로 둘려있었다.

다음으로는 강변에 가까이 있는 침입하는 독군을 향해 최초의 공격을 개시한 「5월9일광장」 그리고 바로 그 옆인 「빠블로브 군조관(軍曹館)」을 구경하였다. 과히 크지 않은 벽돌 4층의 건물인데 독군에게 포위되어 우군과 연락이 끊어진 곳에서 하졸 8명을 다리고 빠블로브 군조가 57일간 싸워 네 명은 죽고 군조와 다른 네 명은 지하도를 뚫고 생환하여 영웅 빠블로브는 지금 독일점령지에 가있다는 것이다. 지금은 공동주택으로 쓰고 있으나, 이 집을 기념키 위해 먼저 나선 것이 「첼까쓰운동」의 주인공 알렉산드라·첼까쓰여사로서 가장 맹렬한 사격을 받아 허물어진 한편을 서툴은 솜씨로나마 고쳐 쌓아서 집 면목을 유지시킨 것이 이 여사였다. 이것을 시작으로

「여자들도 벽돌일을 할 수 있다」는 자신에서 「첼까쓰운동」이 일어난 것이니 이 집에서 영웅 두 사람이 난 것이었다. 전후좌우 할 것 없이 용케 무너지지 않았고 벽돌 한 장 한 장 성한 장이 별로 없다. 창마다 문마다에는 더욱 사격이 집중되어 창틀, 문틀은 모두 새로 고쳐 쌓았다.

여기서부터 10리나 되게 공장지대만을 지나보는데, 공장이 무너지고 불타고 한 것은 철근의 난마(亂麻) 무데기요, 큰 빌딩만큼한 석유탱크, 까스탱크가 무수한데 모두 불에 녹아 바람 빠진 고무주머니가 되어 어떤 것은 아주 주저앉어버렸다. 이런 공장지대엔 큰 건물들이 벌써 많이 새로 서있었다. 우리는 공장구경은 오다 하기로 하고 그길로 「마마애브」구릉으로 왔다.

이 언덕은 스딸린그라드의 유일한 고지로서 여기를 차지하고 못하는 것이 서로 승패의 운명을 결하는 것이 되었다. 주위 10리는 넘을까 고도도 시가에서 4, 50척 될지한 정도다. 나무도 별로 없다. 잔숲이 군데군

데 있으나 그 뒤에 자란 것들일 것이다. 큰 전차 한 대가 보인다. 이것은 기념으로 남겨둔 것으로 우군응원전차대가 가장 깊이 들어왔던 선봉전차였다 한다. 탄피는 걸음마다 밟히고 가장 모골이 송연해지는 것은 여기저기 해변에 조개껍질 나부끼듯 하는 임자 없는 쇠 전투모들이다. 산적했던 전차, 트럭, 대포, 비행기, 기관총 등의 잔해를 기계로 긁어가고 철모, 혹은 벌써 자루가 썩고 녹투성이가 된 총신들은 다시 부스러기로 떨어진 것이라 한다. 뒹구는 철모는 탄환에 구멍 뚫린 것도 많았다. 독군 시체만 14만이 넘었다니 이 임자 없는 전투모인들 얼마나 많았으랴! 장비 좋은 독군으로도 가장 중장비와 중포(重砲), 중전차(重戰車)로 들어왔던 곳이 여기라 한다. 이 언덕에서만 독군의 시체 14만 7천, 포로가 9만 1천, 그중에 장관만 25명, 장교 2천 5백, 대포 4천, 자동차 6만, 비행기 3천여 대였다 한다. 적시(敵屍)만 14만7천! 얼마나 많은 피였을까! 여기저기 피 묻은 군복자락 썩는 것이 그냥 나부낀다. 푹신푹신한 이 붉으레한 황사언덕, 걸음마다 아직도 신바닥에 피가 배일 것 같다. 더욱 언덕 밑에서 독군포로들이 수도공사로 땅을 파고 있는 것과 건너편 마을 가까이서 꽝 소리가 나더니 검은 연기가, 영화에서 보던 폭탄처럼 올려솟는 것이 실감을 준다. 전적을 설명해주던 장교의 말에 의하면 아직도 지뢰가 가끔 저렇게 터지기 때문에 길 이외에는 들어서기 위험하다는 것이다.

○

모스크바에서 자동차공장과 트비리씨에서 직조공장을 못 본 것은 유감이나 소련다운 특색이 있는 뜨락돌 공장을, 소련서 최초의 뜨락돌 공장이였고 이번 전란 때 가장 심하게 파괴되였던 데서 재건된 「드제르신즈키」 공장을 보는 것은 의의가 크다.

공장 앞에는 광장이 있고 이 공장 설립자의 동상이 서있었다. 사무건물들은 벽은 그냥 남어있는 것을 수축(修築)한 것이나 공장은 낡은 자재를 이용하여 신축 같지는 않으나 전부 새로 세웠고 아직도 한편으로 세우며 있다.

직공들의 구락부 같은 건물의 긴 2층 낭하를 지나 학교처럼 수채(水彩)와 유화가 많이 진열된 처소에서 잠간 기다리게 되였다. 파괴된 스딸린그라드의 풍경이 많은데 직공들의 작품이라 한다. 공장마다 문화부가 있고, 그 문화부는 모스크바에 있는 직업동맹 문화부의 지도로 문예, 미술, 음악, 무용 등 소질 있는 대로 전문가의 지도를 작업여가에 받는 것이며 장족진보로 그 방면 전문이 필요하다고 인정되면 그 사람은 직공에서 화가로, 혹은 작가로 전출된다는 것이다. 모스크바 스딸린 자동차공장에는 작가소질이 있는 사람끼리의 창작 공부반인 문예야회라는 것이 있어 토요일밤마다 두 사람의 작가가 와서 지도하는데 이 두 작가 중 한 사람은 바로 그 공장 문예야회에서 나온 사람이드라는 것이다. 어느 구석에서 무슨 일을 하든, 특출한 소질만 있으면 그것을 썩히지 않고 길러나갈 길이 열려있는 것이다.

양구(良久)에 공장책임자는 모스크바에 가고 없다 하여 차석되는 이를 만나게 되였다. 30대의 청년으로 이 공장 직공출신이라 한다. 소련에 와서 요직에 청년들이 많은 것과 더욱 직장출신이 많음을 느끼게된다. 꾸루지아의 영화대신도 40대 청년이였고 모스크바에서 농림성에 갔을 때도 부 대신의 한 분은 어느 지방 꼴호즈 회장으로 오래 있던 농부출신이였던 것이다. 인테리 출신보다 형식적인 것이 적고 담화에도 복선이 없어 이내 솔직하게 서로 신뢰가 가지는 것이 이들의 좋은 특색이다. 우리 인테리들이 대인접물(待人接物)에 단순치 못함을 여기서는 가끔 반성하게 된다. 이번 전란에 얻은 것인 듯한 이마에 험집이 있는 이 청년간부는 우리에게 차례로 악수를 하고 간단히 공장내력을 말해주었다.

「1930년 7월부터 생산이 되었습니다. 처음에는 하루에 142대가 예정이였으나 전쟁 전까지 하루에 210대까지 나왔습니다. 처음에는 미국서 기사도 왔으나 이내 우리 손으로 다 만들 수 있게 배웠고 더 기술이 발전되여 점점 더 좋은 신형으로 개량되드랬는데 그만 1942년 8월 23일에 독군이 공격해오자 할 수 없이 일이 중단되였고 전 공원들은 직장에서 작업복 그대로 총을 잡고 싸우게 되였습니다. 이 공장에서도 처참한 싸움이 벌어졌고 독군의 공폭(空爆)은 이 공장지대에 가장 심했습니다. 이 사진들을 보십시오.」

파괴된 공장을 부문마다 자세히 찍은 앨범이 있었다. 깨어진 공작기계들과 녹아 감겨버린 건물의 철골들은 발 하나 들여놓을 수 없는 난마의 무데기였다. 이것을 가려낸다는 것은 지혜와 노력보다도 첫째 튼튼한 신경이 아니고는 차라리 다른 땅에 신설하는 편이 빠를 것 같았다. 굳이 그 자리에다 재건한다는 것은 사람의 신경이란 얼마나 견딜 수 있는가를 시험해본 것 같았다.

「독군들은 공중에서 폭격한 것만 아닙니다. 이 공장을 차지하고 오래 있어 저희 마음껏 부셔놓았습니다. 더구나 퇴각할 때는 여기를 완전한 폐허라고 만족할 만치 화약장난을 하고 가서 대형공작기만 1800틀이 부서졌습니다. 그래서 저희가 간 지 석 달 안에 이 공장에서 고친 전차가 「스딸린그라드의 대답」이란 이름을 써 붙이고 일선에 내달렸는데 그들은 곧이 듣지 않았다 합니다. 그러나 우리 공장은 사실에 있어 전차수선 공장으로 활약하였고 전후에는 그전 뜨락돌 공장으로 개편된 것입니다.」

전전(戰前)에는 만 명 가까운 직공이였으나 지금은 그 전수의 65퍼센트 정도라 했다.

뜨락돌의 자료 전부가 이 공장 내에서 생산되고 있었다. 공장 안에 여공들이 많았고 부속품이 생산되는 대로 깎는 데로 나르는 것, 깎은 것을 맞추는 데로 나르는 것 모두 소형동력차들인데 소녀들이 차장장난하는 것처럼 유쾌하게 했고, 공장천장에서 기관차 같은 것도 달어올려 옮기는 기중기의 운전도 소녀들이 콧노래를 부르며 핸들을 놀렸다. 이 소녀들은 소학교는 물론이요 좀 기술적인 일을 하는 처녀들은 중학이나 기술학교 출신들이다. 십장이나 감독 밑에서 풀이 죽은 창백한 여공들은 하나도 아니다. 학생들이 저희를 애끼는 교사 밑에서 학과연습을 하는 것 같은, 가끔 저희끼리 명랑한 웃음도 주고받는, 유쾌한 노동들이다. 이들은 유쾌치 않을 이유가 없는 때문이었다. 일본이나 조선의 좌익소설에 흔히 나오는 여공들처럼 저희 집은 어두운 골목 속에나 있고, 병든 어머니가 아버지가 콜룩거리고 누웠고, 배고파 떼쓰는 동생들이 누데기 이불 속에서 울부짖고, 사내동생이 월사금을 못 내어 학교에서 쫓겨오고, 이런 암담한 근심걱정이라고는 그들의 가슴속에 한 가지도 없는 때문이다. 자기들의 노동에서 나오는 소득은 곧 자기들에게 그만치 혜택이 공동으로 미치는 것이요 그것으로 어떤 특별한 사람들만이 놀고먹는 것은 아니다. 저주하려야 저주할 대상이 없는 내 일, 내가 하는 명랑한 노동인 것이다. 게다가 노동이란 문화의 창조이지 노예적 복무라는 관념도 있을 수 없는 제도다. 일을 되도록 잘하면 정부는 인민의 이름으로 칭찬해준다. 아모리 구석진 공장 속에서라도 인류에 공헌만 하면 문사나 음악가가 대작을 내인 것과 똑같이 금별의 영웅이 된다. 이들이 일에 창의적 충동과 희망과 자긍이 없을래야 없을 수 없는 것이었다. 일즉 카벤터는 「창조적 노동에서의 노작은 모두가 예술이다. 나무가 꽃을 피우고 열매를 맺듯, 즐거운 창조적 충동에서 되는 일은 어떤 노동자의 일도 예술이며 모-든 사람은 일종의 예술가가 안 되면 안 된다」하였다. 함마 소리, 선반 갈리는 소리, 범형(範型) 떠내는, 육중한 타압기(打壓機) 내려치는 소리, 모두가 그 주위에서 일하는 사람들의 즐거운 기분과 경쾌한 율동적인 행동 때문에 일종 거대한 음악적 환경 같았다. 이 부분품의 공장, 저 부분품의 공장, 여러 과정에 공장들을 지나 최후로 한 대의 뜨락돌이 되여 운전수가 올라앉아 경적을 울리며 공장 밖으로 내닫는 것을 볼 때, 우리는 이 한 개 문명의 아들의 탄생에 절로 박수가 나오지 않을 수 없었다. 30분의 사이를 두고 연이어 나오는 탄생이였다.

물론 이보다 더 굉장한 것이 더 굉장하게 쏟아지는 공장이 다른 나라에도 있을 것을 보지 않았다고 모르는 배 아니다. 다만 공원들의 노력이 매매되는 속에서가 아니라 어느 나사못 하나에, 어느 치차(齒車) 이세김한 틈에 원망이라고는 조곰도 들지 않은, 내일부터는 파업을 일으킬까 말까 하는, 그런 이해상반의 타산과 번념(煩念) 속에서 된 것이 아니라 오직 이해일치되는 성실과 축복에서 생산되는 예술적 탄생이기 때문에 나는 여기서 우리의 박수를 편파하거나 무의미한 것이 아니라 정당한 감격이였다고 생각한다.

○

공장 밖에는 가까운 곳에 학교가 있고 그 다음으로는 새로 지은 탁아소가 있었다. 2층 해 잘 드는 방으로 들어서니, 젖먹이만 20여 아(兒)가 누워있었고 그 다음 방은 그 웃길, 또 그 웃길, 모두 위생복 입은 간호원들이 시간을 맞추어 먹이고 놀리고 있었다. 젖먹이들은 어머니들이 작업 중에라도 젖시간엔 나와 먹이는 것이요 그 시간은 결근으로 치지 않는다. 공장 일이 끝나면 어머니들이 집에 가는 길에 모두 찾아가는 것이였다.

인습관계에 있어 불합리한 것은 모주리 잘러버리었다. 완전한 자유에서 이것저것 시험해보았다. 처음에는 지나친 바도 있어, 저희도 이렇게 되면 낭패될 소수들이 지배하는 국가에서는, 그런 것을 왜곡과장하여 악선전했다. 아이를 낳으면 국가가 뺏어가느니, 어미 애비도 모르느니. 그러나 불합리한 것이면 무엇이나 마음대로 시험해보고 고칠 수 있는 사회는 침체도 퇴보도 아니요 오직 전진이였다. 이것은 누구나 수긍해야될 공식이요 진리다. 이보다 더 좋은 제도가 달리 있다면 그 또한 인류의 승리요 후진들의 모범일 것이다. 어느 나라의 것이든 내 나라 실정에 비추어 보다 더 효과적일 것은 배울 것이다. 급진, 직역식(直譯式)도 못쓰고 허턱 경원(敬遠)도 수가 아니다.

나는 오늘 처음 구경하는 소련의 한 공장에서 뜨락돌의 생산과정을 본 것이 참말 기쁘고 깊은 감명을 받았다. 공장이란, 구차한 사람들이 할 수 없이 끌려가 고통스러운 노력을 자본주에게 팔고 있는, 그런 어둡고 슬픈 장소가 아니라 자유스러운 사람들의 창조적 기능이 오직 협조되는, 일대 공동 「아트리에」임을 느끼였기 때문이다.

이날밤 우리는 주(州)위원회 강당에서 스딸린그라드 전황실사(戰況實寫) 구경이 있었는데 독군사령관이 손을 들고 백화점 지하실에서 나오는 것을 보았다.

O

9월 20일. 공중에서만 보던 꼴호즈(집단농장)도 나는 여기 와서 처음 본다.

우리는 강변까지 뻐쓰로 나와 두 대의 뻐쓰 채 배에 올랐다. 여기 「볼가」는 모스크바강보다 훨씬 넓어 한강의 3배 이상 되어보인다. 뻐쓰 다섯도 더 오를 목선나룻배를 적은 발동선이 이끌어 건너는 것이다. 강 건너는 곧 동리인데 이채 있는 것은, 집집마다 마당에 수직은 아니나 배의

돛대처럼 장대들이 선 것이요, 다음에는 두 집에 한 집씩은 먼젓것보다
는 짧으나, 처마보다는 높은 장대 위에 편지통만한 새둥지가 달린 것이
다. 어떤 것은 새가 나와 놀 수 있는, 잔가지 많은 나무가지도 하나씩 꽂
어놓았다. 멧새들이 절로 와서 산다 하며 아침이면 노래가 들을 만하다
한다. 어떤 새인지 한번 대면을 하고 싶으나 다 외출들로 아니 계신 듯하
다. 강소좌의 말을 들으면 어떤 전선에서는 집은 허물어지고 새둥지만
남어 새들만 들락날락하는 것도 볼 수 있었노라 한다. 돛대 같은 장대는
우물에서 두레박 달어올리는 장치였다.

이 동리는 채원(菜園)도 있고 농토도 있으나 이르는 바 꼴호즈는 아
니요 강 건너 스딸린그라드를 상대로 채소생산이 주업인 듯 보였다. 채
마밭으로 강물을 끌어올리는 발동기 소리가 가까이서 들려왔고 조고마
한 교회당도 있었다.

여기서 10리쯤 벌판길을 뻐쓰로 달리면 농촌 기분의 촌락이 나왔다.
버드나무 노목들이 우거지고 강이 넘치면 들어오는 물인지 편주가 뜬 연
못 같은 웅뎅이도 있는데 여기서도 발동기로 물을 푸고 있다. 말이 4, 5
필 선 큰 마구간과 창고로 둘린, 5, 6백 명쯤 모일, 풀 난 마당이 있고 이
마당 집회의 무대가 될 4간쯤의 마루를 반 길 높이로 앞에 달어 지은 방
틀집(통나무로 짠집)의 사무실이 있다. 주객 30여 명으로 꼭 차는 방인데
벽에는 스딸린수상 사진과 통계표 같은 것이 붙고 사무테이블이 그 밑에
있었다.

이 골호즈는 「승리의 농장」이란 이름으로, 40대의 작달막하고 훈장
을 찬 회장 보베다씨의 말을 들으면,

퍽 부유한 농촌이였는데 독군의 공격으로 전 동(全洞)이 움직여 5,
60키로 이북으로 피난갔었고 독군이 항복하여 돌아왔을 때는 완전히 폐
허였었다. 군과 정부의 식량원조로 다음해 추수기까지 살아왔고, 금년

농작도 아직 만족할 정도로 회복되지 못하였으나 1쩩다(약 3천평) 최고 6백톤의 곡물을 거두었다. 호수는 70, 농사일꾼은 140명, 수확물 처분은 3활 5부는 본인에게 주고 6할 5부는 그 속에서 종곡을 제하고는 국가에 파는데 대금은 은행에 넣어주면 꼴호즈에서 그것을 찾아다 농사진 경비(뜨락돌 사용료 등)를 제하고 분배하며 세금은 개인개인이 돈으로 문다 하였다.

우리는 이내 밭구경을 나왔다. 여기도 도시가 가까워 채전이 많은데 감자 캐베쓰, 붉은무(당근), 토마도, 지금은 덩굴 걷은 지가 오라나 참외와 수박도 많이 심는다 한다. 조선 논 비슷한 것이 한 자리 있다. 돌피와 풀밭이 되고 말았다. 그렇지 않아도 벼 농사에 관한 설명을 청할 작정이었노라하며, 벼를 금년에 처음 심어보았는데 무엇보다 벼와 돌피를 구별할 수 없어 실패했노라 한다. 밤나무나 감나무 같은 것은 없고 도토리나무가 많은데 조선 도토리보다 3배는 길게 생겨 얼마 안 줏어도 부피가 많다. 아이들이 그릇을 가지고 나와 줍는데 도야지를 먹인다 한다.

공중에서 보기처럼 고르고 얌전한 밭들은 아니다. 손으로는 일일이 보살필 수 없는 기계화한 광농(廣農)이라 선이 크고 거칠다. 웬만한 집장농사 지을 만한 땅쯤은 뜨락돌이 카브로 돌아나간 모퉁이에 그대로 방치되어있다. 거칠드라도 되도록 많은 지면을 갈아내는 것만 전체로 보아 수확을 높이는 것이니 이 점이 대륙농사의 특색이였다.

주택들은 아직 정상상태의 복구는 아니라 하나 농촌가정 역(亦) 간단명료에 주점을 둔 것이 엿보였다. 소학교가 하나, 중학교는 아까 10리쯤 떨어진 큰 동리로 다닌다 했고, 의료도 아직 큰 동리의 것을 이용한다 했다.

다시 우리는 사무실로 돌아오니 새옷 입은 동리 처녀들이 우리를 위해 점심을 차려놓고 기다렸다. 그들은 하나같이, 왜 한 달쯤 전에 오지 않았느냐 하였다. 그때는 밭에 볼 것도 많고, 참외와 수박이 많았노라 한다. 워드카와 그들이 기른 양고기찜과 신선한 토마도무침과 집집마다에서 들고오는 수박으로 우리는 취차포(醉且飽)하였고, 농촌에서 간 분들은 벼농사이야기로, 서투른 춤이라도 배운 분들은 이 순진한 처녀들과, 그도 전선에서 돌아왔다는 훈장 찬 청년의 손풍금에 맞추어 춤들을 추었다. 농촌청년들도 남녀가 다 춤의 명수들이다. 못 추는 처녀가 없고 빗새거나 태부리거나 하지 않는다. 손님의 술잔에만 퍼붓는 것이 아니라 저희 회장의 잔에도 강권한다. 나중에는 처녀들이 달려들어 회장 보베다씨를 행가래를 쳐주었다. 보베다씨는 공산당원이였다. 당원들은 어디서나 인민들의 앞에 닥치는 물불에 먼저 들어선다. 그 끼에프구역소(區役所) 사람들처럼. 그런 전통이 여기 당원들의 자랑일 것이다. 잔소리나 하고 웃사람 노릇하기나 좋아하는 회장일진댄 저들이 저렇게 무관하게 매어달리는, 존경이기보다 애무와 신뢰의 대상일 리 없을 것이다. 「강철 같은 조직의 힘」도 힘이려니와 그 이면에 대중을 향하얀 풀솜 같은 부드러운 애정의 힘이 아니고는 저렇게 인민들이 따르는, 인민에의 승리가 없었을 것이라 느껴진다. 나는 워로실로브에서 그 베드로흐중좌가 운전수 군조에게 한잔 술이라도 꼭 같이 마시고 담배가 떨어진 듯하면 자기 먹던 갑을 넌즈시 그의 포케트에 넣어주는 것을 본 생각이 여기서 새삼스러웠다. 민중운동에 애정을 감상으로만 아는 것은 잘못일 것이다.

황혼의 「볼가」를 건너 오면서 까치가 날으는 것을 보고 조선 노래들을 불렀고 특히 강소좌의 조선독립군 노래, 바로 이 강의 노래인 「볼가 보트맨의 노래」는 일행들 머리속에 오래 기억될 것이다.

강 이쪽에는 농촌으로 돌아갈 화물자동차들이 7, 8대 늘어서 기다리고 있었다. 아침에 캐베쓰를 싣고 건너왔던 이 골호즈차들엔 드레박, 바께쓰 같은 것이 실려가는 것을 볼 수 있었다.

다 시 모 스 크 바

9월 21일. 오전 9시에 스딸린그라드 비행장 이륙. 오후 한 시경부터 날이 흐리고 비가 뿌리기 시작하나 다행히 언덕 하나 없는 평야만이라 구름 밑으로 나려와 저공으로 날은다.

백화들이 곱게 단풍들었다. 지붕 날러간 공장들도 전적(戰跡)이 완연한 소도시들이 자조 나오고 농촌들도 근년에 된 꼴호즈 아닌, 정원에 고목 우거진 농가들도 더러 나온다. 비 맞어 알른거리는 아스팔트길에 자동차떼가 늘어가면서 오후 두 시에 모스크바 서비행장에 귀착되였다.

모스크바도 소조한 가을비에 젖고 있었다. 낯익은 호텔 「사보이」에 다시 여장을 끄르자 이날 저녁에는 별로 밖에 나가는 사람이 없었다.

9월 22일. 오늘 소련의 현실이 나오는 재미있는 연극을 보았다. 정오부터 「아카데미」 소극장에서인데, 꼬르네아주끄작(作) 「우크라이나 초원에서」라는 작품으로, 갑을 두 꼴호즈가 나오는데 갑 꼴호즈회장은 소련정부의 노선대로 이 사회주의 사회에서 완전공산주의 사회를 목표로 나가는 사람이요 을 꼴호즈회장은, 지금 이런 정도로 만족한다는 늦꾸어진 정신이여서 벌써 재무에 부정인물이 틈을 타고 나선다. 갑촌에서 을

촌으로 마초를 사러왔는데 공정가격 이상을 달라는 데서 싸움이 벌어지고, 이 싸움 밑에는, 갑촌회장에게는 을촌회장의 딸을 사랑하는 아들이 있어 이것으로 구경거리가 전개되는 희극인데 을촌회장은 자기를 과신하고 호언장담을 즐기여 제가 말하고도 으레 「아-카!(암! 그렇지!)」를 연발하는 완고 덩어리나 조곰도 악인은 아니다. 지금 조선에서도 흔히 그런 것처럼 이 인물 밑에는 악질분자가 붙어서 모리행동을 할 뿐 아니라 갑촌회장의 아들이 사랑하는 그 딸까지 유인하는 것이었다. 이런 을촌의 과오, 갑을 양촌의 대립 등의 진상을 알기 위해 구당(區黨)으로부터 책임비서가 나타나는데 아모도 그를 당에서 온 사람인 줄 모른다. 지나가던 과객 노릇을 하면서 완고 회장을 정부노선에 이해시키며 갑을 양가자녀의 순진한 사랑을 옹호하기에 성공하여, 이 극에서도 이곳 당원들의, 자기가 행여나 권력을 쓸까보아 조심하고 양보하며 그러나 사리엔 엄격한 언행을 여러 장면에서 느낄 수 있었다.

○

이날 저녁 우리 일행은 국영백화점에 안내되었다. 실비에 가까운 가격으로 배급표가 있어야 사는 백화점이나 우리에게 특별히 표 없이 파는 것으로 일반백화점보다 평균 3분지1 가격에 나도 춘추복 한 벌을 4백5십루불, 엷은 외투 8백루불에 사 입었다. 그리고 일반백화점도 전후에 가끔 물가를 떨구는데 이 무렵에도 한 번 약 1할정도로 떨구고 있었다.

9월 23일. 오전에 건축전람회에 가보았다. 대규모의 상설로서 도시, 농촌의 주택과 극장, 공장에 이르기까지 모형과 설계도와 건축자료, 가구자료, 난방, 조명 모든 도구의 연구와 비판과 실습설비가 있어 전부 보려면 4, 5시간이 걸리게 되었다. 두 시간을 보고 우리는 피로해졌다.

　오후에는 서점 많은 꼬르키-거리를 혼자 거닐었다. 최근 문예연감이나 작가대회보고 같은 것을 사려했으나 겨우 단어만의 영어로 통하는 데는 모두 떨어졌다 하였고, 영어 아는 점원이 없는 데서는 대부분 외인에게 불어를 쓰는데 나와 통치 못하기는 노어나 마찬가지다. 불어책만 따로 꽂아놓은 서점이 있어, 쿠-랑의「조선문화사」를 구해보려 했으나 발견하지 못하였다. 어떤 서점은 들어서면 상품의 대부분은 뒷방에 두고 종류대로 몇 권씩만 내여놓고 역대 저술가들의 흉상으로 벽을 둘러, 마치 큰 도서관의 낭하 같은 인상을 준다. 영어로 된「국제문학」최근에는「쏘비에트 문학」으로 개제(改題)된 것은 구호(舊號)를 더러 구할 수가 있었다.

　이 꼬르키-거리를 한참 걸으면 다시 광장이 나오는데 이 광장은 쁘쉬킨거리와 합치는 쁘쉬킨광장으로 머리에 계관(桂冠)을 얹은 입상이나 로댕의「생각하는 사나이」이처럼 침통해 보이는 쁘쉬킨의 동상이 좌측에 있다. 한 노파가 소녀를 다리고 그 밑 벤취에 앉어있었다. 나도 그 옆에 가 검은 4층집인「이스베스챠」신문사를 건너다보며 다리를 쉬였다. 한 젊은 부부가 내 맞은편에 와 앉는다. 지나가는 사람들도 흔히는 쁘쉬킨을 쳐다본다. 시민이 가장 많이 다니는 거리거나 공원이 예술가들의 이름으로 불리워지고 그들의 박물관이 있고 그들의 작품이 상연되는 극장이 처처에 있는 이것은 모스크바가 쏘비에트 이후에 가해진 품격의 하나일 것이다.

　최근 모스크바에는 화제에 많이 오르는 두 가지 뉴-쓰가 있었다. 하나는 미국에 관한 것으로, 고 루스벨트대통령의 친소정책 직계인 상무장관 웰레쓰가 파면된 것과 다른 하나는 영국「썬데이 타임쓰」의 기자가 화면으로 스딸린수상에게 몇 가지 질문한 것에 대한 대답으로였다. 웰레

쓰가 자유스러운 입장이 된 만치 그의 이 앞으로의 활동을 더들 기대하는 것 같았고, 스딸린수상의 대답 중에서 소영친선(蘇英親善)이 가능하다는 것, 원자탄이 세계의 전쟁이나 평화를 좌우하지 못한다는 것, 소련이 자기완성에는 반드시 다른 나라에 마찰을 주어야 가능한 것이 아니라는 것, 이런 것을 여기 인사들은 쾌히 생각하는 것 같았다. 모두 평화에 대한 기대들이었다.

9월 24일. 오늘 저녁에 레닌그라드로 떠나는 것밖에 아무 예정도 없었다. 나는 에레완에서 다친 것이 그저 완결치는 않아 되도록 호텔 안에서 하로 쉬기로 했다.

정문 밖에 나가 신을 닦았다. 신 닦는 사람은 처음 한 번 힐끗 쳐다보고는 양말에 구두약 묻지 않도록 가죽오리를 구두와 양말 사이에 끼워 돌리고 끝까지 구두만 닦았다. 10루불짜리를 주면 어디서나 5루불을 거슬러내였다. 다시 호텔로 들어서면 우편취급하는 테이블이 늘 눈을 이끈다. 그림엽서를 가끔 새것으로 갈어놓는 때문이다. 흔히 모스크바 풍경이요 아이들에게 선물될 쁘쉬킨의 동화삽화도 있다. 이 우편취급양(孃)은 조선으로 영문전보가 된다 하기에 「남조선에도?」 물었더니, 고개를 젓는다. 꼬르키-얼굴의 우표도 있었다. 다른 한편에는 모스크바를 안내하는 테이블이 있다. 이 색시는 영·불어가 능하다. 우편색시가 틈틈이 편물(編物)을 하는 대신 이 색시는 틈틈이 신문 아니면 책을 읽고 있었다. 무슨 물건은 어디 가면 살 수 있느냐? 어느 극장에서 요즘 무엇을 하느냐? 그는 다 적확한 대답을 해주는 것이 일일 뿐 아니라 필림현상 같은 것은 자기가 맡어다 해주기까지 하는 친절이다. 나는 그림과 영문으로 된 모스크바 안내지도를 한 장 얻었다.

층계 중턱에 있는 매점은 신문과 잡지, 그리고는 영문으로 된 소련

소개책들인데 오전만 지키고 오후는 물건만 놓여있는 때가 많다. 나는 여러 날 베르던 이발을 이날 결심하였다.

마침 두 자리뿐인 이발실에 한 자리가 비여있었다. 이마에 돗뵈기를 걸치고 고불통을 문 늙수구레한 이발사는 앞치마를 둘러놓더니 어떻게 깎으려느냐 묻는 눈치다. 잠자코 웃기만 하니까 이번엔 이러 이렇게 깎어 좋겠느냐 묻는 눈치다. 그것이 어떻게 깎는 것을 의미하는 것인지는 모르나 내 머리를 전혀 변모를 시킬 우려는 없다. 믿어 「하라쇼」 했더니, 재가 날을까보아 뚜껑장치가 있는 고불통은 그저 문채 빗으로 머리를 가리기부터 시작하였다. 이발요금은 우리 일행은 단체로 계산하는 것이라 하여 얼마인지 알 수 없었다.

저녁 일곱 시에 우리는 두번째 사보이 호텔을 떠났다.

레 닌 그 라 드

9월 25일. 모스크바서 레닌그라드까지는 643키로, 우리 리수로 약 1천6백 리, 밤 여덟 시에 떠나 이튿날 아침 열 시에 닿았다. 나는 소련 와 처음 타보는 기차였는데, 우리가 탄 것은 1등인 듯했다. 한 칸에 두 사람 씩의 침대로 부산서 북경 다니던 「대륙」보다 내부는 더 화려했다. 이 나 라에 이런 등급이 있다는 것을 흔히 이상히 알고 어떤 서구인의 말처럼 「신 계급의 발생」이란 인상을 받는지도 모른다. 나 역(亦) 밤에 이 등 급 있는 차에 누워 한 칸 동무와 이것을 화제로 삼어보기로 했다. 그러나 이것은 실제라거나 사리를 더듬어서는 곧 이해할 수 있는 일이었다. 「소 련은 모두가 무차별이다」 이렇게 단순한 기대로 왔다가 이런 등급을 보 면 딴은 의아할 수 있는 것이다. 그런데 소련은 지금 한참 「모두가 무차 별한 사회」로 개조되며 있는 우선 근본적이요 요급(要急)한 것부터 무차 별이 되어 있는, 장래는 모두가 무차별의 가능성이 자라며 있는 사회라 고 생각하면 이내 이해된다. 준비 다 되기 전에 기계적으로 이런 등급을 없애기부터 해보라. 실제에 있어 이는 문화의 후퇴요 질서의 혼란일 것 이다. 일등차를 두고 모든 인민이 일등차에 합리적이도록 생활문화를 끌 어올리고 그리고 2, 3등차를 없애고 일등차급만을 만드는 것이 실제에 있어 합리적인 순서일 것이다. 그리고 여기서 일등차를 타는 그 사람이 어떤 사람인가 생각해볼 필요가 있다. 남을 착취해 저만 호강하는 자가 아닌 것이다. 제 힘과 제 기술로 벌어 여유만 있으면 또 필요만 하면 노동자건 농민이건 사무원이건 누구나 타는 그런 일등이요 그런 일등객들인 것이다. 그리고 어느 나라에 있어서나 3등차 민중문화를 일등차 문화까지 끌어올리기란 그리 단시일에 성취될 수 없을 것이다. 그러나 이 시일을 가장 단축시키는 조건에 있는 것이 소련이며 이것을 목표로 강행하기 때문에 자본주의 사회에서 소비생활에만 습성이 박힌 사람은 구속을 느낄 만치 이 사회의 목표가 달성될 때까지는 사회적 제재가 있을 것도 이해할 수 있는 일이다. 또 지-드 같은 사람으로도 쏘비에트 사회의 물품들이 조야(粗野)하고 일률적임에 실망했다고 한다. 1936년도 파리에 있다 와보면 으레 그랬을 것이다. 지금도 중공업만 힘써온 소련은 3등차가 그대로 있듯이 약간의 특수한 고급상품을 제하고는 모다 실질본위의 물품뿐이다. 소련은 이것을 모르지도 않거니와 자기결점으로도 알지 않을 것이다. 소련인민 중에 발 벗은 사람이 신발이 없어 벗은 것이라면 지나가는 외인보다도 그 발에 어서 좋은 신발을 신기고 싶기는 이곳 책임자들의 심정이 더 간절할 것이다. 혁명 후 노서아는 자기네만 잘살기 위해 주력했다면 지금쯤 노서아는 어느 자본주의사회 자산계급만 못지 않은 풍성한 물질을 가졌을 것이다. 변방 낙후민족들에게 경제적 기초를 평등히 세워주기 위해(기리기쓰 공화국의 공업화나 아르메니야나 꾸루지아 등이 대자본문제는 전연맹적으로 극복한다는 것 같은 일례) 오직 민족평등의 최초의 소신만을 관철해나가는 이 정의의 노력에는 물품의 조야를 탄키는커녕, 그렇기 때문에 아직 조야한 물품에 도리어 만강(滿腔)의 경의를 표해 옳은 것이다. 완전 공산사회로 넘어가는 위대한 건설과정에서 팟쇼침략자와 장기간 미증유의 대전을 치루고 그 큰 소모와 파괴로 인해 귀중한 계획들이 지연되고 있는 것엔(1946년까지 완성하려던 중학까지 의무교육제의 일례) 의분까지 금할 수 없다. 그러나 계급과 착취가 없어진 이 사회에선 전후에도 실업을 모르고 공황을 모르고 오직 강력한 계획실천에 매진하고 있다. 지금 집을 짓고 내부를 꾸미는 중에 있는 집을 찾아왔으면, 앉을 자리 좀 불편한 것이나 그 집 사람들이 풀 묻은 손으로 바쁘게 돌아가는 그것을 볼 것이 아니라 그 집의 설계여하와 완전히 준공된 뒷날 어떨 것을 생각해 비판함이 정당하고 의의 있는 관찰일 것이다.

이제 우리 조선도 「해방이 되었으니 모든 것이 일제 때보다 나으리라」 혹은 「우리 정부만 서면 모든 게 마음대로 되리라」 이런 생각이 이념에서라면 옳은 것이나 현실에서 곧 바란다면 그건 철없고 염체없는 수작일 것이다. 한 새로운 이념에 합치되는 현실이란 허다하게 있을 수 있는 모순당(矛盾撞)을 극복해내는 실제라는 고해의 피안일 것이다.

○

레닌그라드는 구라파에서 아름답고 품위 있는 도시의 하나라는 말은 들었지만 처음 오는 사람에게도 안도감을 주는 도시다. 혼자 솟은 집이 없고 혼자 낮은 집이 없다. 5, 6층이 갓진한 것과 애초에 계획도시로 길들이 곧은 것과 강물이 시내 처처에 그득 차 있는 것과 속에는 사람이 살고 겉에는 조각품들이 사는, 인간과 예술의 공동주택이 많아 품위와 관상(觀賞)의 도시라는 것이 곧 느껴진다.

이곳 대외문화협회에서도 싸구르신, 싸불린 양씨의 출영(出迎)으로 우리는 유명한 「이싸겝쓰기」예배당이 있는 광장 국제호텔에 안내되었다. 「사보이」호텔과는 반대로 섬세하고 명랑해서 남구적 풍치의 호텔이다. 조반은 기차에서 치렀으므로 방들을 정하는 대로 곧 구경부터 나섰다.

기차에서는 레닌그라드 주변으로 무너진 참호들, 부서진 토치카들, 불 탄 촌락, 몽둥바리가 된 거목들, 파헐려진 땅들, 격전의 자최가 판연했는데 시내에 들어오니 29개월 동안이나 탄우(彈雨) 속에 포위되였던 자최가 별로 없다. 광장마다 동상들은 흙으로 올려 묻었드랬으니까 고대로 있었다 하드라도 무너진 집이 그리 눈에 뜨이지 않았고 훌륭한 건축으로 유명한 이싸겝스끼예배당도 금색 지붕들의 칠만 고치고 있을 뿐 상한 데는 없었으며 「네바」강의 큰 철교들도 모두 성하다. 이런 우미한 도시가 더욱 도시지대가 거의 완전한 면모로 보존된 것은 다행한 일이다.

　　우리는 먼저 「레닌그라드 방위전기념관」을 구경하였다. 제정 때 서울로서 240년 전에 건설되였고, 문무양반에 거인이 많이 난 곳으로 뾰도루대제, 스보로브장군, 꾸뚜쏘브장군, 그리고 철학자 노모노숍, 문호 쁘쉬킨, 고-고리, 레르몬도브들도 이곳 출생들이라는 기록에서부터 붉은기가 제일 먼저 꽂힌 혁명도시로서의 가지가지 귀중한 자료전시를 거쳐, 이번 독군의 완강한 포위를 끝끝내 물리쳐낸 처절참절한 주변의 제일전선과 후방시민들의 기아와 공습과 싸워온 끔찍끔찍한 자료들이 산적해 있었다. 그때 실사를 영화로 보여주는 방까지 있는데 시민들이 굶어서 얼굴들이 부은 것, 굶어죽은 사람들의 쓸쓸한 장송이 열을 이루어 나가는 것, 한 집에서는 아홉 식구가 굶어죽는데 기중 오래 견딘 끝엣딸이,

　　「오늘은 아버지가 돌아가셨다. 오늘은 큰언니가 죽었다.」 이렇게 끝까지 써나가다가 나중에는 「인전 우리 집엔 나 하나만 남았다!」 이렇게 써놓고는 그도 죽은 것이 발견된 애끓는 일기도 실물이 진열되여 있었다. 당시 레닌그라드 시에 붙은 포스터-가 한 장 걸려있는데 아조 충동적인 것이였다. 귀엽게 생긴 계집애가 붕대로 머리를 감고 팔도 감었는데 속에는 피가 벌-겇게 배여나왔고 그 맑은 눈이 눈물이 글썽해서 엄마를 찾는 얼굴이였다. 자식 가져본 사람의 마음으로는 뼈속에 찔림을 견

딜 수 없는 그림인데 그 밑에는 거친 글씨로 두어 줄 글이 있었다. 강소좌에게 읽어달라 하니, 「우리 자식들의 피와 눈물을 위해 싸우자!」라는 것이였다.

이 레닌그라드 시민들은 독군의 폭탄보다도 무형의 기아내습이 더 무서웠다 한다. 그러나 이들은 29개월, 나이 두살 반을 먹는 동안이나 굶주림 속에서 끝끝내 결정적 입성으로 알고있던 독군을 물리쳐내었다. 이것은 이들의 무력도 무력이려니와 성격의 힘이 컸을 것을 느끼지 않을 수 없었다. 그리고 야음을 이용하는 「라도까」호의 실낱 같은 식량선으로도 정부로부터는 「학자와 예술가들의 식량」이란 것이 따로 전달되었고, 하루 120그램의 배급빵을 가지고도 이를 먹지 않고, 「치스타코위치」라는 작곡가의 방전체험(防戰體驗)의 작품, 그의 제7번 연주회에 들어가려 입장권과 바꾼 사람이 있다는 미담도 있었다. 이 기념관 어느 한 방에는 독군의 전투모로 쌓은 피라밋이 있었다. 그 앞에 레닌그라드 주변에서의 독군피해 숫자가 있는데 군명(軍命) 백만 이상, 전차 2천 대, 비행기 9천 대라 하였다.

여기를 나와 우리는 네바강의 어느 한 다리를 건넜다. 무슨 기념탑이선 공원이였다. 모스크바에서 모스크바강보다 레닌그라드에서 네바강은 훨씬 더 도시를 미화시키며 있다. 일정한 수량으로 뿌듯이 차 흐르는 하면(河面)에는 각 궁(宮)의 즐비한 청, 황, 백색의 갖은 양식의 건축들이 그림처럼 고요하고 상류를 보나 하류를 보나 역시 평균한 높이의 건물병풍으로 아득히 둘려있다. 지도에서 보면 모스크바보다 북방인데 공기가 윤화(潤和)하고 햇볕이 따스하다.

처처에 조각 그것으로 훌륭한 동상들이 많았다. 1812년 나폴레옹과의 전승기념광장은 직경 반 부분이 한 건물로 둘려있고, 한쪽은 동궁일부(冬宮一部)로 막혀있어 조각들과 건축미의 전람회장 같은 광장이였고 피득대체(被得大帝) 때의 고적이 많은 「여름공원」도 짙은 녹음 속이 거닐기 일취(一趣) 있었다. 여러 가지를 자꾸 보기보다 한 군데서 고요히 쉬고 싶은 도시다.

그러나 우리를 태운 관광용 뻐쓰는 어떤 원림(園林) 그윽한 속에 태고연한 사원이 있고 그 이웃에 흰 원주에 누른 벽을 가진 전아장중(典雅莊重)한 건물을 깊숙이 들여다볼 수 있는 광장으로 달려왔다. 선홍 붉은 기가 지붕 위에 한가이 나부낀다. 바로 저 기 꽂힌 저 지붕이 소련에서도 최초로 붉은기가 꽂힌 지붕으로 10월 당시 레닌과 스딸린이 지도하던 푸로레타리아 혁명군 총사령부였다 한다. 지금은 당중앙기관으로 있다. 네바강 건너에는 당시 혁명노동자들의 전당이었던 피로 물들은 혁명사상에 찬연히 빛나는 대공장들이 많고, 이 레닌그라드는, 노동자들이 사회주의적 노동형태를 창조한, 레닌의 꿈을 최초로 실현한, 인류사에 신 성격으로 나타난 노동자들의 도성(都城)으로 의의 깊은 곳이었다. 전 연방적으로 기계제조의 공업중심지이며 전 주(州)의 노동자 80퍼센트가 이 그들의 도성에 집중되여있다 한다. 신·구 양시대의 사적과 문물이 함께 찬연한 도시다.

밤에는 「알렉산드」대극장을 구경하였다. 모스크바 대극장과 같은 양식의 성장(盛裝)이나 크기는 약간 그보다 손색이 있어 보였다. 연극은 「바다용사들을 위하야」라는 전시에서 취재한, 개인의 영예보다 인민의 영예를 고무시키는 신극인데 바다가 많이 나와야 할 이 희곡은 영화이였으면 더 효과를 내일 것 같았고, 가극과 달러 극장자체의 호화 때문에 무대가 작고 압박을 당하고 있었다. 나는 이 극장에서 생각나는 것이 있어 막간에는 자조 좌우를 둘러보았다. 학생 때 독일어독본에서 배운, 이 그전 이름으로 「페드로그라드」에서 생긴 일인데, 어떤 몹시 치운 겨울밤, 큰 극장에 문관들과 귀부인들이 그득 차 있었다. 홀- 안은 너무 더워 한

부인이 기색(氣塞)이 되었다. 옆에 있던 무관이 기사도를 발휘하여 이 부인에게 신선한 공기를 헌상하려 의자를 들어 유리창을 부시었다. 밖에서는 몹시 찬 공기가 들어와 뜨거운 공기로 찼던 대궁륭 천정에서는 갑자기 구름이 생기며 함박눈이 쏟아졌다는 이야기다. 그 집 속에서 눈 온 극장이 아마 이 알렉산드대극장이 틀리지 않을 것 같다.

9월 26일. 미트라스박물관, 1766년에 「에까찌린」여왕이 개인취미에서 시작한 것으로 지금은 소련에서 제일 큰 박물관이다. 관장 오르벨리박사는 동양학의 태두로 아르메니야 학자이며 이분 말씀에 의하면, 혁명 후는 동궁(冬宮)까지 편입시키여 학문연구자료 수집에 주력한다 하여 이란문화와 조선문화가 상이점이 많은데 조선 것은 참고품이 없어 유감이라 하였고, 앞으로 수집예정이니 많이 도와주기를 바란다 하였다. 특히 이란미술과 중국과 관계가 깊은데 말을 들으면 중국과 조선이 미술에 있어 또 다르다 하니, 그것도 이곳 연구가들이 알고 싶어하는 것이라 했다. 총 장품(藏品) 160만 점, 대부분 동쪽 지방에 피난시켰다가 요즘 돌려왔기 때문에 아직 3분지1정도밖에 진열되지 않은 것이 유감이라 했다.

대부분 이태리와 불란서의 이름 있는 건축가들과 화가들의 손으로 된 궁실들은 실내구조와 장치 그것이 장시간 볼 만한 공예인데 우리는 먼저 화랑들에서 눈이 피곤해지고 말았다. 다빈치, 라파엘, 루-벤쓰, 렘브란드의 종교화들, 고대 희랍 출토와 미케란제로의 조각들, 그리고 관람에 가장 신중한 절차를 밟게 되는, (혹시 다칠 염려가 있어 손에 든 물건은 맡기고, 한 일행이라도 복잡치 않을 수효로 나누어 들어간다) 보물부는 구석진 아랫층인데 순금과 금강석의 공예품과 역대 제왕, 승정(僧正)들의 왕관, 면류관들이 그득 차있었다. 고대 순금 장신구에는 우리 경주 금관과 수법이 근사(近似)한 것이 많았다. 이 박물관을 제대로 자세히 보자면 4, 5

일 걸려야 될 것 같았고, 진열이 끝나지 않아 조선문화와 상이점이 많다는 이란참고품을 보지 못한 것이 유감이다.

전란중에 포탄 30, 폭탄 2발을 맞았으나 장품은 상한 것이 없고 파괴된 부분은 수축되어 칠을 다시하는 중에 있는 방이 많았다.

이날 오후에는 일행이 몇 파로 나뉘어졌다. 분과적으로 볼 필요에서 한 파는 공장방면, 한파는 보건방면, 한파는 대학인데 나는 대학파에 끼여 종합대학 내에 있는 동양학부를 구경갔다.

네바강 서쪽 강변으로 여러 채의 벽돌집이 동네를 이룬 학원, 경내에는 여학생들이 더 많이 보였다. 천정 나즉한 5층을 타박타박 걸어올라 이곳도 공습에 상한 데가 있어 지금도 내부는 목수일들이 그저 버려진 복도들을 지나 백수홍안(白首紅顔)에 근시안경을 쓴 동양학부 까재미뚜루이주임을 만날 수가 있었다. 공교롭게 조선어가 능한 교수는 출타하였고 일어가 통하는 두 여교수가 있었다. 그 여교수 중 한 분은 역시 이 대학동양학부 출신으로 책상 위에 「만엽집(萬葉集)」을 놓고 보고 있었다. 동양 각국의 어학, 문학, 사학, 경제학부 등이 있으며 연한 5년, 현재 학생 650명, 학사원내(學士院內) 연구생 25명, 어학부에는 희랍어, 이란어, 쭐크어, 인도어, 몽고어, 일본어, 중국어 등인데 앞으로 조선학부도 계획중에 있다 하였다. 노중사전(露中辭典), 노일사전(露日辭典), 노몽사전(露蒙辭典) 등이 편찬, 혹은 인쇄중에 있는 것이 있었고 「홀로다비치」라는 교수는 일제통치시대의 조선사를 집필중이라 했다.

도서실에는 조선관계의 서적도 꽤 많이 있었다. 1874년판의 노문(露文)의 조선어 회화책이 있었고, 쿠-랑의 불문(佛文)의 조선문화사가 있었고, 조선고본들로 전주판 춘향전, 맹자언해 등, 그리고 소련 내에서 출판된 조선어역 사상서적 전부와 원동에 있던 조선인학교에서들 편찬한 조선역사, 조선어독본 등이 3,40종 있었는데 내용을 일별할 시간은 얻지 못하였다. 앞으로 조선문학, 어학의 출판물을 구하는 데 협력해달라 하였다.

9월27일. 네바강 건너, 10월 당시 가진 데모와 직접전투에 이르기까지 전 노동자들의 책원지(策源地)였던 공장지구 「우볼스카야」구를 한바퀴 둘러 우리는 「미꼬냐」 과자공장에 안내되었다. 감향(甘香)의 체재(體裁) 고운 상품이 나오는 곳인 만큼 밝고 깨끗한 공장이며 위생복의 명랑한 여공들이었다. 1908년에 개인이 창설한 것이나 지금은 3천 명의 직공들이 주인이며 일일생산 백 톤이라 한다. 품종 150여 종, 실질적인 것은 포장도 되도록 간략히하며 실비 이하로 소비조합을 통해 인민대중에 분배되며 여기서 밑지는 것은 도시에서 소비되는 고급품에서 남는 이익으로 충당한다 하였다. 여기서도 기계론적으로 본다면 상품의 등급생산을 지적할 수 있을 것이다. 설탕과 코코아는 국산만으로 부족하기 때문에 아직은 외국에서 수입한다 하며 이 설탕의 증산도 이번 5개년계획의 하나로서 1950년까지 설탕 연산(年産) 250만 톤의 목표가 달성되면 전전(戰前)에 비겨 25만 톤이 증가되는 것이라 했다. 우리는 이 공장에서 전신이 달어져가지고 나왔다.

다시 네바강을 건너와 「말소버」광장이라는 데 이르렀는데, 길 반쯤 높이로 정구장 넷쯤 될 만한 주위를 큰 암석을 다듬어 정방형으로 둘러 쌓았다. 성처럼 두터운데 정방형 사방 중간마다 3간쯤 넓이로 터놓아서 그것이 길이 되었고 그 터질성(城)의 단면에는 붉은 대리석에 금자(金字)의 기념문들이 쓰여있었다. 10월 혁명 때 희생자들의 묘로서 중앙엔 화원을 만들고 희생자들의 낮으막식한 비명(碑銘)들이 마치 식물원에서 꽃이름 표시한 것처럼, 도둑하게 장방형으로 만든 묘머리마다 꽂혀있었다.

그 단면대리석에 크게 새긴 기념문은 쏘비에트의 첫 문상(文相) 루냐

찰스키-의 글들로서 그중에 두엇을 김동식씨는 이렇게 새겨 읽어주었다.

"그대들은 희생자가 아니라 영웅들이다.

그대들은 처참한 붉은 날에

영예롭게 살았으며 영예롭게 죽었다."

또,

"그대 푸로레타리아는

암흑과 빈곤 속에서 궐기하여

네 자유와 행복을 전취(戰取)하며

나아가 전 인류의 그것을 전취함으로써 전 인류를 노예에서 구출한다."

시중(市中)에 있어 공원 같은 지대이나 여기를 거니는 사람들은 경건하였고 어떤 묘석 앞에는 이슬 머금은 생화묶음도 놓여있어 아직도 조석으로 찾는 애틋한 유족이나 동지들이 가까이 사는 듯하였다. 그리고 이 묘지에서는 알렉싼드 2세가 민의사원(民意社員)에게 암살당한 자리에 지은 「피 위의 사원」이 대조적으로 바라보이어 지나는 사람의 감회를 더욱 찔렀다.

○

이날 오후에는 고아원 하나를 구경하게 되었다. 레닌그라드 제53호 고아원이였다. 고아에 대해서는 일일이 국가에서 양육책임을 지는데다가, 이번 독군에게 점령되였던 지대에는 어머니까지 잃어버린 고아들이 대량으로 나게되여 고아원이 놀랄 수효로 많다.

이 고아원엔 2층건물에 150명이 수용되여 있는데 소학교에 다닐 수 있는 연령 이상의 아이들만 모인 곳이였다. 구제기관에서 흔히 느끼는 음산한 공기가 없고 학교기숙사 같았다. 지도원 30명이 있어 우리가 갔을 때는 오후 4시쯤인데 학교에서 돌아온 아이들을 학년별로 따로 모으고 복습을 시키고 있었다. 마침 해군 대좌 한 분이 보였는데 이 53호 고아원의 후원은 이곳 어느 함대에서 맡았기 때문에 가끔 연락이 있는 것이라 했다. 학교나 고아원이나 근본부담은 국가가 하나 이를 실정에 비추어 향상발전시키기 위해서는 사회나 국가의 어떤 단체가 후원을 책임지는 것은, 이미 모스크바 114호 소학교에서도 보았지만 쏘비에트 사회의 특색의 하나일 것 같다.

대규모이기보다 될 수 있는 대로 적고 단락하여 가정적이기를 계획하며 아이들의 의복도 빛깔이나 모양에 그애 의견을 존중하고 그애 생일날도 잊지 않고 채려준다 하였다. 일곱 살이나 되었을까 두 귀여운 소녀는 우리를 낯설어하지 않고 끝내 따라다니였고 올 때는 꽃묶음을 우리 일행에 선사하였다.

○

이날 저녁에는 시장으로부터 초대야회가 있었다. 호텔에서 지척인 시청사에서 열리는데 외관은 평범하나 내부는 벌써 2층으로 올라가는 계단의 구조부터 격이 달러 알고보니 어느 제왕의 별궁이였다 한다.

시장실에서 40대 젊은 시장으로부터 레닌그라드시에 관한 계획, 네바강의 범람 때문에 동서남 3방면 고지(高地) 발전시킨다는 것, 1935년부터 확장계획도로가 시작되었다는 것, 이 도로에 의해 시의 전장(全長)이 38키로 전광(全廣)이 36키로 확장된다는 것, 근교 교통을 전화중인 것과 지하철계획과 새로 짓는 대형 공동주택 속에는 병원, 우편국, 도서관 기타의 문화기관까지 설치하리라는 것과 외국인들이 와보고 대개 상상하던 것보다는 전쟁피해가 적다고들 하나 통계로 나타난 것을 보면 인구 70만의 꼬르키-시만한 것이 파괴되었다는 이야기를 들었다.

이날밤 야회에서는 종합대학총장, 오트벨리박물관장, 시인 푸로꼬피에프씨 외 여러 문화인들과 특히 악단에서 그루지나양 샤뽀스니꼬프씨 류브린스키씨 외 제씨가 나타나 만찬 후의 음악회가 대성황이였고 이 레닌그라드가 배경에 나오는 영화 「음악사(音樂師)」까지 구경하고 새벽 두시 반에 헤어졌다.

9월28일. 구경과 대접에도 고단하여 나는 레닌그라드에서 유명하다는 아동연구소 구경에 늦잠으로 따라나서지 못하였다. 이 연구소는 특히 조산아를 연구하고 양육하는 것으로 세계적으로 공헌하는 기관이라 한다. 보고온 일행의 말을 들으면 조산아를 태내에서 자라듯 기르는 과학적 시설과 보육원들의 지성인 점에 감탄되드라 했고, 조산아로서 훌륭히 된 인물들을 써붙였는데, 다-윈, 위-고, 루소-, 뚜루게네브, 나폴레옹 등이 팔삭동이였다는 것이다. 한 보육원은 「이 조산아들 속에도 인류에 공헌할 위인이 있으리란 희망 때문에 일에 재미가 나고 피로를 느끼지 않는다」하드라 한다.

나는 늦게 조반을 먹고 혼자 시내를 잠시 거닐었다. 내가 약간 감기 기운이 있어 그런지 바람이 제법 차다. 모두들 양지쪽을 타 걸었다. 한참 가다 한 군데씩 찾으면 눈에 뜨일 정도로 편지통만한 양사기그릇이 아이들 키에도 닿을 만치 아모 벽에고 달려있는데 이것은 지나가는 사람들의 휴지통이였다. 그리고 말만 듣던 유료변소인 듯한 것이 눈에 띄었다. 위는 상점이나 지나는 길에 곧 나려설 수 있는 지하실은 남녀가 양편으로 따로 들어가게 되였고 들어가면 돈도 받고 든 물건을 맡길 수도 있는 지키는 사람이 있었다. 얼마를 받는지 나는 말도 통치 못하고 잔돈도 없어 적은 지폐 한 장을 주고 나왔거니와 학교나 병원은 돈을 안 받되, 공동변소에는 돈 받는 변소가 따로 있는 사회, 생각해볼 재미있는 현실이다. 사실 우리 서울서도 공동변소란 들어서기 곤란한 데가 많다. 우리 남자들보다 여자들은 더욱 그럴 것이다. 전 인민의 문화수준이 평등점에 달하기까지는 기계적 평균실천이 곤란한 것은 공동변소의 현실 하나로도 짐작되고 남는다. 그러므로 평등 무차별을 원칙으로 하되 문화의 어떤 지엽적 부면에 있어서는 조급한 실천으로 지금의 수준을 떨구기보다 지금의 낮은 수준의 사람들을 기초로부터 끌어올리는 데 치중하는 것이 사리에 온당할 것이다. 미신도 엄벌주의가 아니라 그런 인민에게일수록 과학생활의 향상을 중점적으로 지도한다는 것은 한 걸음 나아간 방법일 것이다.

나는 꾸뚜쏘브동상이 선, 이것도 나폴레옹과의 전승기념인 듯한 대원주낭하(大圓柱廊下)로 둘린 길녘공원에 이르렀다. 많은 시민들이 햇볕 쪼이는 벤취에서 다리들을 쉬고 있었다. 어떤 여자들은 화초씨를 받고 있는데 내쳐 여름처럼 습기가 많다가 갑재기 겨울이 되는 듯한 이곳 기후에서 화초들은 쨍쨍한 단풍드는 가을은 살어보지 못하는 듯, 잎들이 검푸른 채 무겁게 늘어졌고 꽃도 여문 씨를 물고 있지 못했다.

둘러보아야 모두 모르는 사람, 더구나 모색(毛色)이 나와 다른 사람들, 만일 여기가 인종이나 민족을 차별하는 사회라면 나는 이런 환경에서 응당 얼마의 고독과 불안이 없을 수 없을 것이다. 여기도 제정시대에는 인종과 민족의 차별은 물론, 변방에 있는 약소민족들이나 인종들은 문화적으로나 경제적으로 자주발전이 있을까보아 이를 공연히 조지(阻止)하는 정책을 써왔던 곳이다. 생각하면 10월 혁명은 계급 혁명만이 아닌 것이다. 「각 인민의 평등자주와 소수민족과 인종적 그룹의 발전」을 법령으로 옹호하여 구체적으로는 각 민족, 각 인종은 자주적 독립국가로서 분리발전까지를 실현해내인, 레닌과 스딸린의 인종(人種) 급(及) 민족정책은 인류평화를 위한 가장 기초적이요 가장 진보된 정책이라 예찬하지 않을 수 없는 것이다.

유색인종이요 약소민족의 하나인 조선사람인 나는 이 점에 대한 감격이 결코 우연한 것이 아니요 또 결코 적은 것도 아니다. 아직도 어떤 사회에서는 해수욕장에 유색인종은 금한다 하며 10년밖에 안 되었으니 누구나 아직 기억이 새로우려니와 한참 이태리의 파시즘이 수공업적 장비도 제대로 못한 흑인국 「에디오피아」를 온갖 과학무기로 폭격진공할 때 세계는 이에 대해 먼저 어떤 표정을 하였던가? 무쏘리니를 꾸짖기보다 전화의 불티가 자기들의 발등에 튀어올까보아 그것만 걱정되어, 야만 파씨스트에게 아첨부터 하기를,

「그까짓 아푸리카 야만국 하나쯤 우등인종에게 정복되어 마땅하니 미개민족과 문명민족을 평등시하는 쓸데없는 세계주의로서 서구의 존엄을 훼손치 말고 모른 채 내버려두는 것이 옳다.」

이런 몰염치한 성명(聲明)부터가 「불란서 혁명」의 수도 파리에서 나타났던 것이 아닌가? 그뒤 이를 이어 양심 있는 지식인들이 이를 반박하는 성명도 나와, 겨우 세계는 불란서와 서구의 체면을 유지하였거니와 약육강식은 자연의 법칙이라고 내세우던 파씨즘이 거꾸러진 지 아직 일천하고 문명국으로 자처하는 나라 중에도 인종차별의 습관이 그저 방임된 상태인 오늘, 소련이 진작부터 인종과 민족의 차별을 솔선 철폐했을 뿐 아니라 이를 엄격한 법률과 교화로서 보장, 융화시킨 것은, 그래서 유색장벽을 분쇄하고 세계만민의 형제적 친화의 수범(垂範)을 보이는 것은 소련이 인류평화에 기여하는 것 중 위대한 것의 하나라 생각하지 않을 수 없는 것이다.

○

　오후에는 일행들과 함께 레닌그라드의 뼤오닐(아동궁전)을 구경하게
되었다.

　정말 궁전이였던 집이여서 들어가도록 웅성깊다. 클락에 모자와 외
투들을 맡기고 우리가 처음 들어선 방은, 8, 9세짜리 소년들이 장난감을
만드는 목공실이었다. 아이들 손에 맞는 목공도구들이 갖초갖초 설치되
여 있는데 제끔 골독해서 뽀트, 자동차 따위 장난감을 만들고 있었다. 그
다음 방은 성냥가치처럼 가는 철근으로 조성(組成)실습하면서 그것으로
무엇이고 만들어보는 철공실인데, 이 방의 소년들은 한번은, 집에 돌아
가는 길에서 까스회사 공원들이 까스관을 맨손으로 힘들여 날르는 것을
보고 저희끼리 고안하여, 이 방에서 이 세공철근으로 「까스관 다루는 기
구」를 발명하였고 그것이 전문가들의 실험에서 가치가 인정되여 지금 어
느 공장에서 실물을 생산하게 되었다 한다.

　아홉 살, 열 살서부터는 벌써 모형으로 자동차의 해부와 조성을 하고
있었고 철도, 항해, 항공 등 모든 교통기관이 모형과 소규모의 부분시설
을 통해 기초지식에서부터 실지활용 기술에까지 취미를 통해 습득하게
되어있다. 무전(無電)에는 모형으로나마 발포까지 하는 무인전차의 조종
까지 있었고, 장래 등대도 육지에서 무전으로 조정할 연구도 하고 있었
다. 이런 전기부에는 상당한 전문가들이 지도하고 있으므로 뼤오닐에서
전기부를 나오면 초급기사의 자격은 얻는다 하였다. 물리, 화학, 천문,
과학 만반에 걸쳐 모두 취미를 통해 전문에 유도하는 설비었고 체육, 음
악, 문학, 미술, 무용, 오락에도 전문적으로 지도가 있는데 우리는 어느
한 방에 들어선즉, 12, 3세 소년 4, 50명이 노서아 장기판들을 놓고 장

기를 두는데 여기서도 명수 한 분이 가르키고 있었고, 영화는 물론, 사진도 기술을 지도하는 방이 있었다. 환등실, 영화실, 대강당, 도서실, 그리고 웅변부도 있다 하였다.

여기는 어떤 아이들이 오는 곳인가? 학교에서 학과를 감당하고 지력으로나 체력으로 여유가 있어 담임선생과 부형의 허락을 받으면, 소학, 중학 동안 누구나 오는데 일주일에 이틀, 하교 후에 바로 와서 그날 늦도록 있는 것이란다.

이 삐오닐은 레닌그라드 안에도 각 구마다 있으며 모두 다 이처럼 대규모의 설비는 아니나 대체로 이런 내용과 제도로서 아이들의 소질과 의취를 따라 가장 자연스럽게 학문과 예술과 기술에 접근시키며 그에 타고난 천질을 남김없이 발현시키게 되어있다. 아르메니야 공화국 수부(首府) 에레완에서 본 것도 상당한 대규모로서 우리 갔을 때 소녀들이 합창연습을 하고 있는 것과 소년들이 목공, 그리고 아르메니야 민족무용을 배우고 있는 것을 보았다.

이 아동궁전은 학교와 꼭같이 중요한 교육기관으로 이 레닌그라드 삐오닐은 1년에 국가로부터 1천만 루불의 경비를 받는다 했다. 삐오닐에 오는 아이들은 전 학생의 24퍼센트, 이 삐오닐의 아동수 1만2천 명, 지도원수 320명, 그중에는 대학교수들도 많다 한다.

학교에 이름도 없어, 교훈 같은 것도 따로 없어 학기 시험문제도 교육성에서 나와, 이런 너무나 일률적임에 혹은 이 일면만 보고 소련의 교육방침은 획일주의라 속단하기 쉽다. 그러나 학생들의 개성이 학교만으로는 무시되는 것 같으나 사실에 있어선 그와 반대임을 이해할 수 있다. 학교에서부터 실력만 월등하면 월반을 시킨다. 어느 전문적인 소질이 있으면 중급에서 아동전문학교로 간다. 그 외에도 지능이 보통 이상만 되면 삐오닐로 다니며 제 개성을 얼마든지 독자적으로 연마시켜나갈 수가 있다. 학생들뿐 아니라 공장에서나 농촌에서 일하는 사람들도 타고난 소질만 있으면 그 문화부를 통해 음악에 소질이 있는 사람은 음악을, 글재조 좋은 사람은 문학을, 전문으로 전출 성공할 길이 있다. 소련에서는 그 광대한 토지의 개간을 큰 과업으로하는 이상, 광대한 인민의 개성토양도 한 평 남김없이 개척 발현하기에 노력하고 있는 것을 전체제도에서 명료히 느낄 수 있다. 타고난 인간의 한 소질을, 그것이 인류에 기여할 수 있는 무한가능성인 것을 가정이 구차해서, 혹은 사회제도가 불비(不備)해서 어쩔 수 없이 썩혀버린다면, 이야말로 민족과 세계의 손실이며 국가는 무엇보다 크게 책임감을 느껴야 할 것이다.

아이들이 흥미있어 하는 것, 그것은 어른들도, 경세가들도 반드시 흥미를 가지고 관심해야 옳을 것이다. 나는 잠간 비행장에만 나리어 구경은 못하였지만, 꼬르키-시에는 공원을 일주하는 아동철도가 있다 한다. 아이들이 기차 장난을 몹시 좋아하는 것을 보고 아이들도 운전할 수 있는 소형철도가 국가의 관심으로 부설되었다는 것이다.

아이들에게 있어 저희들의 꿈이 실현된다는 것, 그것은 인생의 꿈의 실현이며 희망에 대한 정렬과 신념을 부어주는 것이었다.

○

이날 저녁 호텔에는 중앙아세아에서 공부온 이곳 의과대학생 조군이 찾어와주었다. 그는 소련 태생으로 조선에 대한 여러 가지를 알고싶어 하였고 우리도 그를 통해 동포들이 중아(中亞)에서 우수한 농업기술로 윤택한 생활들을 하고 있다는 말을 들었다. 더운 지대라 처음에는 체질들이 기후에 맞지 않았으나 그것은 자연히 극복되는 문제였고 전부 관개농업이기 때문에 흉풍이 없고 지금은 전등, 전화와 조선인의 학교, 극장,

극단신문 등 문화시설도 충분하며 자기 집에서는 30키로만 나오면 인구 3백만의 대도시 「따스겐트」가 있다 하였다. 조선농촌들은 「레닌꼴호즈」 「아방갈드」 이것은 「선봉」이란 뜻이며 「써베리나마야크」 이것은 「북쪽 성」이란 뜻, 이런 촌명들이며 아이들 이름에도 조선 이름대로 짓기도 하지만 「수-라」 「마리아」 「나따-샤」 「니꼴라이」 「아실리」 등 서양식 이름도 많다 하였다. 이분에게도 나는 조명희(趙明熙)씨 소식을 물었으나 그의 가족이 「따스겐트」에서 기차로 나흘 걸리는 「기슬로르다」란 농촌에 있다는 말은 들었어도 조씨에 대해서는 아는 것이 없노라 하였다.

조선학생으로 이곳에 여학생도 있다는 말은 들었으나 아직 자기는 만난 적은 없고 자기는 우리 일행이 자기 학교에 나타난 것을 보고 꿈인가 싶어 찾아왔노라 하였다. 소아과를 전공하는 착실한 학도였다.

9월 29일. 레닌그라드의 명소, 「뻬제레꼬브」 분수공원은 레시(市) 주변의 전적(戰跡)을 구경하는 것으로 더 흥미있었다. 핀만(灣)을 향해 우리 리수로 한 50리 남쪽으로 나간다. 폭탄과 포탄에 허물어진 건물들이 아직 그냥 있는 것도 많다. 공장지대에 바로 네거리에 선 고층건물이 명중된 것도 많아 그때의 초연 신산(硝煙辛酸)했을 광경이 눈에 떠오른다. 이윽고 시가를 벗어나서는 벌판인데 포탄들에 맞어 부러지고 불나고 해서 모지랑비처럼 된 수목들이 어떤 가지들은 잎이 피였으나 대체로는 말러죽고 말었다. 전차궤도까지 깔린 다리들이 성한 것이 별로 없어 우리 뻐쓰도 가교를 많이 건넌다.

이 분수공원은 1716년 뾰도루 1세 때 서전(瑞典)과의 전승기념으로 세운 왕족 휴양소였다. 지금은 노동자 휴양소인 바 이번에 독군의 레닌그라드를 향한 대포진지로 되여있었고 좋은 동상은 가져간 것도 많고 분수시설에 파괴된 것도 많았다. 바다를 향한 언덕을 이용하여 불란서식 궁실들이 있고 그 밑으로 바다와 통하는 운하, 그 운하 좌우에 먼 고지대로부터 호수를 끌어오는 분수가 임립(林立)해 있다. 지금도 수축중인데 60여 분수가 뿜고 있었으나 완전히 복구되면 2천여 분수가 솟으리라 했다. 소슬한 원림 속에 처처에 분수와 「아담」「이브」 등의 우미한 대리석상들이 창연히 서있었다.

이날 저녁 여덟 시에 우리는 이 제정 때 서울이며 붉은 10월의 서울인 레닌그라드를 떠났다.

세번째 모스크바

올 때 모스크바에서도 저녁 여덟 시에 왔는데 레닌그라드에서도 그 시각에 떠나는 똑같은 차다. 어느 쪽에서나 저녁 여덟 시에 떠나 이튿날 아침 열 시에 나리는, 아조 인상적인 차요 시간이다. 내가 첫번 모스크바에 나리던 날은 8월 말일, 세번째 오는 오늘은 9월 말일.

호텔 「사보이」로 가 방들만 다시 정하고는 바로 붉은광장 어귀에 있는 역사박물관으로 왔다. 단체행동으로 박물관 구경이 가장 곤란하거니와 여기도 전란중 소개(疏開)시켰던 장품(藏品)이 지금부터야 재진열이 시작되는 중이여서 19세기 이전 것은 볼 수 없게 되었다. 주마관산격(走馬觀山格)으로 지내치는 속에서 인상에 들어왔던 것은 「니꼬라이」 1세 때 농노들의 농노제도 반대운동의 자료들과 그중에도 쇠못을 K, A, T자 형들로 솔 매듯하여 불에 달구어 민중운동자들의 살에 찍던 낙인, 그리고 쁘쉬킨의 원고와 그의 그림, 꼬−골이 쓰던 철필, 이번 독군폭탄에 부서지어 약간의 잔존품(殘存品)을 이곳으로 옮겨다 놓은 톨스토이 박물관의 장품들. 가장 많은 것은 나폴레옹과의 전쟁 때 자료들이었다.

오후에는 외국출판부, 그전 「외국 노동자 출판부」가 바로 여기로 15년 전에 창립되어 오늘까지 46개국어로 6천7백여 종의 책을 5천5백만

부나 발간한 세계적 출판기관이다. 내가 「워로실로브」에서 본 것, 레닌그라드 종합대학 동양학부 도서실에서 본 조선어책들은 모두 여기서 나온 것이며 지금도 김동식씨 이외 두 분의 조선 분이 여기서 조선어억을 하고 있다.

총무 야꼴레브씨는 이분도 40대의 원기왕성해 보이는 분으로, 이번 전후에 독립되는 나라가 많아서 자기만은 곤경에 빠졌노라 하며 웃었다. 그것은, 번역일을 보던 약소민족 사람들이 저희 나라가 독립되는 바람에 모두 가버린 때문이였다. 그래서 46개국부가 지금은 35개국부로 줄었노라 하며 조선어역은 1938년까지 67종이 나왔으며 그후는 조선 안에 들여보낼 재주가 없어 중지했던 것을 이번에 부활시켜 현재 스딸린 저 「조국전쟁」 「당사(黨史)」 파제어프의 「젊은 전위대」를 번역중이라 했고 의역에는 충분하다 믿으나 조선어 문장에는 이곳에서 자신이 없으니 일후 그런 것으로 조선에 청할 경우가 있으면 협력해주기를 바란다 하였다.

각국어로 출판한 것 속에는 사상내용이 대부분으로 레닌 저서가 각국어로 507종, 스딸린 저서가 각국어로 880종, 당사는 그간 11개국어로 70판에 백만 부가 나갔다 한다. 「국제문학」이란 잡지도 (전후에는 「쏘비에트문학」으로 개제) 여기서 나가는 바, 영 · 불 · 독 · 이 4개국어로 출판되는 것이며 이 앞으로는 외국 것을 로어(露語)로 하는 번역기관도 고려중이라 했다. 우리가 갔을 때는 다섯 시 이후여서 조선어부에 있는 다른 두 분들과 만나지 못한 것이 유감이다.

10월 1일. 복쓰 예술부장 볼로비 꼬바여사의 안내로 몇 사람만으로서 모스크바 예술좌에서하는 연극연습 구경을 갔다. 이 예술좌는 두 극장을 가지고 있어, 요전 「벗지동산(벗꽃동산)」을 본 극장보다는 호텔에서 가까이 있었다.

여기도 요소마다 갈매기마크의 아늑한 극장인데 공연 때나 다름없이 문들을 지키였고 연습장이 가까워질수록 발소리 하나라도 크게 날까 신경들을 쓰는 것은, 무슨 신비한 산실을 엿보러가는 것 같었다. 「위대한 전환」이란 작품의 연습으로 실무대보다 훨씬 적은 데서, 출연자는 원고와 진행되는 장면을 음미하며 조수는 대화, 행동 등을 실제로 고쳐주면서 실연 이상 긴장들해 있었다. 극 속에서도 더욱 고조되는 극적인 장면은 불과 1분간의 내용이나 그 말의 억양, 행동의 과장 등으로 7, 8차씩 되풀이하곤 하였다. 아는 작품이거나 말을 알아듣는다면 좀더 오래 보고 싶었다.

　오찬 뒤에는 일행 전체로 공산당기관지 푸라우다신문사에 안내되였다. 대규모의 현대식 건물, 길 건너 마조 있는 구락부만 하여도 극장을 중심으로 일체 문화시설이 웬만치 큰 신문사만하다.

　편집국장실은 5층인가 6층인가 위에 있었다. 주필 1인, (사장, 주간, 이런 직함은 없다) 편집국장 1인, 선전부, 당생활부, 과학기술부, 외국부, 농촌경제부, 지방부, 문학부, 군사부, 평론부, 기자부, 사진부 등 각 부에는 기부 주필(其部主筆), 혹은 부장이있다.

　이 푸라우다지(紙)는 「어스크라」의 후신으로 역시 레닌의 지도 하에서 1912년 5월 5일 레닌그라드에서 창간, 1917년부터 지상발간, 지금 부수 2백만, 조간뿐으로 월요일부 휴간, 4페이지인데 광고는 극장광고뿐이나 기사가 밀려 앞으로 6페이지 예정이라 하며 임무는 맑스주의와 공산주의의 정당한 해석과 선전이라 했다. 편집국장과 함께 외국부부장도 미목청수(眉目淸秀)한 40대 신사들이였다. 외국부부장은 특히 우리에게, 어서 삼상회담의 실현으로 조선정부가 서서 조선의 통일된 주체의 역할이 나타나기를 바란다 했다. 연방 내외에 70여 기자가 특파되여 있고 그들이 본사를 향해 치는 전문은 언제든지 자동으로 타자가 되여 받는 장치가 있었다. 지역이 광대한 만치 레닌그라드, 꾸이브셥, 로스토브, 바꾸, 노보시빌스크, 따스껜트등 도시에는 신문을 찍어 보내는 것이 아니라 판만 지형을 떠서 항공으로 보내면 그곳마다 신문을 찍어 그 지방에 돌리는 것이라 했다. 독립해 사업하는 출판부도 있어 월 2회의 「뽈쉬베끼」 월 3회간(刊) 「오꼬늑」 월간 「삐오닐」 기타 만화 잡지 등이 나오는데 공장설비는 전체가 일대 기계부대란 인상을 주었다.

　밤 여덟 시, 오래 기다리던 쏘비에트 작가동맹에 찾게 되었다. 복쓰의 오를로와여사의 안내로 민촌(民村), 이찬(李燦), 허정숙(許貞淑), 강소좌(姜少佐) 제씨와 필자, 차에서 나려 개인 저택풍의 회관으로 들어가기 전, 바로 그 옆에 톨스토이옹이 「전쟁과 평화」를 쓰던 집이 있다 하여 기웃거려보았다. 넓은 마당이 있고 멀찍이 어스름한 어둠 속에 2층쯤의 나즉한 저택이 보였다. 이 근처는 상류저택들이 많았는 듯, 작가동맹도 외관은 나즉하나 내부엔 중후한 나무조각이 많은 품위 있는 사저였던 건물로서 우리는 부위원장 씨모노브씨와 작가 아까포브씨 외 두세 분, 여류도 몇 분, 문예신문 편집국장, 이런 분들을 그분들 사저에서 만나는 것 같은 기분이였다.

　레닌그라드 방어전의 체험으로 된 「밤과 낮으로」의 작가, 전후에는 미국과 일본을 다녀온 씨모노브씨는 스포쓰맨다운 건장한 분이였다. 서로 인사가 끝나고 담배를 피이며 우리의 이야기는 주인측으로부터 씨모노브씨가 시작하였다.

　자기들은 작가동맹을 말할 때나 쓸 때, 반드시 「쏘비에트」란 관사를 붙일 것을 잊지 않는다 하였다. 쏘비에트가 해나가는 일을 작가들이 잊지 않으려는 노력이란 뜻일 것이다. 쏘비에트 작가동맹은,

　1, 작가들은 창조적 노력으로 사회주의적 건설에 협력하자.

2, 어린 문사, 특히 노농출신 신인들에게 교양사업을 책임적으로 실행하자.

3, 문사의 창작은 개인적인 것이나 작품은 사회주의적 소유임을 본의로 한다.

이런 주되는 강령을 소개해주었고 공화국마다 있는 작가동맹의 맹원은 곧 쏘비에트 작가동맹맹원이며 이 모스크바의 쏘비에트 작가동맹은 각공화국 작가동맹들의 총연맹격이었다. 이번 전쟁에 제 1선에 나간 작가가 960명, 그중에 240명의 다수가 희생되었고, 3명의 영웅장(英雄章)과 450명의 특훈자가 났다 한다.

여기 작가들은 대개 노농출신이요 그렇지 않은 작가들도 산업부면에 자조 접촉하기 때문에 그 실지체험들이 작가로서 국가생산면에 연결되는 근원이라 한다. 숄로호브씨는 남방 자기고향 농촌에서, 끄로스만은 이번 스딸린그라드 전선의 체험으로 모두 집필중에 있다 했고, 작가로서 다른 직업을 가진 사람은 그 직업기관을 통해 직업동맹에 가입하나, 글만 쓰는 작가들은 작가들의 따로 직업동맹셈인 「문예폰드」에 든다 한다. 문예폰드는 각 출판기관들로부터 한 출판물이 나올 때마다 저자에게 내는 인세의 비율로 문예폰드에도 내게 되는데 그것을 기금으로 작가들을 위해 금융, 또는 작가들의 가정, 자녀들을 위한 문화사업을 하는 것이라 한다. 각 직장에 써클 조직은 없고, 각 직장에 있는, 그 직업동맹문화부와 관련 있는 문화부에서들 그들이 필요한 대로 작가동맹을 이용하는 것이며 작가들은 가끔 소집단으로 그 생산, 건설사업장에 자기들의 체험과 사업고무(事業鼓舞)를 위해 다닌다는 것이다. 정부나 당의 예술위원회나 문화부와 연락은 있으나 쏘비에트 작가동맹은 순전한 사회단체라 했다. 아모래도 한 분의 통역만으로 우리는 충분한 담화를 삭일 수 없었다. 가정적인 따스한 다과의 식탁에서 그분들은 조선 사람들의 구 로서아문학이나 새 쏘비에트 문학에의 관심정도를 물었고, 화제에 창작방법론이 나왔을 때, 쏘비에트 문학에서는 일관해 사회주의적 레알리즘인데 그 원천은 꼬르키-에 있노라 했으며 주제의 적극성 문제에 미쳤을 때, 문예신문 편집국장은, 그것은 그다지 큰 문제가 아닐 것이라 했다. 아모리 주제가 크기로 예술성이 없으면 문학작품일 수 없고, 아모리 예술성에 노력했어도 그 시대가 요구하는 문제를 반영하지 못했다면 무가치한 것이 아니냐 하고 웃었다. 고전으로서, 「전체로 보아 지금 시대에도 좋으나 일부분에 첨삭했으면 좋을 경우」의 문제가 나왔을 때, 이것은 보다 더 상연할 수 있는 고전을 가지고 논의된 것인데 대체로 고전엔 일자 일구 손대지 않는 것이 원칙이요, 부분적으로는 시대에 맞지 않드라도 대체의 정신을 크게 평가하여 옹호할 것이라 하였다.

흔히는 소련은 문화에 있어서도 고전을 경시하리라 속단하는 사람이 많다. 사회생활에 있어 인습적인 많은 것이 제거된 나라이기 때문에 그런 선입견이 생길 법도 하나, 사실인즉 그와 반대로서 나는 이번에, 더욱 전란중에서 로진스키-라는 학자는 적국인 이태리의 고전 단테-의 「신곡」을 정역(精譯)하여 스딸린상까지 받았다는 말을 오를로와여사로부터 듣고 쏘비에트 문화정책에 심대한 경의를 가졌던 것이다.

제1차 대전 때 연합국측에서 괴-테나 하이네를 읽는 것을 꺼려한 것은 미국작가 마이켈·꼴-드가 일즉 세계적 공석에서 지적한 바 있었고, 이번 대전중에도 일본이나 독일은 적대국의 것이라면 역사고 예술이고 모든 것과 접근치 못하게 국민을 강제한 것이다. 소련은 이 점에 그와 반대였다. 학교에서들도 셰익스피어나 바르자크와 함께 괴-테도 가르키고 있었다. 비록 내 속에 있는 것일지라도 인류전체에 해로울 것이면 이를 적으로서 용서치 않고, 비록 남의 속에 있는 것일지라도 인류전체에 이로울 것이면 이를 힘써 보전하고 가꾸는 것은, 쉽게 관대라거나 대승적이라기보다 철저히 옳은 문화정신이요 가장 진보된 정치라 아니할 수 없다.

이날밤, 이 화기애애한 자리에는 김씨라고 하는 우리 동포도 한 분 합석되어 있었다. 이분은 조선말을 못하고 노어 외에 일어가 유창한데 씨모노브씨의 친구로, 일어로 말참례하기 무엇하여 듣고만 있었으나 내일 우리를 호텔로 찾아오마 하였다. 이튿날 우리가 단체로 출타하였다가 늦어서 그분과 다시 만나지 못한 것은 매우 섭섭하다.

10월 2일. 우리의 모스크바의 날도 며칠 남지 못하였다. 나는 오늘은 꼭 레닌묘에 참배하리라 아침부터 서둘렀으나 일반 참배는 오후 세시부터라 한다.

요전 단체참배에 빠진 이양과 함께 우리는 30분쯤 미리 호텔을 나섰다. 이「사보이」호텔에서 붉은광장은 가까웠다. 역사박물관쪽으로 광장에 올라 크레믈린의 스빠스가야 종탑(鐘塔)을 쳐다보니 아직 3시의 25분 전이었다. 그러나 레닌묘 정문으로부터 늘어선 참배자들은 두 줄로 선 것이 벌써 백미(百米)가 훨씬 넘는 길이다. 우리 뒤로도 자꾸 달린다. 귀환군인이 많고 지방공화국에서들 온 듯한 얼굴 모양과 옷차림이 다른 민족들의 단체도 많고 학교에서 돌아가는 남녀학생들도 많이 섞인다.

레닌선생이 묘소를 이 붉은광장에 모신 것은 자못 의의가 클 것이다. 지난 9월 3일 전승기념일의 예포와 불놀이가 이 붉은광장이 중심이었고 9월 8일 전차기념일에 축승(祝勝)전차관병식도 이 붉은광장에서였다. 영화에서 본「세기의 개가」「승리의 관병식」들이 또한 이 붉은광장에서였고, 바시리 대가람 옆에 있는 농노들이 이마를 쪼아리던「이맛자리」를 비롯해 봉건과 자본 두 시대를 거쳐 쏘비에트에 이르기까지 무수한 극적 사실이 피로 물들어진 이 붉은광장은 과거에 있어서뿐 아니라 현재에도 쏘비에트의 모-든 역사적 장면의 무대가 되고 있는 것이다.

이 역사적 장면들은 이 붉은광장에서이기 때문에 더욱 극적으로 진행되는 것이다. 그것은 달래 아니라 웅변보다 힘찬 침묵의 저 레닌선생묘가 여기 있기 때문이요, 때로는 세계사적 위대한 장면들의 연출자들인 쏘비에트의 최고간부들이 바로 저 레닌선생묘 노대 위에 정열하기 때문이다. 쏘비에트에서 성취되는 모-든 위대한 장면에 침묵의 레닌선생은 영원히 참렬하고 있는 것이다.

5분쯤 남겨놓고 줄을 정리했다. 두 줄로만 바닥에 그어진 금을 따라 서게 했고 핸드빽이나 손가방쯤은 관계찮으나 짐이 될 만한 큰 것은 미리 맡기고 들어갈 준비를 시키였다.

이윽고 종탑에서 세 시가 울리자, 열은 앞으로 움직이기 시작했다. 뒤를 둘러보니 박물관과 크레믈린 성벽 사이로 끝이 보이지 않게 뻗어나갔다. 행렬은 천천히 앞으로 움직인다.

레닌묘는 우리 앞에 가까워졌다. 상당히 큰 건축으로 전체가 품(品)자형, 전신 홍(紅)대리석의 거대한 양감(量感)과 층첩미(層疊美)라 할까 무한안정으로 쌓어올렸고 꼭대기는 직선으로 단순화되였으나 고대 희랍의 신전감(神殿感)이 난다. 정면은 검은 대리석에 고딕체로 「레닌」이란 노문의 다섯 자가 붉은 대리석으로 상감(象嵌)되였고 바로 거기가 노대인데 요전 전차관병식날 스딸린 수상이 나섰던 곳이다.

정문으로 들어서면 좌편으로 나려가는 자개반문(班紋)의 대리석으로 둘린 통로가 있다. 한 층쯤 깊이로 나려가면 광선은 도리여 밝어지면서 고인의 머리부터 측면으로 보이는 큰 유리관이 나타난다. 유리가 아니라 수정이란 말도 있다. 무일진(無一塵)으로 투명할 뿐 아니라 광선반사도 없기 때문이다. 어디서인가 볼그스럼한 광선이 얼굴에 쪼여 그런지, 그분의 성해(聲咳) 아직 이 방에 사라지지 않은 고대 눈감은 얼굴 같다. 뺨에 솜털까지 그대로, 입술의 고요함도 잠시 쉬는 것 같은 가벼움이다. 입술 빛깔도 조곰도 어둡지 않다. 귀가 약간 야윈 것이 병석을 느끼게 할 뿐, 얼굴 정면에는 조금도 병고의 그림자가 비껴있지 않다. 기적이다!

반듯한 얼굴과 두 손이 드러나있다. 손도 과히 야위지 않았다. 다만 「대 레닌선생」으로는 작어보이는 것이다. 사실인즉 보통 사람보다는 머리가 뛰여나게 큰 선생이나 사진들로 동상들로 성세로 우리 머리속에 존재한 레닌선생은 보통 사람의 천배대(千倍大), 만배대(萬倍大)의 거인이였는데 지금 우리 시각 앞에 계신 레닌선생은 보통 인간의 일배대도 아닌, 인간으로의 실재인 것이다. 저 고요한 입이, 저 자그마한 손이 그처럼 위대한 것을 웨치고 써내고 하셨든가! 인간은 위대하다! 실재는 적으나 인간은 무한히 클 수 있도다!

먼저 얼굴의 바른편으로부터 발 앞을 돌아 다시 얼굴의 왼편을 살피며 나갈 수 있는데 행렬이라 나만 걸음을 멈출 수가 없다. 이런 때문에 모스크바 사람들은 한 번은 와서 얼굴만, 얼굴에도 어느 한 편만 자세히 보고, 다시 와선 다른 한 편을 마저 보고 또다시 와서 손을 자세 보고, 그래서 자꾸 온다는 것이다. 아모튼 돌아가신 지 스물두 해 되는 위인의 얼굴을 재세(在世)하셨을 때 모습 그대로 오늘 우리 눈에 보여주는 과학의 힘이야말로 절로 감탄되지 않을 수 없다. 과학은 레닌선생이 주위에서 시간이란 것을 영원히 추방하고 말은 것이다.

다시 한 층 올라와 측문으로 나서면 크레믈린 담 밑이 되는데 여기는 여러 고명한 혁명가들의 무덤이 있다. 그리고 그분들의 영명이 크레믈린 성벽에 대리석에 금자로 새겨 박혀있었다.

10월 3일. 혼자 세우(細雨)에 젖으며 레닌박물관으로 왔다. 역시 붉은광장 가까이 역사박물관과 이웃해 있는, 붉은 벽돌의 아로새김이 많은 장대한 건물이다.

들어서는 길로 모자와 외투를 맡기면 입장권을 파는 데가 아니라 그냥 주는 여자가 테이블을 놓고 앉아있었다.

방들은 연대순이었다. 방마다 하반벽은 문헌을 붙이고 혹은 문헌의 진열창이 놓이고, 상반벽은 확대된 레닌의 또는 그 당시 관련 있는 혁명가들의 사진이나 유화초상들이 걸리었고, 실내 중앙에는 레닌의 그 시대마다의 극적 장면의 조각이 마치 미술전람회 조각부처럼 보기 좋게 놓여 있었다. 문헌들을 읽을 수 없는 것이 유감이다. 보기만 하는 것으로도 좀더 이해되는 무슨 진열방법은 없을까? 아모튼 삽화가 많은 「국내전쟁사」에 나오는 실물들이 많이 있다. 「이스크라」의 창간호도 있고 1917년의 대시위행렬의 실사진도 있다. 우물 속으로 통로가 있는 비밀출판하던 지하 인쇄실의 모형, 선생이 변장하고 다니던 가발, 그 변장사진으로의 신분증명서며 당시 선생의 의복, 1918년에 저격받은 탄환자리 있는 외투, 목에는 비로도를 대인 검은 외투였다. 잡힌 여자범인의 권총도 있었고, 10월 이후의 적위군의 군복도 있는데 그 소박함에 놀랐다. 더구나 선생의 누른 「쓰메에리」저구리 하나는 단추도 제대로 달리지 못하였다. 큰것은 위로 두 개뿐, 다음 세 개는 소매끝에서 떼여다 단 듯 적은 것들이었다. 선생이 지하생활 때 입던 것인지 몰라도 아모튼 레닌선생의 입던 것으로, 그 군복들의 질이나 체재의 소박함과 함께 그때가 유명한 기근뿐아니라 물자궁핍이 정도가 어떠했다는 것을 넉넉히 엿볼 만하다. 나는 여기서 펀듯 생각난 것이 있다. 바로 우리가 해방 후에 발간한 「문학」 창간호에서 읽은 것인데 알렉산드라·브루스타인여사의 「소련의 아동」이란 역재(譯載)의 한 구절이다.

「국내에는 주림과 추위와 티푸스와 파멸이 있었다. 주민들에겐 대패밥과 풀과 겨를 섞어 만든 빵이라도 그것 한 조각이 금덩이보다 더 귀했다. 옷에다는 단추 하나도 멀─리 사라진 문명의 부스레기 같아보였다.

이런 가혹한 시기에 ……」

　이 말은 결코 과장이 아니였다. 이런 극도로 궁핍한 시기에도 레닌선생은 조선에서 반일운동이 일어났다는 말을 듣고(3·1운동) 누구보다도 감탄했고 적극 후원할 것을 주장하여 자기들의 건설에 한푼이 어려운 그때 40만원의 거금을, 순 금화로 우리 반일운동자들에게 운동자금으로 보냈다는 것이다. 이것 하나만으로도 쏘비에트의 혁명은 전 인류에 통하는 것과, 오늘 와서 세계 약소인민의 해방과 그들의 세계적 평등건설에 쏘비에트가 자기 일로 나서주는 것은 결코 우연한 일이 아님을 알 수 있는 것이다. 이러하던 레닌선생께서 오늘까지 생존하시어 오늘 조선민족의 해방과 민주조선이 건설되며 있는 것을 스딸린선생과 함께 보실 수 있었던들 얼마나 좋았으랴!

　선생의 서재를 고대로 보여주는 방이 있었다. 푸른 천을 깐 누른 책상, 두 대의 탁상전화, 수박빛 갓을 쓴 전등, 초 두 대씩 꽂은 촉대 한 쌍, 목제 문서꼬비, 중앙엔 두터운 유리를 깔고, 그 밑에 문서들, 그 뒤에 대리석 압지틀, 걸상은 등 닿는 데만 등(藤)으로 짠 것, 좌우 손 미칠 만한 자리에 3층 4면의 두 책장, 배후로는 유리 낀 6층의 책장들이 둘리었고, 한편은 흰 타일이 붙은 빼지카, 남은 벽면에 지도들, (하나는 모스크바 중심의) 그리고 반 길쯤 되는 종려나무분도 모형으로 놓여 있었다. 그리고 5, 6인 접대할 수 있는 붉은 천을 덮은 테이블과 율색(栗色) 가죽걸상들이 앞으로 놓여있었다. 비여있는 모-든 궁실을 마음대로 쓰렸만 조고만 방에 채려진 간소한 서재였다.

　나는 다시 몇 방 거슬러 올라가며 선생이, 인민에게 점령된 화려한 궁실에서 수천 겹 둘린 민중에게 연설하는 그림과, 어느 공장지대 가설연단 위에서 모자를 한 손에 움켜쥐고 수십만 노동자에게 웨치는 대폭유화 앞에 다시 머물군 하였다. 선생의 일생은 웨침의 일생이였다!

끝으로는 선생의 「떼드마스크」의 봉안실이 있었다. 선생의 기세(棄世)를 슬퍼하는 세계 모든 개인과 단체와 국가들의 조문들과 당시 신문 호외들까지도 진열된 수천 점 속에서 나는, 순 한문의 「애호 아열령선생 하시 재현어차세호(哀乎 我列寧先生 何時 再現於此世乎)」로 끝을 맺은 「1924년 3월 27일 대한민국 농민 연병호(延秉昊) 읍고(泣叩)」의 인찰지에 쓴 글월을 발견하였다.

이 방 옆에는 선생의 유저(遺著)와 선생사상에 관한 다른 이들의 저서들 각국어판의 진열실이 있었다. 조선어로도 「레닌선집」을 비롯해 「청년후진에 대하여」 「1905년 혁명에 대한 보고」 스딸린 저로 「레닌주의 제 문제에 대하야」, 「레닌의 유언」, 「두 연설」, 「맑스주의와 민족문제」 그리고 께르센제브 저 「레닌 생애」 등이 꽂혀있었다.

선생의 기록영화를 보는 방이 있었으나 여러 사람들이 웅성거리어 나는 물러나고 말았다. 이 위인의 파란 많은 생애에 깊이 침윤된 나의 감격을 나는 되도록 고요한 처소에서 오래 지니고 싶었다.

○

저녁에는 아동극장 구경이 재미있었다. 아이들끼리 연극을 하는 극장이 아니라 아이들끼리 구경하는 극장이요 아이들만을 위해 연극하는 극장이다. 극장 문 밖에서부터 소년소녀들의 열중해 재껄거리는 축에, 어른이란 멋 없이 큰 것을 느끼며 따라 들어가야한다. 2층으로 올라오면 먼저 매점과 넓은 휴게실이 있다. 이 휴게실은 일견 소학교 학예회의 일실 같고 옆으로 따로 들어가서 있는 관극좌석은 무대를 향한 적당한 경사의 단층, 4, 5백 명 정도로 차버리게 아늑하다.

이날 상연되는 작품은 「끄라치」 콩새를 가리킨 말인데 여기서 콩새는 봄이 되면 오는 새로, 우리 조선에서 「제비」처럼 봄새로 기다리는 듯하다. 혁명 당시 영웅적으로 지하운동을 하다가 투옥이 되나 결국은 혁명군의 승리로 군중들이 「최후의 결전」을 노래부르며 감옥으로 달려들어 주인공을 맞아내는, 정의는 이기고 만다는 신념의 극인데 무대장치의 훌륭함이나 배우들의 연기가 성실함이나 관객이 아이들이라고 해서 소홀히 넘기는 것 같음은 조금도 없다.

참말 귀엽고 천진한 관객들이다. 눈들이 빤짝빤작 무대를 쏘면서 이들은 무대 위의 현실에서 살고있는 호흡들이다. 비밀문서를 둘 데가 없어 장(長)의자 밑에 넣었는데 수염부터 위엄스러운 제로(帝露)의 경관들이 몰려든다. 샛별눈의 관객들은 주먹을 쥐면서 숨소리가 가빠지더니, 경관이 집 안을 여기저기 뒤지다가 나중에 날카로운 눈초리로 그 장의자 앞으로 다거설 때는, 그만 관객들은 가슴의 두근거림을 견디지 못해 「아휴!」 「어쩌나!」 이런 탄식들이 터져나온다. 어른들 극장에서 볼 수 없는 진실성이다. 착한 주인공이 악한이 숨은 곳에 모르고 가까이 갈 때는 「거기 가면 안 되요」 소리가 사방에서 일어나기도 한다는 것이다.

이 관객들은 모두 자기반 동무끼리다. 선생님 한 분씩 따라오시기는 하나 저희들 눈에 비치는 대로 인생을, 사회를 저희끼리 맘대로 비판해 본다. 옆에 어른들이 많아 저건 저렇다, 이건 이렇다, 일러주지 않는 환경이니 우선 제정신으로 보아내려 노력하게 되고 보아내면 구경거리이기보다 인생 그것이요, 인생이라도 가장 극적인 인생실상인 것이라 절로 저희끼리 인생과 사회를 생각하고 비판하게 된다. 훌륭한 인생공부요 사회공부다. 보고 가면 으레 부모님이나 선생님이 감상들을 물을 것이다.

감상을 글로 지은 것들, 어떤 장면을 수공지(手工紙)로 장치를 모방한 것, 휴게실에 많이 진열되어 있었다. 이런 아동극장이 모스크바에 두 곳, 인형극장도 두 곳이 있어서 각 소학교에서 한 달에 한 번씩 차례로 오게 되었고 배우들이 학교로 가서 관극감상을 듣기도 하고 무대경험을 들려주기도 한다는 것이다. 어느 점으로 보나 어른 극장에 따라가 구경하는 것보다 의미가 크다. 막간마다 휴게실로 나와 끼리끼리 둘러서 이야기가 많다. 그리고 이 속에는 그들 자신들이 보낸 것도 있을 관극감상문, 무대 모형들과 구경하면서 그것도 비평한다.

극이 끝난 뒤에 우리는 연출자와 출연자들을 만났다. 극계의 권위들로 20여 년간 이 아동극장에서만 연출을 담당해온 분도 있다. 전란중에는 아동들의 소개처로 극장전체가 따라갔다가 45년도에 돌아왔다 하며 교육성과도 연락은 있으나 문화위원회 소속으로 매년 350만루불의 보조를 받는다 한다. 관극료는 매 아동에 2루불씩이었다.

초기에는 각본난이어서 고전에 치중했었고, 고전엔 외국 것으로도 셰익스피어, 모리에르, 골도니, 쉘레르 등의 작품으로 지혜계발과 선이 악에게 필연적으로 승리한다는 신념을 보이는 작품이면 다 취급했고, 동화극으로는 「꼬니녹・골브녹」「짜레뷔치・이반」「착한 뷔씰리싸」 우크라이나 것으로 「이반・식」 이르메니야 것으로 「허풍선이 나자르」 그타(他) 서구 것으로는 안델센, 그림 형제의 작품들과 메델링크의 「파랑새」 까블로・끗지의 「초록새」 등이 상연되었고, 외국 소설을 극화시켜 상연한 것은, 해티에트・삐쳐・스토우의 「엉클 톰스 캐빈」 디킨스의 「두 도시 이야기」 세르반떼쓰의 「돈・끼호테」 빅토르・유고-의 「가브트슈」 등인데 「엉클 톰스 캐빈」이 가장 호평이였다 한다. 조선에도 아동극장이 생기면 최선껏 후원하겠노라 하며 아동극장이 생기는 대로 즉시 전보로 알려달라고까지 하였다. 이야말로 성인극장을 하나씩 줄여서라도 어서 실현시키고 싶은 것이다. 독본에서 문장으로 배우는 것을 무대에서 현실로 보는 기쁨, 음악과 미술과 문학의 혼성예술 속에서 심미세련을 다각적으로 받는 것, 주제가 사회적이요 국가적이요, 인간적임에서 절로 도덕과 사상면에 구체적 영향을 주는 점으로 이 아동극장의 필요한 절대한 것이라 하겠다.

10월 4일. 오늘부터 짐들을 꾸리기 시작한다. 아직도 조선은 가을이 겠지만 여기는 벌써 겨울옷이여서 벗은 옷들도 새 짐이 된데다 책들을 많이 샀다. 어떤 분들은 지도도 샀다. 세계지도에 벌써 조선과 일본을 구별해 칠한 것이 나와있었다. 지도 위에서 쏘비에트 연방을 보던 눈으로 조선을 찾으면 우리 3천리 강산이란 너무나 현미경적 존재다. 일행 중에, 평양 나와있는 소련군인으로부터 「자기 집이 모스크바에서 얼마 안되니 틈이 있으면 찾아보고 오라」는 부탁을 받은 일이 있는데 여기 와서 알어본즉, 놀라지 말지어다! 기차로 이틀이나 가는 먼 곳이라는 것이다. 모스크바에서 우라디오스도크까지 20주야 걸리는 데를 우리가 서울서 부산쯤, 다니듯 하는 이곳 사람들의 공간개념으로는 사실 2, 3천 리쯤 고대 같을 것으로, 이번 우리 여행에서도, 에레완에서 세반호까지, 트비리티씨에서 스딸린수상의 고향까지 모다 내왕 4백 리가 넘는 거리인데 별로 서두를 것도 없이, 마치 서울서 우이동쯤 나가는 기분이여서 다녀와서(자동차로) 점심을 먹는 것이였다.

우리도 조선에 돌아가 다시 좁은 환경에 갇혀버리면 어떨지 모르나 「3천리 강산」이란 말은 제발 쓰지 말자 하고 웃은 일이 있다.

아모튼 우리 조선은 적은 대신 알뜰한 땅이요 좁은 만치 단일문화, 단일민족의 사회다. 새로 저 혼자의 빛깔로 지구 위에 그려진 것을 보니 감개무량하다. 40평생에 이런 심기 석연한 풍경화를 본 적이 있는가! 이제부터는 지구 위에서 영원히 네 독자의 빛깔을 변치 말어다고!

○

밤에는 대외문화협회에서 우리의 송별회가 있었다.

여기도 가정적인 객실과 가정적인 식당이었다. 지금 파리평화회의에 가 있는 몰로또브외상의 대리 말레크부수상, 포스코노브부재정대신, 붉은 군 총사령부대표, 그리고 문화계에서 10여 분, 또 여기서도 우리 동포 한 분을 만날 수 있었으니 그분은 어느 대학에 교수로 계신 김막심박사였다.

이번에 우리가 받은 이 대외문화협회의 후의란 무어라 감사할 수 없이 크다. 그러나 그렇기 때문에 하는 덕담은 아니다. 나는 이 복쓰에 대해서 한마디로 내 감격을 말한다면, 조선민족의 해방을 이처럼 즐거워하고, 조선의 자주독립을 이처럼 바라고, 나아가서는 세계각국의 우호와 평등과 평화를 위해 이처럼 구체적인 활동을 하고 있는 기관이 세계에 또 있을까? 함이다. 이 앞으로 국가와 국가 사이는 외무성을 통해 군사적인 것 이상으로 이런 문화협회를 통해 문화적인 것으로 더 연결되여야 할 것을 절실히 느끼였다.

주인측에서들은 우리의 송별을 단순히 귀국으로보다 일터로 나가는 사람들을 위한 장행회(壯行會)와 같은 격려와 축복이었다. 김막심박사도 국외에서나마 조국의 민주건설을 위해 힘껏 이바지할 결심이라 하였고, 자기는 두만강변에 유리하던 한개 빈농의 자손으로 현대학문의 전공의 한 길을 밟을 수 있는 것은 오직 쏘비에트의 사회제도의 덕이라 하였다. 나는 이 점을 김박사의 말에서 더욱 분명히 깨치였다. 나는 이미 평양에서부터, 소련서 생장한 조선사람들에 지식인 많음을 놀란 것이다. 그들은 헐수할수 없어 국경을 넘어 연해주에 흩어졌던 적빈(赤貧)한 가정의 자녀들이다. 그러나 그들은 중학 이상은 대개 마치었고 전문, 대학 출신이 상당히 많아 이미 북조선에 나와 각 기관에서 지도적 역할을 하는 인물도 적은 수가 아니다. 조선에서 살 수 없어 손만 들고 해외로 나간 동포는 여기뿐이 아니다. 일본으로도 많이 갔고, 만주, 중국, 하와이 등지에도 많이 퍼졌다. 그러나 다른 데서는 어쩌다 일확천금했다는 사람은 있어도 자제들이 차별 없는 교육으로 우수한 문화인이 배출하였다는 소식은 듣지 못하였다. 김막심박사의 술회에 우리는 뜨거운 박수를 보내지 않을 수 없었다.

주객은 밤이 훨씬 깊어서야 굳게 반포옹의 악수로 헤여졌다.

10월 5일. 나만 못 본 곳으로, 꼭 보고싶은 데가 꼬르키-박물관이 남았다. 복쓰에서 따로 안내해주었다. 가로에서 약간 정원을 두고 들어앉은 2층 백악관, 마침 어느 여중학교 학생들이 단체로 보고 있었다. 상당히 넓은 집이여서 아랫층은 「클락」만 있고 윗층만 진열실들인데 문호의 부모님, 난 집, 살던 집들의 사진과 모형들에서부터 비롯하여 문호의 저작 초판들, 외국판들, 가지가지 수택품들, 의복들, 검은 임바네쓰와 챙이 몹시 넓은 검은 중절모와 손잡이에 구리배암이 감겨있는 단장이 그중에도 실감을 준다. 시 「해연(海燕)」의 삽화, 1905년 「피의 일요일」의 항의운동으로 투옥되였던 감방의 모형, 권총에 맞았으나 그것 때문에 구명된, 은으로 꽃장식이 있는 담배갑, 해연배경의 대폭유화초상, 레닌과 같이 앉았는 장면의 유화, 1927년 이후의 호화한 서재의 사진, 그 서재에 놓였던 책상이 그대로 옮겨와 있었다. 길이 한 자나 될 가위가 얹혀있어도 그것이 따로 커보이지 않도록 큰 테이블이다. 푸른 천이 깔리고 공들여 만든 가죽 케이쓰에 원고용지가 두툼히 들어있었다. 펜, 색연필들, 대모테 안경, 희고 붉은 두 가지 봉투들, 청(靑)동아뱀의 문진, 흑백 두 개의 물뿌리, 그리고 애용하던 권련이 놓였는데 애급산(埃及産)의 포장 고운 갑이였다. 선생은 이 테이블에서 저 담배를 피이며 대작 「40년」을 쓰다 미완성 채 세상을 떠나신 것이다.

엽총도 외열짜리 한 자루가 놓여있었고 1899년의 명(銘)이 있는 회중은시계며 생황 비슷한 고대 악기도 하나 수택품 중에 끼여있었다. 구리 배암이 감긴 단장이 재미있었다. 구수한 잡목이여서 배암장식이 있으나 일점 속기가 없고 탄환 맞은 담배갑도 은장식이나 누르스럼한 나무가 역시 아취 있는 물건이였다. 선생은 신변 모든 것에 범연한 신경이 아니신 듯하다. 때로는 어두운 밤에 옥외에 통나무불을 놓고 거기 둘러앉어 이야기하는 순박한 고풍을 즐기셨다 한다.

「떼드마스크」가 봉안된 방에는 역시 그때 신문들과 조문들과 스딸린 수상과 몰로또브외상이 선생의 관을 메인 영예의 장례식사진이 걸려있었다.

선생은 돌아가시어 비로소 영달이 아니였다. 이미 재세 시에 문단생활 40년 축하식이 쏘비에트 전 연방으로의 국가적 의전이 있었다. 가장 크고 화려한 오페라 대극장에서 최고 쏘비에트 수뇌자들과 당중위원들과 각국 외교관들과 예술인, 문화인, 그리고 수많은 인민대중들 회참 아래, 최고명예의 레닌장이 수여되었고, 선생이 출생지는 「막심·꼬르키-시」로 명명되었다. 일즉 자기 생전에 이렇듯 축복과 예찬을 받은 예술가가 없다. 열아홉 살 때, 너무나 생활에 쪼들려 자살까지 하려던, 그의 대학이란, 인생의 모든 고역을 경험한 것뿐인, 극히 한미한 데서 일으킨 몸으로 이렇듯 광휘 있는 말년이란, 입지전중(立志傳中) 인물로도 뛰여날 것이다. 그러나 꼬르키-선생은 입지전의 인물로 회자되는 것은 아니다. 나는 여기서 선생의 위대성을 지적하기엔 일즉 로망·로오랑이 선생에게 보내였던 서간의 일절을 회상하면 족하리라.

「지금이야말로 우리는 동지로서 구라파의 양단에서 피의 교류를 하고 있다. 우리는 우리들의 정력과 우리들의 지식을 하나로 모으자. 인간의 이지는 눈에 보이진 않을 망정 차차로 전 세계에 삼투되어갈 것이다.

저 고르키-로 하여 전 인류의 새로운 5월의 수액, 새로운 5월의 힘이되게 하라! 「구라파의 양단만이 아니라 꼬르키- 정신의 피의 교류는 로망·로오랑의 예언대로 이미 전 세계에 삼투되며 있는 것이다.

「아세아사상은 구라파 사람들로 하여금 자본주의 기구 밑에 달게 예속케 하는 비굴한 정신을 길러준다」

바로 이 꼬르키-선생의 말이었다. 신비와 공상의 동방적 정신과 과학과 현실의 서구적 정신인 두 체계의 사상, 이른바 「두 마음」 때문에 전번(轉煩)하던 로서아문학에 선생은 결정적 진로를 열었고, 그것은 나아가 쏘비에트의 현실과 함께 부합되어 전 세계 문학의 새 기원을 지었다.

아세아사상은 「구라파 사람들로 하여금 자본주의 기구 밑에 달게 예속케」한 것보다 아세아사상은 그의 노복들 「아세아 사람들로 하여 봉건체제 속에 깊이 마비된 꿈을 깨지 못하게」한 악덕이 몇백 배 클 것이다. 노신(魯迅)이 일즉, 청년들에게 동양책을 가까이 말라 경계한 것은, 후진들로 하여 다시금 봉건노예가 되지 않게 하기 위함이었을 것이다. 그러나 일종 아편과 같은 이 아세아감정의 신비경은 때때로 우리에게 향수를 짜내게 하여 내 자신의 머리부터 시대와 모순되는 불투명한 속에 즐겨 깃들여오곤 하였다. 그러면서도 일제 밑에서는 이런 고고(孤高)와 독선의 정신이 추하지는 않게 용신할 도원경(桃源境)일 수도 있었던 것이다. 그러나 이제는 우리에게도 현실을 호흡할 자유는 왔다.

더구나 우리 조선은 처음으로 세계사적 전환을 하고 있다. 조금도 불순한 것이 섞기여선 안 될 엄숙한 현실인 것이다.

나는 오늘 이 꼬르키-선생의 전당 속에서 한낱 미미한 후학이나마 일편의 솔직한 술회는 행여 내 자신을 위해 무의미하지 않기를 스사로 바라는 바다.

선생의 저작년표며 저서들과 외어역본(外語譯本)들이 수집진열된 방이 있었고 끝으로는 1, 2백 명쯤 모일 아담한 소집회실이 있었다. 참관자들에게 소강연, 혹은 문단적 회석으로도 이용될 듯하다.

붉은광장에서

늦은 점심 뒤에 거리를 나서니 흐린 하늘은 벌써 어둠침침하였다. 나는 오늘밤 모스크바를 떠나기 전, 고요히 모스크바를 소요하고 싶었고 고요히 한번 붉은광장에 서보고 싶어서다.

대극장의 우람스런 원주 낭하는 큰길처럼 넓고, 극장에 애착하는 시민들은 한두 계단쯤 올라서서라도 이 낭하 지나다니기를 즐긴다. 나도 그 밑을 지나 안 걸어본 길이면 어디라도 들어섰다. 어디가서나 찾어보면 크레믈린의 붉은 별은 나타나 주는 것이요 그 별 밑으로만 토파나오면 어느 어귀로나 붉은광장에 들어선다. 모스크바의 모든 길은 붉은광장에 통한다.

벌써 집으로 돌아가는 바쁜 걸음의 시민들은 외투깃을 일으켜세웠다. 모든 건물들이 2층서부터는 가정들인가보다. 불 밝은 창마다 드리운, 색 고운 창장(窓帳)들과 한두 가장기 밖을 향해 뻗은 관려(棺櫚)나 고무나무의 푸른 손길은 차라리 함박눈이 쏟아지기를 기다리는 것 같다. 고요히 커피-나 마실 수 있는 데가 혹은 없을까? 가끔 진열장엔 여러 가지 술병이 놓이고 속에서는 서서도 마시고 나오는 간이주점은 더러 보인다.

극장으로 가는 아가씨들 같다. 돌아와 저녁을 먹을 열한 시나 혹은 그보다 더 늦은 시각까지는 시장한가보다. 무엇이 입속에 든 채, 이야기도 바쁘게 지나간다. 「다 다다……」 많이 들을 수 있는 말이다. 「옳지」 혹은 「그래서……」로 쓰이는 듯한 「다」는 노어의 애교다. 상대편의 말을 호흡의 조절도 시키면서 자꾸 추켜 점점 신나게 해주는 듯하다. 지나가는 말소리는 노어만도 아닌 것 같다. 더 거세기도 하고 더 유창하기도 한 언어들이 그 복색도 가지가지인 주인공들과 함께 지나가는 것이다. 이 모스크바는 여러 공화국들의 모스크바인 것이다.

점포들은 거의 닫기였다. 향수 상점만은 늦게도 열려있다. 사각모 쓴 파란(波蘭)군인들도 지나간다. 목도리 시킨 발발이를 그 키에서는 에펠탑처럼 높은 서구풍의 부인이 가느다란 고삐를 늘여 앞세우고 지나가기도 한다. 일터에서 돌아가는 듯 손가방 든 신사들과 간소한 포장의 식료를 사는 건실해 뵈는 부인들이 더 많이 지나간다.

물론 자본주의사회라면 이만큼 번화한 거리엔 더 다채한 진열창들과 더 포장 고운 상품들일 것이다. 그러나 그런 외양찬란한 도시엔 슬픈 이면이 있다. 이 도시엔 저녁먹이를 위해 인륜을 판다거나 병든 부모가 창백한 여공딸의 품삯이나 기다리고 누웠는 그런 불행한 식구나 암담한 가정은 없다. 단순한 영양적 시각으로 상품진열창을 비교할 것이 아니라 우리의 관심사는, 어느 사회가 그 원칙에 있어, 그 제도에 있어 더 정의요, 더 진보요, 인류의 문화와 평화를 위해 더 위대한 가능성을 가졌는가 그것일 것이다.

나는 어디로해서인지 다리 아픈 푼수로 꽤 멀리 걸어, 여러 길을 둘러 붉은광장을 바시리가람쪽으로 해서 올라섰다. 땅거미 질 무렵, 스빠스가야탑의 시계는 여섯 점 반을 울린다.

자동차떼만 뒤를 이어 달린다. 크레믈린의 동화세계 같은 지붕들, 치상총안(齒狀銃眼) 있는 성벽, 그 밑에 레닌묘, 신월(新月)이 빗긴 바시리가람, 모다 묵묵할 뿐, 북극에 연한 듯, 납덩이 같은 구름장이 무겁게 드리웠는데, 첨탑의 붉은 별들은 거대한 심장에서 새로 뛰어나온 듯 임리하다. 모스크바 강으로 기운 이 광장 한편 머리, 농노들이 머리털로 땅을 쓸던 이 경사진 「이맛자리」를 혁명군들의 뜨거운 피는 농사, 푸로레타리아트 두 시대의 원한을 물결쳐 씻으며 흘렀을 것이다.

오늘 오찬회에서 복쓰의 오를로와여사는 마야꼽쓰끼-의 시 한 편을 읊어주었다. 시인이 파리를 떠나 모스크바로 돌아올 때 지은 것으로,

「파리야 나는 너를 사랑한다. 나는 너에게서 살고 너에게서 죽었을 것이다. 만일 나에게 모스크바가 없었드라면!」

이런 내용이라 한다. 「모스크바가 내게 귀중한 것은 내가 노서아인이기 때문 아니라 모스크바는 승리의 깃발이기 때문이라」 한 이 시인의 모스크바송(頌)을 누가 편파하다 생각하랴.

파리는 아름다운 도시였기보다 아직까지는 그곳이 세계의 지식인들의 전망의 도시였기 때문에 마야꼽쓰끼-도 사랑했을 것이다. 불란서혁명 이후 자유와 평등을 위한 허다한 사회사상가들의 서울이였으며 일맥의 반동세력은 품은 채 도리여 그것 때문에 어느 곳보다도 정의와 문명의 정신이 가장 기민하게 작용하고 있었던 것이다. 세계를 향해 쏘비에트를 가장 앞서 옹호한 것도 파리 사람들이였다.

그러나 파리는 과거 18세기의 「승리의 깃발」이긴 하였으나 오늘 20세기의 「승리의 깃발」은 아니였다. 노서아인으로서가 아니라 세계인으로서 마야꼽쓰끼-가 노래하였듯이 세계인의 오늘의 「승리의 깃발」은 이 모스크바에 꽂혀있는 것이다. 플라톤 이후 싼·시몬, 까페, 모-든 사회개혁가들의 꿈은 꿈대로 사라져버리고 말았으되, 맑쓰와 레닌주의의 쏘비에트는 비로소 인류의 정의감정과 개혁사상이 꿈이 아니란 실증의 기초를 이 지구 위에 뿌리 깊이 박어놓은 것이다.

크레믈린 높은 지붕 위에 폭 넓은 붉은 기는 태연이 번뜩이고 있다.

유물사관이란 인간의 정신관계를 전혀 몰각하는, 모-든 정신문화나 전통에 대한 덮어놓고의 선전포고로 알어온 것은 나 자신부터 불성실한 데 기인한 허무한 선입견이었다. 오늘의 쏘비에트란 허다한 정의정신가들의 이루 헤일 수 없는 희생인 양심적 정신노력의 산물인 것이다. 양심과 실천을 떠나 정신의 존엄성이 어디 존재할 것인가? 레닌선생은 투옥과 추방과 지하의 일생이었다. 스딸린선생도 다섯 번인가 탈옥을 하면서 일생을 불사신으로 싸워왔다. 사생활을 위해 반일(半日)의 안락이 없었다. 그 투쟁과 승리는 그들이 또한 전 인류의 문제로써 하되, 가장 틀림없었고, 가장 앞선 사상과 원칙에서였기 때문에, 저 크레믈린 상공에 나부끼는 붉은 깃발로 하여 일 노서아인이 아니라 세계 전 인민의 승리의 깃발이요 희망의 깃발이게 한 것이다.

저 깃발 아래서는 모-든 사람들이 달러졌다. 오랜 동안, 적어도 2, 3천 년 동안 악제도 밑에서만 살어오기 위해 휘고, 꺾이고, 닳고, 때묻고 했던 온갖 추태와 위선의 제2 천성(天性)에서 완전히 해탈되며 있는 것이다.

나는 이번 잠시 여행에서도 그 전 오랫동안 조선에서나, 일본에서나, 만주나, 상해 등지의 여행들에서 별로 구경할 수 없던 사람들을 나는 여기서 단시일에 얼마든지 만날 수 있는 것이다. 「워로실로브」의 천진한 쎄스트라양들, 처음 사귀되 적년구우(積年舊友)와 같이 신뢰와 의리의 베드로흐중좌와 미하에로흐소위, 만나면 그냥 즐겁기부터 한 쏘또우중좌와 박장교, 묵묵진실의 사보이호텔 사람들, 일종 외교사업임에 불구하고 처음부터 속 털어놓고 대하는 모스크바, 에레완, 트비리씨의 복쓰의 여러분들, 「스홈」에서 본 아이스크림 파는 처녀들, 스딸린그라드 꼴호즈에서 만난 당원과 농촌청년들, 대신급이나 말단하관들이나 관료기분이라고는 조곰도 보이지 않는 평민태도들, 모두다 「요순 때 사람」들인 것이다. 저렇게 솔직하고 남을 신뢰 잘 하는 사람들을 만일 생존경쟁이 악랄한 자본주의사회에 갖다놓는다면 어떻게 살아나갈까 싶다. 누가 누구에게 눈치보거나 아첨할 이해의 필요가 없어진 것이다. 이해(利害)의 필요 없는 데서 무엇 때문에 사람들은 반드러워질 것인가? 사람에게서 천진을 보장시키려던 지도자들은 과거에도 얼마든지 있었다. 「천국은 마음속에 있느니라」(예수) 「자연으로 돌아가라」(루소-) 「인성의 순진을 지키기 위해 쓸데없이 사교하지 말어라」(토로-) 그들은 몸소 행해서 일렀으되, 사람들은 그 제도 하에 그렇게 살기 위해서는 「쓸데없이 사교들」이 아니였던 것이다. 이해의 필요관계를 그저 두어두고 말로만 인류전체에게 유령 같은 금욕자들이 된다는 것은 꿈이요 무의미한 일이였다. 그런 공염불은 한마디 없이, 인간이 위선과 비굴에 빠지지 않으면 안될, 불순한 이해관계부터를 제거해놓은, 쏘비에트는 비단, 경제나 문화뿐이 아니라 인류자체에 거대한 변혁을 일으킨 것이다. 마치 중세기의 르네쌍스가 봉건체제 속에 말살되였던 인류의 「자아」를 위한 각성이었듯이, 쏘비에트는, 인류가 다시 자본의 노예로부터 풀려나와 노예의 근성을 뽑아버리고 절대평등에 의한 진정한 평화향, 계급 없는 전체적 사회의 성원으로서 「새 타입 인간」의 창조인 것이다. 영원히 축복 받을 인류의 위대한 재탄생인 것이다!

바쁘게 지나가는 사람과 차들 뿐이다. 그러나 광장은 무겁고 고요하다. 나는 광장 건너 레닌묘 앞을 가까이 지나가본다. 의장위병들이 인형처럼 움직이지 않는 것이, 더욱 레닌선생이 잠간 조용한 틈을 타 잠들어 계시다는 느낌을 준다. 꼬르키-의 「레닌 회상기」에 보면, 선생은 하로 저녁, 이 모스크바에서 꼬르키-선생과 더불어 어느 피아니스트의 베-토벤의 쏘나타 탄주를 들은 일이 있다. 선생은 베-토벤을 매우 좋아하신

모양으로,

"나는 아팟소나타처럼 좋은 건 없어! 이건 인간의 것이라고는 생각할 수 없는 음악이야!"

감탄하였고,

"그러나 가끔 음악을 즐겨 듣고 견딜 수 없게 마땅치가 못한 것은, 이런 더러운 지옥 속에서 어떻게 천연스럽게 앉아 그런 미의 창조에만 열중했었느냐 말이야?"

하고 선생은 자못 흥분하였다는 것이다.

이해관계를 그냥 두고 사람더러 초인간이 되라는 염불이나, 지옥 같은 환경에 노예처럼 굴복하면서 미부터 찾으려던 모-든 독선적 미운동은 확실히 선후가 바뀌었던 것이다!

종탑의 시계는 다시 15분 지났음을 알리었다.

하늘이 검어갈수록 붉은 별들은 윤택해진다. 인류의 영원한 훈장, 홍보석아 잘 있으라.

돌아오는 길

10월 6일. 어제밤(11시)부터 우리는 시베리아 철도에 있다. 차창의 첫 아침은 오래간만에 보는 청천, 지난밤이 꽤 싼싼하더니, 도랑물이 벌써 엷은 얼음에 봉해졌다. 백화가 서리에 무르익었다. 천연색영화 「돌꽃」에 백화가 단풍들어 낙엽지는 동안이 나오는데 참 고운 그림이였다. 바로 그런 백화들이 애청하늘을 배경으로 지나간다.

식당차는 실내감을 주는 구조인데 일정한 시간은 우리 일행만 전용하기 때문일까 더욱 호텔 식당의 연장 같다. 산이란 침묵인 것이나 고요한 것은 아니였나보다. 산 하나 없는 정거장들일수록 더 한적해보이는 것을 보면.

차가 갈 때는 빠르나 서면 떠나기가 더딘 것은 원거리 여행자들에게 매식편의를 고려하나보다. 차가 서면 역에서는 확성기로 음악을 틀어주고 더운 물을 공급한다. 촌가에서들은 가죽 잠바에 장화를 신고 술 긴 수건을 쓴 부인들이 새로 짠 우유며 토마도며 여러 가지 승객들 식사에 수요될 것을 팔러 나온다. 입장권제도가 아니여서 큰 도시만 아니면 열차 주위에 누구나 모일 수 있다. 여자역원들이 많다.

식당에 다녀오는 것 외에 일이 없다. 한 칸에 두 사람씩, 말동무가 되기엔 세 사람만 못하다. 누워 창 밖을 몇 시간씩 지키나 별로 변화가 없다.

　10월 7일. 아침에 창막을 올리니 유리에 성애가 뽀얗다. 닦아도 하얗도록 바깥은 눈이 깔렸다. 우랄산이 가까워질수록 응달에는 꽤 두껍게 덮혀있었다. 엇저녁부터는 스팀이 오는데, 여기는 혹한지대라 증기를 멀리 기관차에서 뽑아오지 않고, 차칸마다 증기를 내이는, 빼지카만한 단독설비가 있다.

　오후부터 삼림이 많이 나온다. 백화와 소나무와 전나무와 그리고 벽오동처럼 뿌여면서 푸른 버들도 많다. 어스름 달밤에 눈 덮힌 우랄산록을 지날 때는 식당에서 돌아오던 길 모두 전망하기 좋은 복도에들 서 있었다.

　10월 8일. 한밤 동안 우랄은 멀리 지나갔다. 이제부터 시베리아 대평원의 시작이다. 줄곧 벌판으로만 달린다. 여기는 물은 얼었어도 아직 눈은 없다. 전나무 비슷한 상록수의 방설림, 그것이 없는 데는 방설책(柵)이 준비되여있다. 한 간만큼씩 한 길쯤의 말뚝을 쳐나가고 한 백미쯤에 한 군데씩 한 간만큼씩 한 판장으로 짠 문짝 같은 것을 쌓어놓았다. 눈이 없을 때 바람만은 통하도록 한 뼘씩 틈을 두고 짠 것인데 이것들을 말뚝과 말뚝 사이에 세워 강설기만은 울타리를 칠 것이였다. 벌써 치기 시작하는 데도 있다. 이 긴긴 세계 최장의 철도양측에 이것만도 여간 큰 일이 아니다.

　우리는 차츰 심심해졌다. 낮에는 각기 자기 칸에서 자기가 보고오는 소련의 인상을 정리하는 것으로 보내는 듯하나 밤이면 좀더 말을 해보고 웃어도 보고 싶어졌다. 우리 다음 차칸은 네 사람씩 드는 방도 있어, 상하 네 침대에 걸터앉으면 7, 8인은 모일 수가 있다. 누구의 발안인지 모르게 두어 방에서 끼리끼리 모여졌다. 김삿갓 이야기, 정수동이와 봉이 김선달 이야기도 나왔다. 웃는 것은 소화에도 좋았다. 전에 어떤 사람의 태평양 위에서 일본인과 중국인을 비교해본 재담이 있다. 일본 사람은 책을 보거나 무슨 게임을 하거나 해야 견디는데 중국 사람은 「요꼬하마」에서 배에 오른 그때부터 「호놀루루」면 「호놀루루」, 「쌤프란씨스코」면 「쌤프란씨스코」에 나릴 그때까지 곧잘 부동의 자세로 유유 창천만 바라보고 앉았는데 이것도 그냥 있는 것은 아니요(Doing nothing)이라 했고, 이 「무위」를 할 줄 아는 사람들이라야 큰 민족일 게라 했다. 우리도 십여주야를 줄곧 면벽만을 해내는 시험엔 낙제인가 보다.

10월 9일. 사람만 아니라 집들도 겨울채림을 한다. 벽 두터운 방틀 집들로도 출입문만 남겨놓고 하반은 거의 창턱까지 흙을 끌어올린다. 그리고 지붕에도 흙을 올린 집이 있다. 행결 외풍이 없어질 것이다. 눈만 빠끔히 내어놓듯한 남향한 유리창들이 생동한다. 한두 분의 꽃이 놓였거나 꽃처럼 뺨 붉은 어린이들이 내다 보는 것이다. 이제 바람도 세차게 부나보다. 전신주도 되도록 바람을 타지 않으려 뚱단지를 횡목 없이 주신에 그대로 나려박았고 전신주끼리 서로 의지되게 둘씩 모아 세우고 H자 모양으로 중둥을 연결시켰다. 저녁 때부터 창 위에 눈빨이 스치기 시작했다.

10월 10일. 우리 방은 북창이다. 이 창에서 보이는 동리들은 남향만 동리들이나 동리를 지나 백화숲 모퉁이로, 혹은 갈대 한 대 나부끼지 않는, 까마득한 눈때 낀 하늘 밑에 요연히 사라진 한 오래기 북향한 길은 어떤 사람들이 다닐까?

나는 「시베리아」니 「오로라」니 하는 말을 「카츄샤」의 이름과 같이 기억한 때문일까 지금 시베리아의 북극을 향한 적은 길들을 볼 때 어느듯 다감해진다. 언제 풀릴지 모르는 장기수들의 침묵의 행렬이 눈앞에 떠오르는 것이다. 견디기에는 너무나 추운 곳, 문화와 생활의 도시로부터는 너무나 거리가 먼 곳, 탈옥수들이 며칠을 걷다가도 물 한 모금 얻어 마실 인가가 없어 도로 자진해 관헌에게 잡힌다는 일대 공간지옥, 지금 쏘비에트 정부위원들 속에도 일찍 이 지옥살이를 돌파한 이가 한두 분이 아닐 것이다. 여기서 며칠 더 가 북쪽으로 들어가면 영하 70도 되는 세계 일의 극한지대가 있다 한다. 제정 때 정치범들은 그곳 아니면 멀기는 더한 화태(樺太)로 많이 보냈다 한다. 이 인연(人烟)이 끊긴 상동(常凍)지역에 매골(埋骨)이나마 제대로 못한 혁명가들이 얼마나 많았을 것인가!

그러나 이는 모다 지나가버린 악몽이었다. 지금의 시베리아는 그런 수인의 망령이나 배회하는 황원(荒原)은 아니다. 처처에 현대적 공장도시가 나오고 처처에 불빛 밝은 평화스러운 신규모의 꼴호즈들이 지나가는 것이다. 정거장마다 모스크바의 뉴-쓰와 음악이 울리고 신 5개년계획의 과학동력이 이 무궁한 대자연을 주야 없이 개발, 건설하며 있지 않은가!

혁명 이후 쏘비에트의 「우랄」 이동건설은 특히 괄목할 만한 것으로 인구 10만 이상의 도시만 백 이상이 증설되었다 한다. 자원개발과 공업시설이 전초로서 새 세계의 문화는 이 끝없는 황원을 끝없이 낙토화하며 있는 것이다.

O

그는 바로 이 시베리아의 청년이었다. 이것은 꼬르키-의 「밤주막」에 나오는 「루까」라는 노 순례의 어리석은 이야기지만, 한 청년은 이 죄수들이 많이 오던 시베리아에 살며 고운 꿈을 품고 있었다.

「세상엔 반드시, 사람들이 서로 존경하고 서로 협력하며 사는 진리의 나라가 있을 게다! 언제나 그 나라 있는 데를 알어 찾아갈 수 있을까?」

하루는 책과 지도를 많이 가진 학자 한 사람이 시베리아로 귀양을 왔다. 청년은 이제야 「진리의 나라」 있는 데를 알 수 있으리라 믿고 학자에게 물으러 왔다. 학자는 여러 가지 지도를 내어놓고 뒤적거리였으나 마침내 그런, 사람들이 서로 존경하고 협력하며 사는 「진리의 나라」라는 것은 세상에 없노라 대답하였다. 이 시베리아 청년은 돌아가 목을 매여 죽고 말았다는 것이다.

이 한낱 우화의 주인공이여 그러나 세계 모ㅡ든 진실한 사람들의 꿈의 대변자여 그대가 그리던, 그 「존경과 협조의 인간사회」를 우리는 보고 오노라! 그 「진리의 나라」는 바로 그대의 조국, 이 땅으로, 오늘의 세계지도엔 뚜렷하게 박혀 전 세계에 번지며 있노라!

○

진리의 나라 소련은 결코 적호한 조건에서의 건설이 아니였다. 그것은 누언(累言)하려 하지 않거니와, 이번 대전 후만 하여도 쏘비에트는 큰 교훈을 주는 것이니, 그 미증유의 소모전을 겪고난 뒤에도 쏘비에트의 사회상태는 어떠한가? 쏘비에트는 전후실업자문제라는 것, 전후경제공황이라는 것, 이런 것을 전혀 모르고 있는 것이다. 이것은 우연도 아니요 기적도 아니다. 다만 「제도」의 승리인 것이다.

개인간에 계급이 없고, 민족간에 차별이 없고, 국가간에 무력으로나 경제로나 침략이 없어지는 제도, 그런 진리의 제도는 어떻게 생기는 것인가? 그것은 이미 우리 조선에서도 모—든 진실한 그리고 공정한, 그리고 현대에 식견 있는 애국자들이 이구동성으로 부르짖고 있는 바다.

1. 봉건유제의 타도,

2, 일제잔재의 소탕,

3. 국수주의 배격

「조선」 하나쯤 옳은 제도에만 올라서는 날은 그야말로 「기월이이(朞月而已)」이요 「삼년유성(三年有成)」일 것 아닌가!

10월 12일. 어제까지 5, 6일 동안 굴이라도 하나 지나 보았으면 싶었는데 오늘은 이른 아침부터 일대변화다. 절벽을 타고 돌아가는데 굴 밖에 물이요 물 다음에 굴이요, 멀리 바라보면 톱날 같은 설봉들이 여명을 받아 갑재기 스위스 풍경의 그림이다. 바이칼호수다. 공중에서 본 앙가라강 생각이 난다. 맑고 푸른 물이다. 한쪽은 끝이 없어 바다 그대로인데 파도만 잔잔하다. 방마다 깨여 이른 아침에 복도가 만원이다.

긴 단조한 여로에서 만난 이 오아시스적 변화는 또한 이곳 스케일답게 실컷 만끽을 시키는 것이다. 오후 두 시까지 이런 호변(湖邊)을 지나게된다. 옛날 한나라 때 소무(蘇武)는 이곳에 와 19년 동안 귀양을 살며 이 호수를 「북해(北海)」라 했다.

10월 17일. 우리의 시베리아 횡단은 바이칼을 지나서도 몽고인 자치주 「우란우데」 유태인자치주 「빌라」 등을 거쳐 닷새 만인, 지난밤 자정 때에 끝이 났다.

워로실로브 역두에는 소련원동군으로부터 여러분이 나왔고 만찬을 차리고 밤 깊도록 우리의 도착을 기다렸던 것이다. 미하에로흐소위와는 반가이 만났으나 베드로흐중좌는 마침 휴가로 고향에 가고 없어 만나지 못한 것이 섭섭했다.

우리 타고온 차 두 칸만 떼여놓고 가서 우리는 다시 짐들이 있는 차로 나와 잤고 아침에는 우리 건국과 인연 깊은 스틔꼬프 대장을 만났다.

이분의 평민적인 것은 나는 이미 소미공동위원회 때 경성역에서 받은 인상이였지만, 우리가 묻기도 전에, 우리가 듣고싶어 하는 이야기부터 해주었다. 공동위원회가 아직 속개되지는 못하였으나 서로 성의 있는 연락이 있으니까 염려를 하지 말라 하였고 대장은 특히,

「여러분이 가 보셨으니, 소련의 혁명 후 건국사업이 얼마나 지난지대했다는 것을 알았으리다. 내가 이 말은 우리가 어려운 일을 해내었다는 자랑으로가 아니라 언어와 문자와 풍습과 민족이 단일한 조선이란, 소련에 비겨 건국이 얼마나 쉬울 것이냐 하는 것을 여러분이 깨닫고 오셨느냐 묻는 겁니다.」

하였고,

「조선은 조선인의 조선이 되여야 합니다.」

하였다.

대장의 이 말은, 조선이 조선인의 조선이 되기에는 「그렇게 되기에 확실한 기초」에서 시작해야 한다는 뜻임을 우리는 누구나 알어들었을 것이다.

○

정오경에 우리는 워로실로브비행장에서 거의 70일 만에 조선을 향해 날렀다.

조선엔 산만 그뜩 차있는 것이 눈에 새삼스러웠다. 태백산맥의 솟아오른 뫼뿌리마다 불 붙듯한 단풍이 한풀 꺼져가는데, 강색 고운 평양은

아직 녹음도 나부끼는, 따스한 첫가을의 날씨였다.

1946년 초동(初冬) 유경(柳京)에서

소련기행
1947년 5월 1일 초판발행

농 토

농 토

1

여러 날째 강다지로 춥더니 오늘은 해 질 무렵부터 싸락눈이나마 뿌린다.

들여다보는 얼굴까지 뜨겁던 억쇠어미의 몸도 오늘은 한결 식었다. 숨소리도 편안해졌다. 어쩌면 한고비 넘기었으니 이쯤으로 돌리나싶어 억쇠아비는 안경알만한 유리쪽에 붙어앉아 밖을 내다볼 경황도 생기었다.

광대뼈가 한편이 더 불거지어 이마까지 그 편으로 찡기는 것이 제격인 억쇠아비는 찡긴 이마를 문에 대고 적은 눈을 치떠 내다보나 함박눈은 되지 않고 그저 싸래기로 그것도 시원치 않게 뿌린다. 함박눈으로만 펑펑 쏟아져준다면 억쇠어미는 내일 아침쯤 툭툭 털고 일어날 것 같다.

그리고 안에서도 초산(初産)이라고 모두 걱정중인 새아씨가 힘들이지 않고 순산할 것 같다.

역시 남의 집 하인의 자식이던 팔월이와 성례(成禮)나 째나 귀밑머리만 풀어올려 다려오던 날이 함박눈이 탐스럽게 쏟아지던 날이였다. 그래 그런지 함박눈이 쏟아지는 것을 보면 늘 기뻤고 무슨 수가 생길 상 싶었다. 억쇠어미도 몸이 불덩이 같던 그제 어제 이틀 동안은 가슴을 쥐어뜯으며 헛소리처럼 눈 눈 하고 눈을 찾았다. 어느 산꼭대기에라도 눈이 있기만 하다면 억쇠를 시켜 한 함지 담어다 그 물켜질 것처럼 골매지 낀 눈에 시원히 보여라도 주고싶었으나 송악산 위에도 아직 눈은 덮이지 않었다. 냉수나 얼음을 찾지 않고 눈을 찾는 것이 그도 스물일야듭 해 전 그 함박눈 쏟아지던 날을 잊지 않고 속 깊이 품어온 듯하여 어서 일어나고 함박눈이나 쏟아지면 이런 것도 옛이야기처럼 하리라 마음먹었다.

바깥은 어느새 어두워 싸락눈 뿌리는 소리만 들린다.

"아버지?"

어미의 이불자락 밑에 손을 넣었던 억쇠가 눈이 둥그래졌다. 어미는 손만 아니라 이불 속에 있는 발까지 싸늘하게 식어있었다.

"왜 이렇게 차겼수?"

"차다니?"

아비도 와 만져보고는 다시 이마가 찌푸러진다.

'이건 또 무슨 증센구?'

그 동안이 잠간새 같었는데 바깥 날이 꼴깍 저문 것처럼 병인의 손발도 딴판이 되어있었다.

"여봐? 정신 좀 차리랴구?"

몇 번 흔들어보나 반 넘어 감긴 눈이나 반 넘어 벌여진 입도 아모 대꾸가 없이 숨소리만 도로 가뻐지며 있었다. 억쇠더러 나가 방도 달굴 겸

물을 데워오래서 병인의 발을 더운 물에 담궈놓고 주물러본다. 발은 뒤축이 보름 지난 설떡 갈라지듯 했다. 겨울에는 이렇게 뒤축이 터지어 절름거리고 여름이면 발고락 새가 짓물러 절름거리던 평생을 편안한 걸음이 없던 발이었다.

"애비 게 있니?"

문 밖에서 노마님의 목소리가 난다. 억쇠아비는 후다닥 일어서기부터 한다. 앉어서 대답이란 평생 해본 적이 없는 버릇이다.

"네."

"문 여지 말구."

그러나 병인의 머리맡에 외풍 풍기는 것쯤 가려 노마님 앞에 방 속에서 말대꾸를 할 수는 없다.

"문 열면 안 된대두 이 미욱스런 녀석아 내 그런 꼴 보겠다니?"

하마트면 내어밀 뻔한 문고리를 섬쩍 놓으며 그제야 억쇠아비는 노마님의 문 열지 말라는 뜻을 알었다. 노마님의 말씀대로 역시 저는 미욱한 놈이였다.

"뭘 좀 입에 퍼넣어 보았니?"

"넣는 대루 토하는 걸입쇼."

"몸은 그저 끓구?"

"손발은 써-늘하게 식었사와요."

"써-늘해?"

"네. 그래 물을 덥혀다 발을 좀 씻겨보드랍습죠."

"엥이 배라먹을 년 같으니 ……"

억쇠아비는 억쇠어미가 무슨 트집으로나 앓는 것처럼 노마님의 꾸지람이 지당한 듯 들려 고개가 절로 수그려진다.

"딴 무슨 증센 없구?"

"아까 점심때 못 돼선뎁쇼."

하는데 억쇠녀석이 아비를 꾹 찌른다. 그러나 아비는 주인 앞에 손톱만
한 것이라도 기어서는 못쓰는 줄 안다.

"아까 뭐란 말이냐?"

"한참 몸이 달었을 땐뎁쇼 콧구멍으로 회가 한 마리 나왔사와요."

"회충이?"

"네 크진 안사와요."

"배라먹을 년 가진 부정 다 떠는구나— 엥이…… 그래 그 게구 싸구
했다는 것서껀 어떻했느냐?"

"마냄 말씀대루 그냥 뭉쳐 이 구석에 뒀사와요."

"내가 내다 빨어두 괜찮다구 헐 때까지 방문 밖에 내놔선 안 된다."

"네."

"온 집안이 목욕재계허구 기다려야헐 경사에 이게 도무지 무슨 부정
이란 말이냐!"

"다시 이를 말씀이와요!"

"아무리 병이기루 고렇게 얌체없는 년은 ……"

억쇠아비는 이마를 찡기며 손이 절로 뒤통수로 올라갔다.

"게 억쇠녀석두 있지?"

"있사와요."

"밤에 말이다. 밤으로 무슨 일이 있어두 말이다?"

"네."

"알어들었니? 무슨 변이 생기드라둥 말이야?"

"네."

"울음소리 아예 내선 안 되구."

"……"

"안으로 덥석 뛔들지 말구 부엌 뒤루 와서 애비가 날 넌즈시 찾어라."

"설마 무슨 일이 있을갑쇼 횟뱃가본뎁쇼."

"예끼 미욱헌 녀석…… 엥이 방자스러운 년……"

노마님은 혀를 몇 번이나 채면서 안으로 들어가는 모양이었다.

억쇠아비도 횟배 아닌 것쯤은 모르지 않으나 마님들께서나 나릿님께서 걱정하는 것이면 어찌 되었든 덜어드리려는 버릇에서였다.

아비는 다시 병인의 발치가래로 왔으나 억쇠는 일어섰던 자리에 그냥 삐죽 서 있었다. 노마님의 말을 듣고보니 어미의 손발 식는 것이 심상치 않은 것 같았고 죽드라도 울음소리 한마디 내어서는 안 된다는 말에 한 대 얻어박힌 것처럼 콧등이 찌르르해진 것이다.

그까짓 어미 한두 번 아니게 남부끄러운 어미였다. 이름도 사람 같지 않게 팔월에 낳았다고 「팔월이」, 누가 보는 데서나 안에서 「팔월아」 소리만 나면 그것이 어른이 부르든 아이가 부르든 「네에」 소리를 길게 빼면서 신뒤축도 밟지 못하고 달려들어가는 꼴, 같이 놀던 아이들이 저게 너희 엄마냐? 물으면 말문이 막히여 동무들이 찾어오는 것도 겁이 나던 어미, 얼른 죽어없어지든지 제가 어서 커서 어디로고 달어나버리기를 얼마나 바래왔던가. 그런 어미 열 번 없어지기로 눈물은 커녕 헛소리라도 곡(哭)을 하고 상제노릇을 하랄까보아 걱정일 것인데 정작 제 어미 제 계집이 죽드라도 울음 한마디 내어서는 안 된다는 분부엔 어린 속에도 다른 때 열 번 꾸지람이나 열 번 얻어맞던 것보다 더 야속하게 저리었다.

"저 새낀 앉어 에미 손이나 좀 못 주물러준담?"

"손발이나 주물른다구 낫는답디까?"

"어떡허냐 그럼."

아비는 그 흔한 약 한 첩 못 써보는 것에나 계집이 죽드라도 곡성 한마디 내어선 안 된다는 분부에 아모런 불평도 노염도 없는 듯하였다.

택호(宅號)만은 그전대로「윤판서댁」으로 불리워지는 이들의 주인은 조선이 망한 후 세도는 없어지고 씀씀이만 과해가는 서울살림에 쪼들리기만 하다가 대감마냄 돌아가 삼년상을 치르고는 이 집의 전장(田庄)이 아직 반은 남아있는 황해도로 낙향한 지, 이미 사오 년 된다. 낙향이라야 황해도로는 나릿님(돌아간 윤판서의 아들)만이 소실을 다리고 가서 감농을 하고 있을 뿐 도련님(나릿님의 아들)의 학교공부를 위해 정작 본살림은 중간 개성에다 차린 것이었다.

이 주인댁 개성살림 덕에 억쇠는 서울서처럼 잔심부름이 고되거나 아주 농토 옆에 있는 것처럼 거친 일에 부대끼지는 않는다. 도련님의 더운 점심 나르노라고 여러 해 학교마당에 드나들어 어깨 넘어 글로 언문과 일본「가나」는 제법이요 한문글자도 웬만한 편지 봉투쯤은 뜯어보게 눈이 틔었고 일이라야 앞뒷 뜰 안 쓰레질뿐 잔심부름 한 가지도 없는 날도 있다. 도련님은 종일 학교에 가있고 저희 아비는 추수 때면 한두 달씩「가재울」이라는 황해도 시굴댁에 가있을 뿐 아니라 다른 때도 노상 개성과 가재울 사이에서 있게 된다. 개성집에는 낮에는 억쇠 하나가 사내일 경우가 많아 주인댁에서는 억쇠를 개나 한 마리 기르는 것처럼 번둥번둥 놀리고 먹이는 것이다. 억쇠는 일은 없고 심심해서도 도련님이 보다 버린 것이면 책이든 신문이든 줏어다 읽기도 한다. 일 년 삼백육십 일 하로같이「배라먹을 년」「미욱한 녀석」소리를 듣다가도 단 한 번을「그래도 내 밥 먹구 자란 저것들을 믿지, 남을 어떻게 믿구 집 안에 두구 부려」한마디가 당상에서 떨어지면 개처럼 꼬리가 없어 흔들지 못하는 것만 한이 될 뿐, 이 주인댁을 위해서는 뼈라도 갈어바치고 싶어하는, 제 자신의 벌이라고는 한 토막 없이 자랐고 굳어버린 팔월이와 억쇠아비 천돌이었다.

더욱 저희 자식 억쇠가 시굴 웬만한 도련님짜리보다 더 매낀한 손길로 책장이나 넘기며 자라는 것이 누구에게나 입이 마려워 안 꺼내고는 못배기는 자랑거리요 한편으로는 그것이 주인댁에 견딜 수 없이 송구스러웠다.

병이란 돌림이란 것이니 사노라면 어찌나 한 번 차례에 올 법하고 걸린다고 다 죽는 것도 아니며 또 약을 쓴다 해서 다 사는 것도 아니다. 의원을 부른다, 화제(和劑)를 낸다, 모두가 있는 사람들 치닥거리지 모슨 소용인가? 약 쓰는 사람들은 더 잘 앓고, 더 잘 죽드라. 다 타고난 명수대로 살다가는 것을 약 못 쓴다고 탓해 무엇하랴, 다만 억쇠어미가 하필, 방정맞게 주인댁에 산경(産慶)이 있을 무렵에 눕게 된 것만, 암만해도 저희 내외가 주인댁에 정성이 부족한 표만 같어 얼굴을 들 염치가 없다. 산경이라도 이만 저만이 아닐 삼대독자 도련님이 작년 가을에 장가드신 그 새아씨의 첫 산경이었다. 태기 있어 그달부터 태점을 치신다, 절에 수명장수를 빈다, 행여 무슨 동티라도 날까보아 이댁 식구들은 초상집에나 제삿집 같은 데는 발그림자도 얼씬하지 않는 지 오래다. 이런 서슬에 오늘일까 내일일까 해서 산파와 의사가 조석으로 드나드는 판인데 억쇠어미가 누운 것이다.

"엥이, 방정마진 거 어느때 못 앓어서 ……"

더운물을 다시 떠다 아모리 담궈보고 발바당을 문대보아도 발은 자꼬만 식어만 간다. 숨도, 인전 명치 끝에서만 발딱거릴 뿐 헤벌룽해진 콧구멍에선 숨기도 제대로 나오지 못한다.

"이거, 일 나지 않었나 이거, 정신 좀 못 채려?"

병인은 벌써 귀부터 이 세상 것이 아닌 듯했다.

"제-기랄! 하필 날이나 받었던 말인가!"

억쇠아비는 죽는 사람 불쌍한 것이나 저 홀아비 될 걱정보다도 주인댁 귀한 며누님 몸 푸시는데 행여 무슨 부정이나 끼쳐드릴까보아 그것부터 겁이 난다.

그러나 사십평생 약이라고는 피마주기름 아니면 소금물밖에 먹어보지 못하였고 이번에도 호렴 녹인 물 두어 모금 마셔본 것만으로 병세 도지는 대로 몸을 맡겨버린 팔월이는 다만 「돌림」이거니 할 뿐 무슨 병인지 알아볼 필요 없이, 한 마리의 짐승이나 혹은 생사를 초월한 성인(聖人)처럼 묵묵히 죽엄에 들고 말았다.

울음소리 내서는 안 된다는 노마님의 말씀이 천만지당한 줄 알면서도 억쇠아비는 입이 걷잡을 수 없이 뒤틀렸다. 꺽꺽 두어 마디 치받히는 울각질 같은 것을 억지로 삼키면서,

"이 새끼 잠자쿠 있어 괘니 ……"

하고 자식부터 돌려보았다. 억쇠는 울기는 고사하고 죽은 어미와 이런 꼴의 아비를 발길로 질르기나 할 것처럼 새파랗게 노려보는 눈이였다.

아비는 그저 뒤틀리는 턱주가리까지 눈물이 찔찔 흘렀다. 눈물을 아모리 문대고 들여다보아도 억쇠어미는 숨이 끊어진 것이 틀리지 않다. 이러고는 앉었을 수는 없다. 감기 든 코처럼 저리고 빽빽한 것을 손바닥으로 으깨 문대끼면서 방을 나서는데 대문 밖에서 인력거 오는 소리가 난다. 어제도 안에 다녀간 이 댁 단골의사 박의사였다. 억쇠아비는 걸음을 멈추었다. 억쇠어미 죽은 것을 안에 알리기 전에 박의사가 들어서는 것은 박의사가 억쇠어미를 살려놓기 위해 나타난 것 같았다. 얼른 박의사의 앞으로 내달으며 허리를 꾸벅한다. 손만 후들거릴 뿐, 말이 나오지 않는다. 또 입이 뒤틀리며 울음부터 엄살처럼 쏟아진다.

"자네 왜 이러는가?"

"억쇠어미요니까……"

"참 앓는다구 안에서들 걱정허시드니?"

"그게 그만 죽었사와요……"

"그래? 그거 안됐군!"

"좀 살려 주세요니까……"

"거 안됐네그려!"

"한 번만 봐주세요니까…… 무슨 짓을 해서라두 그 은혜는 갚죠니까……"

"아니 죽었다면서?"

"그래도 한 번만 봐주세요니까……"

"죽은 것도 살리나? 비키게."

하고 박의사는 억쇠네 방문 앞을 성큼성큼 지나 중문간으로 들어가고 말았다.

억쇠아비는 우두커니 섰다가 비실비실 안채 부엌 뒤로 오고 말았다. 죽은 계집 초혼이나 부른 듯 끼르륵 소리 나는 목을 늘여,

"노마님?"

"노마님?"

불렀다. 노마님은 세 마디 안에,

"알었다."

대답을 했다.

노마님은 죽은 팔월이를 위해서는 선선히 주머니끈을 끌렀다.

"얼른 가 권생원 오시래라. 그리구 그길루 드룽전에 가 문을 뚜드려서라두 베 한 필 끊어갖구 뛰어오너라 배라먹을 년 여태 있다 하필 어느 날 못 뒈져서……"

권생원이란, 이 댁 땅에 도지 없이 삼포(蔘圃)를 내고 이 댁 바깥일은 도맡어 보아주는 체하면서, 저는 이 댁에서 이 집을 지을 때도 팔구천 원이나 돈을 대이고 매년 변리만 팔구백 원씩 또박또박 따가는 자다. 이 권생원은 십 분 안에 나타났고 다시 삼십 분 안에 들것 들은 상두꾼들을 다

리고왔고, 그래서 안에서 새아기 울음소리 떨어지기 전에 팔월이 시체를 담아내어 이 댁 주인들의 신망을 더 두터이 하기에 성공하였다.

수철동 공동묘지는 멀지 않았고, 땅도 아직 깊이 얼지는 않았다. 죽어서 드는 집도 살아서 드는 집과 마찬가지었다. 능원(陵園)은 고사하고 평인의 무덤이라도 제격대로 차리자면 칠일장이니 구일장이니도 바쁘다는 것이지만 손 익은 상두꾼들이 관도 없는 들것송장 하나쯤 한 짐 장작불이 다 타기 전에 묻어버리는 것이었다. 하늘도 팔월이에게는 박한 듯 그의 마지막 시신 위에는 함박눈은 아끼었고 싸락눈마저 걷히면서 무심한 별들만 나려다보기 시작했다. 갑자기 묘표(墓標)할 것도 마련하지 못하여 불붙던 장작 한 개피를 박어 표를 하고 들어왔다.

주인댁 솟을대문은 더구나 부정을 끄리는 때라 굳게 닫혀있었다. 앞을 섰던 아비는 주춤 물러가고 억쇠가 나서 두어 번 삐걱거려본다. 애비는 그렇게 하는 것이 잠든 마님들의 어깨나 흔드는 것같이,

"이 새끼야 가만 못 있어?"

하고 욱박는다. 어미가 살었을 때 같으면 벌써 나와 열어주었을 것이였다. 가만있으니 발만 더 시리어 억쇠는 견디다 못해 다시 나서 덜컹덜컹 흔들어댔다. 그제야 노마님의 기침 돋우는 소리가 나왔다.

"애비냐?"

"네."

"왜 요란스럽게 굴어, 이 미욱헌 놈아?"

"……"

"이것 받어라."

대문을 여는 것이 아니라 문틈으로 지전 한 장을 내여미는 것이었다.

"들어올 생각 말구 이길루 가재울로 내려가거라."

"새아씨께서 몸 푸셨사와요?"

"부정한 주둥이 다물구 있지 못해?"

"……"

"내려가서 나릿님께 손주님 보셨다구 순산이라구 여쭤라 그러구 같은 밤이라두 팔월이년은 자정 전에 갔으니까 날짜가 다르구 시신두 자정 안으로 내갔으니 안심허시라구. 그리구 너희 부자는 삼칠일 지나두룩 올러오지 말구 게 있거라."

"네."

"냉큼 정거장으로 나가거라."

"네, 그럼 마님 다녀옵죠."

밤은 길기도 했다. 정거장에 나와서도 찻시간은 멀었는데 춥기만 하다. 속 시원히 울 수가 있기는 날이 밝기나 주인댁에 들어가기보다 차라리 나었다. 애비가 끽끽거리고 울음을 터트리는 바람에 억쇠도 어미 묻을 때 보던 샛별들을 쳐다보며 시린 손등으로 눈물을 문대기군 했다.

2

차 안은 훈훈했다. 몸이 풀리기가 바쁘게 억쇠는 모든 것이 꿈인가 싶고 졸음부터 쏟아진다. 그러나 나릴 정거장이 고대라 한다. 잠을 쫓노라고 두리번거리다가 억쇠는 건너편 자리에 순사가 앉았고 그 옆에는 손목에 맹꽁이 쇠를 차고 팔쭉지는 포승줄에 묶인 죄인이 조을고 있는 것을 보았다.

'잡혀가면서도 잠이 오는 걸까?'

처음에는 그런 생각에서 유심히 보았으나 나중에는,

'무슨 죄를 진 사람일까?'

하고 엄마 얼골과 그 죄인의 얼굴이 한데 뒤섞여 돌아가다가 깜박 졸아
버리군하는 머리를 흔들어 다시금 죄인을 살펴본다.

깎은 지가 오래여 수염은 꺼시시하나 이마가 넓고 귓뿌리가 두툼해
보이는 것이 도련님이 다니는 송도중학의 어느 선생 비슷한 얼굴이요,
양복도 꾸기기는 하였으나 신사복이다. 아모리 보아도 도적질이나 노름
꾼 같지는 않다.

'무얼 하다 잡힌 사람일까?'

억쇠는 짐작이 서지 않는다. 어쩌다 안에서 보고 버리는 신문에서 황
군(皇軍)이 태원(太原)을 점령했으니 상해(上海)서 격전중이니 하는 작년
(1937)부터의 지나사변(支那事變)에 관한 기사는 전쟁이라는 흥미에서
유심히 읽어보군 하였지만, 이삼 년 전부터 흥남노조 적색사건(興南勞組
赤色事件)이니 명천농민 반제투쟁(明川農民反帝鬪爭)이니, 작년까지도
꽤 큰 제목으로 나던 원산철도국노조 적색사건(元山鐵道局勞組赤色事
件)과 공산주의자협의회 사건(共産主義者協議會事件) 같은 것은 다른 기
사들을 모조리 읽고 난 다음 심심해지면, 다시 집어다 읽어보는 때가 있
기는 했으나 머리에 남길 만치 내용에 끌리었거나 흥미를 느낄 수는 없
었다. 더구나 최근 이삼 년간에 조선서 일어난 소작쟁의는 거의 만여 건
이나 되어 신문에 한두 제목씩 나지 않는 날이 별로 없기 때문에 「소작쟁
의」라는 것은 천기예보와 마찬가지로 신문에는 으레 나는 것으로 여기였
을 뿐, 이것에는 아모 관심이 없어온 것이라, 이런 도적도 노름꾼도 아닌
것 같은 죄인에서 억쇠는 그들에게 어울릴 다른 죄목을 연상할 수 없었
다. 다만 잡혀가면서도 태평스럽게 조을고 있는 것만 이상스러웠다.

'잠이란 저다지 못 견디는 걸까?

사람은 그렇게 잠자쿠 죽는 걸까?'

억쇠부자가 이내 토성서 갈아타고 배천온천서 나리었을 때는 늦은 조반 때가 훨씬 지났다. 돈이라고 남은 것은 콩엿 한 반대기를 사니 그만이었다. 이것을 우물거리며 늘어진 이십 리 길을 걷는데 억쇠는 생전 처음인 시굴길이 무섭지 않고 재미나기도 했다.

서울서 나이 열 살까지 동대문 밖 한 번 나가보지 못하고 행낭 뒷골목에서만 자란 억쇠는, 개성에 와서 비로소 쌀을 나무에서 대지 않는 것을 알았거니와 여기는 개성보다도 맨 논이요 밭들이다. 그리고 서울서는 살은 꿩이란 동물원에 가둔 것이나 보았는데 이 밭머리 저 산기슭에서 임자 없이 날러다니는 것이 신기했다. 그러나 길녘과 바로 사람 사는 집 뒤에도 널려있는 무덤들이 지난 새벽에 엄마를 묻고오는 억쇠의 눈에는 시굴은 온통이 공동묘지처럼 역시 무서운 편이여서 정이 들 것 같지 않었다.

'저렇게 많은 논과 밭들이 다 임자가 있을까?

왜 사람들은 서울 가서 벌어먹지 이런 쓸쓸한 시굴서 농사나 짓구 사는 걸까?'

억쇠는 정거장에서 멀어지면 멀어질수록 투정이라도 부리고 싶게 산 밑으로만 들어가는 것이 서글퍼졌다.

동네에 다달어보니 서글픈 생각은 한층 더했다. 맨 오막살이뿐이요, 맨 살이 거칠고 헐벗은 사람뿐이다. 오직 한 채 개와집인 주인댁 뜰 안에 들어서니 마루 끝에 나서는 나릿님이 역시 비단옷이요, 기름이 번지르르한 하이칼라머리였다. 절로 허리가 굽실 구부러졌으나 나릿님께서는 배고프겠구나 말 한마디는 고사하고 그 살이 올라 가늘어진 실눈 한 번 아는 체 던져주지 않는다. 며누리가 아들을 순산하였다는 말에는 고이춤에

꽂었던 손을 뽑으며 입이 히죽이 열리었으나,

"그런데 그만 저것 에미가 엊저녁에 죽었사와요."

소리에는 멍-해서 한참 듣기만 하드니,

"망헐 년, 그게 무슨 요망스런 죽엄이람-. 그래 산고 있기 전에 내다 치웠던 말이지?"

하고 역시 그것부터 캐여물었고 눈초리 새포름한 아씨짜리는 유리쪽으로 말끔이 내다볼 뿐, 억쇠아비가 두 번씩이나 굽신거리여도 거들떠보지도 않았다. 큰댁 며누님의 아들 순산이란 기별도 이 아씨께서는 자기의 어느 멧소가 새끼 낳았다는 기별만 못한 것 같았다.

머슴 있는 방, 웃방이 억쇠아비가 오면 드는 방이였다. 웃방이라 해도 방은 개성보다 설설 끓었다. 머슴이 조석으로 소 여물을 쑤기 때문에 억쇠는 저희 방 군불 걱정은 없었고 그 대신 저녁마다 안에서 켜는 남포에 기름 넣고 등피 닦는 것이 새 일이 되었다.

이 남포 때문에 억쇠는 생전 처음으로 칭찬도 들어보았다. 주인 나릿님의 세번째 소실인 여기 마님은, 젊기도 했으려니와 성미가 꽤까다러워 머슴꾼이나 부엌데기를 시켜 닦은 등피는 한 번도 마음에 든 적이 없는 듯했다.

"난 여기 와서 처음으로 잘 닦은 등피에 불을 켜본다. 속이 다 시원하구나! 너 개성 가지 말구 여기 있으면서 등피나 닦어라."

이 젊은 마님은 차츰 억쇠가 좋아지는 다른 까닭도 있었다. 서울서 자란 하인의 자식이라 말씨가 공손해 시굴아이들보다 부릴 맛이 있는 것이였다. 더구나 억쇠애비는 「마냄」으로 불르는데 억쇠는 「아씨」로 불러주는 것이 자기의 젊음을 나릿님헌테 일깨워주는 것 같어 속으로 더 탐탁했다.

그리고 나릿님이나 이 아씨나 다 함께 술생각이 난다든지, 고기생각이 나드라도 인전 장날 장꾼편이나 기다리고 있지 않아도 좋았다. 발이 잰 억쇠는 고기나 생선이나 술심부름을 배천읍에 내보내드라도 아침에 보내면 점심참에는 대어 들어왔고, 점심 먹다 생각나 내여보내면 이날 저녁은 틀림없이 먹고싶은 것을 채려먹을 수가 있게 되었다.

장심부름을 시켜 버릇하니 억쇠는 나릿님이나 아씨방의 남포불보다 그들의 식성을 돋우는 데 더 요긴한 존재였고 더구나 무시로 댈여가고 있는 보약풍로도 아씨 자신이 지키고 있지 않아도 약을 넘길 걱정이 없어졌다.

이렇게 아씨는 자기에게 달가우니, 광목으로 바지저고리 한 벌을 두툼히 해 입히였고 머슴이나 부엌사람도 저희들의 일이 덜리니 억쇠에게 고맙게 굴었다.

억쇠 자신도 이런 것 말고라도 시굴이 차츰 좋아졌다. 처음에는 동네 아이들에게 제가 먼저 쭈뼛거리였으나 차츰 눈치를 채고보니 여기 아이들은 도리여 저헌테 쭈빗거리는 것이었다. 개울 밑에 집 점둥이도 저희 댁 땅으로 사는 집 아이였고, 동네 초입인 노마란 아이도 집터까지 저희 댁 땅이었다. 그들은 옷주제도 저만 못했고 저를 뉘집 하인의 자식으로 깔보려기는스레 도리여 저를 저희들의 지주댁 마름이나처럼 위하려 들어, 장날 같은 날 읍에서 억쇠가 사는 것이 많으면 그들은 다투어 서로 들어다주는 것이었다.

아이들만도 아니였다. 어른들도 차츰 억쇠를 요긴하게 알았다. 경답(서울 사람의 땅)이 후하다는 것도 옛말이요, 타작에 북데기 떨이까지, 한 몫 끼는 것이나, 장리쌀 이자에 사정없기나, 모두가 지금 지주들과 다를 것이 없는데다가 서울양반이랍시고 거드름만 부리어, 번쩍하면 말씨를 배먹지 못했느니, 인사성이 없느니 하고 꾸지람만 나리는 통에 작인들은 나릿님이나, 아씨 앞에 나서면 먼저 주눅부터 들어 할말도 제대로 못하는 수가 많다. 그러나 장리쌀 한 말을 먹으려도 지줏댁이요 장날 권생원을 만날 때까지는 단돈 일 원을 돌릴 데도 이 지줏댁밖에 없으니 동리사람들은 이 나릿님과 아씨의 눈치를 살펴야할 일이 자연 한두 번 아니다.

　나릿님이나 아씨로도 그러했다. 고단하면 점심때까지도 자릿 속에 누었는데 눈치 없이 창 밑까지 기어들어와 기웃거리며 찾는 데는 질색이다. 작인들이 입에 서투른 서울 말씨를 지어,

　"나릿님 계서와요?"

　"마냄 계서와요?"

하드라도 나릿님이나 아씨께서는 그들에게 대꾸하지 않고 먼소리로 억쇠부터 불러, 억쇠 이외에는 근접을 시키지 않고 억쇠의 전갈을 듣기로 하는 것이다. 이래서 가재울사람들은 나릿님이나 아씨에게 청들 일이면 먼저 억쇠 억쇠 하고 억쇠를 찾게 되었다. 억쇠는 가재울에 온 지 며칠 안 되어 얼마 고갯짓을 해도 괜찮을 지체에 올라섰다. 더구나 상전 앞이라면 뼈대 없이 설설 기기만 하여 저까지 절로 그 뽄을 뜨게 하는 애비와 떨어지는 것으로도 억쇠는 가재울이 개성보다 더 좋아졌다.

3

　봄이 되니 시굴사람들은 서울사람들 몇 배 바뻐하는 것 같았다. 억쇠가 알기로는 서울이나 개성서는 겨울 동안 밀린 빨래 때문에나 바뻤고 장이나 담고, 조기를 들여다 젓이나 담고 굴비나 말리면 고작인데 시굴

서는 그 넓은 땅들을 한번 마당 쓸 듯 쓸기만 하려도 큰 일인 것을 모조리 갈어헤쳐야 하는 것이요 돌을 추어내고 덩어리 흙을 꺼야 하는 것이요 거기다 거름을 져내고 씨를 뿌리고 물길을 에워내고 개천 옆으로는 둑맥이를 하고 그중에도 못자리 같은 것은 아직 뼈가 저린 물에 들어서서 방바닥 고르듯 공을 드리는 것이다.

들판에서 사내들만 바쁜가 하면 그런 것도 아니다. 젊은 아낙네들은 밭으로 논으로 더운 점심과 겻두리를 지어 날러야 했고, 등 꼬부라진 할머니들까지 씨앗바가지를 들고 울 밑과 밭살피로 다니면서 여러 가지 씨를 묻었다.

버들가지를 털어 헌다하게 피리를 만들어 부는 처녀들도 분꽃씨니 꽈리씨니 조롱박씨니 하면서 울 밑과 장독대로 골독하게 돌아다녔다. 모두들 흙이기만 하면 한 뽐 땅도 그냥 두지 않았다. 온– 땅에 뿌리고 묻고 하는 씨앗으로 나가는 곡식만 해도 엄청난 것이었다.

'저렇게 아까운 것을 내버리듯 했다가 나지나 않는다면 어떡헐 건가?'

억쇠는 걱정스러워보였으나 시굴사람들은 사람끼리는 못 믿어도 땅에는 애끼지 않고 묻었다.

억쇠 자신도 이해 봄에는 처음으로 흙에 손을 대어보게 되었다. 서울 창경원에 꽃구경 갔던 주인아씨가 화초 여러 가지를 사온 것이다. 안뜰 안에 둥그렇게 하나, 뒷뜰 안 장독대 곁으로 네모지게 하나, 화단을 묻는 것은, 아씨가 총찰하는 대로 억쇠가 사흘이나 걸려 만들었다. 감자처럼 생긴 따리아는 움이 벌써 개구리눈처럼 불거진 것이지만 구근 아닌 다른 꽃씨들은 베개에서 새어나온 모밀까지처럼 아모 무게도 습기도 없는 것이었다. 이런 것에서 싹이 트고 꽃이 피리라고는 믿어지지 않았다.

그러나 땅은 요술쟁이 같았다. 그런 바람에도 날려버리던 빈 쭉정이 같던 씨앗들을 벌레처럼 움직여놓은 것이었다. 묻은 지 열흘이 안 되어

덮인 흙은 금이 나고 무엇이 갸웃하고 내다보듯 군데군데 떠들렸다. 이 위에 하룻밤 가는비가 뿌리더니 어떤 것은 새 주둥이처럼 어떤 것은 콩짝처럼 흙을 떨고 올려솟았다. 꽃을 피울 것이나 열매를 맺을 것이나 싹이란 싹은 밭에서고 논에서고 울 밑에서고 이쁜 주둥이들이 솟아 일제히 소근거리는 것 같았다. 농군들은 그 투박한 손으로도 이 어린 싹들을 쓰다듬기나 하는 것처럼 애끼고 끔찍이 여겼다. 암탉은 어리 속에서 병아리를 품고 있지만 함부로 나다니며 새싹을 쪼아버리는 수탉 그놈만 단속을 하면 싹트는 시굴은 오직 소근거림과 귀여움뿐 큰 소리 한마디 날 리가 없을 것 같았다.

소근거림과 귀여움은 흙에서 솟는 푸섯것만도 아니었다. 하로 억쇠는 나릿님의 술안주로 물고기사냥을 나섰다. 점둥이네 반두를 얻어가지고 앞개울서부터 돌을 들추며 칡바위골로 올라왔다.

물에는 송화가루가 미숫가루 뜨듯 했다. 가만히 반두를 대고 돌을 들치면 버들치와 날메리 아니면 가재 한두 마리라도 나온다. 아씨께서 봄가재는 지지면 자기 낭자에 꽂힌 산호 뒷꽂이처럼 붉은 것이 곱거니와 국물이 달어 입맛이 난다 했다.

한참 돌만 들치고 물속만 들여다보노라면 아직 발도 시리고 허리도 아프다 앉기 좋은 바위에서 허리를 펴고 발을 말리노라니

'시굴은 참 좋구나!'

생각이 절로 솟는다. 진달래는 한물 이울어 물에도 낙화가 떠나려오는데 양지짝 산기슭에 나무 끝마다에는 솟는 것이 아니라 하눌에서 뿌리는 것처럼 빤짝이는 속잎들은 어찌 보면 잔잔한 물결도 같다. 새끼 친 멧새들이 쫑쫑거리고 그 연두빛 파도를 잠겼다 떳다 하며 날은다.

동네에서 꽤 멀리 올라왔다. 점둥이누이 을순이 또래들이 보았으면 눈이 빨개 덤빌 물 잘 오르고 굵은 버들이 낫이 있다면 단으로라도 비게

있다. 억쇠는 한 가지 꺾어비틀었다. 소리는 나나 여기 아이들처럼 가락을 넣어 불 수는 없다. 물에 던져버리고 건너편 산기슭만 바라보노라니 그 연두빛 파도 밑으로는 사람도 하나 지나간다. 벌써 누구네인지 점심 고리를 이고 밭으로 가는 아낙네였다.

문득 죽은 엄마 생각이 난다. 엄마며 아버지며 아들이며 흙내 구수한 밭머리에 물러앉아 샘물을 바가지로 떠나르며 먹는 점심은 천렵처럼 즐거울 것 같았다.

'나도 나대로 살아보았으면! 점둥이네나 장근이네처럼 남의 땅이라도 얻고, 오막살이라도 우리 집에서 내 농사를 짓고 살아보았으면!'

가만히 바위 밑을 나려다보니 배에 자갯빛이 번쩍하는 무당치리 한 마리가 늘름 나왔다 들어간다. 혼자서는 반두를 대고 한 손으로 움직일 수 없이 큰 돌이다. 가슴이 뚝딱거리나 어쩌는 수 없어 쿵쿵 돌을 굴러만 보는데, 자즈러지게 가락을 넣어 부는 피리소리가 물레방아 쪽에서 나려온다. 억쇠는 절로 뛰여 올라왔다. 무당치리보다 더 새까만 눈을 가진 기지배다. 을순이보다는 크긴 하지만 벌써 내외를 하려는 것처럼 길을 한 옆으로 빗대며 달아나려 한다.

"얘?"

억쇠는 길을 막았다.

"너 저기 가 반두 한 번만 잡어다우?"

얼굴이 빨개지며 말끔히 쳐다만 본다.

"그게 뭐냐?"

억쇠는 그 애가 이고 가는 다래키 속에 무엇이 들었나 궁금했다.

"이게 무슨 나물이냐?"

"송화두 모르구!"

붉어진 얼굴과는 딴판이게 야무진 목소리다. 입이 동구랗게 열리며 뺨에 볼우물도 둥그렇게 패이는 아이다. 한 손에는 미나리를 줌이 벌게 뜯어 들었고 한 손에는 그리 굵지 못한 피리채를 꺾어 들었다.

"그까짓 거! 저긴 굵은 게 얼마든지 있는데!"

"굵기만 험 되지 소리가 나는 것두!"

억쇠는 할 말이 막혀 길을 비키였으나 소녀는 넘즛이 개울 아래를 나려다본다.

"반두 한 번만 잡어다우?"

"……"

"큰 무당치리 잡어주께."

소녀는 길 아래위를 둘러본다. 다시 동그란 눈으로 억쇠를 쳐다보더니 머리에서 다래키를 나려놓는다. 그리고 개울로 나려와 짚새기를 벗고 물에 들어서준다.

소녀는 반두를 대어주고 억쇠는 끙끙거리고 돌뿌리에 손을 넣어 한 머리를 번쩍 들었다 놓았다. 벌컥 내밀리는 흙탕물 속에서 들리는 반두 바닥에는 무당치리만 뛰는 것이 아니라 꺽지도 그만한 놈이 하나 뛰였다. 억쇠는 좋아서 반두를 받어들고 보니 소녀는 물탕이 뛴 치마자락을 쥐여짜고 있었다.

"많이 젖었니?"

소녀는 대답 대신 얼굴을 저으며 분명히 웃어주었다. 억쇠가 도리여 우둔이 들려 화끈하는 얼굴을 돌렸다. 그리고 버들가지를 꺾어 그 애 때문에 잡은 고기뿐 아니라 다른 것도 서너 마리 굵은 것으로 골라 끼어가지고 길로 올라서니 소녀는 벌써 다래키를 이고 소고삐 서너 기장은 걸어 나갔다.

"얘?"

소녀는 돌아다본다.

"이거 주께."

소녀는 역시 입엔 웃음을 띠고 다래키를 인 채 동그란 얼굴을 두어 번 저었다.

그래도 억쇠가 달려오니까 소녀도 뛰여버린다. 멧새와 달리 쫓아가기만 하면 단숨에 붙들 것이나 억쇠는 그 애가 이쁘면 이쁠수록 수줍어졌다.

'저 애가 누굴까?'

소녀는 멀찌감치 가 돌각담 모퉁이에서 돌아다본다. 확실히 생글거리는 그리고 뱅글뱅글 돌아가는 것 같은 동그란 얼굴이다. 땅에서 솟는 꽃순보다도, 멧새나 무당치리보다도 더 마음을 끄으는 아이다. 이런 소녀는 이내 돌아서 사라지더니, 그 꾀꼬리처럼 자지러지는 가락으로 피리 소리를 보내였다.

봄은 잠간새 여름이 되었다. 그 푸샛것들은 꽃이 많이 피고 열매도 많이 맺었다. 그 송화다래키의 소녀는 그 뒤에 알고보니 노마누이 분이였다. 분이서껀 을순이 모두 물방구리 이고 가는 손을 보면 벌써 봉선화 물을 들이어 손톱들이 익은 가재딱지처럼 새빨갛다. 오이밭에서 풋오이를 따고, 감자밭에 들어 두둑 한 북을 허치고 게사니 알만큼씩 안은 감자를 캐는 자미란, 억쇠는 비록 그것들이 한물 지날 때까지는 제 밥상에는 오르지 못한다 하드라도 신기하고 탐스럽고 어디엔지 감사해야 할 일 같았다.

더욱 논들은 물만 맞추어 대어주고 많아야 세 벌 김이면 모낸 지 불과 달반에 한 벌판 그득, 땅은 그만 볏멍석이 되여버리는 것이였다.

'땅- 이래서 땅, 땅 하는 거구나- 이래서 저희는 못 먹어도 씨암탉이며 꿀단지며 들고와서 행여 땅이 떨어질세라, 지줏님 허는구나- 아, 인제 마당질이 시작되면 촌에는 먹을 게 얼마나 지천으로 벌어질까-'

타작날은 어느 집이나 닭을 잡고 절구에 미리 찧은 햅쌀에 밤밥을 하고 지주를 청한다. 그러나 지줏댁 나릿님이나 아씨는 그까짓 것쯤 시뜩하게 여기는지, 거드름을 부리노라고 그러는지 여간해 가주지 않는다. 이 바람에, 타작 때는 나려와 있는 억쇠애비가 곧잘 포식을 하는데 올에는 억쇠도 한밥 끼었다.

'세상에 농사처럼 좋은 건 없구나!'

그러나 억쇠는 마당질이 끝나 곡식섬들이 임자를 찾는 자리에 이르러, 전혀 뜻하지 않었던 사실에 놀라지 않을 수 없었다. 이 동네서 첫 타작, 이 동네서 제일 바지런하다는 개천 건너 점둥이네 타작마당에서다. 점심을 자시러는 오지 않어도 마당질이 끝날 무렵에는 주인나릿님도 나타났다. 아흔옛 근씩이라고 달어놓은 벼가마니가 열여덟이나 둥그러졌다. 지줏댁 나릿님은 북데기까지 그자리에서 까불러내게 하더니, 작년보다 가마 반이 늘었다고 비료대금은 떨어졌다고 좋아하나, 점둥이네 식구들은 도모지 좋아하는 기색이 없다. 점둥이아버지는 잠자코 지게를 들고 나오더니 지줏댁 머슴과 억쇠아버지와 함께 한 가마니씩 세 번을 날러 아홉 가마니를 지줏댁 뒷광으로 올려갔다. 남은 아홉 가마니가 점둥이네 차지였다.

그러나 수세(水稅)와 비료대금이 지주와 반 부담이였다. 논은 낮은 것일수록 남의 물로만 꾸리는 것이라 소출은 적고 수세는 비싼 법이다. 세 마지기에 열여덟 가마니 소출인데 수세는 일 할이 넘는 두 가마니가 나간다. 그러므로 점둥이네가 한 가마니를 당하면 여덟 가마니가 남는 것인데 다시 비료 세 포대 값 반 부담으로 십칠 원 각수가 있고 거기다 호세까지 물자면 두 가마니 벼는 팔아야 한다. 그리고 나면 점둥이네가 먹을 것은 여섯 가마니뿐이다. 밭농사가 반 양식은 되는 것이니 여섯 가마니라도 굶지는 않는다. 그런데 언제 왔는지, 그 억쇠어미 죽은 것 비호처럼 담어 내가던 권생원이 와있다가, 가마니 제일 성한 것으로 골라 둘을 가지런히 끌어다놓고 그 위에 다시 한 가마니를 올려놓더니 그것을 난닥 타고앉어, 마당질에 지친 허리를 제대로 가누지도 못하면서 그 앞에 와 무슨 사정을 하는 점둥이아버지에게 대설 대로 삿대질을 하고 있다.

권생원은 그 모지랑수염이 곤두서고 꼬리 샐룩 처진 눈에 불꽃이 일었다.

"다른 빚두 아니구 제 부모 상채(喪債)를 탈상하두룩 안 갚는 게 사람이야? 개가 부끄럽지 않어?"

하고 권생원은 소리를 질러도 점둥이아버지는 말이 막혀 쩔쩔매기만 한다. 삼 년 전에 점둥이할아버지가 돌아갔을 때 장례비용이 없어 권생원의 돈 삼백 냥(삼십 원)을 쓰고 이백 냥은 그해로 갚고 그때 시세로 벼 한 가마니 값이 될락말락한 백 냥 하나 떨어진 이 이자에, 이자가 붙어 오늘 회계로 벼 세 가마니를 차지해도 권생원 계산으로는 후하게 치는 것이라 한다. 관솔불이 시뻘겋게 비치는 점둥이아버지의 얼굴은 울상을 한다.

"빚진 죄인이라니 무슨 낯짝으로 권생원 말씀을 노엽다구 하겠사와요? 그저 ……"

"듣기 싫소. 갓바치 내일 모레 허듯, 또 내년?"

"어떻헙니까? 어린자식들 먹여주시는 셈 치시구 한 가마만이라두 떨궜다가 내년 가을에 가마 반으로 해드릴께 받으시기요."

하고 사정하는 광경에, 억쇠는 점둥이와 친하다고가 아니라, 봄내 여름내 땀 흘려 일하는 것을 보았고 그래서 벼 열여덟 가마니를 떨어가지고 권생원까지 제 욕심대로 세 가마니를 차지해버리면 겨우 먹을 것이라고는 단 세 가마니, 쌀로 한 가마 반밖에 안 되는 딱한 사정에 은근히 동정이 될밖에 없어, 권생원이 어떻게 끝장을 대가나 씨름구경이나처럼 마음이 조이는 판인데, 주인댁 부엌데기가 나려와 억쇠를 꾹 질렀다. 아씨가 찾은 것이었다.

"너 점둥이네 마당으로 냉큼 뛔가서 벼 한 가마니마저 들여오라구 일러라."

"아까 아홉 가마니 들여온 것 말굽쇼?"

"넌 이 녀석 잊어버렸니? 점둥이에미가 장리쌀 소두 서 말 갖다 처먹은 거 있지 않어?"

"그건 인제 쌀로 쳐서 가져올 것 아닌가요?"

"저런 멍청한 녀석 봐! 권생원두 벼로 빚을 받으라는데 벼 멫알 남겠다구 쌀로 쪄다 갚길 바래? 다 먹은 담에 쥐뿔로 받어? 나릿님께서 벼로 치면 이자까지 꼭 한 가마니폭이 된다시니까 네가 점둥이에미더러 말허구 한 가마니 냉큼 들여와야 헌다. 그때 이 녀석 네가 말해준 것 아니냐?"

닭을 잡고 밤밥을 해놓고 청하여도 와먹지 않는 것이 거드름으로만 아닌 것을 억쇠는 비로소 깨달았다. 억쇠는 어쩔 수 없이 관솔불도 그믈 그믈 꺼져가는 점둥이네 마당으로 나려왔다. 권생원은 저희 삼포지기 영감을 시켜 그여히 타고 앉았던 세 가마니를 모조리 나르고 있었고 점둥이어머니는 얼굴이 붉으락푸르락해져 애꿎이 젖먹이만 때려주고 있었다.

진날 마른날 농사뒤치개를 했고 조석으로 양식됫박을 드는 아낙네들은 저희 마당 가운데 살진 도야지처럼 나둥그러지는 곡식 섬들을 볼 때 이날처럼 흐뭇하고 즐거운 날은 없어야 한다. 그러나 천륜(天倫) 정해지듯한 지주에게 반을 주는 것도 대범한 사내들 속과는 달리 품속엣 것을 헤집어 꺼내는 것처럼 아프거든 반 남는 아홉 가마니에서 벌써 여섯 가마니가 날러가게 되니 탕개가 풀리고 나중엔 악이 받칠밖에 없다. 억쇠는 살인이라도 낼 것 같은 점둥이어머니나 점둥이아버지에게 말을 붙여볼 기운이 나지 않는다. 점둥이를 찾았으나 보이지 않는 것은, 보나 안 보나 홧김에 이 억울한 타작마당에서 피해버린 것이었다.

　이렇다고 해서 억쇠는 그냥 섰을 수만은 없다. 쭈볏거리며 점둥이 어머니 앞으로 왔다. 점둥이어머니는 봉당에 펄썩 주저앉아 가슴을 풀어헤치고 젖먹이 입에 젖을 물리고있었다. 억쇠는 여기서도 펀뜻 죽은 제 어미 생각이 났다. 부엌에서 비치는 관솔불에 점둥이어머니는 남의 집 종은 아니였만 그렇게 가슴이 앙상하고, 그렇게 얼굴이 겉늙은 주름살에 생기라고는 조곰도 없었다.

　가까이 오기는 했으나 차마 말이 나오지 않아 머뭇거리는 순간이였다.

　"아-니 그건 어디루 가져가나?"

　마당에서 날카로운 점둥이아버지의 목소리가 난다. 다른 사람이 아니라 억쇠 저희 아버지였다.

　지게를 지고 와 새로 한 가마니를 지고 일어서는 것이였다.

　"억쇠가 뭐래지 않습디까?"

　"억쇠라니?"

　"아, 장리쌀 먹은 것 있다면서요? 쌀루 쪄올 것 없이 아주 한 가마니 턱이라구 벼루 들여 오래십디다. 먹은 거 갚을 생각은 안했드랬수?"

　억쇠애비는 낮에 점심을 그렇게 잘 얻어먹은 것은 잊은 사람처럼 점둥이아버지의 대꾸도 들을 것 없이 지고 일어선 채 껍신껍신 가버리는 것이였다. 어느 댁 분부라고 점둥이아버지나 어머니는 군소리 한마디 입 밖에 내지 못했다. 억쇠는 아까 권생원이 미웠던 것처럼 주인댁 아씨나 나릿님이 미워졌고 아까 권생원의 볏가마니를 져 나르던 삼포지기 영감이 밉살머리스러웠듯이 이제 주인아씨의 이자로 소두 한 말 쌀이 덧묻은 곡식섬을 지고가는 제 아비의 말조차 인정머리 없이 쏘아 던지고 가는 꼴이 몹시 밉살머리스러웠다.

　차츰 알고보니 이런 타작마당의 딱한 사정은 점둥이에만도 아니였다. 그래도 점둥이네는 아조 빈손은 아니나 손포가 적거나, 땅이 노품이 낮은 것을 얻었거나 한 사람은 정말 키짝만 들고 물러설 뿐 아니라 세전부터 장리쌀로 목숨을 이어온 사람들은 빚청장도 못다 하고 물러서는 집이 있다. 더욱 입도차압제(立稻差押制)라는 것이 생겨 벼가 익기도 전에 채권자가 차압해서 경매해버리니까 볏짚 한 단 구경 못하는 사람도 있다. 개성(開城) 장꾼(貸金業者)들의 그 그악스러운 돈놀이나 윤판서댁 장리쌀에 걸리지 않을 만치 겨우 부지하는 살림이란 사십여 호 이 동리에 안과부네 한 집밖에 없다. 무서운 줄 알면서도 권생원의 돈 안 쓸 집이 없고 보릿고개 당해 지줏댁 장리쌀을 안 먹고 견디어낼 질긴 창자를 가진 식구들은 어느 집에도 없다. 농구(農具)와 일먹이 때 주초(酒草) 같은 것을 그저 대어주고 떨어지는 식량을 이자 없이 돌려준다 하여도 혼상간(婚喪間) 큰돈 쓸 일은 정해놓고 빚이 될 수밖에 없는데 이들의 주위에는 가을이면 한 번씩 마당추수가 있는 것을 저희들의 화수분으로 노리고 핑계를 닿으면 덧붙여 먹으려는 돈놀이꾼들과 이자가 오 푼 변 턱도 더 되는 장리쌀 임자만이 둘러싸고 있는 것이다.

'땅이란 농사꾼들이 그렇게 믿고 그렇게 힘들여 가꾸고 그렇게 소중히 아는데 또 땅도 그런 농사꾼들에게 그들이 힘들이는 만치는 보답이 있는 것인데 확실히 그런 것인데 이들이 먹을 것이 그 겨울 안으로 떨어지고 천 한 자 못 끊고 병이 나도 약 한 첩 못 쓰고 권생원의 변돈만 쓰고 돈변리보다 더 비싼 장리쌀을 또 먹고 그래서 해마다 그식이장식인 이건 대체 어찌된 셈인가?'

억쇠는 땅이란 땅에다 땀을 흘리는 점둥이네나 장근이네나 노마네에게 좋은 것이 아니라 가만히 앉아서 남이 지어놓은 농사를 절반씩 들어가는, 그것도 한두 집에서가 아니라 수십 수백 집에서 걷어다가 저 혼자만 위장병이 생기도록 먹고 저 혼자만 계집도 몇씩 거느리고 그리고도 기생이니 유곽이니 병이 나도록 향락하고 집도 서울집이니 시굴집이니 정자니 묘막이니, 여러 채씩 두고 혼자 호강하는 지금 이 주인댁 나릿님 같은 그런 몇만 명이나 몇십만 명 중에 하나나 될지 말지한 지주를 위해서만 「좋은 땅」인 것을 이내 깨달을 수 있었다.

그러나 억쇠는 점둥이나 점둥이아버지나 어머니처럼 땅이나 법률이 이렇게 꼼짝 못하게 마련된 것은 사람들이 악하고, 사람들이 못난 데서 생긴, 고쳐야할 탈인 줄은 미처 생각지 못하는 것이요 또 생각하려 하지도 않는 땅과 법률의 이런 마련은 태조 요순 때부터 나려오는 천륜 같은 것이거니 앞으로 억만 년을 가드라도 변할 것이 아니려니 오직 복종해야만 살며 복종해야만 사람의 도리려니 그렇기 때문에 인간엔 자고로 부귀 빈천의 등별이 있는 것이며 이승에서 빈천한 자는 어서 죽어서 팔자를 고쳐 타고나는 수밖에 없거니……, 불평이든 의분이든 이들은 고작 이런 데서 어물거리다가 결을 색이고 마는 것이 예사였다.

억쇠도 그 이듬해부터는 장근이네나 점둥이네가 봄내 여름내 피땀을 흘리고 가을마당질에 와서는 남 좋은 일만 하고 물러나는 꼴에도 그것을 처음 볼 때처럼 마음에 찔리지는 않았다. 찔리지 않을 뿐더러 나릿님이나 아씨의 권리를 작인들 앞에 대신 써볼 때는 권리를 주는 주인에게는 아첨이 절로 늘었고 그 권리에 복종해야 하는 작인들에게는 모르는 새 거드름이 늘어 점둥이나 장근이네 마당에 가서는,

"별놈의 소리 다 듣겠네! 며칠 안 됐으니 이자를 덜어라? 누가 장리쌀 먹으래서 먹었어?"

하고 아이 어른 가릴 것 없이 곧잘 허튼소리가 나오게끔 되었다. 전에는 점둥이나 노마가 저를 업수여길까보아 눈치가 갔으나, 지금은 그와 반대가 되었다. 허구헌 날 지줏댁 대청 밑에 가서 장리쌀을 주십시오, 멧소를 한 필 사주십시오, 이자를 좀 탕감해주십시오, 한 섬만이라두 내년 가을

로 밀어주세야 살겠습니다, 귀 밑에 흰털 박힌 것이 새파란 아씨짜리한
테 죽는 엄살을 써가며 때로는 억쇠의 입까지 빌어 비럭질을 하는 문서
에 오른 종보다 날 것이 없는 저희들의 신세를 억쇠가 깔보고, 너머 휘두
를까보아, 점둥이나 노마가 도리여 억쇠의 눈치를 보게 되는 것이며, 남
들이 제 눈치를 보는 자리에서 억쇠는 또 저도 모르게 우쭐렁해지었다.
노마누이동생 분이를 만나도 인전 부끄럽지만은 않어 물방구리를 인 그
와 마조치면 길을 막어 세워놓고 저부터 한 바가지 떠마실 만큼 속도 제
법 시큰둥해졌다.

4

그러나 억쇠의 이 시큰둥은 동네사람들 눈에 과히 두드러지기 전에
움츠러들지 않을 수 없게 되었다.

절박해가는 시국은 점점 변동이 심했다. 올에도 벌써 고노에내각(近
衛內閣)이 히라누마내각(平沼內閣)으로 그것이 다시 아베내각(阿部內閣)
으로 일본의 내각은 연거퍼 두 번씩 갈리었다. 전쟁이 벌어지면 쌀값이
오른다고 쌀값만 오르면 은행빚도 권생원네 빚도 문제가 아니라 생각해
온 윤판서댁 나릿님의 예산과는 전혀 딴판으로 내각만 자조 갈리더니 쌀
에도 공정가격 땅에도 공정가격 시세에 반도 안 가는 법정가격이 생기였
고 게다가 이쪽에서 사 써야할 일용품은 「야미」값이 붙기 시작하는 것이
였다. 나릿님의 예산이 틀려나가기는 이번이 처음도 아니다.

개성다 집을 지을 그전까지는 몇 해째 곡식시세가 좋았다. 조선쌀은 있는 대로 일본으로 먹히는 것 같았는데 수리조합의 번창으로 조선쌀이 늘기도 했거니와 일본도 해마다 풍년이 들었다. 일본정부는 조선쌀을 퉁기기 시작했고 조선총독부는 이미 기공했던 수리조합도 사방에서 중지하게 되었다. 일본은 이 무렵에 조선쌀을 퉁값으로 살 수 있는 경험을 가지어 일본이 웬만한 흉년쯤으로는 다시 조선쌀값을 올려주지 않았다. 나릿님은 권생원에게 집 지은 빚의 본전을 꺼나가기는커녕 어떤 해는 이자를 못다 물어 본전에 가산이 되었고 쓰던 솜씨라 그래도 먹을 것은 먹고, 입을 것은 입어야 하므로 해마다 돈 천 원씩 빚은 늘기만 했다.

'그래두 어떻게 되겠지.'

전쟁이 나서 다시 산미증산운동(産米增産運動)이 일어나는 것은 이 윤판서댁 나릿님뿐 아니라 경제력의 바탕이 오직 땅뿐이었던 조선의 재산가들은 죄다 칠 년 대한에 검은구름을 보는 것 같았다. 그랬는데 쌀에도 땅에도 이내 공정가격이 생겨버린 것이다.

나릿님은 생각하면 조선 망한 것이 인제 와서 설군하였다. 백성은 누가 다스리며 누구 손에 어떻게 되든 적어도 그때 시세로 저희 생전 놀고 먹을 마치 땅만 가진다면 나라 망하는 아픔이 장차 저희들 창자 속에까지 미칠 줄은 깨닫지 못했던 것이다. 대문만 닫고 행세만 안하면 그만일 뿐, 내 땅에서 나는 밥이야 어디 가랴싶었다. 따져보면 누가 난봉을 부리었거나 과용을 한 살림도 아니었다. 팥비누면 그만이던 것이 왜비누를 사 써야했고 미투리나 갓신이면 그만이던 것이 구두다 양복이다 해서 벼 한 섬이면 되던 일이 벼 열 섬 스무 섬이라야 되게 되었고 자기부터도 공부도 제대로 못하고 나왔지만 동경 가있는 삼 년 동안 천안땅 오백 석지기가 달아났다. 일본자본의 시장으로 생활은 갑재기 새것들과 편리한 것들로 문명이 되는 것 같았으나 나릿님의 생산이란 오직 땅에서 나는 것뿐이요 그것이 모자라면 그 땅을 파는 것 뿐이었다. 전차 한 번 타는 것쯤 아모것도 아닌 것 같으나 오직 땅을 팔아 쓰는 사람에게는 종로서 남대문 나가는 데도 밭 한 평이 달아나는 것이었고 서울서 인천만 한 번 다녀와도 논 두 평이 달아나는 사정이었다. 전에 큰사랑에 죽실거리던 문객들에 대이면 아모것도 아니나 시굴서 일가들이 공진회니 「요사구라(밤벗꽃놀이)」니 하고 올라와 며칠씩 묵는 것도 큰 짐이 되었다. 그렇다고 체면으로 보나 버릇으로 보나 잡히여도 돈이 되고 팔아도 돈이 되는 땅이 있는 날까지는 남헌테 궁한 티 보이기는 싫었고 정 드는 계집이면 남의 손에 넣기도 싫었다. 나릿님은 이번에도 사실은 권생원에게 돈을 얻으러 개성으로 왔던 것이다. 작은마누라 친정어미의 환갑이 닥쳐온 것으로 체면에 모른 척할 수가 없었다.

권생원은 그전처럼 녹녹하지 않았다. 억쇠아비가 두 번이나 부르러 가도 얼른 일어서지 않았다.

"이 녀석아 내가 시굴서 올러왔다구 그러지 않구?"

"나릿님께서 오셨다구 첨부터 그랬습죠니까."

나릿님은 말이 막히여 목젖만 오르나리는 꼴을 보고는 억쇠아비가 민망스러워 다시 권생원헌테로 갔다. 세번째야 권생원은 들고 앉었던 주판을 밀어놓고 따라나섰다.

"거 권생원 좀 보기 대단 힘드는구려!"

나릿님은 그저 볼이 실룩거리었다.

"언제 오셨나요?"

"좀 올라오슈."

"거 작년에 삼을 캘 것을…… 올엔 삼 시세가 폭락이겠는 걸요!"

동문서답으로 주객은 마조앉었다가 주인측이 먼저 히죽이 웃는다. 쓴 약을 먹듯 억지로 짓는 웃음이다.

"내 권생원 만나잔 건 뻔–허지 않소?"

"고맙쇠다. 나 요즘 궁헌데 돈 좀 갚어주시요."

"뭐요? 남 말을 막으러들어두 분수가 있지! 내가 권생원 모르게 돈 쓸 일은 생겨두 돈 생길 일이 있을 줄 알우? 남의 사정 다 알면서 그류?" 하고 나릿님은 또 히죽이 웃는 입에 담배를 문다.

"그리게 내 벌써부터 하는 소리 아닌가요?"

권생원은 조곰도 나릿님의 어설픈 웃음을 받지 않는다. 그는 진작부터 한 군데 빚이 오래 끌면 피차에 재미없으니 땅을 팔어서라도 빚을 갚으라는 것이었다.

"아무튼지 이번에 나두 서울 감 무슨 도리를 채려야겠수. 그러니 노자 한 이천 원만 또 좀 주셔야겠수."

"개성서 서울 노자를 이천원씩이요?"

"좌우간 이천 원은 있어야겠수."

"돈이 수중에 있어야죠."

"괘–니 그러지 말구……"

"야박헌 말 같어두 난 다 겪어봤으니깐 허는 말이지 오래 끌면 오래 끌수록 댁에 손해란 걸 내 한두 번만 말했나요?"

"어서 낮차 시간 되는데 긴 말은 우리 이담 헙시다."

"별수 없습넨다."

"아 정말 이천 원만 써야겠수."

"없는 걸요."

"그러지 말우."

"드릴 돈 없어요. 내 언제 농담헙디까?"

"아 권생원이 돈 이천 원 없으며 권생원이 개성바닥서 그만 것 주선 안 된단 말요?"

권생원은 아— 하품만 하고 수염을 나려쓰다듬을 뿐이다.

"못 허겠으면 그만두."

나릿님은 피우던 담배를 재떨이에 빡빡 비벼 끄고 빨근해 일어선다. 그리고 조끼에서 금시계를 떼이면서 억쇠아비를 불렀다. 억쇠아비는 나릿님의 금시계를 잡히는 심부름을 두어 번 한 일이 있다.

"사람이 돈을 모아도 의리가 있어야 허는 거야!"

나릿님 입에서는 반말이 나왔다.

"내 댁엣 일에 의리부동허게 헌 적 없지오."

"뉘 땅을 공정가격 생긴 틈에 그냥 훌랑 생켜 볼려구? 흥 어림없는 수작을 ……"

"아—니 내가 땅 내랍디까? 돈 내랬지. 이건 자게네 살림 망허는 걸 누구헌테다 화풀이 허러 드는거야?"

권생원도 반말이 나온다.

"망해? 그렇게 쉽게? 쥐새끼 같은 놈 어따가 악담을 하는 거야 이놈아."

노마님이 나타나 더 큰소리는 나지 않고 말았다.

그러나 이날 나릿님의 큰소리와는 딴판으로 나릿님이 가재울서 보이지 않는 지 달포 만에 나릿님네가 망했다는 소문이 났다. 권생원과 일본사람과 둘이서 나릿님네 가재울 땅을 맡는다는 소문이 났다. 양반도 인전 소용없어 빚진 죄인이라니 땅 아니야 신주토막이라도 팔어 갚을 건 갚어야지 장돌뱅이 권아모개라고 잡어다 볼기 칠 재주는 지금 세상엔 없다는 이야기도 흥이 나서 주고받는 사람들도 있었다.

아모튼 아씨는 친정어미 환갑에 다녀오더니 자기 몫으로 멧소 준 것을 팔았고 장리쌀 준 것도 되는 대로 걷어들여 돈을 만들어쥐더니 소문 더 숭해지기 전에 떠난다고 가죽가방 서너 개에 제 것 요긴한 것만 챙겨 억쇠를 들려가지고 도망하듯 개성으로 와버리었다.

개성에 와 며칠 안 있어서다. 하로저녁은 노마님께서 억쇠부자를 불렀다. 뜰아래 선 것을 바로 퇴 위에 올라서라 하고 노마님은 옷고름으로 눈물부터 닦었다.

"내 생전엔 너흴 데리구 있잔 노릇이 누가 이렇게 될 줄 알었나!"

노마님이 눈을 섬벅거리는 것을 보기가 바쁘게 억쇠아비는 대뜸 흐득흐득 느껴 울었다. 억쇠 생각에는 이런 앓던 이 빠지는 노릇은 다시없을 것 같은데 아비는 어째서 눈물이 쏟아지는지 알 수 없었다.

"이럴 줄 알었으면 땅 넘어가기 전에 단 몇 마지기라두 너희 몫을 남겨놓았을 걸……"

하고 노마님은 목이 메여 다시 말을 멈춘다.

억쇠아비는 그만 아이처럼 엉─엉 울어버린다. 억쇠는 저만 눈이 말똥한 것을 쳐들기에 겁이 났다.

"권생원한테 밭이라두 하루갈이 뽑재두 같이 사는 전주가 안 든다구 막무가내구나! 이렇게 되구보니 다 쓸데없드라 그래 너희 부자 부처 먹을 만큼은 다른 작인헬 떼서라도 농토는 주마 했고 그 가재울집 바깥마당에 깍지방 말이다 그게 사 간이나 되구 제목이 실허니라. 그것두 이 늙은이 말막음으루 준다구 했으니 그걸 뜯어다 어따 세우구 노상 짓구 살두룩해라…… 그리구 옛다 풍년거지 더 설다구 이런 때 한밑천 든든히 못 집어주는 게 내 맘두 더 아푸다. 겨우 이게 사백 환이다. 삼백 환만 주면 시굴밭 하루갈이 못 사겠니 제발 하루갈이만 있어두 너희 식구엔 큰 보탬 될라. 그리구 도깨그릇 솥부뚜갱이 너희 쓸 만치는 시굴집 걸 갖다 쓰구 돈 백 환 손에 잡구 있으면 올 농사 밑천은 너끈헐라. 가을엔 수소 문해 에편넬 하나 얻으렴……"

"싫사와요. 마냄 곁을 떠나 어떻게 따루 살어와요! 굶어두 마냄 모시다 죽지 어디루 따루 나가와요! 죽어두 싫사와요……"

하고 억쇠애비는 또 낄낄 울었다.

그러나 결국 억쇠부자는 어미는 일생이요 애비도 거의 일생이요 자식은 철나도록 세 식구가 종살이를 한 대가로 돈 사백 원과 문짝도 없는 사 간짜리 깍지방 한 채를 얻어가지고 처음 제 살림을 채려보려 가재울로 나려왔다.

억쇠는 이 김에 애비 품에서 돈 백 원이라도 꺼내가지고 저는 저대로 어디로고 뛰고싶기도 했다. 그러나 「시국」이니 「대동아」니 하고 아직은 도회지일수록 더 들볶는 것 같아 허턱 어디로 나서기가 무서웠거니와 생각하면 남의 땅으로라도 내 것으로 한번 심어보고 내 것으로 한번 따고 거두어보기가 소원이기도 했다. 또 은근히 억쇠는 가재울에 끌리는 구석이 있다. 얼굴 동그란 분이가 얼굴에 볼우물을 파고 발돋음을 해서 늘 부르기나 하는 것처럼 클클해지는 것이었다.

'분이 노마서껀 장근이서껀 점둥이서껀 모두 맘씨는 착헌 애들이지만……'

억쇠는 주인댁을 기대고 그들에게 얼마 고갯짓하고 지내온 것이 이제와서 아프게 뉘우쳐진다.

'그때 인심을 사둘 걸! 내나 아버지는 첫농사라 품앗이를 안 해준다면 어떻게 농사를 짓나? 밭 하루갈이! 그것만 제일 가져도 두세 식구는 굶진 않는다는! 우린 그런 밭 하루갈일 살 수가 있기는 하지만!'

억쇠는 밭이나 하루갈이 좋은 것으로 사고 분이와 정혼이나 할 수 있다면 농사일 아니라 더 험한 노릇이라도 신이 날 것 같았다.

'점둥이네도 노마네도 저희 땅이라곤 송곳 꽂을 것도 없다. 우린 하루갈일 살 수 있는 거다!'

감자 몇 톨을 눈만 따 묻으면 감자가 섬으로 쏟아지는 땅, 옥수수를 닭이멩이만도 못하게 부룩만 박아도 그것을 여름내 대리키로 따들이는 땅을 터알만큼도 아니요 하로갈이 이천 평이나! 포군포군한 분이의 손이 자기가 심은 옥수수를 찌스면 그 옥수수 같은 잇속을 방긋이 드려내 웃는 얼굴이 억쇠는 곳 웅킬 것처럼 급해지기도 한다.

'분이가 나를 어떻게 생각헐까?

나헌테 건달끼나 있는 줄 알지 않았을까?

나는 왜 그렇게 어질어빠진 시굴사람들에게 처음처럼 착허게만 굴지 못했을까!'

그러나 정작 시굴사람들은 아모도 억쇠를 못된 녀석이라거나 건방진 자식이라고 여기지는 않는다. 워낙 없수여김과 억울한 일에는 신경이 무디어진 그들인데다가 대갓집에 공을 기대인 억쇠로는 처음부터 심보가 착한 아이라는 소문은 났어도 요녀석 두고보자 벼르는 소리는 들어오지 않았다. 분이도 그랬다. 그 송화 따오던 길에서 저로는 처음 얼굴을 붉혀 보고 가슴을 두근거려본 사내아이다. 저희 오빠나 점둥이보다는 대처에서 자라 그런지 말도 경우 닿게 하고 인물도 눈이 뚱그렇고 턱이 넙적한 것이 사내차게 생겨 모두들 그 아비와는 딴판이라 지껄이는 소리가 듣기 싫지 않았다. 다만 분이 자신이 외할머니에게서 들은 이야기 아버지의 딱한 사정을 건저드리기 위해 제 몸을 바다에 빠트린 심청이 때문에는 가끔 꿈이 있었어도 아직 억쇠를 위해서는 꿈까지는 없다. 또 혼인이란 것은 허청이든 절름발이든 부모님들이 알어 시킬 것이지 저희끼리 눈이 맞는다든지 울넘어로 속삭이든지 하는 것은 난당들이나 하는 짓으로 여기는 것뿐이다.

5

    억쇠네는 권생원네 땅이 된 방축머리 채마밭에 텃세 백미 대두 한 말씩을 물기로 하고 집터를 얻었다. 너머 길가요 서향이긴 하나 '이 천지에 내 집 우리 집이란 것도 지어보는 건가' 하는 감격에 오직 꿈 같을 뿐이였다. 기둥을 세우고 상량이랍시고 들보를 올리던 날 더욱 부엌에 솥을 걸던 날 애비는 말할 것도 없거니와 억쇠도 이날처럼 애달프게 어미 생각이 치민 적은 없다.

    "복두 그렇게 못 타고 난 건!"

    새로 솥을 건 부뚜막에서 김이 무럭무럭 솟는 것을 보고 애비가 불쑥해 버리는 말에 딴 사람들은 그게 무슨 소리인지 몰랐으나 억쇠는 이내 제 어미를 가리키고 하는 말임을 알어들었다.

    억쇠는 부엌 뒤에 우물을 팠다. 반 길도 들어가기 전에 물이 충충 고여 퍼쓰기 편한 헌다헌 박우물이 되었다. 그러나 누구 하나 즐거워하는 사람이 없는 데는 쓸쓸했다. 그리고 억쇠는 목수가 가기 전에 문패도 하나 밀어달래서 상량문을 써준 최초시헌테 가 저희 아버지 문패도 써다 봉당기둥에나마 붙이었다. 천돌이 성이 천가였다. 동네 사람들은 차츰 억쇠아버지를 「천서방」으로 부르게 되였다.

    장독대도 천서방은 아모 돌이나 가까운 데서 굴려다놓으려 했다. 그러나 억쇠는 개울바닥으로 나가 크고 반듯하고 깨끗한 돌로 져다가 공을 들여쌓었다. 독개그릇도 나릿님댁에서 간장 된장이 들어있는 채 저희 쓸 만치는 물려받었다. 낫과 지게도 그냥 생겨 억쇠는 몸살이 나도록 서투른 나무도 한동안 때일 것을 해다 가리었다. 우선 양식만은 어찌는 수 없어 권생원헌테서 장리로 입쌀 한 말에 좁쌀 닷 말을 갖다 놓고 팥은 두어 말 샀다. 상전댁에서 먹을 때는 혹시 좁쌀이 많이 섞이면 노염부터 생기군 하였으나 이제부터는 강 조밥을 먹어도 입에 달고 이것이 살로 갈 것 같었다.

촌사람들은 억쇠 생각에 미련해 보이도록 착하였다. 저희 부자가 전날 고갯짓하던 것을 벌써 잊어버렸을 리는 없는데 미워하지 않고 홀애비 살림이라고 고맙게들만 굴었다. 점둥이어머니는 깍무김치를 한 방구리 갖다주었다. 노마네는 호박고자리 장근이네는 수수비와 싸리비도 두 자루씩이나 매다 주었다. 억쇠는 노마네 호박고자리는 분이가 썰어 말렸을 것만 같어 더 맛이 달거니 했다. 묵이나 두부를 해먹어도 한두 모씩 들고 와서 어떤 아낙네는 무쳐까지 주고갔다. 이웃정리라는 것을 처음 맛보는 천서방과 억쇠는,

'이래서 이웃사촌이란 말이 있구나.'
하고 목이 메군 했다.

'살자! 어서 잘살자! 나쁜 맘만 안 먹음 잘살 수 있을 거다! 어서 우리 두 잘살어서 이런 은혜두 갚자!'

어서 돈이 더 부스러지기 전에 밭을 하로갈이라도 장만해야 할 것과 남의 논 얻을 것과 살림할 안사람이 들어서야 할 것들이 남은 문제였다.

밭은 좋은 것 한 자리가 진작부터 물론중에 있기는 하다. 약간 경사는 졌으나 양지짝이요 동네 옆이요 네 귀가 반듯하고 토품도 좋아 밀과 콩을 심어도 잘되고 조를 심어도 열 섬은 바라보는 용길네 하루갈이짜리였다. 땅이 좋기 때문에 처음부터 공정가격에는 어림도 없고 공정가격의

배가 넘게, 삼백팔십 원은 받아야한다 했다. 억쇠네는 삼백사십 원밖에 돈이 없으니 그 금사에 청해보았다. 줄 듯이 생각해보마 하던 용길아버지는 한 장도막이나 대답을 미루어오더니 껑청 뛰어 사백 원에도 살 사람이 있다는 것이다. 말썽꾸래기 팔근이 녀석이 덤벼든 것이었다.

팔근이는 억쇠도 알기는 한다. 늙은 아비가 죽을 힘을 들여 농사지어 놓으면 겨울 한 철은 들어와 파먹으며 동리에 노름판을 펴놓다가 봄이 되여 농꾼들의 일손이 바뻐지는 듯하면 어느 틈에 살짝 없어지군 하는 건달꾼인데 이자가 없어지기 전에 용길네가 용길어머니의 상채(喪債)와 용길이 혼채(婚債)로 들어온 빚 때문에 밭을 내놓았다는 말이 퍼진 것이다. 힘 안 들이고 돈 생기는 일에는 팔근이처럼 예산이 빠른 사람은 없어 그는 이내 용길아버지의 입을 막아놓고 황군수의 아들을 부추긴 것이다.

가재울 윤판서네 전장을 넘겨 맡은 것이 권생원과 일본사람이란 것은 잘못 전해진 말이었다. 가재울서 십 리는 떨어져 동척(東拓)에서 여러 만 평 신답풀이 하는 것은 있으나 윤판서네 땅을 권생원과 을러 산 사람은 조선사람이었다. 낯선 사람에게나 처음 드는 여관에서는 아닌 게 아니라 일본사람 행세를 하기도 하나 그도 워낙 이 지방 사람으로 재판소 서기로부터 군수까지 올라갔다가 어떤 남의 집 유부녀와 추문이 있어 파면을 당하였고 그전 동료들이 눈감어주는 것을 기화로 국유림(國有林)의 불하, 토지 뿌로커— 등에 일약 백만장자가 된 황순환이란 이 근경에 새로 두드러진 유력자였다. 그는 해주 도청에 가면 명함도 내지 않고 도지사 방에 드나든다는 소문도 있다. 그의 아들이 절반은 저희 동네가 된 이 가재울에 양지 바르고 배수가 잘되여 과수를 심고 집도 한 채 세울 만한 밭이면 하루갈이에 사백 원이라도 좋다고 불러놓은 것이었다.

인전 남과 같이 어엿한 인간으로 땅임자까지 되여본다는 느긋한 희망과 땅이라도 가재울서는 누구나 다른 데 이틀갈이보다 이 밭 하로갈이를 가져보고 싶어하는 문전이요 토품 좋은 용길네 밭을 내 땅으로 다루어본다는 욕망에서 억쇠네 부자는 바짝 등이 닳았다. 사백 원에라도 우리가 살 터이니 달라 하였다. 촌 아낙네들이 탐을 내는 부자집 장독대에 놓였던 크고 길 잘 들은 옛날 독개그릇들을 간장과 된장이 든 채 팔어버린다면 사백 원에서 이미 축이 난 돈머리쯤은 채워질 것 같았고 그래서라도 이 밭만 놓치지 않는다면 몇 해를 맨소금에 조밥만 먹어도 한이 없다고 결심했다.

그러나 팔근이 녀석은 제 돈을 쓰는 것은 아니라 다시 이십 원을 얹어 불렀다. 억쇠는 기가 막혔다.

아비와 아들은 남은 돈을 꺼내놓고 아무리 세어보고 독개그릇을 나가 암만 따져보아야 다시 이백 냥이 불을 데가 없다. 잠이 밤 늦게 들었으나 부자가 한잠도 제대로 못 들어보고 뻘떡 일어나 앉았다.

'좋은 수가 있다'

아버지까지 깨워 용길네 밭을 사놓고 볼 테니 보라 장담을 하고 밖으로 나왔다.

아직 겨우 동틀머리였다. 그 용길네 밭으로 뛰여왔다. 양지짝이라 어느 밭보다도 눈이 먼저 녹고 눈이 안 덮이는 해라도 이 밭엣 보리는 얼어죽는 법이 없다. 산 밑으로 높은 데는 자갈이 더러 밟히기는 하나 이 밭이 제 손으로 들어만 오는 날은 돌이라고는 콩쪽만한 것 하나 그냥 두지 않으리라 그것부터 벨렀다. 신바닥에 흙 닿는 맛이 시루떡 같은 것도 처음 느껴보는 땅에의 애정이다. 억쇠는 흙을 한 줌 집어 부실러보고 입에 갖다대어도 보았다.

'토지 감정허는 기사들은 흙맛두 본다는데 어떤 맛이라야 좋은 건지 ……'

억쇠는 용길네 굴뚝에서 아침연기가 솟는 것을 보고는 단걸음에 뛰여왔다. 용길이아버지는 일어나기도 전이였다.

"이거 그만 일어나기두 전에 왔네요."

"어서 들어오게. 일어날 때두 된 걸."

"밭은 암만 생각해도 우리가 꼭 가져야겠어서 왔어요."

"뭐 돈 가지면 땅 없겠나?"

"그렇기야 헙죠만 어디 밑천이 넉넉헌가요? 돈 두구 안 쓰는 장사 있어요? 더 축나기 전에 꼭 붙들어야되겠어요."

"그래두 시세보다 벌써 이삼백 냥이나 솟은 걸 없는 사람이 비싼 땅 흥정을 해 어쩌나?"

"용길아버지."

하고 억쇠는 억지로 웃음을 지으며 아모 표정의 대꾸도 없는 늙은 용길 아버지를 쳐다보았다.

"독개그릇까지 판대두 사백 원 될지 말지 헌데요 남 사백이십 원 낸다는 걸 깎기야 허겠어요. 이십 원만 떨궜다가 가을에 이자두 쳐드릴 테니 곡식으로 받으시구 우리 살림 도와주시는 일체루 그 밭은 꼭 저힐 주세요."

"독개그릇이라니?"

"장독이야 이담엔 못 사나요 땅부터 사구봐야죠. 땅이 바루 우리집 옆이구 제일에 맘이 들어 그래요. 이 땅 놓치면 우린 이 동네루 온 게 허사야요. 또 달리 아시다시피 뚝 떨어진 하루갈이 만나기가 쉽나요 어디? 돈은 자꾸 부실러질 거구요. 해서 말씀을 끊어주셔야겠어요. 그 은헬 저희가 생전 잊겠어요!"

"거 딱허이 그래! 값은 사백 원이라두 잘 받는 금사구 이십 원 떨궜다 가을에 받어두 어련하겠만 생각해보게 우리들이 집터부터두 다 새 지주네 땅 아닌가? 그 사람네가 사려는 줄 몰랐으면이여니와 알구두 다른

데 팔었다간 ……"

"그 사람네야 밭 하루갈이 못 사 낭패되겠어요? 군수꺼지 당긴 점잖은 어른네가 우리 같은 사람 살게 되는 걸 대견해 허시지 무슨 혐의들이 있겠어요? 먼저 저희게 끊어 말씀허셨다면 그만입죠. 안 그래요? 그리구 저흰 땅 산다는 게 이제 처음이구 마지막일 거 아니야요? 무슨 수로 땅을 또 사길 바래요!"

억쇠는 남을 설복시켜보려 이렇게 애타본 적이 없다. 그러나 용길아버지는 조금도 감동해주는 얼굴이 아니다.

"아니지 이 사람 세상일 지금 돼가는 걸 보게나. 자식 기르는 사람이 유력자들헌테 어떻게 눈 밖에 나구 사나? 우리만 걱정되는 게 아니라 자네두 그예 그 밭 임자노릇을 허단 재미 없으리. 군수 다니던 사람이야 큰 지주야 이 근경선 유력자 아닌가? 그 사람네가 산다는 게니 자네부터두 고이 물러스게 신상에 해로우리 ……"

하고 오히려 파의하기를 권할 뿐 아니라 마침 팔근이가 무슨 냄새를 맡었는지 눈이 을룽해 들어서는 것이었다. 그리고 억쇠가 했다는 이야기를 듣고는 더 눈과 입이 뾰죽해지며 입에 권련을 문 채 자못 욕을 하듯 지껄였다.

"뭣이? 가을루 가 곡식으루? 그 시들방귀 같은 수작 그만두래라! 과수원 헐려구 얼마에든지 살려는 사람과 쥐뿔두 없는 저석이 무슨 배짱으로 맞서는 거야? 황군수네허구 네가 맞서가지구 이 동네서 견뎌배겨 볼테냐? 흥 서울양반? 그 땅 팔어먹구 거덜나 올라간 윤판서네 세를 믿구? 지금두 양반세상인 줄 아니? 얼빠진 자식 ……"

억쇠는 무안만 보고 숫째 단념하는 것이 옳았다.

아모리 수소문을 해보아야 밭 하로갈이짜리는 나는 것이 없었다. 하로갈이짜리 밭이 날 때까지 돈을 남을 주어 늘리고도 싶었으나 돈놀이에 이골이 난 권생원이 육장 옆에 와있는 때여서 돈 못 얻어 애쓰는 사람도 보이지 않았다. 윤판서네 집자리는 권생원이 차지하고 나려온 것이다.

이 가재울엔 논보다 밭이 얻어부치는 데도 더 힘들었다. 권생원은 멀기는 허나 별촌사람이 부치던 것을 논은 여섯 마지기를 떼어주나 밭은 도모지 별를 수가 없노라 한다. 억쇠네부자도 밭은 남의 것을 소작하기보다 내 것으로 사기가 소원이였으므로 논만 주는 것도 달게 여기였고 논이 단지 여섯 마지기인 것도 저희 밭 하로갈이를 살 예산으로 적다는 말도 하지 않았다.

무엇보다 조석으로 밥 끓여 먹는 것이 큰일이다. 애비더러 어서 과부라도 얻어와야 한다고 걱정들은 해주면서도 이런 일은 돌아서면 그만인 지나가는 말뿐이요 살림이랍시고 첫날부터 남의 장리쌀인 구차한 홀애비헌테 달게 나설 과부짜리란 쉬울 리도 없었고 아들을 장가 들일려면 그것은 과부나 다려오는 것과도 달러 정혼을 한댓자 빈손으로는 싸올 도리가 없는 것이다. 애비와 아들이 저희 손으로 조석을 지어먹고 오 리가 넘는 먼 농틀농사에 더구나 부엌일 논일 두 가지가 다 서투른 솜씨라 이웃사람들 보기에 눈물겨운 바가 한두 가지 아니었다. 그러나 이들은 이를 악물었다.

'이게 살림이다! 이게 남헌테 매인 게 아니라 살림이란 거다! 기를 쓰고 일만 하면 살게 되겠지!'

이해에는 서양서도 전쟁이 일어나 불란서가 망했느니 조선서는 조선사람들도 병정으로 끌어내갈 시초로 「특별지원병」 제도가 생기었느니 하고 떠들긴 했으나 농사연사는 면흉은 되는 해였다. 억쇠네는 엿 마지기에서 벼 서른네 가마니를 떨었다. 그 돈짜리로는 면흉이 아니라 평년작이 실하다고들 했다. 억쇠네는 반타작으로 열일곱 가마니를 차지했다. 첫농사에 그만하면 대견할 게라고들 했다. 그러나 천서방이나 억쇠는 역시 타작마당의 비애를 아니 느낄 도리가 없었다. 대강 주먹구구로도 이런 어림이 나서기 때문이다. 수세가 평당 사 전으로 칠십 원의 반(반은 지주부담) 삼십육 원과 비료 매 포대 사 원으로 삼십 포대 값 일백이십 원의 반 육십 원과 「소견품삯」이라는 것, 논갈이부터 벼 실어들이는 것까지 남의 손을 쓰고 한 마지기 농사에 사람 품 둘씩으로 갚는 것인데 권생원네는 농사를 짓지 않으니까 품으로 갚지 않고 돈으로 갚는다. 엿 마지기에 열두 품값 십이 원과 호세 십 원 동회비 십오 원 모두 최소로 「일백삼십삼 원」은 나가야 하는데 벼 한 가마니가 십사 원이 채 못 된다. 열 가마니는 나가야 겨우 청장이 될지 말지 한데 그래도 장리쌀 먹은 것과 텃도지가 또 있다. 이것 저것 다 제하면 단 다섯 가마니가 제대로 못 떨어지는 것이다. 그런데 밭 사려던 돈은 우장 한 벌 변변히 채리지 못하고 약수건이나 하는 굵은 벼로 고이적삼 한 벌씩 해입은 것밖엔 생각나는 것이 없는데 백 원 돈이 넘어 부스러졌다. 광목 한 자에 벌써 십오 원이 넘는다. 쌀도 야미 값이 생겼다고는 하나 권생원처럼 개성으로 사리원으로 길이 닿는 사람 말이지 쌀 고장 배천읍쯤에선 아직 야미쌀 사려는 사람은 없다.

무엇보다 밭 사지 못한 것이 불안스럽다. 용길네 밭쪽으로는 머리도 두고싶지 않다. 송곳턱에 옴팍눈에 어디 복이 붙었는지 모를 황군수의 아들이란 자가 「당꼬쓰봉」을 입고 자전차로 드나들면서 집을 세운다 과수를 심는다 뽐뿌우물을 박는다 하고 누구네와보다도 가까운 이웃에서 돈을 물쓰듯 하고 일본말만 하고 정말 팔근이 말마따나 그전 양반들 찜쪄먹게 서슬이 푸르러 덤비는 데는 공연히 고개가 돌려 억쇠는 집터를 여기다 잡은 것이 후회되었다.

김장 때부터는 권생원네도 벌써 지주노릇을 톡톡히 하러들었다. 억쇠네는 권생원네가 무 뽑는 날 억쇠만이 가서 거들어주었지만 안사람 있는 작인들은 그 집 김장이 끝나도록 사흘씩이나 가서 매달렸다. 삼십 리 출포는 으레 작인들이 하는 법이라 해서 권생원네 벼는 어디로 나르는 것이든지 저희들 소작료 분량만치는 삼십 릿길은 갖다 놓으라는 대로 져 나르든 실어나르든 해야했다. 권생원은 지주인 것뿐 아니라 채권자이기도 하기 때문에 전날 지주 윤판서댁 나릿님에다 전날 돈노이 권생원 자신을 합친 세도를 쓰는 것이었다. 그러면서도 박하기는 더했다. 겨울에 눈이 오면 그 옆엣 작인들이 이 집 바깥마당과 사랑뒷간길은 으레 쓰는 것이지만 눈이 많이 퍼부어 담아내야 할 때는 안뜰 안 눈만도 수십 들것이 되는 때가 있다. 그전 세상엔 이런 날 아침이나 저녁은 시레기국에라도 밥 한 끼씩과 엽초 몇 춤씩은 타는 것이요 정초엔 북어쾌나 하고 담배쌈지 하나씩이라도 돌리는 법이다. 시국 핑계로 저 채려야할 체모는 모른 척하고 이쪽만 부리려들며 열 가지에 한 가지라도 마치 시행이 더디면 저를 근본이 장돌뱅이라고 얕잡나 해서 더 기승을 부린다.

한번은 권생원네 부엌데기가 나려와 억쇠를 찾았다. 해가 다 진 저녁녘이여서 억쇠는 부엌으로 나무를 끌어들이는데 배천읍으로 편지를 가지고 가라는 것이었다.

"해가 다 졌는데 내왕 사십 리 길을 언제 갔다오란 말이오?"

"내가 아나베! 편지 가지구 가 그렇게 이르르니께 나야 왔지!"

"저녁 헐 사람 없을 줄두 뻔-히 알면…… 나 없드라구 가져가그류."

하고 억쇠는 배천읍에 비료며 농구(農具) 장사를 크게 하는 일본사람 「이시쓰까」에게 갈 것이라는 편지를 집어던지였다. 권생원네 부엌데기는 멀-숙해 편지를 도로 집어들고 나가다가 짚을 축여가지고 들어오는 억쇠아버지와 마주쳤다. 억쇠아버지는 역시 권력 있는 사람은 모시어야 할 것으로 안다.

"이리 주기요. 내라두 갔다오리다. 그리구 요새 젊은애들 함부루 지껄이는 것 가서 그대루 옮기지 말기요."

이래서 억쇠는 할 수 없이 밤으로 다녀오기는 했으나 다녀와 저녁을 먹고나니 늦기도 해서 그냥 자버리고 말았다. 이른 아침에 권생원네 앞에 사는 장근이가 나려와 권생원이 억쇠를 찾는다 했다. 또 밥솥에 불을 지피려다 말고 일어섰다. 권생원은 대청 끝에 뒷짐을 지고 입이 뾰족해 서 있었다.

"억쇠 너 심부럼 좀 시키기 대단 힘드는구나!"

억쇠는 침을 꿀꺽 삼키었다. 못 보는 데서는 욕이라도 하겠는데 목전에선 꼼짝 못하겠다.

"어제 다녀왔세요."

"다녀왔는지 안 다녀 왔는지두 또 사람을 시켜 전갈을 해야 하니? 그런 놈의 심부럼이 어디 있단 말이냐? 그래 너희 부자가 심부럼 첨 해보니 내가 네녀석 심부럼 좀 못 시킬 사람이냐?"
하고 권생원은 가래침을 억쇠 섰는 앞에 내려뱉는다. 억쇠는 그 침이 제 얼굴에 튀는 것 같어 잠자코 한 걸음 물러선다.

"남 타적 때면 웃집(엿이나 소갈비 같은 선사) 신구 와서 굽신거릴 땅을 잠자쿠 떼서 주니까 권아모개 땅은 땅 같지가 않단 말이냐?"

"어젠 밤중에나 오지 않었어요? 아침엔 내가 밥 해먹자니 이따나 ……"

역시 억쇠는 말끝이 움츠러든다.

"예끼 녀석! 공을 모르구!"

억쇠는 눈이 뿌옇게 몰리고 나려와 늦은 조반도 맛이 없었다.

'힘은 힘대로 들고 탐탁히 먹을 것도 떨어지지 않는 농사 그나마 지주는 공치사를 하며 사람을 종부리듯 하려드니 이렇게 사는 것도 남의 신세란 말인가?'

이 겨울엔 땅 이작(移作)이 많이 생기였다. 권생원도 황군수도 좀더 저희헌테 달가울 사람들로 작인을 갈었고 작인들도 농터가 멀기는 하나 이런 개인 지주들보다 후하다는 바람에 동양척식의 신답풀이들을 맞게 되였다. 수세 비료대금 전부 회사에서 부담하고 소출을 사륙분(四六分)하여 육 할을 회사에서 차지한다는 것이다.

개인지주와는 반타작인 것이나 수세와 비료값을 반부담하고 나면 소작인은 실상 삼 할도 제대로 먹지 못하기 때문에 회사 땅은 육 할을 주드라도 작인들이 일 할은 더 이익일 것이다. 점둥이네도 노마네도 회사 땅으로 돌아붙었다.

억쇠도 어정쩡해 눈만 껌벅이는 아버지를 졸라 회사 땅 이천사백 평을 얻기로 하고 새로 상전 노릇을 하려 덤비는 권생원네 땅은 억쇠가 올라가서 손을 들고와 던지듯

"댁엣땅 그만두겠어요."

한마디로 내놓고 나려왔다.

'이렇게 속이 시원헐 수 있나! 그러나 회사는 또 어떤 놈인가?'

돈도 이제는 메꿀 수 없이 축이 났거니와 밭도 하로갈이짜리는 그저 나지 않았다. 밭을 사지 안할 바에는 남은 돈으로 아비든 아들이든 안식구나 한 사람 맞어야겠다는 생각도 났으나 과부짜리는 그저 걸리지 않았고 아들이 남의 집 딸과 어엿하게 통혼을 하자면 돈 백여 원쯤 이제 와서는 광목 반 통 값도 못 되는 것이 되고 말았다.

'올에 연사나 좋으면 ……'

벌써 이들 부자도 번연히 속는 줄 알면서도 유일한 희망이 「가을」이되고 말았다. 노마누이 분이가 어깨가 둥글어가고 허릿도리가 펑퍼짐해 가는 것이 억쇠는 차라리 불안스러웠다.

6

동척 땅은 신답풀이여서 누구나 한몫 끼이기가 쉬웠다. 아들이 졸라대었고 점등이네와 노마네가 한데 휩쓸리는 바람에 끝물에 대어가기는 했으나, 농틀이 십 리나 되게 멀었고 소작계약에 도장을 찍는 데도 여러 군데였다. 농장관리인 「가도-」가 그 면뎃자리 새파랗고 테 없는 안경알 속에서 곧 쪼려는 암탉의 눈으로 서류를 이 장 저 장 넘기면서 처음 써보는 천서방의 도장을 암팡스럽게 찍어나가는 것을 볼 때 천서방은 공연히 빈손이 떨리였고 노랑수염 권생원쯤은 이 가도-에다 대이면 숭늉일 것 같이도 생각되었다.

"그래두 아는 지주네 땅을 눌러 부칠 걸 그랬나부다."

"별-, 아는 도끼에 발등 찍히기지. 그 깍정이 같은 녀석한테 또 종노릇을 해요?"

"회사 땅은 나을 줄 아니? 일본 녀석들이 그래 권생원보다 푼푼헐 상싶으냐? 권생원한테 쌀 떨어진 장리나 미리 먹지, 사정을 해두 열 번에 한 번은 들어주지, 일인들과야 사정이나 봐달랄 수 있다든? 난 모르겠다 ……"

아닌 게 아니라 억쇠도 속으로는 어리둥절한 판인데 일본은 도-죠(東條)내각이 되면서 양력 12월 8일 미국과 전쟁을 걸었다는 소문이 났다.

'큰일 났군.'

상전댁에 일거리가 벌어지면 언제든지 저희들 신상부터 고달프던 경험에서도 천서방이나 억쇠는 누구보다도 먼저 벌어지기만 허는 전쟁에 막연한 불안을 느끼었다. 이들에게 있어 전쟁이란 먼저 웃사람이 자꾸 느는 일이었다. 땅만 내여놓으면 그들의 종노릇을 면할까 하였더니, 권생원은 총력연맹의 이 동네 이사장이 되었고 미영(米英)과 싸움을 걸어 일약 일본제국의 영웅이 된 도-죠수상의 성을 따라 「도-죠」로 솔선 창씨를 한 황군수는 이곳 거물 면장으로 다시 관계에 등용되어 면민들을 다스리기 시작했다. 채권을 사라, 애국저금을 해라, 가마니를 짜 바쳐라, 국어(日本語)를 배워라, 묵도(默禱)를 해라, 「고-고꾸신민노지까이(황국신민의 맹세)」를 외워라, 신사(神社)터를 닦으니 부역을 나오너라 집집마다 「가미다나」를 모시어라, 이루 정신 채릴 수 없게 들볶았고 권생원도 돌아앉아서는 불평이면서도 누구에게나 우선 명령할 수 있는 것만, 채권자나 지주로만보다 한층 더 으쓱했다.

순사가 그전보다도 더 뻔질나게 들어왔다. 그전에는 투전꾼 팔근이한테 자조 가던 것이 이번에는 최초시의 아들 성필이에게 자조 들리는 것 같았다. 송도 중학을 고학으로 애써 마치고도 사상이 나쁘다 해서 남처럼 취직을 못하고 집에서 아버지의 농사일을 돕고 있는 성필이는 팔근이와는 반대로 팔근이가 나타날 농한기(農閑期)에는 성필이는 곧잘 어디나 한두 달씩 있다 오군 하였다. 그러면 주재소에서 으레 불러갔고 어떤 때는 읍에 본서로도 끌려가서 한번은 반 년 동안이나 갇혀있다 나오기도 했다.

이해 농사는 천서방이나 억쇠가 보기에는 작년보다 나어보였다. 그러나 경험 많은 노마아버지나 점둥이아버지는,

"웬걸- 일본이 전쟁은 자꾸 이긴대지만 하눌일은 자꾸 틀리는 걸!"

하고 낯을 찡기군 한다. 천서방이나 억쇠는 신답풀이로 이만하면 잘된

곡식인 것을 가지고 공연히 타박만 하는 것 같고 또 저희들이 봄내 여름내 땀 흘린 결과를 얕잡는 소리만 들어 차라리 듣기 싫었다.

회사에서는 타작하는 방법도 간단하고 공평한 것 같았다. 논 현장에 나와서 벼가 잘된 배미에서 한 평과 덜된 배미에서 한 평을 작인들이 보는 데서 떨었다. 그 두 평에서 떨어진 벼를 사륙분(四六分)을 해서 그것을 표준으로 전 평수를 따져 작인들의 육 할소작료 수량을 정해버리는 것이었다. 소작료를 육 할로 정한 이상, 이「쓰보가리」라는 것은 서로 간편하고 틀릴 것 없는 방법이라 하였다. 그런데 이것은 이상한 일이였다.

억쇠네는 이천사백 평에 소작료가 아흔엿 근(九十六斤)짜리 벼 스물네 가마니가 결정되었다. 이 스물네 가마니가 전체의 육 할이라면 그만치 소작료를 주고도 전체의 사 할인 열여섯 가마니가, 억쇠네 것으로 떨어져야 할 것인데 마당질을 해놓고 보니 딴판이다. 소작료를 제하고 떨어지는 것은 단 아홉 가마니밖에 안 되는 것이다. 회사에서「쓰보가리」표준으로 감정한 것은 전체 소출이 마흔 가마니인 것이나 정작 실지로 나온 곡식은 서른다섯 가마니밖에 안 되는 것이니 다섯 가마니가 축이 나는 것이다. 이 다섯 가마니나 부족이 나는 것을 잠자코 소작료를 물라는 대로 문다면 소작료는 육 할이 아니라 칠 할도 넘는 셈이 된다.

"봐라 내 말이 틀리나? 일본놈이 조선지주보다 뭣 때문에 우리헌테 후헐 줄 아니?"

아버지는 당장 오금을 박어, 억쇠는 마당에 볏가마니를 늘어놓은 채 회사로 달려왔다. 사택마당에 등의자를 내다놓고 신문을 보던 가도―는 개가 짖어대는 바람에 작인이 찾아온 것을 기웃해 내다본다.

"오늘 우리가 마당질을 했는데요."

"나니?"

억쇠는 서투른 일본말을 섞어가며 정성껏 설명해보았다. 조선 나온

지 이십 년이 넘는다는 가도-는 억쇠가 조선말로만 하여도 못 알아들을
리 없었다.

　"거짓말이 말아."

다 듣고나선 가도-의 말이었다.

　"거짓말이 뭡니까? 지금 마당에 그대루 있구 동넷사람들이 다 보았
습니다."

　"동네사람이? 요보 백 명이나 말이 해도 우리 신용이 안해."

　"한두 가마니두 아니구 다섯 가마니나 틀리니 어떻게 회사서 정헌 대
루야 바칠 수 있습니까?"

　"이놈아? 쓰보가리 우리 사람이 혼자 했나? 네 누깔이 한 가지 보지
않었니? 너희도 좋다고 말이 하지 않나? 약속이나 하고 다른 말이 하
는 것이 사람이까? 너희가 먼저 가리해다 먹었으니까 모자라는 것이지.
빠가야로!"

　"먼저 먹다니요 먹었다면 무슨 불평이겠습니까?"

　"잔말이 말아 먼저 먹지 않었으면 절대로 부족이 될 일이 없다! 다
사람이나 가격이 있는데 너만 무슨 말이 했소까? 가해래."

하고는 집 안으로 들어가 버리니 개는 점점 기승을 부려 짖고 덤비었다.

　그런데 모자라는 것은 억쇠네만도 아니었다. 마당질을 해보는 작인마
다 도깨비에 홀린 것처럼 멍청해 물러섰다가 볏가마니를 다시 세어보군
하였다. 아모리 세여들보고 따져보아야 이상할 만치 억쇠네가 모자란 그
비례로 육칠십 명 작인에 한 집도 예외 없이 똑같이 모자라는 것이었다.

　작인들은 절로 한 덩어리가 되어 회사에 진정해보았으나, 회사측은
회사 자의로만 한 것이 아니라 양쪽의 합의로 가장 정당한 방법으로 협
의 결정한 소작료니까 계약을 무효로 돌릴 수는 없다고 내대였다.

　벌촌과 가재울에는 이 「쓰보가리」식 소작료 이야기로 자자했다.

"떨어가지구 그 마당에서 갈르는 게 상책이지 새 법칙을 내는 것부터 알 증조거든!"

"아무리 새 법식이기루 이쪽에선 눈들 감구있었나? 한 평을 가지구 했든지 두 평을 가지구 했든지 그걸 표준으루 평수풀이만 제대루 한다면야 갈데없이 맞어떨어질 거지 주느니 느느니 헐 나위가 어디 있느냐 말이야?"

"동척이 뭔지들 아슈?"

노마네가 마당질을 한 날 저녁이였다. 이 집도 줄었는가 늘었는가 궁금해서 모였던 사람들이 감정한 것보다 이 집도 네 가마니나 주는 것을 보고 이러니 저러니 주고받는 이야기에 여태 듣고만 섰던 최초시의 아들 성필이가 말참례를 한 것이다.

"내가 또 입빠른 소릴 허우만, 쓰보가리라는 게 공정헌 것 같애두 작인들만 곯겠습니다. 축이 나면 축이 났지 늘린 절대루 없겠습니다."

"어째?"

"논에선 벼가 마르기 전 아니요? 벼알마다 부피가 컸을 건데 그걸루 돼보구 정헌 것 아니오? 요즘 바짝 마른 건 벼알이 부피가 우선 적어졌으니 말수가 줄 것이구 또 젖었을 땐 벼알구실을 헌 반실짜리두 마당질에 와선 풍구질에 날려가 버리지 않소? 어디 부피만 그러우? 무게두 벌써 얼마나 차이가 생길 거요?"

성필이는 이것만 일러주지 않었다. 작인들이 단단히 짜고 실지 소출된 것을 표준으로 한 육 할만을 소작료로 내게 된 것도 성필이가 뒤에서 훈수한 보람이였다.

그러나 가도-란 자는 이상할 만치 순순하더니 겨울을 살짝 지내놓고 땅이 작도 때가 지나버린 뒤 벌써 논바닥에 재거름들을 내인 때에야 문제를 피우는 것이였다.

"논바닥에서 서로 제 눈으로 보고 공평하게 작정한 소작료를 제대로 안 바치는 작인은 위약이다. 못다 내인 소작료를 곡식으로든지 돈으로든지 바쳐라. 안 바치는 자는 땅을 뗀다."

지금 와서 땅이 떨어지는 날은 금년 농사는 실농이 된다. 며칠 동안 작인들은 울근불근 해보았으나 별수 없었다. 가을에 가선 어찌하든 올농사까지는 이 땅을 물고 느는 수밖에 없었다.

억쇠네도 꼼짝 못하고 벼 세 가마니 값 사십여 원을 이제는 주머니를 털고도 모자라서 차마 말이 나가지 않는 권생원헌테 가 빚을 얻어다 회사에 바치었다.

'땅 없는 놈 설구나!'

소작을 평생 해먹느니 진작 죽어버리는 게 마땅헐 거다!

억쇠는 제 자신이 당하고보니 전날 단순히 동정만으로 점둥이아버지나 어머니를 딱해 하던 것쯤으로는 아모것도 아닌, 소작인의 억울함과 희망 없는 일생을 비로소 제 혓바닥으로 쓴물을 삼켜볼 수 있었다.

'도대체 땅이란 어째 임자가 따로 있는 거냐?

사람이 누가 바위명덜을 절구질하듯 해 밭과 논을 만들었단 말이냐?

이놈들아 하눌은 왜 금을 긋구 세를 못 받어 처먹니?'

억쇠는 저녁마다 이런 울분과 울분 끝에는 그래도 한 줄기 공상을 해보곤 한다.

'천팔백 원만 있으면'

이것은 밭 하로갈이에 사백 원 논 상답으로 평당 일원이십전씩 쳐 이천 평에 이천사백 원 그래서 이천팔백 원인 것이였다.

'이천팔백 원! 이것 없이는 진작 죽는 게 났다! 이천팔백 원을 버는 수는 없나?'

이 이천팔백 원의 꿈은 억쇠 하나만의 꿈도 아니였다. 억쇠아버지나 노마아버지나 점둥이아버지들은 그저 지줏님들의 후덕한 처분이나 바라든지, 죽어서 다시 태어난다면 그때나 한번 제 땅 농사를 지어보는 팔자이기를 바라는 데 그치는 것이나, 젊은 노마나 점둥이는 하나같이 이 「이천팔백 원」의 꿈이 간곡한 것이었다. 색시 얻는 것이 아모리 깨가 쏟아진들 용길네처럼 장개들기 때문에 그 알뜰한 땅을 팔게되여서야 좋을 것이 없었다.

'땅! 밭 이천 평 논! 이천 평 사내자식이 그건 장만할 재주가 없담!'

억쇠는 남의 땅 농사에 절로 마음이 들떴다. 분이는 올봄에는 얼굴이 함박꽃같이 피었다고들 했다.

"이 자식 점둥아?"

"왜?"

하로는 점둥이네 웃방에서다. 화로에 감자를 묻고 그 옆에서 짚세기들을 삼으면서였다.

"우리 돈벌이 한번 나가볼까?"

"벌이? 어디루?"

그 말에는 억쇠도 대답이 막힌다.

"그 경칠 거 돈벌이 나감 자식 버린다구 늙은이들이 엄살만 않는다믄."

"자식을 버리다니?"

"너 모를라. 요 위 살던 광선이라구 더두 말구 조밭 하루갈이 살 것만 벌어갖구 온다구 공사판으루 쫓아다니더니 가막소루 가 콩밥만 이탤 먹었단다."

"콩밥은 어쩌다가?"

"돈이 그까짓 공사판으로나 대녀가지구 될 게 뭐냐? 돈 보니 욕심은 나구 이 녀석이 노름을 했거던, 노름은 누가 그냥 져주나? 나중에 노름 채두 달리니까 밥장수 주머닐 털었다든가."

"돈을 벌랴면 먼저 궁릴 잘-해가지구 나서야지 등에 지게를 지구 나가는 게 불찰이지."

"넌 돈들 잘 버는 개성서 살아봤으니 좀 좋은 궁릴 해내려므나."

"가만있거라, 그렇지 않어두 정칠놈의 돈 더두 말구 내 이천팔백 원만 벌 궁릴 연구중이시다!"

"이천팔백 원!"

"그래. 더두 싫다 이천팔백 원!"

"그저믄 자농혈 건 되지!"

"밭 하로갈이, 논 이천 평 내 삼 년 안으로 사놀 테니 봐라!"

"뭘루?"

"이천팔백 원으루지!"

마침 화로에서 감자가 피- 소리를 내며 재를 뿜었다.

"이 자식아 감자가 다 웃는다!"

하고 이들은 껄껄대였다.

억쇠나 노마가 돈 이천팔백 원 모을 궁리가 아직 나서기 전에 세상은 점점 소란해갔다. 개성이나 사리원 한 번 가는 것도 여행증명이 있어야 했고 명색이 지원병이나 강제로 지원병 추리는 것이 점점 심해갔다. 억쇠나 노마나 점둥이는 소학교도 다니지 못한 것이 이런 때는 다행으로 수굿하고 풀 속에나 머리를 박는 것이 수였다

7

동척에서는 저희가 예산한 대로 작인들이 한 명도 뻗대지 못하고 나머지 소작료를 빚을 얻어서라도 갖다바치는 바람에 다시 한 가지 우리 땅 농사를 지을려거든 여기 도장을 찍어라, 하는 종이쪽을 내어밀었다. 그것은 다른 것이 아니라 해마다 새로 소작료를 정하기는 서로 귀찮으니 일정한 도지로 정해버리자는 것이요, 그 도지의 표준수량은 작년 가을에 그 칠 할이 넘는 억울한 수량 그대로인 것이다. 회사측으로 가도―는 이런 비싼 소작료를 이렇게 설복시키려들었다.

"지금은 신답이니까 구답보다 벼가 적게 난다고 할 수 있다 그렇지만 삼 년만 비료를 넣어봐라. 그담부터 이 소작료는 오 할도 안 되지. 소출이 많아질 것이다. 그것은 우리 거짓말이 아니다. 비료도 나라에서 우리 회사에는 특별히 많이 준다. 장래를 보아서는 너희헌테 얼마나 이익이냐? 사람은 장래를 볼 줄 알아야 하는 것이다."

그리고도 한 가지 명령이 또 있었다.

"이제부터는 반도인도 다같이 황국신민이다. 내지인과 한 가지 창씨(創氏)할 수 있게 법률로 허락했다. 이번에 소작계약은 내지인식으로 창씨하고 이름까지 내지인식으로 고친 도장이라야 할 수 있다."

작인들은 갈팡질팡하게 되었다. 한두 사람 아니고 육칠십 명이 갑재기 조선 지주들의 땅으로 들러붙을 재주는 없다.

아모리 거름을 실하게 넣는다 하드라도 이삼 년 동안에 구답소출이 날 리 없는 것이요 생일날 잘 먹자고 미리 굶는 셈으로 장래는 육할소작질 정도가 되리라 해서 당장 몇 해 동안을 칠할오부나 되는 소작료에 도장을 찍을 용기는 나지 않는다. 더구나 그까짓 계약을 창씨를 해야 해준다니 더 아니꼽다.

창씨 때문에 시달리는 것은 벌써 몇 달째 된다. 성을 갈라는 것은 애비를 갈라는 욕이나 마찬가지란 말을 했다가 최초시는 주재소에 불려가 이틀 만에 나왔다. 벌써 팔근이는 「가네오까」라, 달운이란 팔근이 짝패는 「미쓰이」라 창씨를 해서 주재소에서 모범 청년이란 말을 듣는다.

억쇠는 이 창씨 문제에 처음에는 누구보다도 귀가 솔깃했었다. 죽은 어미가 「팔월이」였던 것, 아비 이름은 「돌이」인 것, 제 이름은 「억쇠」인 것 누가 보나 이름부터 남의 집 종문서에나 박힐 천티 있는 이름이다. 상전이 망하는 바람에 종살이에서 풀려난 이상, 성부터 이름까지 이 김에 깨끗이 갈어버리고도 싶었다. 그래 처음에는 누구보다도 먼저 들먹거리었으나 팔근이나 달운이 따위가 앞을 질러 「가네오까」니 「미쓰이」니 하고 고갯짓을 하는 것이 아니꼬울 뿐 아니라 최초시가 붙들려가 욕을 당하고 나오는 것을 보고는 더 반감이 생기었다.

'우린 이래두 조선놈이요 저래두 조선놈이다! 창씨하는 놈들 하나같이 간사한 놈이드라 봄 차라리 미욱한 놈 소리 듣다 조선놈 채루 죽자.'

억쇠는 저희 아버지더러

"그래두 최초시나 성필이헌테 의논하기 전엔 허란다구 덥석 허지 맙시다."

일러두었다. 그러나 그렇지 않아도 면에서 적극적으로 창씨 실시운동을 나오려던 판에 동척작인들이 창씨 안할 수 없는 막다른 골목에 몰킨 것을 알고 면소에서는 순사를 다리고 나와 권한다기보다 강제로 시키게 되

였다. 윤가는 서울서 윤아모개가 「이도─」로 하였으니 「이도─」요, 이가는
서울서 이아모개가 「가야마」로 했으니 「가야마」로 심가는 본관이 청송
(靑松)이라 해서 「아오마쓰」로 이런 투로 성을 노누매기하듯 하는 판에,

"이전 성두 배급이군."
한마디를 했다가 억쇠는 면서기한테 따귀를 한 대 벌었다. 아들이 따귀
맞는 것을 보고는 천서방은 이내,

"아무걸루라두 나릿님네 생각대루 져주세요니까."
해서 성은 「야마다」, 이름은 아비와 아들이 형제간처럼 「후미오」와 「다
께오」가 되어버렸다.

"우린 친척들이 고향에 있으니 뭐라구들 짓는지 알아봐야겠어요."

"우린 여태 호주가 아버지시니까 아버지가 고치기 전엔 내 맘대루 할
수 없어요."

열에 서너 사람은 핑계가 있었다. 자기가 호주요, 의논해볼 친척도
없어 다만 입맛만 다시다가 집에 와 골을 싸메고 누운 사람은 노마아버
지뿐이었다.

'성을 갈어야 땅을 줄 테라구? 그 푸진 년의 땅을! 내 대에 와선 농
산 져먹어두 내 조상님엔 사신 다니던 분두 계셔! 누구루 알구 허는 수
작이야.'

노마아버지는 이날 저녁 권생원을 조용히 찾아갔다. 권생원은 노마
아버지가 온 눈치를 이내 알어차렸다.

"어서 덕근이 김서방두 창씨를 허지요. 별수 있는 줄 아우?"

"나 전에 부치던 땅만 못헌 거라두 한 자리 주시고?"

"흥, 창씨 허기 싫여 동척땅 놓는 사람두 그저 두지 않겠지만, 그런
사람 땅 주는 지주도 좋지 못헐 거라구 면장님이 다짐을 받다싶이 헙디
다. 어서 창씨허구 가미다나(神柵)두 말썽들 부리지 말구 하나씩 사다 시

렁에 앉어두지요. 별수 없읍넨다."

정말 별수 없었다. 동척땅 이외에는 얻을 도리가 없었고 동척땅 소작을 눌러하자면 창씨는 물론, 소작료도 저희 정하는 대로 복종하는 수밖에 없었다. 명령에 복종할 뿐이요, 이쪽 의견은 용납될 곳이 없었다. 날이 갈수록 명령할 줄만 아는 웃사람만 늘어갔다.

용길네 밭자리에 우선 안채만 세우고 들어온 「도-죠」면장의 아들 「도-죠 도구지」는 읍에 있는 경방단(警防團)의 부단장, 그의 끄나풀인 「가네오까 팔근」이는 경방단원이 되어가지고 그전보다 고갯짓이 늘어가며 이틀이 멀다 하고, 읍출입이 잦았다. 일본말은 억쇠만큼도 못 알어듣는 「미쓰이 달운」이까지 저희 동생이 지원병훈련소에 뽑혀진 것을 자세로 도구지패에 몰려다니며 촌사람들 몰아세기가 일수가 되었다.

하로는 이 미쓰이 달운이가 도구지의 자전차를 얻어 배우는 모양으로, 도구지네 마당에서 올라앉으면 억쇠네 마당까지 후둘거리고 나려와서는 자전차를 겨누지 못하고 쓰러지군 한다. 그바람에 억쇠가 마당둘레에 모종해놓은 댑싸리가 함부로 짓밟히고 부러지고 한다.

"그런데 달운인 눈이 없나?"

억쇠는 보다 못해 한마디 걸었다.

"느에 댑싸리 좀 밟었구나. 나라에서 댑싸리 심으라든?"

"넌 나라에서 허래는 것만 꼭 허니?"

"그렇다. 왜 우리나 도꾸지상네 마당에 누깔이 있던 가봐라. 뭘 심었나. 건방진 새끼, 다리뭉두리가 근지러우냐?"

이것은 마당에 나라에서 전쟁 때문에 장려하는 피마주를 심지 않었다는 트집이었다. 억쇠는 꿀꺽 참고 물러났다. 나중에 물으니 그는 방공감시초원(防共監視哨員)이 된 것이다. 억쇠는 '그까짓 댑싸리 몇 대쯤 모른 체헐 걸!' 하고 후회하였다. 조선에도 그여히 징병제도가 생겨, 벌써 이 동네서도 장근이와 용길이동생이 징병검사로 끌려간 것이다. 이런 무시무시한 판인데 방공감시초원이란 어떤 것인지는 몰라도 달운이가 요즘 안하무인으로 꺼떡대는 것을 보아 슬그머니 겁이 나기도 한다.

세상일뿐 아니라 하늘일도 해마다 이상했다.

비가 제법 기다리기 전에 나려주어 품앗이 급하지 않게 모를 내여놓고 나니 그쳐야만 할 비가 지나치게 퍼부어가지고 흙당침수를 대엿새 겪었다. 그런데다가 벼농사로는 제일 아기자기한 이삭 솟을 무렵에 이르러 비가 시작이다. 이틀, 사흘, 밤에 잠들기 전에 나가보아도 하늘은 별이 나지 않았고 새벽에 눈을 뜨기 전에 벼개에서 귀를 드나 빗소리는 매양 그대로다. 어떤 때는 비가 안 와서 걱정, 어떤 때는 이렇게 지나치게 퍼부어 걱정, 어떤 때는 바람으로 어떤 때는 냉해로, 충해로 농사일은 당하고보니, 육신이 노력만이 아니라 반 이상이 마음고생으로 되는 것이었다. 비는 그여히 장마로 채려 무엇보다 끄리는 「배동바지수침」이 되고 말었다. 벼이삭이 순 채 썩어버리는 것이다. 반 농사는커녕 삼분지일 소출도 거두지 못하게 되었다. 지주측과 또 말썽이 벌어지게 되었다. 가도—녀석이 제 누깔로 가끔 나와 벼된 꼴을 보고도 일단 도지를 정한 이상 정해진 대로 소작료를 내라는 것이였다. 마당질한 것을 죄다 바치어도 소작료도 못다 되는 것은 억쇠나 노마네뿐 아니라 거의 전부다. 어떤 사람은 벼를 비어다 마당질할 맛이 없어 그냥 논바닥에 내버려두었다가 면에서 호령하는 바람에 마지못해 비여들이었다.

아모튼 집을 팔어 대이기 전에는 소작료대로 복종할 길은 없다. 이번에는 소작료를 못 내이겠으면 땅을 내노아라, 그러는 것도 아니었다. 회사로서 나라에 바칠 군량인데 이를 거절하는 자들은 우선 「비국민」이라는 낙인을 찍었다. 그렇지 않아도 만명 작인들의 경관이 아니라 한두 명 지주들의 병정이던 칼자루들이 「비국민」으로 몰리는 작인들에게 모른

체할 리가 없어, 주재소에서는 작인들에게 주재소로 모이란 명령이 나리었다.

가을 햇볕이 아직 따거운 신작로 마당에 젊은이 늙은이 육칠십 명이 주재소 문간을 쳐다보고 둘러섰다. 밤낮 웃통을 벗어던지고 지내던 양돼지 같은 소장이 정복을 채리고 나와 먼저 「고-고꾸신민노지까이」를 시키드니, 술자리에서 지껄이던 것보다는 똑똑한 조선말을 꺼내였다. 관청에서 조선말은 금하는 것이나 저희가 급할 때는 별수 없었다.

"이제는 반도사람이도 내지사람이나 한 가지 대일본제국 군인이 되었다. 일시동인(一視同仁)하시는 천황폐하께옵서의 은덕에 보답할 수 있게 되었다. 얼마나 기쁜 일이냐? 귀축 미영은 무엄하게도 황군이 점령한 「가다루가나투」에 상륙했다 한다! 우리 황군은 물론 일격에 물리칠 것이다. 이러한 국가 다난한 때에 있어, 또 그것과 다르다, 인전 완전한 황국신민으로 저 하나만 자리 먹겠다고 생각하면 그것은 대일본제국신민이 아니다! 나라가 없어보아라 너희가 모다 어떻게 될 것인가?"

하고 소장은 발을 굴렀다. 억쇠 생각에는 알아들을 수 없는 소리였다. 이런 나라 때문에, 잘되기커녕 못되기만 하는 저희들이기 때문이였다. 얼굴이 간지러운 얌치없는 수작은 용케도 해가 기울도록 떠들어대더니 나중에는,

"이렇게 알아듣도록 말이 해도 듣지 않는 자는 만주로 이민을 시킬 생각도 하고 있고 또 끝까지 반대하기로 선동하는 자는 용서 없이 체포한다."

을러매었다. 그리고 억쇠로서는 아니 누구나가 다 전혀 생각지 못하였고 생각해보아도 모를 일이 일어났다. 그것은 벌촌에서 사는 억쇠네와도 한두 번 품앗이가 있은 「기무라 충신」이라는 작인이었다. 얼굴이 지지벌개서 소장이 섰던 주재소 문턱으로 올라서더니,

"여러분?"

하고 그도 제법 연설을 꺼내는 것이었다. 지금은 「비상시국」이니, 「같은 국민으로 남은 전지에 나가 목숨을 바치는데」니 결국 「나는 오늘 여기서 소장님 말씀에 감동해서 소작료를 전부 바치고 보겠다, 여러분도 황국신민으로서 나라에 대한 충성으로 다시 한번 생각하기를 바란다」는 것이었다. 그 말이 끝나기가 바쁘게 뒤에서 누가,

"옳소."

하고 소리를 친다. 돌아다본즉, 회사 땅과는 아모 상관도 없을 뿐 아니라 제 애비 농사에도 호미 한 번 잡는 일이 없는 가네오까 팔근이 녀석인 것이 우스웠고, 기무라 충신이도 바로 사흘 전에 억쇠만도 아니요 여럿이 듣는 데서, 저희도 소작료만 두 가마판이 모자란다고 말했고 그것이 서로 아는 한 바닥 농사에 엄살만도 아니였을 것인데 무얼로 소작료 전부를 낸다는 것인지 이상하였다.

작인들은 덤덤히 입맛만 다시다가 돌아설 수밖에 없는데 신작로를 삼 마정도 못 와서. 정순사가 자전차로 따라오더니 「김덕근」이를 찾았다. 노마아버지였다.

"제올시다."

정순사는 자전차를 돌려세우고

"나잇살이나 처먹은 게……"

하더니 흘긴 눈으로,

"빨리 주재소로 와."

하면서, 무슨 일이냐 물어볼 새도 없게 날름 달아나버린다. 모두 눈이 둥그래졌으나 맨 벌촌사람들뿐이요, 가재울사람은 이 노마아버지와 점동아버지와 억쇠뿐이었다.

"무슨 일일까요?"

"모르겠는데…… 오래니 가볼밖에."

노마아버지는 말로는 태연한 채 하나 손은 후둘후둘 떨었다.

"우리 따라가 봅시다."

억쇠가 점둥이아버지더러 그랬으나 그는 어둡기 전에 가다가 산에 매어논 소를 끌러야하고 꼴도 두어 단 비어야했다. 억쇠만이 노마아버지를 따라나섰다.

"그런데 왜 오랄까요?"

"내 옆에 팔근이 녀석이 섰드러니……"

"그 자식이 섰었기루 괜한 사람을 뭐랬을까요?"

"내란 사람이 안해두 좋을 소릴 가끔 헌단 말야!"

"무슨 말씀을 허셨게요?"

"아 그년에 고맙지두 않은 나라 나라 하기에 글쎄 백성이 살구나서 나랄 거 아니냐구 하두 비위가 틀리게 혼잣소리처럼 했는데 나중에 그 옳소 허는 소리에 둘러보니 바루 내 뒤에 팔근이 녀석이 섰지 않어! 필시 그걸 그 녀석이 찌른 게로군! 다른 거야 뭐 있을래 있나 ……"

"그걸 고자질했음 그누므새낄 죽여없애죠."

"경칠 거. 그만 말 한마디에 사람 어쩔라구!

"조선눔끼리 서루 잡는담!"

"그리게 망했지!"

주재소는 노마아버지가 들어서기 전에 이미 살기등등해 있는 판이였다. 웃통을 벗어젖긴 소장은 웬「쓰메에리」양복의 청년 하나를 그의 하이칼라머리를 한 손으로 끄들러쥐고 절레절레 흔들더니,

"오늘이 같은 시국에 머리 길러 무신 일이 있나? 나—마이끼야로……"

하고 뺨을 철썩 갈긴다. 그리고 노마아버지가 문간에서 어릿거리니까 정순사더러 저것이냐 물었고 그렇다니까 냉큼 들어오라고 소리를 질러 노

마아버지는 진작 들어서니만 못한 것 같았다. 소장은 다시 하이칼라머리 청년에게 「고-고꾸신민노지까이」를 읽으라 했다. 청년은 머리를 끄들려 눈물이 글썽해가지고 입술을 축여 떨리는 발음을 내인다.

"고-고꾸신민노지까이,

이찌, 와다구시두모와 다이니뽄데이고꾸노 신민데 아리마쓰.

니, 와다구시도모와 고꼬로오 아와세데 덴노헤이까니 쥬-기오 쓰꾸시마쓰.

상, 와다구시도모와 닝꾸단렌시데 릿빠나 쓰요이 고꾸민또 나리마쓰."

이렇게 끝까지 틀리지 않고 외운 덕으로 청년은 더 맞지는 않고 머리만 가위로 앞 이마를 두어 군데 짤리고 놓여나왔다. 노마아버지는 주름살에 땀이 흥건하던 얼굴이 새파랗게 쫄아들어 가지고 그 청년이 섰던 자리로 끌려나섰다.

소장은 말을 누깔로 뱉는 것처럼 눈을 부릅뜬다.

"오마에모 데이꼬꾸노 신밍까?"

노마아버지는 자기더러도 「고-고꾸신민노지까이」를 읽으라는 줄로 알았다. 이것을 외우지 못하면 담배배급도 고무신배급도 못 탄다 하여 또 무슨 모임에서나 으레 부르는 것이여서 한두 번만 명심한 것이 아니나 도모지 아리숭한데다가 우든이 들리었다. 그러나 외우는 시늉만이라도 아니할 수 없다.

"이찌 …… 와다구시도모와 다이일본노 데이꾸노 ……"

"난-다 고노야로."

하더니 철컥 소리가 났고 잡은 참 세 번에 노마아버지는 「아이쿠!」 하고 코피를 쏟으며 주저앉았다. 주저앉은 것을 일어서라고 구두발로 내지른다. 대뜸 급소를 채인 듯 밖에서 듣기에도 소름이 끼치는 외마디소리가 난다.

"무어시라고? 나라는 망해도 종거시다? 내가 먹어야겠다고?"

"아이구 그랬을 리가 있습니까요……"

"거짓말이 마라 들은 사람이 있다. 이 나—쁜놈어 자식아."

또 철걱 소리가 난다.

"아이구……"

"이놈아? 너 같은 비국민은 죽여 종것이다!"

하더니 경방단원들 연습시키는 목총(木銃)을 집어온다. 딱 소리가 나는데 분명히 어느 뼈대에서 튀는 소리다. 소장 녀석은 시끈거리며 일어선다.

"아이구! 나릿님? 나릿님? 살려주시기요!"

"무엇이?"

"다신 다신 …… 죽을 죄라 한 번만 용서해주시기요 …… 으흐 으흐 ……"

이 처량하게 떨리는 소리에 억쇠는 가슴이 선뜩했다.

'별수 없구나! 우리헌텐 비는 것밖에 ……'

억쇠는 가까이 엿듣고 있는 것조차 무서워졌다. 성큼성큼 두어 집 건너로 물러서고 말았다.

주재소 안에 남포불이 켜졌을 때에야 노마아버지는 비척거리며 그 속에서 나왔다. 나가라는 소리에 다시 살라는 소리 같어 허겁지겁 나오기는 했으나 주재소가 아닌 데서는 한 걸음을 제대로 옮겨딛지 못하였고 맞을 때보다 더 설게 가슴을 치며 울었다. 얼굴이 뒤웅박이 되고 옆구리는 쓰지 못하거니와 한 쪽 정강이뼈가 으스러졌다. 억쇠는 아모 집으로나 뛰어들어가 우선 솜을 얻어 태워다가 노마아버지의 정갱이를 싸매고 시오릿길을 업고 들어오는 수밖에 없었다.

노마는 이내 옥도정기를 얻으러 나서고 노마어머니는 물을 떠다 영감의 코피를 닦어주기에 정신이 없었다. 억쇠는 부엌을 지나 슬그머니

나오려는데 분이가 물사발을 들고 가로막았다. 아닌 게 아니라 땀만은 매맞은 사람보다 더 쏟은 억쇠는 목이 조이던 김에 사양 않고 덥석 받았다. 꿀물이였다. 단숨에 들이키고 나니 아버지께도 한 그릇 들여다놓고 나오는 분이가 이번에는 억쇠가 내여미는 그릇을 받았다. 그리고도 길을 비키지 않더니,

"저기 도랑에 가 땀 좀 씻구 가요."

한다. 분이네 부엌 뒤로는 맑은 도랑물이 흘렀다.

"괜찮허."

"어서요."

하고 어둠 속에서 박꽃 같은 분이가 얼굴을 돌이키지 않는다. 그 얼굴에 무슨 말을 하고 싶은데 답답하기만 해서 억쇠는 잠자코 분이가 시키는 대로 부엌 뒤로 나왔다. 땀 난 등어리보다 가슴이 더 뜨겁다. 적삼은 벗어 팽가치고 도랑에 들어섰다. 분이가 쪽박을 들고 따라나왔다. 물을 떠 가려나보다 했는데,

"더 숙여요."

하더니 쪽박으로 푼 물을 제 잔등에다 부어준다.

저녁에면 밭에서 들어온 저희 오빠를 씻어주던 솜씨인지는 몰라도 분이는 조끔도 서투르지 않다. 물을 두어 번 끼얹었더니 그 매끄러운 손바닥으로 뽀득뽀득 밀어준다. 여름내 탄 등어리는 꺼풀이 자꼬 밀리었다. 억쇠는 분이가 그것은 때인 줄 알까보아 그것만 걱정되었다.

분이가 내다주는 낯수건으로 얼굴까지 닦고 적삼을 입으려고 찾으니 적삼이 간데없다. 분이가 쪼르르 다시 나타났다.

"이걸 입구 가요. 등에 피두 막 묻은 걸요."

"빨믄 되지 뭐."

"그리게 두고가요."

"나는 못 빠나."

"빨래를 다 해요 뭐."

"밥두 허는데."

"아이 망칙해!"

"그럼 헐 사람이 없는 걸 어떡헌담!"

"그리게 내가 빨아드린대두."

"괜찮태두."

"고집 너머 씀 나뻐!"

하면서 분이는 들고나온 저희 오빠의 빨아 대린 적삼을 댑싸리 위에 놓고 달어난다.

억쇠는 품은 좀 좁은 듯한 동무의 적삼을 입고 혼자 집으로 돌아올 때 시오 리 길이나 무거운 걸음을 한 다리가 조곰도 아프지 않었다. 컴컴한 집 속으로 들어가고 싶지 않어 그냥 큰길로 나와 오래도록 별들을 쳐다보았다. 어머니 묻던 날 밤과는 딴 하눌처럼 억쇠의 눈에 별들도 처음 고와보였다.

8

억쇠의 눈에도 저녁마다 밤하눌의 별은 고와졌으나 추수한 것 전부를 바치어도 모자라는 소작료 때문에는 눈알이 솟았다.

'봄내 여름내 땀국을 물 먹듯 허구 일헌 게 누군데, 먹진 못해두 소작

료는 내라는 거냐? 미리 주재소를 끼는 건 죽어두 쨀 소리 말란 말이지! 찢어발길 놈의 새끼들……'

억쇠는 같은 농군이긴 하나 공부도 많이 했고 가끔 억울한 사람들을 위해 입바른 소리도 해주던 성필이를 넌즈시 찾아갔다. 성필이는 자기 일처럼 반가워했을 뿐 아니라 진작부터 동척 작인의 하나로 벌촌시는 말마디나 하고 기운꼴도 쓴다는 택길이와 내통이 있는 것도 알았다.

"인제 택길이가 무슨 말이 있을 테니 모두들 택길이가 허자는 대루만 해요들."

아닌 게 아니라 며칠 안 있어 이른 아침인데 벌촌에서 택길이네 이웃에 사는 작인 하나가 헐떡거리고 찾아왔다. 억쇠더러 노마와 점둥이를 불러오라 하더니 벌촌으로 같이 나가자 했다. 가서보니 벌촌까지는 아니요 권생원네 삼포 있는 뒷등성이인데 길에서는 사람이라고 그림자 하나 보이지 않았으나 올라와 보니 젊은축들로만 사십여 명 작인이 모여있었다. 이 속에 성필이가 와 있었고 성필이 옆에는 밀짚모자는 썼으나 농사꾼 같지 않은 낯선 사람도 하나 앉아있었다. 벌촌쪽에서도 서너 사람 더 나타난 뒤에 택길이가 일어서더니

"인전 얼른 이리들 모이슈."

했다. 모두 성필이와 그 낯선 사람을 중심으로 둘러앉았다. 아모도 낯선 사람을 인사는 시키지 않는데, 그는 얼굴도 희고 손길도 곱상하나 어딘지 억척배기 택길이만 못하지 않게 묵직해보이는 얼굴이다. 그는 넙적한 입으로 담배만 빨었고 성필이가 좌우를 둘러보더니 먼저 말을 꺼내였다.

"나는 동척 작인은 아니우만 역시 남의 땅으루 농사짓는 녀석으루 밤낮 억울헌 꼴 당허구 살기는 마찬가지오. 자, 올가을 일을 여러분 어떻게들 허실려우."

잠간 서로 두리번거리기를 하다가 택길이가,

"어떡허긴 어떡해요? 모두 꿀 먹은 벙어리지만 속두 그런 줄 아슈? 어느 경칠 눔이 농사 죽드룩 져서 회사 좋은 일만 헌단 말이오?"
하고 대뜸 눈방울이 두리두리해진다.

"안 그렇구!"

"무슨 요정을 대야해 이건!"

"상에 붙들려가기밖에 더허겠수!"

"그런데 충신이 자식은 저이두 소작료만두 모자란다구 끓던 자식이 뭘루 낸다는 거야 대체?"

"흥! 그러험 누군 못 내!"

평소에 말이 적던 춘삼이 김서방이 곰방대를 뽑고 침을 쩍 뱉으며 하는 소리였다.

"그러험 누군 못 내다니?"

"아 면장님이 모자라는 건 당해줬답디다."

"뭐?"

모두 눈이 둥그래진다.

"면장이 당해주다니요?"

여럿이 모인 데서는 처음 말참견을 해보는 억쇠의 목소리였다.

"충신이 색시가 면장님이 저희 핸 당해주기루 했다구 자랑삼아 우리 집사람더러 지껄이드라는데 그래."

"면장님은 무슨 님? 죽일 놈들!"

택길이가 주먹을 불끈 내밀었다.

"죽일 놈들인 게, 보란 말이야— 이를테면 저흰 엄살루 죽는 체허구 우리 더런 따라서 진짜루 죽으란 속이지?"

아직껏 듣기만 하고 있던 낯선 사람이 피이던 담배를 꺼버리고 좌중을 둘러보았다. 그나 날카로운 눈매다. 앉은 채 별로 서두르지도 않고 여태 하던 이야기나 계속하듯 말을 시작했다.

"여러분이 소작료로 억울한 일 당해본 건 이번이 처음 아니리다. 이게 앞으로도 한두 번 있구 말 거라면 여러분도 기를 써 싸워 뭘허겠오? 그렇지만 지주가 따로 있구 작인이 따로 있는 이런 제도가 남어있는 날까지는 이런 견디랴 견딜 수 없는 이해상반되는 충돌이 자꾸 계속될 거니까, 이걸 고치자는 거구 더구나 이번에 여러분들처럼 지주편에서 허라는 대로만 하다가는 별수 없이 굶게 되니까 헐 수 없이 무슨 도리를 채리자는 것 아니오?"

"그러믄요!"

택길이의 대답이였다.

"원형리정으루 생각해보슈? 아무리 남의 땅을 부쳐서라두 십 년을 근고 닦는 일이라면 그래두 북정밭 한 떼기라도 늘게 돼야 헐 게 아니요? 세상에 무슨 일 쳐놓구 십 년을 해서 늘진 못허구 고대로만 있는 일이 어디 있단 말이오?"

"어디 고대로만 있으면 좋게."

성필이가 그와 친구간처럼 반말로 받는 대꾸였다.

"허긴 고대로가 아니라 빚만 늘어가는 것 아니요? 작인들은 빚이 늘었는데 지주들은 그 십 년간에 무에 늘었소? 호강으로 살고도 땅이 늘지 않었소? 종처럼 부리는 작인이 늘지 않었소?"

말뜻은 야무지나 말투가 소탈해서 옆에서 누구나 얼른 말대꾸가 나와진다.

"참 너무두 공평치 못해요니까!"

"아무튼지 여러분들의 금년 추수는 죄다 바쳐두 소작료도 못 된다는 것 아니요?"

"밭농사꺼지 팔어대면 되죠니까."

"그럼 점둥이넨 밭농사꺼지 팔어 벼루 해다 바치겠단 말이야?"

"그렇단 말이지 어느 경칠 놈이⋯⋯"

"쉬-"

"문제는 간단헌 거요."

이번엔 성필이가 말을 이었다.

"문젠 간단헌께, 앉어 빼앗기구 죽느냐 일어나 싸워서 안 뺏기구 사느냐 양단간에 하나뿐인데 여러분 어느 편을 취할 테요?"

"싸우면 안 뺏기구 무사헐까요?"

"비러먹을 소리 마라. 땅 짚구 헴치는 노릇만 헐 테냐? 중간에 일 잡치지 말구 겁이 나건 그런 물신선은 미리 빠져요."

벌촌에서 온 경순이란 젊은 작인이다.

"누가 겁이 난대?"

"뭐야 그럼?"

"쉬-"

다시 조용해지기를 기다려 이번엔 낯선 사람이 다시 말을 시작했다.

"권력을 쓰는 놈들과 시비곡직을 가리자면 별수 없이 쌈이 되는 거요. 권력과 싸우는 데는 이쪽에선 단결밖에는 수가 없는 거요. 여러분이 한데 뭉쳐 결정헌데두 끝까지 뻗대구 나가기만 헌다면 결국 수효 많은 편이 이기는 거요. 또 옳고 그른 것이 싸우는데 끝가지 싸우기만 하면 옳은 게 꼭 이기고 마는 법이요. 어느 누가 듣든지 죽도록 농사진 사람 굶어죽지 않겠다구 나서는 노릇을 글다군 안할 거요.이런 떳떳한 일일 바엔 여러분 맘 먹게 달린 것 아니요? 지주편에서 다신 얕잡어보지 못하게 지주들의 병정인 관리놈들이 허턱 지주편만 들구 나서지 못하게, 작인들도 미물이 아니라 사람이란 것, 똑같은 사람이란 걸 한번 본뵈기를 보입시다. 여러분을 짓밟는 발은 여러분의 손으로 분질러놔야지 하눌만 처다

본다구 되는 게 아니오. 이놈들이 신문에도 내지 못하게 하니까 그렇게 작인들이 들구 일어나 지주들의 악착한 착취를 거절하구 싸워서 이기는 일이 조선에두 자꾸 늘어가며 있는 거요. 쏘련(蘇聯)을 보시오. 여러분은 모르고 있으리다만 거기서는 땅은 모두 농사짓는 사람만 갖게 된 거요. 땅을 차지허구 농군들이 지어논 농사를 들어다가 저희만 호의호식하던 불한당 지주떼들은 거기선 다 없어진 거요. 절로 그렇게 된 줄 아시오? 농군들이 들구 일어난 거요. 거깃 농군들이라구 별 사람이 아니라 모두 여러분이나 다름없는 농군들이였지만 견디다 못해 단결해가지구 일어났던 거요. 그게 옳은 일이기 때문에 세계 각국에서 농민들이 일어나며 있구, 그래서 세계 각국에서 농민들의 옳고 떳떳한 요구가 자꼬 실현되며 있는 거요. 생각들 해보슈. 농군은 일은 혼자 허구 굶주리구, 농군은 일은 혼자 허구 헐벗구, 농군은 일은 혼자 허구 병이 나두 못 고치고, 농군은 일은 혼자 허구 자식을 나두 가리켜 못 보구 그게 그래 그대로 나가야 할 세상이란 말이오?"

낯선 사람의 입에서는 단 김이 확확 끼치었다. 입술을 축여가지고 그는 더 조리있게 더 가슴을 푹푹 찔러주는 이야기를 계속하였다. 이 세상이 처음부터 한두 사람 때문에 여러만 명이 억울하게 살아야하는 마련은 아니였다는 것 하눌과 바다가 임자 없이 있듯 땅도 임자가 따로 있을 것이 아니라는 것 땀 흘려 다루는 사람이 임자일 것이지, 어느 한 사람이 차지하고 여러 사람의 힘을 착취하는 죄악의 도구로 이용되고 있는 것은 잘못이란 것 인간의 역사에 임군과 양반이 생기게 된 원인이며 또 임군과 양반의 지위나 신분으로도 소용이 없게 돈이 제일인 시대에 이르게 된 것 다시 이 앞으로는 돈이나 땅 임자의 세상으로 굳어버릴 수도 없이 그 자체가 병이 되어 역사는 어쩔 수 없이 변해나간다는 것 그것이 인류가 개인으로나 사회적으로나 좋아지는 당연한 발전이라는 것 그러나 이런 발전이 절로 되기를 바라는 것보다 인간의 대대수요 이런 악제도 때문에 가장 피해자들인 노동자와 농민이 단결해 일어나야 그 발전이 빨리 된다는 것 그리고 기무라 충신이처럼 밸 빠진 짓 하지 말고 악하고 내 행복을 짓밟는 놈은 털끝만치도 아첨은커녕 도리어 털끝만치도 용서 없이 정정당당하게 미워하고 총과 칼에라도 대항하고 싸워야 우선 그게 사람이요 그게 사람의 사는 거며 이런 사람다운 산 사람이 자꼬 늘어나가야 악한 놈들이 잡은 권력이나 제도가 빨리 무너져나갈 것이라 했다.

모두가 엄숙해졌다. 누구나 허틱 살고싶어 하는 「삶」이란, 이렇듯 비장한 결심에서 맨주먹으로 총칼을 향해나가야 누릴 수 있는 건가! 이것을 비로소 깨닫기 때문에 또 주재소 소장 녀석이 용서 없이 체포하겠다던 말이 생각나서 어떤 사람은 얼굴이 해쑥해지고 눈도 어웅해진다. 또 어떤 사람은 자기헌테도 세상을 볼 줄 아는 눈이 이제 비로소 트이는 것 같아 그 순박한 눈에 얼음쪽 같은 총기도 솟는다.

억쇠도 마음속에 큰 파동을 일으켰다.

'세상엔 우리편을 들어 소 귀에 경을 읽어주는 사람도 있구나!'

억쇠는 낯선 사람은 물론 성필이도 그전 몇 배 더 우러러보였다.

"여러분들?"

하고 낯선 사람은 다시 목을 다듬었다.

"여러분이 맹세하고 단결해 행동만 한다면 여러분은 땅도 안 떨어지고 소작료도 아모리 시국이니 무어니 해도 금년 같은 핸 안 내고도 배기게되리다. 그건 여러분의 곁에 이 성필씨 같은 좋은 동무가 있으니까 ……"

어디선가 버썩 소리가 나는 바람에 말이 끊기었다. 무엇을 보았는지 벌촌사람 하나가 후다딱 일어났다. 그가 뛸 때에야 솔포기 밑에서 일어서는 모자끈을 턱에 건 정순사를 모두들 발견하였다.

"꿈쩍들 마라!"

그러나 꽁무니에서 포승을 뽑으며 올라서는 정순사의 눈초리가 성필이나 낯선 사람만을 노리는 틈을 타 농군들은 쫙 흩어졌다. 성필이도 휙 돌아섰다. 그러나 성필이나 낯선 사람의 등뒤에는 어느 틈에 누깔이 툭 불거진 주재소 소장 녀석이 권총을 대고 떡 막고 서있었다. 어디서 우지끈 소리가 났다. 택길이가 팔따지 같은 참나무를 분질렀으나 꺾어들기 전에,

　　"고노야로—"

소리와 함께 소장의 총부리는 택길이를 겨누었다. 정순사는 택길이부터 팔쭉지를 꺾어 묶는 바람에 억쇠는 저도 꺾으려고 잡았던 무푸레나무를 놓고 성필이가 눈짓하는 대로 돌따서 뛰고 말았다. 얼마 안 뛰여 노마와 점둥이와 만났다.

　　"총소린 나지 않았지?"

　　"못 들었어."

　　셋이는 숨이 모자랄 때까지 공동묘지 뒷산으로 올라와서야 돌아다보았다. 권생원네 삼포 앞길이 빤—히 나려다 보이는 데다. 낯선 사람과 성필이와 택길이 이외에도 서너 사람이나 붙들려가고 있다. 억쇠는 눈물이 왈칵 솟았다. 엉엉 울어버리었다.

　　"우린 뛰길 잘했지!"

　　겁이 많은 점둥이의 말에 억쇠는 울다 말고 점둥이의 따귀를 갈기었다.

　　잡혀가는 사람들의 그림자가 길 위에서 사라진 뒤에야 이들은 칡바윗골로 나려왔다.

　　"그런데 어떻게 알았을까?"

　　"어느 놈이 찔렀지!"

　　"그리게 아무 일도 못해!"

　　"그런데 억쇠야 그게 누구냐?"

"주의자지 뭐."

"주의자! 공산당 말이지?"

하고 억쇠에게 한 대 맞고 시무룩했던 점둥이도 말참례를 하였다.

"그럼!"

"그럼, 저렇게 용헌 사람들을 왜 나쁘다는 거야?"

"이 자식아, 넌 지주면 좋아허겠니?"

"허긴 그놈들은 미워헐 테지."

"성필이가 또 몇 달 징역살일 해야 나오겠구나!"

"우리 성필이네 일 그냥 해주자!"

"그래!"

"징역!"

억쇠는 가슴에 푹 찔린다. 그리고 펀뜻 생각나는 것이 있다. 개성서 어머니를 묻고 처음 가재울로 나려오던 날 새벽, 차 안에서 본 그 노름꾼도 도적도 아닌 상 싶던 죄수와, 개성서 신문에서 허구헌 날 보던 소작쟁의와 가끔 큰 글자로 찍혀나오던 무슨 노조의 적색사건(赤色事件)이니 어디 농민들의 반제투쟁(反帝鬪爭)이니 하는 제목들이다. 억쇠는 경찰이 잡는 것이 도적이나 노름꾼만 아니란 것과 이 겉으로는 평온해보이는 세상에도 속으로는 목을 내걸은 사람들의 피투성이 싸움이 계속되고 있다는 것을 오늘 비로소 알어차리게 되었다.

"저런 사람들은 누가 돈을 줘서 댕기노?"

"이 자식이 또 한 대 맞구싶은가?"

"이 자식아 모르니까 묻지않어?"

억쇠는 기가 막힌 듯 허허 웃어버리는데 노마가,

"이 자식아 넌 돈만 아니?"

하고 점둥이의 안악을 걸었다. 하마터면 넘어질 뻔한 점둥이도 노마의 기운쯤은 무섭지 않다.

"덤벼라 이 자식아!"

주재소에서 능지가 되게 맞고나온 아버지 생각에 젊은 놈 모가지 하나쯤 아모것도 아니란 결심으로 진작부터 핏줄이 핑핑해 오금이 근지럽던 누마다. 이들은 좁은 산길에서 호랑이 날뛰듯 씨름이 한판 벌어졌다.

9

벌촌과 가재울은 이날밤에 개들이 자지러지게 짖었다. 주모자 이외에는 불문에 붙인다고, 현장에서 끌려간 작인들도 택길이만 내여놓고는 날이 어둡기 전에 놓아주었으나, 이것은 도리여 한 사람도 놓치지 않고 잡으려는 계책으로였다. 모두 마음 놓고 제 집에서 자게 하여놓고 본서(本署)로부터 고등계주임 이하 십여 명의 경관과 수십 명의 경방단원을 풀어, 밤이 새기 전에 권생원네 삼포 뒷등에 모였던 작인들은 한 사람 빼지 않고 묶어갔다.

그러나 성필이와 그 낯선 사람과 택길이 세 사람 이외에는 취조받을 때 따귀깨나 얻어맞고 이삼 일 뒤부터 놓여나온 사람이 많았다. 가재울서도 점둥이와 노마는 이내 나왔으나 억쇠만은 투쟁의식이 있다 하여 이십구 일 구류를 살았다.

이럭저럭 달포가 훨씬 지나 나와보니 「시국」이라고 불리워지는 세상은 그새 엄청나게 달려져있었다. 소작쟁의를 생각만이라도 하던 때는 딴

천지였구나 싶도록, 논밭에서 난 곡식은 그만두고 내 몸에 달린 모가지도 내 것이랄 수 없이 백성들의 권리란 극도로 박탈되며 있었다. 소작료건 내 몫엣거건 곡식이란 곡식은 지주와의 문제가 아니라 나라와의 문제로서, 벼만이 아니라 밀이든 좁쌀이든 무슨 잡곡이든 일단 면소에서 칼자루들을 앞세고 나와 제 해처럼 거둬가는 것이었다. 우선 감자나 고구마를 먹게 하더니 논바닥에 거름이나 허는 콩깻묵을 먹으라고 배급이 나왔다. 짚은 비가 새는 이영도 못해 잇다. 가마니만 짜서 바쳐라, 관술을 해다 바치어라, 머루덩굴을 걷어다 바치어라 피마주를 살구씨를, 참나무껍질을 놋그릇을, 소를 개를 잡어 껍질을, 그리고 머리를 「마루가리(까까머리)」를 해라, 각반을 처라, 「몸뻬」를 입어라. 잠꼬대까지 국어로 안하면 비국민이다, 너는 지원병이다, 너는 학병이다, 너는 징용이다, 너는 보국대다, 너는 경방단이다, 너는 방공감시초원이다, 이 바람에 안손이 없는 억쇠네는 농사는커녕 나오라는 무슨 회니 무슨 연습이니에 나갈손 손포가 없거니와 몇 가지 세금 몇 가지 저금 몇 가지 채권 이것을 감당할 도리가 없고 이것이 밀리면 동네 이사장이나 면장의 미움을 사고 그들의 미움을 사면 보국대니 징용이니 하고 북해도나 남양으로 남보다 먼저 끌려나간다.

하로는 권생원에게 불려가 채권값 안 낸다고 눈이 뿌옇게 몰리고온 저녁이다.

경방단원이 된 후로는 노름 대신에 사람 치는 것이 일이 된 가네오까 팔근이가 읍에서 나오는 길인 듯 경방단 옷을 입은 채 억쇠네 마당으로 들어섰다.

"오도쌍 오루까?"

이자는 몇 마디 못 되는 것 가지고 일본말만 쓴다.

"뭐요?"

억쇠는 못 알아듣는 체한다.

"기샤마 고꾸고모 쓰꼬시 와까랑까?"

그것도 못 알어듣는 체하니까,

"쇼-가나이나"

하더니 조선말을 하는데 그것도 일본식으로 지껄이는 것이었다.

"아버지 없소까?"

이래 가지고 억쇠부자를 앞에 세우고 저는 문지방에 턱 걸터앉어서 하는 수작이 왜 채권값과 세금을 제때 안 내서 우리 동네 성적을 떨구느냐고 한참 꾸짖었고 무슨 비밀이나 이야기하는 것처럼 좌우를 둘러보더니,

"거짓말이나 허면 죽인다 아라쏘까? 억쇠가 나이 몇 살인지 바로 말이해."

하고 억쇠부자를 번갈어 뚫어지게 쏘아본다. 아비도 아들도 아모 대답을 못한다. 억쇠는 징병에 걸릴 나이였다. 그러나 미천한 애비를 가져 삼사 년 뒤에야 출생신고가 되였기 때문에 민적 나이로 모면하는 것을 어떻게인지 이자들이 눈치를 챈 모양이였다.

"우리 사람이 그런 것이 몰라한다. 그렇지만 도꾸지상이나 도꾸지상 아버지가 그런 거시 몰라헐 줄 아나? 나-뿐 자식이!"

하고 억쇠의 배를 발끝으로 쿡 내질른다.

"민적이 자리 못된 것은 참말이 나이대로 말이 하라고 면소에서 말이 하지 않았나? 왜 가만히 있었나? 이런 것은 덴노-헤이까를 속인 것이 한 가지니까 알아있소까? 겜뻬이다이 잡혀가서 눈이나 묶어놓고 땅 하는 것이 ……"

하고 이자는 유쾌한 듯이 깔깔거리고 혼자 웃다가 담배를 꺼내 물었으나, 억쇠부자는 등골에 땀이 후질근했다.

"어떡해서든 한 동네서 무사허두룩만 해주시기요."

천서방은 허리를 두어 번 굽신거리었다.

"아들이 목숨이 아깝나 이까짓 집이 아깝나?"

"집이라닙쇼?"

이자는 담배를 꺼버리고 목소리를 낮추었다.

"내 말을 들을 테야? 그럼 억쇠는 무사허지."

"어떻겝쇼?"

"도꾸지상이 저기 밭에다 안채는 짓구 바깥챈 못 짓지 않었어?"

"그렇습죠."

"그 댁에서 돈이나 권리가 없어 못 짓는 건 아니지만 이편 정성이지 ……"

"네?"

"이 집을 헐어다 바깥채를 마저 세우라구 못 그래? 그리구 억쇠는 징병만 아니라 징용꺼지 면허두룩 주선해달라면 도꾸지상 아버지가 누구신데 그래?"

아비와 아들은 말문이 막혀 서로 잠자코 눈만 주고받었다.

"집이 아깝나?"

"……"

"아들보다 집이 아까우면 그만두구, 보라구! 억쇠는 소작쟁의로도 전과자나 다름없는 것이였다!"

"정말 그렇게만 험 무사헐깝쇼?"

"그건 내 장담허지."

"살림이라야 안사람두 없이 물나는 것만 많구 더 살아야 살 수도 없쇠다. 그렇지만 집이라군 생전에 이게 ……"

하고 천서방은 이내 목소리와 함께 눈이 흐려진다.

"글쎄 생각해 허라구. 내가 억쇠 신상이 좋지 못한 줄 아니까 이웃간에 귀띔을 해주는 거지 내 생기는 게 있어 이러는 줄 알어?"

"아 그러믄요. 저것 하나만 신상에 별일 없다면 오늘저녁부터 한데잠 잘까요니까!"

일어나 나가려던 팔근이는 다시 돌아섰다.

"그리구 말야."

"네?"

"독개그릇은 팔려거든 내게다 팔라구."

억쇠부자는 밤새도록 생각해보았다. 별수 없었다. 남의 집 종살이에서 풀려나 하로갈이 사고 마누라를 얻든지 며느리를 얻든지 해가지고 인전 남부럽지 않게 한번 살어보려고 남은 깍지방으로 지었던 것이라서 대궐 맞잡이로 알고 이 집을 세울 때 밤엔 며칠을 잠을 못 자고 기쁘던 노릇이, 생각하면 문패를 「야마다 후미오」라 갈어붙여 본 것 뿐 머리속에 남는 것이라고는 아모것도 없이 이제 헐어다 바치어야 하는 것이었다.

억쇠네 부자는 묻는 사람에게마다 팔었노라 대답하며, 사흘이 걸려 저희 손으로 집을 뜯었다. 애비도 아들도 눈이 헛가리어 손발이 제대로 놀지 않았다. 몇 번이나 못을 밟고 몇 번이나 떨어지는 서까래에 잔등을 치었다. 지줏댁에 가는 타작섬이나처럼 저희 등으로 꾸벅꾸벅 져다가 도꾸지네 마당에 갖다주었고 솥 두 개와 독개그릇 대여섯 가지는 가네오까네 집으로 져올렸다.

가네오까는 말로는 산다고 했으나 값을 묻는 일은 없었고 도꾸지는 억쇠네가 빚진 것과 채권값 따위 모두 오십오 원 각수를 받어내었고 억쇠를 징용을 면한다는 농업요원(農業要員)이란 이름으로 저희 집 머슴에 써주는 것으로 도리여 생색을 내었다. 그리고 억쇠아버지는 몸 담을 곳도 없거니와 이내 보국대라는 강제노동에 걸려 경원선 복선공사장으로 끌려갔다.

10

    농업요원이란 논과 밭을 을러서 최소한도 구천 평의 농사를 지으라는 것이였다. 억쇠는 그만해도 몸에 익은 농사일이나 밭일 논일 집안허드렛일, 미처 손이 돌아가지 않었다.

    농사를 처음 시켜보는 주인 도꾸지는 모범면장 저희 아버지가 책상 위에 증산(增産)이니 모범작(模範作)이니 모범부락(模範部落)이니 하고 서두르는 그대로 들어와서 억쇠헌테 왜 손이 둘밖에 없느냐는 듯이 서둘렀다.

    억쇠는 사실 있는 손 둘도 제대로 놀리고싶지 않은 일이다.

    '남처럼 내 집을 쓰고 남처럼 내 농사를 짓고 분이를 데려다가 ……'

    이 클클하게 떼쓰고 싶도록 그립던 욕망도 인전 여지없이 부서지고 말은 것이다.

    황국신민 된 의무다 나랏일이다 천황폐하의 일이다 하고 남들에게는 볶아치고 욕질하고 매질을 하면서도 도꾸지나 그런 국민복 입은 면소패 군청패들은 그다지 바쁜일은 없는 듯 사흘이 멀다 하고 그들은 해 지기를 기다려 자전차 꽁무니에 갈보와 술병을 달고 들어들와 밤을 패고 놀았다.

    이자들이 들어오는 날은 가재울은 불한당패 든 것 같었다. 아무 집에

나 방문을 벌컥 열어젖긴다.

　　"웃방으로 뛔 올라간 게 누구야?"

　　"우리 메눌애깁죠."

　　"뒷문으로 나간 건?"

　　"나가긴 누가 나가요니까?"

　　"가마닌 안 치구 초저녁부터 무슨 잠이야?"

　　"아무런들 벌써 자기야 하겠어요."

　　"그럼 불은 왜 안 켜놓는 거야?"

　　"기름이 없다보니 아무것두 못허구 앉었습죠니까."

　　"핑계 그만둬. 부엌을 뒤져볼까, 무슨 기름이구 없나?"

　　"웬 기름이 있어요니까!"

　　"호주 이름이 누구야? 사내들은 어디 갔어?"

하고 엄포를 해놓고 슬쩍 물러나면 따라왔던 도꾸지나 가네오까는 어느 틈에 이 집 닭이장 문을 열고 기중 묵직한 암탉으로 한두 마리 골라 들고 주인 앞으로 오는 것이다.

　　"면에서들 나와 나랏일루 여태 저녁두 못 먹구 다니는 걸 그냥 가게 헐 수 있소?"

　　"저런 얼마나 시장들허실까요!"

　　"우리가 저녁은 허지만 한두 번 아니구 찬을 당헐 수가 있소! 이거 얼마 내리까?"

　　"원 별말씀을! 동넷손님인 걸요."

　　닭 한 마리쯤 채키는 것 남편이나 아들에 비겨 아모것도 아니었다. 이자들은 보국대나 징용인원이 모자란다든지 내일처럼 보내야겠는데 한두 명이 도망을 했다든가 하면 아모 동네에나 「도라꾸」를 갖다대고 닭이나 개 한 마리 채가듯 이들의 남편이나 아들도 손에 잡히는 대로 채가기 때문에 닭 한두 마리 계란 한두 꾸레미쯤은 아모것도 아닐 뿐 아니라 불을 켤 기름이 있다 하드라도 사내 사람 남어있는 집에서는 미리 불 없이 앉았다가 이런 손님이 달려들면 뒷문으로 튀는 것이 상책이였다. 이들이 산다는 것은 어떻게 하면 피할까 그것이 전부였다.

도꾸지나 가네오까는 동네에서 먹을 것이 닭이나 계란만도 아니였다. 먹으려 들면 못 먹을 것이 없었다. 동네 어느 집에 제사나 혼사가 있어 부득이 고기나 술을 써야 할 듯하면 가네오까는 앞질러 찾어다니며 축축이였다. 내 담당할 터이니 밀주를 담그라 하고 으레 한 말은 차지했고 내 담당할 터이니 도야지를 잡으라 하고 으레 한두 쟁기는 가져갈 줄 알었다. 이런 공 고기맛에 뱃심이 자란 가네오까와 도꾸지는 나중에는 소까지 몰래 잡게 하고 한두 다리 들군 하였다. 먹는 것만도 아니다.

"면화는 나라에서 죄다 바치라는 건데 이게 누구넨데 솜을 틀어."

한마디면 솜반이 들어왔고,

"짜란 가마닌 안 짜구 이게 어느 때라구?"

한마디면 명주와 무명필도 들어왔다. 가네오까네와 도꾸지네는 귀한 것 없고 못 먹는 것이 없었다.

11

보국대도 제 것 있는 사람은 좁쌀말이라도 가지고 와서 「함바」에 부치든지 그렇지 않으면 저녁 한 끼만이라도 한뎃 냄비를 걸고 배부른 저

녘을 먹어보는 것이나, 천서방처럼 아모것도 없이 온 사람은 무엇보다 배가 고파 견딜 수가 없었다. 산을 허물어다 복선철로길을 돋우는 일인데 같은 흙일이나 농사일보다 생흙 다루는 일은 힘이 갑절 들었고, 그런데다 먹는 것이 부실해서 한 평 흙을 뜨기 전에 눈에서 별이 돋군 했다. 촌집에서 야미떡을 해 파는 것이 있으나 하로 품삯이라는 것이 떡 한 개 값이 모자랐다. 그것도 남처럼 담배를 피지 않는 덕에 사흘에 한 번씩 야미떡 두어 개 사먹는 맛이 오직 사는가 싶은 순간이다가 석 달 기한이 차서 일터에서 물러나는 날 천서방은 갈 데가 막연하였다. 농사는 뒷날 세월 좋아지면 다시 짓기로 하드라도 집이 그 집이 비록 안손은 있든 없든 내 집이였던 그 집 한 채만이 저희 부자의 유일한 밑천이요 근거인 것을 그 꿈처럼 날려보낸 허전함이란 천서방은 머리 둘 곳이 없는 이날 그것이 죽은 계집 생각보다도 더 서러웠다.

아모튼 집은 없드라도 아들이 있는 곳이니 천서방은 터덕터덕 가재울로 와보는 수밖에 없었다. 동네에 들어서는 길로 아들보다는 먼저 저희 집 섰던 자리부터 찾았다. 구둘바닥까지 파헤쳐진 것을 보면 도꾸지네가 바깥채를 짓노라고 구둘장까지 뜯어간 모양이었다. 아들이 그렇게 공들여 파놓은 박우물에는 나뭇잎만 그득 잠겨있고 장독대에도 쓸모 있는 돌은 죄다 걷어가고 없었다.

'주릿대 맞을 놈들 너희들만 얼마나 잘사나 보자!'

몇 달 안 보다 만나는 억쇠는 제 아들 같지 않게 틀이 잡힌 실농꾼이였다. 가슴이 함지박 같고 손매듭이 밤톨만큼씩 여물었다. 이런 범장다리 같은 아들을 앞세우고 제 농사 제 살림을 못 해보는 생각을 하니 또 한번 뼈가 저리다.

일꾼의 밥그릇엔 수수와 콩만 몰아 뜨나 도꾸지네는 그래도 아직 죽은 먹지 않았다. 천서방은 된밥 몇 끼를 먹어보니 한결 속이 트지근하다.

저희 집 헐어다 바친 것으로 세운 바깥채라 밤에 누우면 잠이 편히 들지 않았으나 아들과 하로라도 더 같이 지내보고 싶고 된밥도 한 끼라도 더 속에 넣어두고 싶었다. 멈짓멈짓 닷새가 되던 날이다. 두꾸지는 천서방더러 어쩔 셈이냐 물었다. 묻기라기보다 이쪽에서 대답할 사이도 없이,

"이런 비상시국에 우리 집에 노는 사람이 있다구 해보? 내 얼굴에 똥칠을 허는 거구 천서방 자신도 이번엔 보국대가 뭐요? 징용으로 이 년 기한으로 남양 아니면 북해도로 가는 판이니 미리 알어채리란 말이요."

하였다. 신선처럼 이슬과 바람이나 먹기 전에는 천서방은 사람 사는 동네를 떠나 피할 곳은 없었다. 아들의 지게를 하나 얻어 지고 이날로 백천 온천으로 나오고 말은 것이다.

온천 손님도 끊어진 지 오래여 지겟벌이도 있을 턱 없거니와 보국대와 징용꾼 뽑기에 열이 나 개도 사람으로 뵈는 면소나 군청 노무계(勞務係)패들 눈에 빈 지게로 어슬렁대는 천서방이 걸리지 않을 리 없었다.

억쇠가 저희 아버지가 백천정거장에서 보이지 않는다는 말을 들은 지 한참 뒤 보국대에 갔다온 벌촌사람에게서 저희 아버지가 해주비행장 닦는 데서 일을 하더란 말을 들었다. 다시 달포나 되여서다. 일본 구주(九州) 무슨 제철소엔가 「삐이십구」가 폭격했다는 소문이 나고 징병검사에 을종(乙種)들인 장근이와 용길이아우가 서울로 입영(入營)하러 떠난 뒤이다. 억쇠에게 저희 아버지의 세 번째 소식은 면소로부터 주인 도꾸지가 가지고 왔다. 죽었다는 것이였다. 일을 하다 죽었으면 나라를 위해 명예요 유족에게 위로금도 나올 것인데 벤벤치 못하게 무슨 병을 앓았고 병은 나어가지고 썩은 콩 볶은 것을 먹고 죽었기 때문에 「센징와 쇼-가 나이네」 소리를 듣게 되었다고 도꾸지는 못마땅해 하였다.

"언제래요."

억쇠는 웬일인지 아버지가 죽었다기보다 누구와 싸움을 하다 졌다는

말에처럼 성부터 버럭 났다.

"벌써 수십 일 됐다니까 누가 알어."

농사일 바쁜 때 그건 가보면 무얼 하느냐고 도꾸지는 짜증을 내었으나 억쇠는 이날로 떠나 해주비행장을 찾어왔다. 열 군데도 더 물어 저희 아버지 밥 먹던 「함바」를 찾었고, 거기서 더듬어 「야마다 후미오」가 전염병을 앓었고 병은 나어 비척거리고 두어 번 「함바」로 와서 밥누룽갱이를 얻어들고 가는 것을 보았는데 어디서인지 썩은 콩 볶아 파는 것을 사 먹고 죽었다는 것이다.

"어디다 묻었나요?"

"묻긴? 태워버렸지."

"태우단요?"

"전염병이라구 석율 치구 태웠다는데."

억쇠는 이틀을 여기서 묵으며 더 파보아 「야마다 후미오」의 시체가 그의 것은 신던 「지까다비」 한 짝 남김없이 한데 태워버린 것을 알었고, 그 태운 자리까지 찾어보고는 그만 걸음을 돌리고 말었다.

억쇠는 신작로에 나와 펄쩍 주저앉었다. 하눌은 농군들이 기다리는지 오란 비도 좀처럼 나릴 것 같지 않다.

'실컨 가물어라. 망해라 어서! 우리 집을 그냥 먹은 건 그만두고라도 내가 고까도 없는 제 집 종살이가 아닌가? 아버지가 일 년을 묵기루 놀구 먹을 사람인가? 닷새를 못 가서 내여쫓아? 네놈들이 앓구, 나 먹을 게 없어봐라. 개똥은 안 쥐 먹을 테냐? 센징와 쇼-가 나이? 고런 놈들 주둥이에 거미줄 안 쓰는 걸 봄 저눔의 하눌이란 것두 멀쩡헌 거구!'

억쇠는 오래간만에 그 권생원의 삼포 뒷등에서 잡혀간 성필이와 낮선 사회주의자 생각이 났다. 택길이는 석 달 뒤에 놓여나왔지만 성필이는 그저 소식이 없다. 그들이 감옥 속에서 고생할 생각을 해보니 그래도 저는 아직 일월을 마음대로 보고 살기가 미안하기도 하다.

　'어서 왜놈이 망해라. 왜놈이 망해야 도꾸지 따위는 쥐구멍을 찾구 그 사회주의자나 성필이 같은 사람들이 맘대로 활동을 헐 거구. 그래야 한번 세상이 뒤집히는 보람이 있을 거다. 왜놈이 망키루 도-조면장이 나 권생원이 그냥 꺼떡댄다면? 그럴 린 없을 거다. 그럴 린 죽어도 없을 거다!'

　억쇠는 야속한 것을 더듬자면 도꾸지만이 아니다. 그의 계집년에게 도 한두 가지가 아니다. 정말 사형장에서 목이나 매달았던 것을 풀어놓 아준 것처럼 말끝마다,

　"우리 애아버지 아니면 오늘 어떻게 됐을지나 알어?"

소리였고 겨울에 큰솥에 물이 설설 끓어도.

　"무슨 끔찍헌 손발이라고 더운물을 쓰러들어?"

하고 억쇠 제 손으로 길어다 붓고 제 손으로 해다 때주는 나무에도 더운 물 쓰는 것을 앙탈하였다.

　"막 자란 것들은 헐 수 없대두! 주는 대루 처먹지 장독대를 늙은 개 부뚜막으루 아나 어디라고 올라가?"

하고 찬이 모자라도 고추장이나 된장 한 숟갈 못 떠다 먹게 했다.

　'이를 갈자! 미워하자! 그때 그이는 나쁜 놈은 용서 없이 미워하라! 했다! 아- 그런 사람들이 세상을 맘대루 꾸미게 된다면? 그렇게 된다면 어떻게 될까?'

　억쇠는 손에 잡히는 대로 풀을 한웅큼 잡어뜯었다.

　'우리 같은 사람두 잘살게 만들 거다! 그인 그때 그랬다. 십 년 근고 를 해서 북정밭 한 뙈기 못 장만하는 건 원형리정이 아니라구. 이런 지금 세상은 마련이 잘못된 거라구. 마련 잘못된 이놈의 세상은 어서 뒤집혀 야 헌다!'

억쇠는 벌떡 일어나 다시 걸었다. 허턱 주먹질을 해본다.

'악한 놈 내 행복을 짓밟는 놈은 사정없이 미워해야 헌다. 도꾸지란 놈은 악한 놈이다! 내 행복이면 따라다니며 짓밟으려는 놈이다!'

억쇠는 도꾸지를 미워 안하고 견딜 수 없는 또 한 가지 중요한 이유가 있는 것이다. 닭이나 계란은 제 손모가지로 들고 기는 것이리 말로는 돈을 낸다는 것이나 두꾸지나 가네오까헌테서 닭값이나 계란값을 받아본 집은 별로 없다. 그런데 다만 노마네 한 집만은 닭값도 계란값도 낙자 없이 받을 뿐 아니라 금새도 읍엣 시세로 쳐서 사흘을 넘기지 않고 보내는 것을 억쇠도 두어 번 심부름을 했다. 그리고 한 달이나 두 달에 한 번쯤 고무신 배급표가 고작 한 반에 한두 장 폭으로 나와 신 한 켤레에 십여 집이 매달려 제비를 뽑는 것이나 이 도꾸지의 주머니에는 고무신표뿐 아니라 비누표 석유표 설탕표 광목표 따위가 언제든지 득실거리였다. 노마네는 제비도 못 뽑았는데 분이도 분이어머니도 고무신이 떨어지지 않었다. 동네에 세력 못 쓰는 젊은이 치고는 농업요원도 아니면서 절룸발이 홍서방을 내여놓고는, 그저 보국대에도 징용에도 뽑혀가지 않고 견디는 것도 분이 오빠 노마뿐이다. 이것도 도꾸지란 놈이 뒷배를 보아주는 것이 틀리지 않였다.

'도꾸지란 놈이 분이헌테 꿍심이 있는 게 틀리지 않다! 내 모를 줄 아니?'

억쇠는 속에서 불이 나올 것 같은 입을 악물고 걸었다.

12

'사람두 이 땅 같을 게다! 같은 흙인데 다룰 맛부터 좋구 힘 적게 들구 곡식은 쏟아지구!'

그 용길네 밭자리 하루갈이는 제 손으로 다루워보니 억쇠는 도꾸지헌테 채킨 것이 다시금 분해진다. 사과나무를 심어 곡식을 간작(間作)을 했고 집터가 백여 평은 차지하여 제대로 심지는 못하였으나 조이삭 하나가 개꼬리만큼씩 숙었다. 억쇠는 이 밭을 밟을 때마다 분이 생각이 따라 솟기도 한다. 같은 사람 같은 여자에도 분이는 보기도 이쁘거니와 살림도 잘하고 아이내도 잘할 것 같았다.

'못된 것이 임자라도 좋은 땅은 큰 이삭을 맺는다! 못된 것이 꼬이드라도 착허기만 헌 분이는 고분고분 넘어가구 말 거다!'

억쇠는 이런 생각을 하면 가슴속엣 불덩이가 불쑥 치밀어 목구멍을 막는 것 같다.

'하눌이 무심헌 것처럼 땅두 사람두 무심헌 거란 말인가?'

아직 마당질두 끝나기 전인데 도꾸지는 어디서 그 귀한 과수에 주는 비료를 구해놓았다. 읍에서부터 억쇠가 져들어왔다. 열매가 아직 달리지 않는 과수는 무슨 과수든 식량증산으로 모조리 뽑으라는 것인데 그것도 면장인 저희 애비 이름으로 남의 것들은 모조리 뽑던지면서 저희 해는 간작만으로 그냥 둔다. 아직 어린나무에 거름이 당치 않았다고들 하나

무엇이든 한번 마음이 내키면 멈출 줄 모르는 성미라 도꾸지는 그여히 억쇠를 시켜 과목들의 둘레를 파게 하고 거름 주는 것을 총찰하던 날이다. 점심 먹고 나와 쉬는 참인데 도꾸지는 억쇠더러 노마를 불러오라 했다.

노마도 노마아버지도 없고 분이만이 웃방에서 찢어진 제 고무신 깁던 것을 든 채 문을 열었다. 「몸뻬」를 입어 분이는 몸매 부푼 것이 두드러져보인다.

"노마 좀 오래는데."

"도꾸지상이 그래요?"

억쇠는 멍청해 대답을 못했다. 어떻게 도꾸지가 부르는지 듣기도 전에 아는 것이 이상했다. 생글거리는 분이가 이런 때는 이쁘기만 하지 않다.

"누가 오빨 오래요?"

"도꾸지상인 줄 알면서 뭘 그래?"

"내 나가 찾어보낼게요."

하고 분이는 붉어지는 얼굴을 돌아서버렸다. 분이어머니는 장독대에서 무엇을 하다가 아들을 도꾸지가 찾는다는 바람에 눈이 휘둥그레 나왔다.

"이 사람? 그 어른이 우리애를 어째 부르실까?"

"몰르죠."

"이거 아들 하나 가진 게 무슨 죽을 죄나 짓구 사는 거 같으니 어떡헌담! 무슨 일이든 자네 말 좀 잘허게 응?"

"저야 뭘 아나요."

"자식이라군 그거 하난 걸 그걸 내보내군 난 죽지 못 살어요! 못 살어 ……"

벌써 말끝이 떨리면서 분이 같은 것은 자식으로 치지도 않는 것이였다. 그것이 자식으로 치는 노마를 위해선 분이쯤 아모렇게 굴려도 좋다는 심속 같었다.

어느 명령이라고 지체할 리가 없었다. 분이와 분이어머니는 집을 비어던지고 나서 노마를 찾어보내였다. 도꾸지는 벌써 경방단 부단장의 정복 저구리를 입고 나와있었다. 이자가 위신을 보여야 할 자리에선 먼저 이 대단스러운, 금줄이 붙은 저구리부터 걸뜨리고 나서는 것이다.

"노마 너 어딜 자꾸 나돌아다니는 거냐?"

"구장네 숫돌루 낫 좀 갈러 갔드랬어요."

"농업요원두 아니구 이 동네 남어있는 청년이 너 하나 아니냐? 모두들 넌 왜 안 내보내느냔 소리에 난 귀가 아플 지경이다. 외아들이야 너만 외아들인 줄 아니? 그렇지만 너희 어머니 사정에 여태 내가 생각을 많이 해왔는데 시국이 점점 긴박해진단 말이다."

노마는 손만 비비고 섰다.

"넌 몸에 병이 있다구 해서 내가 여태 아버지헌테 그렇게 말을 해 밀어왔는데 …… 아모튼지 너머 남의 눈에 띄게 나다니진 말어라. 내 말이면 면이나 군에서 저희 맘대룬 못허는 게니 ……"

"네, 그저 도꾸지상께서 염려해주셔야죠."

하고 노마는 두어 번 꾸벅거리고 물러났다.

그후 메칠 안 있어서다. 도꾸지네는 떡을 했다. 도꾸지 장인의 대상(大祥)이였다. 도꾸지는 바쁜 일이 있어 못 가겠다 했고, 안해와 아이만 백천온천에 가서 차를 타고 가는 연안 처가로 보내는 것이였다. 억쇠더러는 정거장까지 떡그릇을 들어다주고 저물 터이니 백천읍에서 자고 들어오라 했다.

아닌 게 아니라 정거장에 와 막차에 떠나는 것을 보고 돌아서니, 밤이 꽤 늦는다.

'나더러 늦을 테니 자고 들어오라고? 흥!'

억쇠는 콧방귀가 나왔다.

'내 속을 너는 모르나보다. 그렇다구 나두 네놈 속을 모를 줄 아니?'

자기는커녕 억쇠는 속이 달아 저녁요기를 할 여유도 없다. 불이나 끄러오는 사람처럼 억쇠는 숨이 턱에 닿아 가재울을 향해 뛰었다. 눈을 감고라도 다니던 이 이십 리 길이 발뿌리에 제키는 것두 많고 이처럼 아득해보이기도 처음이다.

'벌써 자정은 됐을 거다!'

길도 악한 놈의 편이 되여 자꾸 늘어나는 것 같다.

그러나 결국 길은 끝이 있었다. 아직 울타리도 못한 집이라, 어디로든지 안뜰에 들어서는 것은 문제가 아니였다.

안방은 불이 꺼져 있다.

'설마?'

억쇠는 숨이 가라앉기를 기다리면서 모든 것이 자기의 지레짐작이기를 바랬다.

'설마?'

억쇠는 더듬더듬 안방 가까이 왔다. 무슨 소리가 난다. 주춤 멈추었다. 울음소리 같다. 억쇠는 귀가 놋대야처럼 왕왕거리어 제 가슴 뛰는 소리가 그런지도 모르겠다. 넙적 엎디어 마루 밑을 더듬었다. 억쇠는 이내 배암이나 움키였던 것처럼 진저리를 쳤다. 도꾸지의 「지까다비」보다도 먼저 볼이 줌 안에 드는 여자의 고무신부터 잡혀진 것이요, 그것은 분이가 제 손으로 깁고 있던 실눈이 도틀거리는 분이의 신발이 틀리지 않았다.

"노 …… 노래두요!"

틀림없는 분이의 목소리까지 울려나온다. 반항하는 소리다. 울음으로 반항하다 못해 떠다밀고 뿌리치고 하는 듯 옷자락 따지는 소리도 난다. 억쇠는 어떻게 쓴 힘인지 힘은 썼는데 말도 안 나가고 바윗덩이가 된 것처럼 제 몸을 꼼짝 못하겠다. 다리만 후들후들 떨린다.

"너 끝내 요렇게 …… 노마가 이뻐서 두 번씩 나온 징용장을 내가 응?"

입에 침이 마른 도꾸지 녀석의 목소리다. 그 헐떡거림이 한 번만 갈기어도 나가 떨어질 것 같은 데서 억쇠는 후들거리기만 하던 발을 떼였다. 마루에 신발 채 덥석 올라섰다. 분이의 그만 지쳐버리고만 숨소리는 울음을 그치고 모든 것을 운명에 맡겨버리는 것 같다. 억쇠는 입을 악물고 손으로 문고리를 잡았으나 힘도 쓰기 전에 안으로 걸린 문짝은 꺽 맞섰고,

"다레까?"

하는 일본말이 도꾸지가 아니라 주재소장의 목소리처럼 무섭게 쏘아나온다. 억쇠는 문고리만 놓친 것이 아니라, 문이 열리는 바람에 허겁지겁 물러나 마루 아래로 나려섰다. 나려서고 생각하니 비겁했다. 자전차 전짓불이 총알처럼 내어쏜다.

"저 새끼 봐라! 왜 오늘밤으루 들어와가지구 ……"

도꾸지는 단걸음에 뛰여나려와 철썩 갈긴다. 전짓불 때문에 맞었다. 한 대 맞고 나니까야 바눌에 꽂혔던 것처럼 빡빡하기만 하던 사지가 제대로 풀리는 것 같다. 억쇠는 전짓불부터 후려갈겼다.

"네깟놈의 신세로 살구픈 나 아니다!"

"나마이끼나 ……"

"너 같은 개새끼 하나 맘껏 죄기구 병정 나감 그만이다!"

억쇠의 돌뭉치 같은 주먹은 도꾸지의 볼태기로 가슴패기로 달려드는 대로 내질렀다.

"우리가 살려는 밭을 가로챘지 요눔?"

하고 내질렀다.

"날 삯전두 안 주구 부렸지 요늠?"

하고 짓밟었다. 히끗 분이가 부엌 뒤로 해 뛰는 것이 보인다.

"밤낮 허는 계집질에 동넷집 처녀꺼지 건드려 요늠?"

하고 발길을 앵겼다. 도꾸지는 땅바닥에서 썰썰 기다가 다시 일어서는 체하더니 그도 부엌 뒤로 뛰고 말었다.

억쇠는 컴컴한 마당에서 욱신거리는 주먹을 털고 바깥방으로 나왔다. 도꾸지란 놈을 달어날 기운이 남도록 설 때린 것이 분하다.

'병정으루 나감 그만이다! 나가 죽음 그만이다! 이깟놈의 목숨 살어 뭣하는 거냐!'

억쇠는 허리띠를 졸랐다. 죽으면 그만일 바엔 무서울 게 없다. 이왕 손찌검을 한 김에 요놈을 찾어 단단히 버릇을 가리키리라 작정을 하고 다시 일어서는데 바로 옆에서,

"야마다상?"

소리가 난다. 분이였다. 억쇠는 죽으러나갈 판에는 분이도 밉기만 했다. 분이 상판에 침을 배앝으려 했으나 입에 침이 없다.

"앉었으면 어떻게 해요?"

"어떻게 허다니? 웬 걱정이며……"

"도꾸지가 저 가네오까한테루 가나봐요. 피해요 어서요 네?"

분이는 떨었다. 억쇠는 버럭 소리를 질렀다.

"더럽다! 웬 챙견이냐?"

"……"

"그놈의 방에 들어간 게 어떤 년의 발모가지냐?"

"……"

"더럽다! 퉤, 퉤, 퉤 ……"

"나 같은 거 도꾸지네 마당에서 개새끼처럼 몰매에 죽는 꼴 네 누깔

에 씨원헐 게다!"

"……"

"몇 눔이구 오너라!"

억쇠는 병정을 나가서커녕 분이가 보는 이 마당에서 사내자식답게 기운껏 원한껏 싸우다 죽고싶었다. 마당으로 뛰여나왔다. 그때다. 분이의 그림자가 나무토막처럼 쿵 나가 떨어진다.

"……?"

억쇠는 어느 틈에 딴사람처럼 날러와 분이를 일으켰다. 입에 숨기가 없다.

"분이?"

뺨을 대어본다. 식은 눈물이 처끈거리고 이쪽 뺨을 적신다. 억쇠는 그만 제 눈물주머니도 칼에 쿡 찔리는 것 같다. 눈을 껌벅이어 눈물을 떨구며 허둥허둥 분이를 안은 채 길로 나왔다.

아닌 게 아니라 맞은편 가네오까네 집 쪽에서 관솔불이 올려솟으며 몇 녀석의 두런거리는 소리가 난다. 억쇠는 그만 돌아서 큰길쪽으로 나왔다. 방축 둑으로 들어서 버드나무 밑으로 왔다.

"어떡허나! 분이? 분이?"

분이는 억쇠의 뜨거운 가슴에 안기여 한참이나 사지가 움직여진 때문일까 이내 울음부터 느끼고는 정신을 차리었다.

"놔요."

정신이 들기 바쁘게 분이는 억쇠를 떠다밀었다. 떠다밀을수록 억쇠는 힘주어 안았다. 그리고 아이들처럼 소리만 내이지 않았을 뿐 둘이는 자꼬 울었다.

"우린 누구도 죄가 없는 거다! 분이 맘을 내가 모르지 않어!

분이가 아버지나 오빠를 구헐 길이 그 길밖에 없었다면 그걸 맘에 둘

내가 아니야! 나두 사내자식이야!"

억쇠는 도꾸지네 마당쪽을 돌아다보았다. 도꾸라지란 놈은 절름거리며 관솔불을 들었고, 팔근이놈과 달운이놈은 말장을 뽑아들고 어슬렁거리며 저를 찾고있다.

억쇠는 이를 갈더니 얼른 분이를 내려놓는다. 분이는 그쪽으로 달리려는 억쇠의 다리 하나를 붙들고 늘어진다.

밤이 훨씬 깊어서 이들은 분이네집으로 들어왔다. 그리고 날이 새기 전에 억쇠는 분이어머니가 싸주는 좁쌀 서너 되를 꽁무니에 차고 가재울을 떠났다.

13

「팔・일오」는 바로 이듬해 여름이었다.

곡산(谷山)땅 깊은 산골 어느 광산에 가 버럭짐을 지고 있던 억쇠는 해방된 것을 이틀 뒤에야 알았고 팔월 이십일에야 그립던 「내 고향」이기보다 「분이의 고향」 가재울로 들어섰다.

'요 도꾸지 따위 독사새끼들이 어느 구멍에 대가릴 박었을까?'

억쇠는 주먹에 다시금 신바람이 난다. 농사도 어느 해보다 잘돼 보였다. 논마다 볏춤이 줌이 벌 것 같고 밭곡식도 안사람들이 초벌김이나 매였을 것으로 거무툭툭한 속잎들이 제법 실하게 자랐다. 어느 집보다도 분이네 집부터 바라보였다. 태극기가 올려솟은 지붕에는 박덩쿨이 무성하게 덮여있다. 분이? 하고 소리부터 지르고싶다. 그러나 억쇠는 아버지 생각에 흐려지는 눈으로 풀만 우거진 저희 집터에서 몇 걸음 어정거리다가는 바로 도꾸지네 집으로 뛰여들었다.

짐작이 틀리지 않았다. 도꾸지를 미워할 줄 안 것은 자기만이 아니여서 이미 안방 부엌 광 문짝이란 문짝은 모조리 나자빠져 있었고 경대, 양복장 따위가 깨강정이 된 것도 방으로 마루로 너저분히 널려있었다. 도꾸지란 놈 신세도 저 경대나 양복장처럼 산산조각이 났는지 어서 누구를 만나야 알겠다.

이 집을 나서 첫번 만난 것이 징병으로 만주로 끌려가 관동군에 입영해 있다온 장근이였다-. 서로 손부터 꽉 붙들었다.

"살었구나!"

"너두 잘 있었구나!"

"언제 왔니?"

"어제 왔다! 노마두 어제 왔다!"

"노마두라니?"

"노마두 징용에 걸린 것 몰랐니?"

억쇠는 가슴이 후꾼해 올랐다. 그러리라고는 생각했지만, 노마도 그여히 징용에 걸린 것은 분이가 그 뒤에는 도꾸지의 어떤 위협에도 굴치 않었다는 표였다.

"또 그러군?"

"점둥이가 죽었다는구나!"

"뭐?"

"점둥인 해방 되기 뒤- 달 전에 일본 복강서 죽었단 기별이 왔다드라!"

"저런 망헐 자식!"

억쇠는 잠간 점둥이네 집 쪽을 바라보고 입을 비죽거리었다.

"하필 그 자식이!"

장근이도 눈이 젖었다.

"망헐 자식! 해방된 것두 못 보구!"

"그래 넌 인전 어떡헐 테냐?"

"인제야 뭘해 먹든 굶기야 허겠니?"

"그럼!"

"헌데 이 도꾸지란 놈 어떻게 됐다든?"

"글쎄, 그 자식을 놓쳤다는구나!"

"엥이 빌어먹을……"

억쇠는 주먹을 떨었다.

"가네오까란 놈은 경을 치구 뛰구."

"달운인?"

"그 새낀 멀쩡히 다니든데! 집집마다 다니면서 빌었다드라."

"엥이! 도꾸지놈을 놓치다니!"

"그때 동네에 어디 젊은 녀석들이 있었어야지!"

"참, 성필인?"

"왔단다."

"야! 갇혔던 사람들은 더 기쁘겠구나!"

그러나 속으로는 저도 분이를 만날 기쁨이 누구의 기쁨만 못하지 않었다.

"아, 그만 점둥이가!"

하고 동무와 또 한 번 손을 굳게 잡었다 놓고 억쇠는 분이네 집으로 달려왔다.

분이는 남달리 마음에 씌이고 있어 누구보다 재빠르게 억쇠가 저희 집에 들어서는 것을 알었다. 그리고 분이는 인전 오-랜 인습에서까지도 해방이 된 듯 부모님들 보는 데서 달려나와 억쇠를 어엿하게 맞았고, 어제 저희 오빠가 왔을 때는 울지는 않았는데 오늘은 눈물까지 솟는 것을 감추지 않았다.

"너 내가 살아온 거보다 억쇠 살아온 게 더 좋은 게구나?"
하고 노마가 억쇠와 손목을 놓고는 누이를 놀리었다.

분이아버지도 어머니도 억쇠를 스스럼없이 내 집 사람으로 맞았고 노마아버지는 한숨을 쉬며 억쇠아버지를 생각하는 말씀을 했다.

분이는 은근히 사람 기다린 피곤이 눈 가장자리에 남었으나 그것이 생글거리기만 해서 철없이 보이던 때보다 더 믿음직하고 어른티답기도 했다.

모두들 기뻤다. 점둥이네와 아직 나간 사람들 생사를 모르는 집들 외에는 모두들 지치도록 기뻤다.

"인전 우리도 살었다! 인전 조선사람도 살었다!"

모두 한두 끼 굶어도 시장하지 않었다. 억쇠는 이날 저녁으로 점둥이네 집에 와 인사를 하고 그길로 성필이를 찾어왔다.

성필이는 딴사람 같었다. 머리를 빡빡 깎어 그전 모습이 없는데다, 오랜 동안 굶주렸을 것과는 딴판이게 허-얘진 살이 푸둥푸둥했다. 마루에 거적을 깔고 누웠다가 얼른 나려와 그전보다 친하게 악수를 해주는데는 감격되었지만, 성필이의 살이 가까이 보니 부은 것임을 알 때 억쇠는 눈물이 핑 돌았다.

"그 속에서 얼마나 고생했어요?"

"동무들 걱정해준 덕으루 잘 있다 나와 이런 기쁨을 보! 그리구 나 없는 새는 동무들이 우리 집 일루 많이들 애썼습디다그려!"

성필이는 「동무」라 부르며 마루 위로 이끌었다.

"그때 그 어른두 나오셨겠죠?"

"그럼! 그 동무는 다른 사건에두 걸려 원산으로 이송되었드랬는데 으레 이번 통에 나왔을 거요."

"우리 따위가 이렇게 좋을 때 그런 분들은 얼마나 기쁘실까요?"

"암! 그런데 동무넨 그간 아버지가 돌아가셨드군! 그리고 그 애를 써지었던 집이 헐렸습디다그려."

"말해 뭘헙니까!"

"내 대강 얘긴 들었소."

억쇠는 가슴이 울컥 치밀어 멍—하니 눈만 껌벅이었다.

"아무튼 동무가 잘 나타났소. 도꾸지네 집과 논밭을 맡어나갈 사람이 문제라구들 허더니."

"내가 상관해 괜찮을까요?"

"여부 있나! 도꾸지네헌테 피해 안 본 사람이 누가 있겠소만, 동무네처럼 억울헌 꼴 많이 당헌 사람은 없으니까! 집을 빼앗겨 이태씩 농사를 지어줘, 농사두 삯전두 없었다며?"

"징용 면허게 해준다구 용돈이나 한 푼 줬나요 어디?"

"그놈의 집 떳떳이 차지허우. 누가 반대허겠소? 그리고 그 집 농사두 땅은 인제 나라에서 결정허겠지만 부치는 거야 떨어질 리 없을 게니 부즈런히 거두구 인전 성가를 해 살 채빌 허슈."

"지금부터라두 그 집 농살 거두기만 험 내가 추수해 먹을 수 있을까요?"

"먹지 않구? 동무가 그렇게 자신 없이 굴면 안 되우. 집을 멀쩡허게 뺏기구, 이태씩 종살이를 허구, 어째 그런 놈의 새낄 철저허게 미워 못허는 거요? 해방된 오늘두 그자들헌테 쭈볏거림 안 되우. 인전 우리들 자신이 싸워 이기며 살어야 허는 거요. 우리 헐 일이 인제 많소!"

억쇠는 말은 나오지 않았다. 그러나 도꾸지를 미워헐 것이 집 빼앗긴 때문이나 삯전 없이 머슴살이를 한 것이나 아버지를 내여쫓은 것이나 그런 것만도 아니다. 부모나 형제를 구하기 위해서는 제 몸 하나쯤 바치어도 좋다는 분이의 천진한 순정을 낚어 제 야욕을 채우려던, 야수 같은 고놈의 심보를 생각하면 그깟놈의 집간이나 농사쯤 차지하는 것으로 풀려버릴 제 속이 아니다.

억쇠가 도꾸지네 집에서 떠나버린 뒤, 징용을 면한다는 바람에 도꾸지네 머슴살이 자리를 노소가 다투어 모여들었으나 도꾸지의 계집은 이런 특권 있는 자리에 저희 친정조카 한 녀석을 데려다두었고, 그 녀석이 또 수긋하고 일이나 하는 것이 아니라, 도꾸지만 못하지 않게 촌사람들을 휘두르다가 도꾸지가 맞을 매까지 몰아 맞고 튀여버린 것이다. 억쇠는 도꾸지네 농사를 거두는 한편, 도꾸지네 집도 무너진 부뚜막과 부서진 문짝들을 노마와 노마아버지의 손을 빌어 대충 고치고 들게되었다.

14

이 가재울 구석에도 아침저녁으로 새 소문이 연달어 들어왔다. 임시정부가 어느 날 들어온다드라, 서울서 벌써 건국이 되였다드라, 나라이름이 「대한」이라드라, 아니 「조선인민공화국」이라드라, 대통령에 누구, 육군대신에 누구 …… 어른 아이 저마다 지껄이었다. 그러나 지껄일 때뿐이였다. 인전 공출로 빼앗기지 않을 추수라, 농군들은 밭과 논에 예전 공출 없을 때와 같은, 애착이 끓어올랐다. 올에는 밥이라도 한번 실컨 해

먹어보자! 올에는 추수가 일 년 계량만 되면 남의 자식(며누리)도 하나 데려오자! 나라이름이 무엇으로 정해지든 대통령이 누구로 되든, 그런 것이 앞으로 저희들 살림에 미칠 영향을 생각할 줄 모르는 이들은 「나라」라는 것에는 이내 무관심할 수 있었다. 못 불러보던 「독립만세」를 목이 터지게 불러보는 것도 시원은 하나 역시 집에 돌아오면 권생원네와는 달리 배고픈 것이 급하였다. 누구는 주재소장을 뚜들겨주었다, 누구는 정순사놈을 밟아주었다, 누구는 가도란 녀석에게 「조선독립만만세」를 불리웠다, 이렇게 평생 처음으로 우쭐해서들 덤비는 것이, 이제는 정말 숨을 쉬고 사나보다 싶기도 했다.

평양에는 쏘련군대가 들어왔다는 소문이 났다. 메칠 안 있어 서울에는 미국군대가 들어왔다는 소문도 났다. 그리고 삼십팔도선이 무엇인지 바로 벌촌 앞들이 경계로서 조선의 남북이 금이 그어진다는 소문도 났다.

그러나 농군들은 날만 밝으면 논과 밭에 끌리었고 논과 밭에 들어서면 역시 저희를 살리고 죽이고 할 것은 이 논이요 밭일 것 같았다.

"이 왜놈의 땅과 달어난 친일파놈의 땅은 대체 어찌된 건구?"

그런 논밭은 그것 부치던 작인들의 차지라는 말이 돌았다.

"아−니 그것도 공평치 못허지! 그럼 달아나지 않을 지주의 땅을 부치던 우리넨?"

"거야 복불복이지 헐 수 있나! 멀쩡한 조선지주의 땅이야 종전대루 지주네 땅이지 별수 있어!"

"복불복이라?"

"흥 어떤 놈은 공으로 제 땅이 되구 어떤 놈은 그대로 남의 땅 소작이야?"

새 생활욕과 새 소유욕들은 음험한 공기까지 떠도는 무렵, 하로는 가재울 앞 행길에서 납작한 자동차에 빨간 기를 단 쏘련군인 몇 사람이 나타났다. 밭에서 논에서 마당에서, 사람들은 길이 메게 모여들었다. 먼저 성필이가 나서며 쏘련군인들에게 손을 내여밀었다. 그들은 두툼한 손으로 벙글벙글 웃으며 성필의 손을 마주잡고 흔들었다. 둥그런 통이 달린 이상한 총을 메였으나 그들은 사귐성 있는 몸짓으로 큰 키를 구부려 둘러선 아이들에게까지 악수를 했다. 계집애들은 부끄러워 달아나는 아이들도 있었다. 논에서 뛰여나와 손에 흙이 묻은 채 억쇠도 그들의 악수를 받았다. 어깨에 금줄이 번쩍이는 장교들이나 이들의 평민적인 태도에 억쇠뿐 아니라 모두가 감격되여서 성필이의 선창으로 진정에 넘치는 「쏘련 군대 만세!」를 불렀다.

"이분들은 잠간 조선 농촌 구경을 한다고 읍에서 나왔습니다."

통역이 성필이에게 말했다. 성필이는 이들을 동네 안으로 인도했다. 이들은 농군들의 가정 다섯 집과 권생원네 가정을 보았고 농구(農具) 일습과 농민들이 일하는 것도 보았다. 성필이네 바깥 툇마루에서 동네에서 모여든 꿀물이며 풋밤이며 대추를 먹으면서 지주네 가정에 비기여 소작인들의 생활이 너머나 비참하도록 차이가 있다 하였고, 농사를 짓는 소작인의 실수입이란 사 할이 못 된다는 말을 듣고는 더욱 놀랐다. 그들의 열정적인 이야기를 통역은 이렇게 옮겨주었다.

"그러나 여러분 기뻐들 하시랍니다. 자본주의국가의 식민지에서 해방이 된 여러분은 이 앞으로는 그런 억울한 착취를 당하지 않고 사실 게라 합니다. 노동자든 농민이든 자본가나 지주를 위해 살 것이 아니라 자기 자신들의 행복을 위해 살 수 있는 조선이 될 것이라고 합니다."

누구보다도 성필이는 열광해서 쏘련군인들의 묵직한 손을 다시금 잡으며 감사했다.

이날 저녁 성필이네 마당에는 억쇠를 선두로 여러 청년들과 농군들이 모여들었다.

"아-니 낮에 왔던 쏘련군인들이 뭐랬다구요?"

"지주가 소용없어진다구 했다면서?"

"그래 달아난 지주나 일인의 땅을 작인들이 제 해루 차지허구 부쳐먹
으리까?"

"지주가 소용없어진다면 조선지주두 그렇다든가?"

이들의 자기 표준의 구구한 질문에 성필이는 아직 정확하게 분별해
나가며 대답해줄 자신은 없었다.

"인제 두구봅시다. 아무튼지 제 손으로 일허는 사람이 가난하구 놀구
앉었는 사람이 잘사는 세상으로 도로 되지는 않으리다!"

"그걸 자네가 어떻게 장담허나? 일본이 졌으면 일본이 쫓겨갔을 뿐
이지 땅임자들이 모조리 조선서 떠나가든 않겠지?"

용길이아버지가 벌에서 늦게 들어오던 길인데 한몫 끼었다.

"그건 성필씨를 두구 생각해두 그렇진 않지요."
하고 불쑥 성필이의 대답을 앞질러 억쇠가 나섰다.

"성필씨가 전에 만날 잡혀다닌 게 일본사람허구만 아니라 지주들과
쌈 허느라구 아니드랬나요? 그러니까 일본경찰이 없어졌으니 인제 농
군들허구 지주허구 쌈해봐요? 그래 백이나 천 명이 지주 하나 못 해낼
라구요?"

"그런 울력다짐을 헐 푼수면야 늙은 나 같은 거 하나기루 지주 하나
못 감당허겠나? 그렇지만 이치에 닿야 말이지."

"왜 이치에 안 닿요? 일 않구 더 잘살구, 일허구 더 못살구 그게 무슨
옳은 이친가요?"

"아, 일 않구 편히 먹는 사람이 그리게 땅임자 아닌가?"

"땅임자란요? 제 애비 할애비 악헌 짓 한 것 물려가진 멀쩡한 물신선
들 그렇지 않음 갖인 악헌 짓을 해 남의 피땀을 긁어모은 돈으로 산 거지

착헌 재물이 세상에 어디 있어요?"

"누군 글쎄 무슨 짓을 해서든 돈과 땅 사지 말랬나?"

"아 누가 돈 모구싶지 않어서 못 몬 사람 있답디까? 착헌 사람 치구 백에 하나나 돈을 몰 수가 있었나요 어디? 옛날 세상엔 백성들 잡어다 볼길 치구 뺏들은 재물이랍디다. 요마적엔 모두 관청놈들 끼구 도―쬬면장 녀석처럼 협잡을 부렸거나 평생을 구리귀신으루 고리대금을 해서 남 누깔이 뭐지게 구차한 사람들 등을 처먹은 그런 악착한 돈들 아니구 뭔가요? 그래두 판청이니 법률이니 한 가지나 우리네편 들어준 게 있었나요? 그러니까 지주나 재산가는 죄다 우리네 구차허구 용해빠진 사람들관 갈데없는 원수넨다!"

"그렇기두 해?"

"거 억쇠 꽤짜배기구나!"

하고 동무들도 농담으로보다는 더 속으로 감탄했다. 이날 성필이는 이들에게 이런 이야기를 했다.

"그전에두 세계전쟁이 있었지만 그때는 이긴 나라들두 죄다 남의 나랄 먹길 위주루 허는 나라들뿐이었거던. 그래 진 나라가 먹구있던 약소민족이나 나라들을 이긴 놈들이 도루 노나먹구 말었지만, 그때두 말루는 미국의 윌슨대통령이 민족자결이라구 떠들어 그 바람에 조선에두 독립운동이 일어나구 독립운동자들이 파리강화회의에 조선독립을 시켜달라구 대표가 가서 진정두 했지만 그때 어디 조선이 독립이 됐오? 그랬지만 이번엔 약한 인종이나 약한 민족이나 약한 나라를 먹기 위주가 아니라 해방시키구 도와주는 게 위주인 사회주의국가가 이긴 나라 중에 하나란 말이오. 그 나라가 끼기 때문에 이번엔 진 놈이 먹구 있던 걸 이겼다구 저희가 다시 노나먹는 게 아니라, 이번엔 우리 조선처럼 모두 해방을 시켜주는 거란 말이오. 그런 약소민족을 위해, 다시는 종 노릇을 안허두록

뒷수습을 해, 다시 말험 사회주의 국가가, 세계에 다시는 먹는 나라와 먹히는 나라가 없이, 서로 평등허게 발전하면서 살두룩 주장하니까, 이 앞으로 조선독립두 그냥 내버려둘 게 아니라 세계에 먹구 먹히는 나라가 없어지듯이, 한 나라 속에서도 먹고 먹히는 백성이 없두룩 그런 평화스런 나라가 되도록 보살펴줄 거구 또 기왕부터 그런 조선이 되게 허량으루 우리 조선사람 중에서도 목숨 내걸구 싸워온 사람이 얼마든지 있었단 말이오. 여러분두 알지 않소? 전에 동척과 문제 있을 때 저기 권생원네 삼포 뒷등에서 우리헌테 얘기해주다가 나서껀 잡혀간 이 있지 않았소? 해방만 됐다구 다된 게 아니오. 모르긴 해두 조선독립을 좋아는 하면서도 역시 조선 안에선 같은 동포끼린 그전에 저들 잘살던 버릇으루 또 한두 녀석이 여러 백천 동포를 부리면서 살어볼려구 덤빌 거요. 쏘련 같은 만민평등으루 사는 나라는 조선이 그런 불평등한 나라로 떨어지길 바라지 않을 거구, 또 우리들부터가 다신 한두 녀석에게 종살이가 아니라 누구나 똑같은 권리루 사는 정말 사람마다가 제 권리와 제 자유로 발전하면서 사는 그런 조선을 세우두룩 힘써야 할 거요. 조선이니 동포니 하지만 우리 삼천만 동포에 어떤 사람이 주인인지 아시오? 우리 같은 구차한 사람이 이천구백만 명이 넘는단 말이오! 삼천만의 주인은 이천팔구백만이라야 할 것 아니요? 여태까진 거꾸로 백만두 될지 말지헌 자들이 이천팔구백만을 움켜쥐구 왔단 말이오. 명사니 지사니 하는 자들도 허턱 나라니 동포니 떠들었지만, 동포 속에 십분지팔구가 되는 노동자와 농민을 염두에 두구 떠든 자는 적었단 말이오. 농민이나 노동자들을 위해 싸워온 사람들, 즉 삼천만의 거의 전부 동포나 나라의 거의 전부를 위해 싸워온 사람들은 신문잡지엔 이름은 그닥 나지 못했어도 유치장이나 감옥엔 밤낮 이름이 적히던 아까두 얘기했지만 권생원네 삼포 뒷등에 왔던 그런 사람들이었단 말이오! 모르긴 해두 아니 보나마나요! 인제 조선에 누구 누구하던 두목들은 허턱 그전 식으루 독립이니 동포니 떠들다가두 정작 이해타산에 들어가선 몇 놈 안 되는 재산가나 지주편을 들구 나설 게 틀리지 않을 거요! 그자들 허자는 대로 맡겨나가다간 이천팔구백만의 조선독립이 아니라 단 백만두 못 되는 몇 놈의 조선독립밖에 안 되구 말거요! 해방은 됐지만 정말 조선전체의 독립 우리 대중들의 독립이 되두룩은 우리 대중 자신들이 나서야 할 거요! 우리들을 원조하는 선진국이 있구, 우리들을 지도하는 선각자들이 있으니까, 우리는 누가 정말 우리 편인가를 가려낼 줄 알어야허구, 우리 자신들이 헐 일을 알아채려서 지금부터 맘 준비를 단단히 허지 않으면 안 될 거요!"

성필이의 말소리는 나중에는 연설처럼 높아져서 사람도 자꾸 모였고 다른 집 마당에서는 개들도 짖었다.

별이 퍼부은 듯 반짝이는 밤이였다. 억쇠는 분이가 목마를 시켜주던 날 저녁처럼 별빛 고운 하눌을 즐길 수가 있었다. 억쇠는 제 눈이 자꾸 밝어지는 것 같었다. 권생원네 삼포 뒷등에서 그 사회주의자의 이야기에 비로소 세상을 볼 줄 아는 눈이 트이는 듯한 감격이였듯이, 오늘 성필의 이야기에서 비로소 이 해방과 이 앞으로의 조선을 보아나갈 눈이 트이는 것 같은 감격이였다. 이런 이야기를 어서 분이와 함께 지껄이고 싶었다.

며칠 안 지나서다. 가재울에 「삼칠타작」이란 말이 들려왔다.

"삼칠이라니?"

농군들은 귀가 얼얼해 무슨 말인지 가려 물을 수가 없었다. 농사나라 조선천지에 북조선에서 처음 떨어진 수수께끼 같은 말이다.

"삼칠제라니? 누가 칠분을 먹는단 말이야?"

억쇠는 누구보다도 몸이 닳어 성필에게로 달려갔다. 성필이는 얼굴빛도 인전 제 색이 돌아 읍출입이 잦을 때었다. 성필이는 억쇠에게 도리여 물었다.

"동무는 그 칠 할을 누가 먹는 게 옳겠소?"

"욕심대루야 작인들이 칠 할을 먹어야 옳지요."

"왜 지주보다 작인들이 더 먹어야 옳소?"

너머나 쉬운 질문이여서 억쇠는 씩 웃고 말었다.

"욕심대루라니? 옳은 일인데 그게 왜 욕심이오?"

하고 성필이도 웃었다.

"다대수인 우리가 조선의 주인들이구, 농사를 짓는 우리가 조선땅의 주인들인 거요. 우리가 생활이 수가 있구 우리 생활이 여유가 있어 자식들을 가리키게 돼야 조선은 문명국이 되는 거요. 가재울서 권생원 한 집만이 자식을 가리켜가지군 가재울에 아무 영향두 주지 못허는 거요. 가재울 사십 호가 다 자식을 교육시킬 힘과 병나면 고칠 여유가 생겨야 또 한 놈은 착취하고 여러 놈은 착취를 당허구 허는 노릇이 없어져야 가재울두 그담부터 미신과 죄악과 인간모멸의 구렁에서 벗어나게 될 거요. 농민의 이익을 자꾸 주장헙시다. 우리가 남을 착취허는 게 아니라 우리가 남에게 착취를 안 당허구 살겠다는 게 도덕으로 봐서 당연헌 거구 생활에 있어 우리헌테 여간만 절실헌 문제요? 우리 이익을 주장헙시다! 이건 우리 이익인 동시에 조선의 이익인 거니까!"

억쇠는 가만히 고개를 숙이고 있었다. 이김에 달어난 녀석의 땅이니 땅이나 생길까 하는 저 하나뿐의 욕심으로만 흥분이 되여오군 한 저 자신이, 언제든지 농민전체와 조선전체의 이익에 열중해 있는 성필이의 말을 들을 때마다 눈이 한 겹씩 더 무지의 안개가 걷히는 기쁨도 기쁨이려니와 한편으로 자기의 무지와 개인본위의 욕심이 슬며시 부끄럽기도 했다.

"이러구보니 공부 못헌 게 참말 한이 돼요!"

"물론 배워야 허우. 그러나 지금 동무 그대로두 얼마든지 훌륭헌 일을 할 수 있단 자신을 가지시오. 세상일이 알기 어려운 게 결코 아니오. 남을 골리고 저만 잘살려는 협잡질에는 복잡한 지식이 필요헌 거요. 그렇지만 떳떳이 옳게만 사는 덴 많은 지식만이 필요헌 것도 아니오. 그렇다구 과학지식을 무시허는 건 물론 아니오만, 옳게 살 수 있단 자신만은 가지시오. 그리구 우리 틈 있는 대로 학습에 충실헙시다."

"노마서껀 장근이서껀, 성인학교를 하나 지어볼까 공론은 허는 중이야요."

"그거 좋은 일이오! 내 선생은 얼마든지 끌어대리다."

억쇠는 새로 생긴 농민조합에도 누구보다도 열성을 내이려했다. 그러나 어떻게 된 셈인지 분회장에 하필 달운이 녀석이 나선 것은 불쾌하였다. 장근이도 노마도 못마땅해 울군거리었으나 아무도 차마 말은 내지 못하였다.

아모튼 타작은 삼칠제가 틀리지 않었다. 남조선에서는 마지못해 삼일제라고 하나 북조선의 삼칠제는 조곰이라도 작인에게 더 유리했다.

"조선이 해방이 아니라 조선놈이 모두 미치나보다!"

권생원의 말이었다. 해방 직후엔 조선독립이라고 떡을 한 섬이나 치고 동네잔치를 열던 권생원이 삼칠타작이란 말에는 눈이 뒤집혔다. 삼칠타작을 주장하는 사람들이 죄다 미치지 않는다면 권생원이 미치고야 말 것처럼 덤비었다.

"미친놈들 소리 아닌가 들어보게. 독립이 됐으면 법두 없나? 독립이 됐으면 태황제 때 법도대루 다실러야 헐 것 아닌가? 천지개벽 후 삼칠제 타작이란 어느 임금 때 있었냐 말이다? 이 포두청으루 갈 놈들아! 남 개미 금탑 모듯 헌 재물을 그냥 먹으러들어? 아 한 푼 변두 안 되는 땅을 어느 시러배아들놈이 살거냐 말이다? 농민조합? 흥 그년의 것 며칠이나 가나 보자! 경찰서가 없어졌다구 영영 없어진 줄 아니?"

하고 작인집 마당마다 가 앉아서 으르대였다. 어떤 늙은 작인들은 역시 뛰여나와 권생원의 비위를 맞추었다.

"다시 이를 말씀이와요. 돈 꿔 땅 사자는 건 타작 받어드리자는 거구 타작은 소불하 금리는 나와야 헐 게지 금리 안 되는 땅을 정말 미쳤다구 사겠어요? 말이 그렇지 지주 삼 할만 주겠단 작인 어디 있을라구요?"

그러나 작인은 죄다 이런 사람만은 아니였다. 곡식이나 가축의 공출은커녕 내 몸과 내 자식의 목숨까지 개처럼 끌려다니던 이 몇 해 동안 농민들도 「나」라는 것이나 「내 것」이란 것에 상당히 날카롭게 신경을 써왔다. 만세일계(萬世一系)니 천장지구(天長地久)니 하고 억만 년을 저희 세상으로 누릴 것 같던 일본제국의 위신도 일조에 꺼꾸러지는 것을 내 눈들로 보았다. 군신(君臣)의 의(義)니 주종(主從)의 은(恩)이니 하는 것도 권력을 잡은 한편만의 제 욕심 채는 속임수였던 것도 어렴풋이는 깨닫는 사람이 늘어갔다. 그런 데다 한편에서 인민위원회와 농민조합과 그 밖에도 가재울에선 성필이 같은 사람이 이들의 귀를 마음대로 뚜드리게 되였다. 여러 해 묵은 한덩이 귀이지처럼 이들의 고막을 굳게 막었던 봉건관념(封建觀念)은 그 언저리가 벌어져 버스럭거리기 시작한 것이다. 권생원의 비위를 맞추던 몇 사람의 늙은 작인들까지도 남도 다 정말로 삼 할밖에 내지 않는 마당에 이르는, 저만 오 할 이상의 소작료를 내놓고 싶지는 않었다. 권생원이 마당전에 와 떠들지 않어 악을 쓴대야 말대꾸를 하러 나서는 작인은 차츰 그림자를 감추고 말었다.

농촌은 오래간만에 풍성한 가을을 맞었다. 참말 오래간만이였다. 삼십육 년 만에 아니 그보다 더 오래간만이였다. 지어놓은 농사는 지주가 들고가고, 장리쌀 임자가 들고가고 빚쟁이가 들고가고 벼슬아치가 들고가고 남는 것은 정이월 양식도 못 된다는 타작마당의 전설은 벌써 이들의 몇 대 조상 때부터 콩쥐팥쥐 이야기와 함께 있어왔으므로 이들은 언제부터인지 알 수조차 없을 만치 오래간만에 풍성한 가을다운 가을을 맞었다.「팔, 일오」그날보다 농사를 지어 생전 처음으로 소출의 칠 할을 차지해보는 이날 비로소 농군들은 해방의 기쁨을 할아버지 할머니 아버지 어머니 아들 딸, 온통이 한자리에서 맛보는 것이었다.

15

이들의 예상대로 달어난 지주나 일인의 땅에서 추수하는 농민들은 더 실속이 많었다. 같은 삼 할을 인민위원회에 내기는 하나 지주가 옆에서 간섭하는 것처럼 박하지는 않었다.

억쇠도 그전에 동척땅에서 당한 억울을 한몫 분풀이한 듯 흐뭇한 추수를 해쌓었다.

쌀만 있으면 부엌세간도 옷감도 문제가 아니였다. 집도 도꾸지란 놈이 하지 못했던 울타리까지 아늑하게 둘러쳤다. 가재울만 해도 이 가을에 시집장가가는 젊은이들이 많었다. 여러 동네가 서로 사위를 맞고 며누리를 맞고 했다. 이 집 저 집서 끼니 아닌 때도 굴뚝에서들 소담스러운 연기가 올려솟았다.

억쇠네 굴뚝에서도 한 날 끼니때 아닌 연기가 무럭무럭 올려솟았다. 다만 이들의 혼인하는 예식만이 다른 집들과 달랐다.

그동안 억쇠는 성필이와 정말 동무간처럼 또는 오래전부터의 사제간(師弟間)처럼 가까워졌다. 이번 억쇠의 혼인에도 성필이는 자기의 이상적 혼인식을 억쇠에게 실현시키는 것이었다.

"내가 만일 혼인을 허지 않았다면, 꼭 이 식으로 나부터 해보는 것인데!"

성필이는 재래 구식혼인에는 물론이요, 요즘 사회식이니, 교회식이니 하는 혼인시에도 마땅치가 않어 자기대로 한 가지 혼인식을 생각해두었던 것이 있다. 그것은 도시에서보다 농촌에서 더 적합한 의식이여서 억쇠에게 권하였고 억쇠도 이야기를 듣고보니 그럴 듯하여 분이의 동의를 얻고 즐거이 성필이의 새로운 혼례식을 따르기로 한 것이다.

장소는 동네사람들이 단오 때면 씨름도 하고 복날이면 천렵도 하는 칡바윗골에 있는 정자 같은 반송들이 둘러선 잔디밭에서였다. 시간은 오후 네 시 동무들과 어른들이 둘러앉고 주례 성필이가 깨끗한 조선옷을 입고 상보 덮은 테이블 뒤에 섰다. 테이블에는 다른 것은 없고 산과 들에서 꺾어모은 들국화를 중심으로 이슬기 있는 청초한 꽃묶음이 하나 놓여 있다.

이윽고 신랑의 둘러리인 장근이가 개울에서 올라와 준비가 된 것을 알리었다. 주례는 내빈들에게 곧 신랑이 나타날 터이니 신랑이나 신부가 개울에서 올라서거든 테이블 앞에 이를 때까지 일어들 서라고 이른다.

신랑은 개울에서 이 닦고 머리 감고 세수하여 머리에는 그저 물기가 있이 올라선다. 옥색 두루매기를 입었으나 발이 맨발이다. 뒤에 따르는 두 둘러리들도 발목에 대님은 묶었으나 모두 맨발로 잔디를 파헤치고 만든 보드라운 생흙길을 밟으며 들어섰다. 숫눈처럼 푸군푸군 발이 묻히는 흙은 보기만 하는 사람들에게도 싱그러운 흙의 향기를 풍기였다.

테이블 앞에도 한 간 둘레로 잔디가 걷히고 검붉은 생흙바닥이였다. 신랑이 바른편에 서자, 신부가 나타났다.

신부도 새로 머리를 감고 세수를 했다. 얼굴 그대로 분도 연지도 없고 머리는 그전에 함경도나 평안도에서들 얹듯 치렁치렁 땋은 머리를 당기 채 올려 둘레머리로 얹었다. 얄밉도록 부자연한 낭자머리보다 이 둘레머리는 자연스럽고 사슴이 뿔을 이듯 자랑스럽게 머리를 인 신부는 한편에 떨군 붉은 당기와 함께 멋드러진 맵시였다.

두 둘러리들도 마찬가지 머리에 마찬가지 맨발들이다. 신부는 분홍옷 둘러리들은 어느 쪽도 다 흰옷들이다.

"여러분들은 앉으십시오."

처음 보는 광경이라 어른들도 조용하지 못하였다. 주례는 근엄한 표정으로 조용해지기를 기다렸다.

"이제부터 천억쇠군과 김분이양의 혼례식을 지내겠습니다. 이 두 분은 서로 사랑한 지 오라고 자기들의 사랑이 진실한 것을 믿기 때문에 오늘 여러분 앞에서 부부의 길을 시작하는 것입니다. 여러분이 보시는 바와 같이 신랑과 신부는 지금 발에 짚 한 오리 걸치지 않고 맨발 맨살로 새로 파헤친 새흙을 밟고 섰습니다. 이분들은 지금 어떤 자리에서보다 순박하고 진실하고 경건한 마음으로 차있을 것입니다. 이들이 서로 사랑을 변치 않을 것과 이들이 부부로의 결합을 영원히 지켜나갈 것을 여기서 이 순진한 마음으로 여러분 앞에 맹세하는 것입니다. 여러분도 진정으로 이들의 결혼을 축복하시며 이 앞으로 이들의 새 가정을 돌봐주시기 바랍니다. 지금 신랑으로부터 신부께 꽃을 드리겠습니다."

주례는 테이블에 놓았던 꽃묶음을 들어 신랑에게 준다. 신랑은 두 손으로 받아 한 걸음 나서며 신부에게 바친다. 신부는 소긋이 꽃을 받아 왼편에 안는다.

"신랑과 신부는 신성한 입맞춤으로 이제부터 완전히 부부되였음을 표시하겠습니다."

신랑은 신부를 안고 가벼히 입을 맞추었다.

노인들과 아이들은 웃었다. 그러나 눈에 서투를 뿐 너무나 경건한 분위기에 웃음소리들이 크지는 못하였다. 주례의 인도로 내빈 전체가 일어서서 신랑신부의 만세를 부르는 것으로 결혼식은 끝이 났다.

신랑신부가 다시 개울로 내려가 신발들을 신고 신부는 화장도 하고 올라와서 술과 국수와 떡으로 해가 저물도록 음식잔치기 벌어졌다. 면인민위원회 위원장과 벌촌 택길이의 축사도 있고 동무들의 노래와 춤도 있다가 신랑집 지붕 위에도 별이 돋았을 때는 횃불을 쌍으로 잡히고 농악이 앞을 서고 신부는 소를 타고 신랑은 말을 타고 동리로 나려왔다.

신랑집 마당에는 밤 늦도록 농악이 그치지 않았다.

동리마다 혼인처럼 풍성하고 평화스러운 풍경은 없다. 집집마다 신혼한 내외처럼 다정스럽고 희망에 찬 생활은 없다. 억쇠와 분이도 행복스러웠다. 옆에 듣는 사람이 없건만 둘이는 늘 소군거려 이야기한다. 크게 지껄이면 누가 와 빼앗어갈 행복이기나 한 것처럼 조심한다. 암만해도 꿈같었다.

'우리도 이렇게 살 수 있는 건가? 도꾸지란 놈이 다시 나타나 우릴 이 집에서 내어쫓고 동척이 다시 들어서 육 할 이상이나 되는 소작료를 받고 다시 우리는 권생원헌테 가 장리쌀을 줍쇼, 빚을 줍쇼 그러는 일은 정말 다시는 없을 건가?'

"이거 봐요."

분이로서는 꽤 큰 목소리로 밖에서 들어온다.

"웬 닭이오?"

분이는 뿌-연 암탉 한 마리를 안고 들어왔다.

"알믄 용-치?"

"샀수?"

"당신은 사는 것밖에 몰루?"

"그럼?"

"요거 지난봄에 내가 안긴 첫배라우. 엄마가 우리 씨닭허라구 주셨어."

"주시면 뭘해?"

"왜?"

"이웃인데 가지 않구 있나?"

"가두는 것두!"

"가두면 알 안 낳는 것두?"

"그럼 어떡해?"

"할 수 없지 뭐!"

"어쩌믄 그렇게 태평이우?"

"닭쯤 도루 가기루."

"그럼 당신은 뭐쯤이라야 아깝겠수?"

"김분이쯤은 좀 아깝지!"

"좀만?"

하고 분이는 눈을 흘기며 광으로 들어갔다.

안해는 모이를 가지고 나왔고 신랑은 노끈을 가지고 나왔다. 동여놓은 닭이 모이 줏어먹는 것을 한참 들여다보다가 분이는 다시 남편의 어깨 뒤로 와 소군거리었다.

"그런데 ……"

"뭐?"

"저어 권생원댁이 장근어머닐 나와서 막 야단을 쳤다는구랴!"

"왜?"

"밤낮 저희 세상으루만 아는지 저희 김장허기 전에 먼저 김장해 넣었다구."

"그래 뭐랬답디까?"

"뭐래긴 부-옇게 몰리기만 했지 뭐! 장근이서껀두 못 듣는 데선 우쭐렁거려두 정작 권생원이나 권생원댁 앞에선 여태두 썰썰 기지 뭐야? 난 사내믄 안 그래!"

"여간 그리랬나?"

서루 웃었다.

"그까짓 고추 오늘저녁으로 내 빠 놀 테니 당신은 밤 새서라두 마늘서껀 까구 우리두 권생원네보다 하루라도 앞서 낼루 해 넙시다."

"정말?"

"정말 아니구! 내 멀드라두 권생원네 개울보다 더 위루 날러다 줄 테니 배추두 기중 상탕 상상탕에서 씻어요."

"나두 좋아!"

이들 젊은 내외는 오랫동안 눌리고 짓밟히기만 하여 제대로 뻗을 줄 모르는 저 자신들을 북돋고 버티고 끌어올리기에 가재울서는 누구보다도 열렬했다.

그러나 억쇠는 가끔 불안이 떠오르군 한다. 요즘은 더구나 성필이가 없어 속시원히 물어볼 데도 없다. 성필이는 해주(海州) 도인민위원회로 가더니 거기서 다시 해주보다도 더 멀리 평양 북조선인민위원회에 가 일을 보는 것이다.

'이 집이 정말 우리 집이 될 건가?

이 땅이 정말 삼칠제로 우리가 눌러부칠 수 있을 건가?'

가재울서는 십 리만 나가면 벌촌 앞뜰이 바로 삼팔선 경계다. 도꾸지의 아범 황가 녀석이 인전 서울서 쥐구멍에서 나와가지고 「팔, 일오」 전에 황해도 일본말 신문에다 「동조」라는 이름으로 공출에 충실해라 학병에 솔선해라 일본이 이겨야만 조선민족도 산다 떠들어대던 본으로 해방 이후 오늘에도 지주들과 재산가들만 모인 정당에 한몫 끼어서 토지정책은 어떡해야 하느니 공산당은 매국노들이니 하는 따위 뻔뻔스럽게 정견 발표를 한다는 것이다.

'도루 그자들 세상이 되구 마는 건가? 그럴 수도 있는 건가?'

더구나 삼팔 이남인 개성이 가깝고 그곳다 한 끝을 둔 권생원은 뻔쩍 하면 개성과 서울을 다녀와서 남조선은 살기 좋드라 했다. 그러면 남조 선으로 갈 것이지 웨 여기 있느냐 물으면 여기도 며칠 안 있어 남조선처 럼 되고 말 거라 했다. 조선의 수도(首都)는 서울이다. 조선의 유명한 정 치가들은 서울에 모였다. 암만 여기서 북조선대로 이러쿵저러쿵 해야 나 중엔 개 지붕 쳐다보기일 테니 두고보아라 했다.

이런 말을 들을 때마다 성필이가 하던 「누가 우리 편인가를 알어야 허구, 우리 자신들이 헐 일을 맘속에 준비해야 할 때」란 말이 생각나기는 했으나 이미 행복을 얻어놓은 저로는 우선 그것만이 물거품이 될까보아 겁부터 나는 것이다.

억쇠는 불안한 내색을 분이에게 보이고 싶지도 않거니와 이런 불안 이 떠오르면 밭이나 논을 다시 한번 둘러보고 싶어서도 밖으로 나온다. 터 앞으로 붙은 밭, 손이 가까워 무엇을 심든지 재미날 것이다. 오이와 고추를 심으면 분이가 밥상을 갖다놓고도 뛰여나와 오이와 풋고추를 따 올 것이요, 옥수수를 심어 잇속이 옥수수 같은 분이가 옥수수를 찢고 섰 는 모양은 꼭 한 번 보고싶다.

논도 밭축 밑에 첫배미부터다. 동넷 구지럿물은 다 흘러들어가는 밭 축이라 이 밭축물은 제물 거름물이다.

'여기도 서울처럼 돼서 도꾸지놈 부자가 뻐젓이 나타나 일제 때 권도 그대로 누깔을 부릅뜨고 집을 내놔라 논밭을 내놔라 한다면?'

억쇠는 눈앞이 캄캄해진다. 그러나 이런 때마다,

'내놓구 물러서야지 별수 있나!'

보다는,

　'싸우자! 목을 걸구 싸우자! 우리 뒤엔 얼마든지 큰 힘이 있다! 우리 농군이나 노동자두 잘살 수 있는 조선이 되도록 도와주는 나라두 있다! 성필씨 같은 사람두 하나만 아니다! 김일성장군 이하 북조선인민위원회가 모두 우리 편이다! 아니, 남조선에도 온통 우리 농민들이다. 또 거기 지도자들 중에도 우리 편은 한둘이 아닐 것이다! 싸우자 목을 걸고!'

　이렇게 마음먹는 편이 많기는 하나 이미 행복에 겨워버린 자는 강할 수 있기보다 약할 수 있기가 쉬웠다. 더욱 권생원이 땅을 팔기 시작하는 것이다. 한 마지기도 좋다, 하로갈이도 좋다, 사려는 사람 마음이다. 돈 자라는 대로 뜯어 파는 것이다. 추수가 풍성했고 곡식값이 자꼬 올라 밭 하로갈이나 논 오륙백 평쯤은 우습게들 사는 눈치다. 농민조합에서는 사지 말라고 선전하였다. 땅을 사도 등기가 나지 않는다. 땅을 사지 않아도 농군이면 땅 없이 농사 못 짓게 되지는 않는다. 아무리 웨치어도 평생을 땅에 주으려온 농민들은 나중엔 이해상관이 어찌되든지 우선 한 평의 땅이라도 「내 땅」이란 것에 소원풀이들을 하는 것이었다. 농군들의 농토에 대한 애정은 치정(痴精)에 가까운 것이었다.

　"이 담날 땅을 그냥 얻는다 하드라도 좋고 나쁜 땅에 내 차례에 꼭 좋은 게 올 줄 뭘루 믿느냐? 그까짓 땅값 공연히 주는 셈 치드라도 내 맘에 드는 걸 골라 갖는 것만도 어디냐? 땅값이 아니라 골르는 값으로 쳐도 그만이다."

하고 다시 덤비는 사람들도 자꾸 생기는 판인데 하로는 농민조합분회장인 달운이가 억쇠를 오라 했다.

　"내 자네헌테 조용히 귀띔해줄 일이 있어 오랬지."

　"고맙네. 무슨 일인가?"

　"나두 농민들에겐 땅 사선 안 된다군 허네만 요즘 돈 애껴선 뭣에 쓰며 또 등기가 안 난다기루 어느 놈이 돈 땅값이라구 영수증 써주군 땅 도루 내라겠나?"

결국 도꾸지네 집과 논밭을 부칠 만치는 살 수 있거든 사라는 수작이다.

"도꾸지가 어디 있는데?"

그것은 가리켜주지 않었다. 산다고만 하면 자기가 연락은 해줄 수 있다 하였고 도꾸지쯤 그의 아버지와는 달러 거물친일파(巨物親日派)도 아닌데 도꾸지의 소유물이 몰수될 리도 없는 거며 그렇다면 도꾸지가 다른 사람헌테 판다든지 소작권을 준다든지 해서 내일이라도 맡은 사람이 달려들면 무슨 꼴이냐 미리 알어채리라는 것이었다.

그렇지 않어도 불안스럽게 지내던 억쇠는 달운이 말에도 일리가 있는 것 같기도 했다. 그러나 혼인하노라고 겨우 먹을 양식만 남기고 곡식을 최대한도로 팔어 써버린 억쇠는 밭 하로갈이와 논 이삼천 평 값을 만들 길이 없는 것이다. 억쇠는 눈이 붉어지지 않을 수 없다. 좌우간 며칠 여유를 달라 하고 달운이와 헤어졌다.

"왜 누구허구 말다툼 했수?"

분이는 그만해도 억쇠의 맘속을 엿보는 데 누구보다 빨러졌다.

"아ー니"

억쇠는 억지로 웃음을 지었다. 행여나 귀여운 안해가 자기들의 행복이 이렇듯 위태로움을 눈치 채일까보아 겁이 나는 것이다.

그러나 분이라고 남들이 땅 사고 파는 것을 모를 리 없었고 또 저희들의 행복을 튼튼히 하기 위해 마음 쓰지 않고 있었을 리 없었다. 서로 기쁘게 하기 위해서는 못하는 말이 없어도 걱정거리가 될 만한 말은 아직 서로 제 속에만 두는 신정 무렵이였을 뿐이다.

하로밤은 저만 깨여 있는 줄 알었는데 신랑도 숨소리가 잠든 것 같지 않었다.

"왜 안 자우?"

"당신은?"

"무얼 생각허우?"

"땅이 말이야……"

"땅?"

"응."

"어쩌믄 나두 그 생각 하드랬는데! 어떻게 될까 정말?"

"땅을 사는 게 옳기만 허다면 나두 살 순 있어."

"어떻게?"

"달운이가 나섬 연락이 된다니까."

"그래두 곡식 우리 혼인 땀에 다 쓰군?"

"야미장사두 못해? 있는 쌀 우선 팔어 땅 약조금 줘놓구 개성으로 열 번만 드나들면서 갈 땐 곡식을 지구 가구 올 땐 병정구두나 실 광목 같은 걸 가지구 옴 열 행보 안에 그만꺼 맨들 순 있는 거야."

"그런데?"

"그런데 난 달운이 따위나 권생원의 말보다는 농민조합이나 인민위원회를 믿구싶어!"

"그게 무슨 말이우?"

억쇠는 그전 동척과 소작료 문제 때 본 사회주의자 이야기를 꺼내였다. 일제시대 그렇게 경찰이 그악하던 때에도 목숨을 돌보지 않고 농민들을 위해 일하던 사람들이 있었다는 것 지금은 농민조합만 아니라 인민위원회가 그런 사람들로 조직이 된 것이니 그네들이 농민들에게 해로운 소리를 할 리가 없다는 것 그러니까 땅을 사지 말라는 것을 사는 것은 의리로 보드라도 잘못이라는 것 그리고 악하고 제 행복을 짓밟는 자에게는 털끝만치도 아첨은커녕 정정당당하게 미워하고 대항할 줄 아는 것이 우선 사람이란 것 여기까지 말이 미치어서는 억쇠는 제 이야기에 저 자신부터 감동이 되었다. 벌떡 일어나 앉았다.

"우리는 오륙이 성허다! 팔 걷고 나서면 못살 리 없는 거구 일을 해두 못살게 되는 날은 해방 아니야 우해방이기루 그런 놈의 세상은 뚜드려 엎어야 한다! 내가 야미꾼 노릇꺼지 해서 도꾸지란 놈헌테 땅값 받읍쇼 허구 갖다바쳐? 내 누깔에 흙이 들어가봐라!"

"그럼!"

"달운이란 놈부터 나쁜 놈이다! 애초부터 나쁘던 놈이다! 명색이 농민조합분회장이면서 조합에서 금허는 땅매매를 허라구? 이만껀 나로두 판단헐 수 있는 거다! 달운인 역시 나쁜 놈이다! 우리 편이 아니다!"

"그래두 여보?"

하고 분이도 일어나 어둠 속에 마주 앉는다.

"그래두 그따위 달운이 같은 것들 괜히 덧내진 말어요."

"왜?"

"난 그때 우리 아버지 매맞구 오신 거 잊혀지지 않습디다! 지금 와선 분회장이구 뭐구 또 꺼떡대는 거 건드렸다 괜히 오너라 가너라 험 난 싫어! 그까짓 땅 뉘 해가 되든 삼칠제만 그냥 나감 살지 뭐!"

"그까짓 땅이라니? 난 당신 담에는 땅이우!"

"그건 나두! 당신 어떻게 될까봐 그게 애가 씌니까 그까짓 땅이란 말이지 뭐!"

이래서 이들은 서로 애끼고 서로 의지하는 마음은 굳어가면서도 역시 땅 때문에는 불안이 가시지 않던 무렵에 「토지개혁법령」이 떨어진 것이다.

16

    토지개혁을 실행하기 위해 면인민위원회로부터 실행위원들이 나와 가재울에도 농민대회를 열기는 법령이 발표된 지 아흐렛 만인 3월 14일이었다. 이 아흐렛 동안 가재울도 벌촌이나 다른 농촌들과 똑같이 기쁨과 원망과 희망과 저주의 별별 억측이 한데 휩쓸려 떠돌았다.

    "경자유기전(耕者有其田)이라구 밭갈이 하는 사람이 그 밭을 가질 것은 성현두 말하신 바다! 농민이 땅을 짓는 것은 또 농민만 아니다. 조선 전체가 잘되는 노릇이다. 농민은 조선사람이 팔 할이나 되니까 조선의 팔 할이 잘되는 일에 누가 감히 반대하랴? 땅도 제 땅만큼 제 살 다루듯 할 것이니 조선전답은 모조리 옥토루 변할 것이다. 소출도 얼마나 늘 것이냐? 조선, 즉 우리나라가 잘되는 노릇이다!"

    토지개혁실행위원들의 해설을 듣기 전에 성필이아버지 최초시 같은 이는 벌써 이만치 토지개혁의 옳은 것을 역설하였고,

    "과거 친일파나 악덕지주의 땅이야 빼앗는 걸 누가 무어나? 악덕은 커녕 송덕비가 선 지주의 것까지 일률로 몰수라니 이건 알 수 없는 법령인 걸? 이런 건 아무래도 기껏 좋은 일을 하면서 일 전체를 그르칠 장본인 걸."

하고 토지개혁을 다만 친일파와 악덕지주에게의 보복수단으로만 아는데 그치는 사람도 많았다. 억쇠네처럼 끝까지 땅을 사지 않은 사람들은

기뻐할 것밖에 없으나 무리에 무리를 해 땅값을 치른 사람들은 뒤통수를 긁을 뿐 아니라 땅을 사지 않고도 땅을 차지헐 사람들을 시기하는 마음에서 지주나 다름없이 토지개혁을 빈정거리는 자들도 있었다. 이 동네 저 동네서 벌써 남조선으로 떠나버린 지주도 두어 집이다. 이런 지주들은 마치 「팔, 일오」 당시에 어떤 왜놈들이,

"오 년 뒤에 다시 보자!"

"십 년 뒤에 다시 보자!"

하며 떠난다듯이,

"땅 빼앗긴다고 설어 말고 땅 얻는다고 좋아 말어라!"

하면서 권토중래(捲土重來)나 있을 듯이 히떱게 떠나는 지주도 있었다. 권생원은 머리를 싸매고 누웠다는 소문이 돌았는데 바로 동민대회가 열리는 날 아침에는 식전부터 나와 돌아다니다가 억쇠네 집에도 석유 한 병을 들고 찾아왔다.

"글쎄 지주는 조선사람 아닌가? 자네 알다시피 내 친일파 노릇 헌 게 뭔가? 은행에 예금 있는 것 죄다 알구 비행길 헌납해라 기관총을 헌납해라 못살게들 볶으니 마지못해 돈 만 원씩 빼앗겼지 내가 어디 한 번이나 지원했나? 나처럼 돈 애끼는 놈이 어디 있나? 안 그런가?"

역시 억쇠는 이런 사람이 자기집을 찾아와준 것이 어쩐지 한편 황송하고 아무래도 맞닥들이면 머리가 제대로 들리지 않어 듣기 좋게,

"그걸 누가 모를라구요."

해주었다.

"땅이야 내놔라 어쩌라 한다구 어느 구퉁이가 금세 부스러지는 건 아니니까 나중 끝날 봐야 알 일이지만 집이란 한번 남의 손에 들믄 당장 절단나는 거구 지금 세월에 적은 살림두 아닌 걸 어떻게 끌구다니겠나?"

"그렇습죠."

"자네두 인전 성갈 했으니 자식 낳구 살자면 이런 험한 시절일수록 인심을 얻어둬야 허는 걸세. 어디 조선이 지금 정부나 선걸 가지구 이런 다든가? 동척이나 도—죠면장의 땅을 몰수허는 건 누가 글다나? 이 권아모게 내 생전 내 힘으로 개미 금탑 모듯한 재물을 무슨 명색으로 먹자는 거야? 생 도적놈들 같으니! 못 구차한 사람들을 먹여살려? 아 가난구제는 나라두 못한단 옛말두 못 얻어들었어? 시러배아들 놈들! 내 자네허구 속엣 말이 그냥 튀여나오네만 한 옆에서 몽둥이를 깎구있는 줄 왜 모르는 거야 흥!"

이런 권생원의 말이 억쇠 내외는 여간 찜찜하지 않았다. 사정이 아니라 은근히 위험이기도 했고 더욱 분이는 물론 억쇠 자신도 오늘 실행위원들에게서 법령해설을 자세히 듣고 실지로 결정되는 것을 보면 알려니와 아직까지 들리는 말만으로는 토지개혁이 아닌 게 아니라 토지를 받는 사람들로도 안심이 안 될 만치 지나친 데가 있는 것 같어,

"땅 빼앗긴다고 설워 말고 땅 얻는다고 좋아 말어라."

소리가 그대로 맞는 날이 없지나 않을까 하는 불안을 누를 자신이 없는 것이다.

"이런 때 성필씨가 있었으면!"

"그러게 말유!"

억쇠는 옳은 일을 하기 위해서는 반드시 많은 지식이 필요치 않다던 성필의 말이 생각나기는 했으나 아모리 머릿속을 더듬어도 악덕지주가 아닌 사람을 땅만 아니고 집까지 몰수한다는 것은 알 수가 없었다. 오히려 착한 지주를 위해서는 의분이 일어난다.

"권생원 말이 옳지 뭐유?"

권생원이 사러지기가 바쁘게 분이는 토지개혁이란 것에 저윽 실망하는 듯 무안 본 얼골처럼 볼이 발그레해서 동민대회로 나가려는 남들을

막었다.

"그럴 리 없어!"

"글쎄 법대로 헌다면 안과부네 몇 알 안 되는 논두 몰수라니 과부가 기름장살 해 늙으막에 겨우 먹을 만치 장만헌 걸 어쩨 뺏는다는 거유. 그런 건 잘못이니까 토지개혁이란 게 뒤집힐 것만 같어!"

"나두 그런 게 좀 분명치가 않긴 해……"

"길을 막구 물어도 안과부 같은 집 땅을 뺏는 건 잘못이지 뭐야."

"안과부네 땅까지 법에 걸리는 그 까닭만 알면 토지개혁을 안심허겠수!"

"아니."

"또 무엇?"

"토지개혁이라면서 집들은 왜 뺏는거야?"

"그리게 말이야……"

"당신두 잘 알어보구 나서요 괜히!"

"지주들 집 뺏는 것꺼정 까닭을 알면 맘이 놓겠수?"

"응."

"나두 지금 그 두 가지 때문에 어정쩡헌 거유. 그렇지만 난 인제 이런 생각두 나."

"무슨?"

"권생원이 이러이런 거 잘못이다 틀렸다 큰소릴 허는데 나나 당신은 말이 막히지만 그래 권생원 말쯤에 인민위원회나 농민조합에서 대답헐 말이 없겠수."

"허긴!"

"우리나 권생원이 잘못된 거라구 밝혀야 하리 만치 그렇게 위에서들 몰랐다거나 알구두 무슨 우격다짐처럼 막나갈 린 없는 거요!"

"그렇게 생각험 그렇긴 해두……"

"그러니까 무슨 곡절이 있는 일이야. 내 그걸 알어다 바칠 테니 내 속두 시원허구 당신 속두 묵은 체가 내려가게 해줄 테니 병아리나 괜히 독수리헌테 채키지 말구 집 잘 봐요."

"남을 어린애루 알어!"

억쇠는 안해는 약간 아까워하나 권생원이 놓고 간 석유병을 집어들었다.

"어떡헐려구 그류?"

"더러운 자식- 석유 한 병으로 남을 꽤볼려구?"

"도루 갖다주게?"

"그럼! 그 자식들을 미워해야 헐 텐데 만나면 꼼짝 못허겠으니 제-길헐…… 권생원 자식 개자식- 권생원 자식 개새끼 말새끼 돼지새끼 ……"

하고 억쇠는 소리를 지르며 뛰여나왔고 분이는 대문을 지치며 깔깔거리고 웃었다.

권생원은 집에 없었다. 안마당까지 들어서니까 눈에 모가 선 권생원 마누라가 내다보았다.

"이거 아까 권생원이 놓구 잊어버리고 오셨나봐요."

"아 그거 자네네 켜라구 안 그러시던가?"

"우릴 왜요."

억쇠는 더 대꾸를 허기 싫여 석유병을 마당 가운데 놓고 뛰여나오고 말았다.

농민대회는 장근네 마당에서였다. 억쇠는 그까짓 병아리쯤 내버려두고 색시도 같이 올 걸 싶었다. 남들은 아이 어른 할 것 없이 안팎이 몰려나와 있었다.

멍석을 깔고 가운데는 앉었고 가이으로는 울타리처럼 물러서기도 했다. 작년 「팔, 일오」 때보다도 더 많이 모였다고들 했다. 주인을 따라 모여든 개들도 꼬리를 치고 설치었고 그 바람에 닭들도 놀라 지붕 위로 풍산을 한다. 권생원도 여기 와있었다. 달운이가 면에서 나온 실행위원 세 사람 축에 끼여 여봐란 듯이 담배를 피고있다. 절름발이 홍서방도 쩔룩거리며 들어섰다.

"홍서방이 오늘두 징용장을 받았나 신이 났으니?"

하고 놀리는 사람도 있다.

"참깨 들깨 노는 판에 아주까린 못 섞인다든가?"

해서 모두들 웃었다. 일제시대 남은 다 무서워하는 징용장을 절름발이 홍서방만은 자동찰 가져왔느냐 비행길 가져왔느냐 날 뭘루 모셔갈 테냐 하고 큰소리를 쳤던 것이다.

최초시도 나려온다. 최초시헌테는 실행위원들도 성필이아버지인 것을 아는지 일어나서 인사를 한다. 억쇠도 앞으로 나가 인사를 했다.

"왔는가? 내 그렇지 않어두 좀 만났으면 했드러니."

"저 말씀이세요?"

"아직 아마 더 올 사람들이 많으니 그새 나좀 보세나."

최초시는 억쇠를 다리고 도로 자기네 사랑 툇마루로 올라왔다.

"자네들 학교 질 공론들이 있었나?"

"추수들이나 끝내군 성인학교를 짓는대다가 그만 선생님 노릇 해주실 성필씨가 떠난 담에 맥들이 풀리구 요즘은 땅들에 눈이 뒤집혀 저부터두 어디 거기 정신을 씁니까!"

"재목을 치목해 뒀던것두 아니구 새로 세울 생각들은 말게."

"왜요니까?"

"인제 권생원네 집 뭘허나? 그런 거 학교루 쓰게그려."

"아니 참 이번 토지개혁에 집이 어찌 걸려듭니까? 그렇지 않어두 성필씨 있는 때 같음 벌-써 뙤올러와 알어봤을 건데 여간 궁금허지 않습니다."

"나두 첨엔 그게 어정쩡한 일인데. 그런데 내가 요전에 평산 좀 다녀오지 않았나? 거기서 실지루 보기두 했거니와 일전에 성필에게서 편지가 왔네……"

"뭐라구요?"

"지주들의 집을 뺏는 것이 아니라 지주는 살던 동네를 떠나야 한다는 걸세. 그러니까 집이 절루 비는 거지."

"왜 동네꺼지 떠나야 합니까?"

"떠나야만 토지개혁을 허는 보람이 있겠데. 들어보게. 내 다녀왔다는 평산 친구가 큰 지준 아니나 지준 지주지. 그 사람은 법령 나기두 전일세. 아주 자진해 땅을 작인들헌테 노나주어요. 그래 첨에는 그게 잘허는 일이구 토지개혁두 그런 식으로 나가는 게 옳은 줄 아는 사람두 있었지만 그런 일은 원측이 틀리는 거라구. 지금은 문제가 된다데마는 원측에 틀릴 법두 헌 게 지주가 옆에 그저 살구 있으면 땅으로 해 생겼던 폐단이 여간해 안 없어지겠데. 땅을 그저 줬다구 해서 작인들이 참기름이니 참쌀되니 뻔질낳게 들구오구 인전 돈두 군색헐 게라구 일거리가 있기 바쁘게 저희 점심들을 싸가지구 와서 그저 해주구 간다네그려."

"그게 인정 아닙니까? 그게 그런 훌륭헌 사람헌테 마땅히 할 일 아닙니까?"

"아닐세! 그런 생각으룬 미풍양속이지. 그러나 그건 작인들이 그런 지주를 오늘 와선 지주 이상 신분으로 섬기려 드는 걸 그래? 그게 폐단이란 걸세."

남의 집 하인의 자식으루 있어본 억쇠는 「신분」 소리에 선뜩 찔리는 데가 있다.

"주종(主從) 관계를 끊자구 한 노릇이 그게 더 심해지니 되겠나? 그런 걸 미풍양속이라 쳐주는 건 인전 다 지나가버린 군신도덕(君臣道德)일세그려! 무엇보다 인전 작인들이 아니라 남인데 남들의 폐만 끼치게 되니 땅을 내놓는 근본정신에 틀리는 거구 토지개혁은 무슨 시주(施主)가 있어 가지구 자선사업으루 허는 게 아닐세. 이 점이 중요허단 걸세 알겠나? 누구는 떡 앉아서 은혜를 베풀구 누구는 굽신거리구 모여들어 그 은혜나 받구 그러는 게 아니라 첫째 사람으로 똑같은 평등지위가 되는 걸세! 그러니까 지주로 보드라도 단지 지주란 걸로 세력 부리던 낡은 환경에서 썩 물러나 그 자신도 새 인간으로 해방이 돼야 헐 거구 그러자니 딴 데루 가야지! 그래서 주종관계가 전혀 없어진 자유평등 천지에서 어서 새 미풍양속이 서야 헐 걸세."

억쇠는 걸터앉은 무릎 위에 깍지를 끼고있었으나 속으로 크게 무릎을 쳤다.

"알겠습니다!"

"그리게 토지개혁은 지주가 인심을 써 전에 자선사업 허듯 헐 게 아니라 지주는 땅을 매끼구 꺼떡대던 그전 환경에선 쏙 빠져나가야 되겠네. 그래야 즉 잔뜩 노려보는 웃사람이 없어져야 농군들이 그전 소작인으로 가진 비루하던 성질이 없어지구 기를 펴구 정말루 자유스런 인생들루 살게 되겠데!"

"그래서 지주들을 살던 데서 떠나게 허는 걸 암만 생각해두 아는 재간이 있어야지요!"

"성필이가 늘 원측 하더니 평산 그 친구 얘기 듣구 생각해보니 일이란 딴은 잔 사정에 끌릴 게 아니라 원측대로만 나가야헐 거데! 잔 사정에 끌린다는 건 그게 벌써 맘보가 협잡을 부릴 수 있게 틈이 벌어진 증걸세그려! 좀 몰인정헌 것 같아두 일이란 원측대로만 나가야 헐 거데!"

"알겠습니다. 참 속 시원헌 말씀 들었습니다."

동민대회 회장에서 박수소리가 울려왔다. 이들이 다시 회장에 나려
왔을 때는 달운이의 인사말이 끝날 때였다. 이내 실행위원 한 사람이 나
서 토지개혁의 취지를 이야기하였다. 억쇠는 최초시의 말에서 토지개혁
의 가장 골자를 터득했기 때문에 쉽게 알아들을 수가 있었으나 「역사적
사명」이니 「봉건유습」이니 「민주사업」이니 「경각성」이니 문자만 들려
나오는 말에서 다른 농군들은 약간 어리둥절해졌다. 그러나 하나같이 알
려는 열성인데다가 나중에 북조선인민임시위원회 위원장 김일성장군의
담화를 해설해주는 데서는 토지개혁의 정신이 분명히 인식되는 듯, 머리
들을 끄덕이였고 억쇠도 몇 대목은 머리속에 외워넣을 수가 있었다.

"조선이 조선사람 모두가 잘사는 나라가 되자면 동포끼리 제일 큰 착
취제도요, 노예제도인, 지주 있고 소작인 있는 제도부터 없애야 된다는
것, 민족끼리 누구나 동등한 권리를 갖고 평등하게 발전하는 나라를 세
우자는 데 반대하는 민족반역자나 친일파들의 근거가 되는 지주계급을
없애버리자는 것, 민족의 팔 할이 넘는 농민의 생활을 높여서 그들도 자
식을 가르치게 하고 그들도 암흑생활에서 벗어나 문명한 생활을 할 수
있도록 하기 위해서라는 것……"

억쇠뿐 아니라 모두들 고개가 절로 끄덕여졌다. 나중엔 박수가 쏟아
졌다. 그리고 다른 실행위원이 나와서는 지주들에게 하는 이야기라고 하
는데 작인들이 들어도 토지개혁의 정신을 이해하기에 필요하였다.

"지주 되는 분도 오늘 목전엔 섭섭할는지 몰라도 이 토지개혁의 정신
의 어떤 사람만 미워서가 아니라 조선전체를 잘되게 하기 위해서 하는
국가의 발전사업임을 알고 자진협력해야 옳은 것입니다. 일제시대엔 돈
을 가지고도 해볼 만한 사업은 왜놈들이 독점했기 때문에 조선사람들은
땅이나 사놓고 들여다볼 수밖에 없었지만 해방된 오늘은 그런 궁상을 떨

필요가 없습니다. 돈을 모을 만한 유능한 사람들을 위해서는 땅만 지키고 앉았지 않아도 좋게 모–든 사업장이 텅– 비인 채 기다리고 있는 겁니다. 오히려 지주들로 그 죄악의 문서, 소작인 명부나 붙들고 앉았는 골방 속에서 해방이 되어 세계를 내다보며 국가적 생산의 사업주로서 활동해 건국에 공헌할 수 있는 훌륭한 기회가 되는 겁니다.”

이런 말에는 억쇠도 다시금 감격되었다.

‘그럴 게다! 지주라 해서, 앞으로는 바르게 살려는 사람도 못 살게 헐려는 나라는 아닐 거다!’

법령과 세측과 임시조치법에 관한 해설까지 끝난 다음, 누구나 어정쩡한 것을 자유로 물어보라는 순서에 이르렀다. 회장은 더 생기를 띠는 것 같다. 그러나 누가 먼저 무엇을 묻나 서로 두리번거리기만 하는데,

“내 한 가지 묻겠시다.”

하고 일어서는 사람은 칠순이나 된 안과부의 시어머니였다.

“내 아들이 손이라군 딸 하나 낳구 죽었시다. 그것 에미가 효부라서 여름엔 농사짓고 겨울이면 백천읍으루 기름병을 이구 다녀 땅낱가리나 사 늙으막에 들어앉어 삼 모녀가 겨우 입에 풀칠이나 허죠니까. 그 땅이 원 어떻게 되리까요?”

“동네 여러분? 저 노인의 말씀이 옳습니까?”

“옳습니다.”

여러 사람의 한몫 대답이였다.

“법령대로 하면 땅을 남을 주어 시켰으니 물론 몰수입니다.”

“그럼 이 늙은 것 고부끼리 어떻게 살라나요? 원, 기맥힌 일두 있지. 제 머리루 기름병 이구 다녀 푼푼 저축으로 장만헌 많기나 헌 땅인가 작인이라구 모두 한 명 그 사람 여기 왔소다. 들어보세두 알지만 십 년이 하루지 말다툼 한 번 없었쇠다. 지주굿을 헐 사람이 따루 있습죠–”

모두들 날카로운 시선으로 실행위원을 쏘아본다. 그러나 실행위원보다 군중 속에서도 말이 나왔다.

"지가 바루 저댁 작인 올시다요. 이제 노인께서 말씀두 계셨습니다만 여직 한 집안처럼 지냈습죠. 더 내라거나 덜 내겠다거나 한 번두 싸운 적 없쇠다요. 다른 땅이면 몰라두 저 댁 땅을 뺏어 날더러 가지램 난 싫쇠다. 그런 남 속 아픈 땅 차지허구 내가 잘될 게 뭐의까?"

"바른말이요─"

"옳소─"

여러 마디가 나왔다. 실행위원은 굽실굽실한 머리를 쓸어넘기며 히죽이 웃는 것이 쓸 수만 있으면 인심을 쓰고싶은 얼굴이다.

"이게 그렇습니다. 조선사람 전체가 다 잘살자는 정신에서 되는 일에 죄없이 못살게 되는 사람이 있어서야 되겠어요? 저 노인댁 토지를 그럼 어떻게 하는 게 좋겠습니까? 여러분 의견을 들어봅시다."

안과부의 시어머니는 벌써 눈물이 몇 방울 떨어진 눈으로 사방을 둘러보는 것이 말하는 입보다 더 애원이었다. 이 애원의 눈에는 억쇠도 부드쳤다.

'잔 사정에 끌려선 안 된다! 그건 벌써 협잡과 통허는 거다! 목이 부러져두 원측.'

억쇠는 가슴이 찌르르했다. 최초시에게서 이 말을 듣지 않았다면 억쇠는 이런 때 누구보다도 먼저 일어서 안과부네 사정을 옹호했을 것이다. 우─ 하고 모두 한편으로 얼굴을 돌리는 바람에 억쇠도 그쪽을 쳐다보았다. 장근이가 일어선 것이었다.

"저 할머니네 땅은 나부터두 그저라두 품을 도와드릴 게니 자작 짓는 걸루 해서 땅두 안 떼우구 집도 그대로 지니고 우리 동네서 그대루 살게 해주십시오."

"옳시다!"

"그래야 쓰지오!"

이런 찬사가 무데기로 일어났다. 억쇠는 다시 얼마 어정쩡해진다. 최초시를 바라보았으나 역시 가타 부타 얼굴에도 나타내지 않고 보기만 한다. 실행위원도 머리를 극적거리더니 멍허니 섰다. 원측과는 틀리어도 잔 사정에 끌리어 제 맘대로 정하려는 속인지도 모르겠다.

'나두 남의 사정 딱헌 거 누구만침 동정할 줄 모르진 않는다! 안과부네가 저희 손으루 농살 짓는다면 이 자리에서 도와준다고 장담하는 사람들만 못지 않게 거들어줄 자신도 있다! 그러나 이게 전 조선의 전 조선사람들의 딱한 사정을 고치자는 일이니 큰 일을 생각 않구 작은 사정에 끌려 원측을 떠나는 건 잘못되기 쉬운 거다!'

억쇠는 성필이가 멀-리 평양에서 저희 아버지와 자기를 쏘아보며 왜 멍청허니 앉았느냐고 소리를 지르는 것 같다. 최초시는 그저 움직이지 않는다. 억쇠는 일어났다.

"저두 한동네서라구만 아니라 타동사람으로라도 저 할먼내댁 같은 사정이라면 붙들어드리구 싶구 저 할먼네가 땅을 그저 가지구 힘에 부친 농사를 지신다면 나두 남만 결코 못하지 않게 도와드리겠습니다. 그러나 아까 다른 실행위원께서 일러주신 이 토지개혁 정신과 이런 개인 사정 보는 것이 상위가 나지 않는지 그걸 알구싶습니다. 만일 상위가 난다면 ……"

하는데 누가,

"원만이 돼 넘어가는 걸 자꾸 꼬집어내 뭘 허나?"

하고 사뭇 말을 막는다. 권생원이었다.

"아니올시다."

억쇠는 앉지 않는다.

"우리가 이 일을 우리 동네 일루만 알어선 안 됩니다."

"그러이— 원만히 되려면 아직 더 의론해야 허네."

하고 그제야 최초시도 알은 체한다. 최초시가 거드는 바람에야 모두들 억쇠가 하는 말이 중요한 것인 줄 알고 정신들을 채린다.

"저 할먼네를 우리가 동정헌다 칩시다. 이 담날 법률이 간십하드라도 끄떡이 없을 만한 근거를 가지구 동정해야지, 이 자리에선 기껀 생색만 내구 이 담 법정에서 인정 안허는 날은 어떡헐려우? 그때는 도리여 저댁에 낭패를 만들어드리는 것 아닐까요?"

"그렇습니다."

이것은 실행위원 중 한 사람의 대꾸였다.

"그뿐 아닙니다. 이 토지개혁이 우리 조선서 전에두 없었구 이 앞으로도 또 있을 수 없는 굉장한 일입니다. 또 시시비비가 많을 일입니다. 인민위원회에서 훌륭한 분들이 연구허구 연구해서 결정한 법령입니다. 저 댁 할머니 같은 사정이 아니 더 딱한 사정두 전 조선에 얼마든지 있을 걸 그분들이 몰랐을 것 같습니까? 죄다 짐작하구 연구해서 결정한 법령인 걸 우린 믿어야합니다. 그렇다면, 나는 아직 이런 사정 보는 것에 가부를 말허진 않습니다만 다만 법령대로가 아닌가를 밝히구 결정해야 법령위반두 아니구 우리가 일으킨 동정심두 동정심대루 산다는 겁니다."

이번에는 「옳소」 소리는 없었다. 그러나 장내가 엄숙해졌고 최초시가 혼잣소리처럼,

"사실이지!"

하면서 테이불에 나선 실행위원을 쏘아보았다. 이번에는 머리를 쓸어 넘기는 실행위원의 얼굴도 얼마 자신을 갖는다.

"물론 이게 결정이 아닙니다. 동네 여러분 의견을 고루 들어두는 데 불과합니다. 결정은 이제 여러분이 뽑을 다섯 사람 농촌위원들이 법령에

의지해서 할 일입니다. 법령에 위반이냐 아니냐도 그분들이 더 연구해 결정할 것입니다. 물론 법령대로 나갈 것이 원측입니다."

농민들은 잠잠했다. 이 틈을 타 권생원이 일어섰다.

"이 사람두 여쭈오리다. 내 이 근경에선 지주측에 안 든다군 헐 수 없쇠다. 나 지주외다. 땅은 법령이라니 헐 수 없죠니까! 되는 대루 두구봅죠니까. 그렇드라두 소위 토지개혁이라면 가옥몰수란 하관사(何關事)지 암만해두 알 수 없쇠다그려? 것두 내가 일인이라든지, 안혈 말루 발벗구 나섰던 친일파라면 반역자루 몰릴 거지요. 반역자라면 아, 땅뿐이겠소? 이 목이라두 바치리다요! 길을 막구 물어보구려 이 권아모개가 친일파랄 사람은 성겨나지두 않았을 게니. 설사 법령에, 집꺼지 든다 하드라두 생각해보십시요? 날 어쩠다구 길루 나앉으라는 거요? 내 땅이 이번에 약간만 분배가 될 거요? 집은 건드리지 못헙넨다!"

하고 동정을 구하기보다 살기등등한 눈으로 어느 놈이 감히 반대만 해보아라 하는 듯이 좌우를 둘러보는 것이다. 이번에는, 아까 억쇠가 말할 때 「그렇습니다」 대꾸하던 그 실행위원이 일어선다.

"이제 말씀허신 분은 아까 이 법령의 정신과 규약해설을 자세 안 들으신 듯합니다. 토지개혁은 일인이나 친일파의 토지를 몰수할 뿐만 아니라 일반 지주들의 것도 몰수 하는 건, 지주와 작인이란 그 관계를 없애자는 거구 그걸 없애자는 건, 소작료를 주고받는 물질적 관계뿐만 아니라 인격적으로 주종관계, 극단으로는 상전과 노예관계, 그걸 없애자는 것입니다. 지주는 오랫동안 상전이나 다름없는 명령만을 해왔고 작인들은 노예에 가까운 복종만 해온 것이 사실입니다. 소작료는 안 바친다 해도 그런 상전이 옆에 있으면 좋게 말하면 인정상, 나쁘게 말하면 뿌리 깊이 박힌 노예근성 때문에 씻은 듯이 잊어버리고 마음 가볍게 저대로 살기 어려운 거구 또 주인 자신으로 보드라도 차라리 그 옆을 떠나 새 환경으로 나가는 게 새 생활 건설에 적극적일 수가 있고 마음도 편할 것입니다. 그러니까 다른 군으로 가도록 알선하는 거구 가서 농사를 짓겠다면 농토와 집도 준다는 것입니다. 아시겠습니까?"

이 실행위원의 설명이 권생원의 귀에는 들어갔을 리 없으나 억쇠나 다른 사람들의 귀에는 다시 한 번 들은 보람 있게, 토지개혁의 근본정신이 점점 분명해진다.

권생원은 다시 일어섰다.

"나 유식하지 못해 그런 소리 무슨 소린지 모르겠쇠다! 공연히 딴 데다 없는 집 주선해주려 애쓰지 말구 내 집 나 살게 두면 그만 아니오? 아무튼지 아까 저 노인의 말씀을 동중 의견에 물어주셨으니 이 사람 집 문제두 동중 의견에 한번 물어주시기요."

실행위원은 냉정한 얼굴이다.

"동중에 물을 테니 그럼 당자는 잠간 이 자리를 나가주십시오."

권생원은 다시 일어섰으나 나가지 않고 반문한다.

"아까 저 노인두 이 자리에서 내보냈던가요? 이 사람만 어째 나가라나요?"

"저 노인과 당신을 닮습니다"

"닮다니오? 같은 지주두 같구 닮구가 있나요?"

"저 노인은 작인이란 단 한 사람이오. 그러나 당신의 작인이나, 채무자나 당신에게 눌려지내던 사람은 이 마당에 거의 전부요. 당신 목전에서 당신헌테 대한 의견을 마음대로 말헐 자유의사를 못 나타내는 거요. 지주와 작인 관계란 이렇듯 한 사람을 위해 여러 사람이 제 속엣 말도 제대로 못하고 사는 거요. 보슈. 그러니까 토지개혁을 허는 거구 그러니까 토지개혁은 땅만의 문제가 아니라, 농민들의 눌려만 살어온 의기에부터 자유를 주는 인격개혁인 거요. 당신이 이 자리에서 나가지 않고 있다면 동네사람들의 자유스러운 의사표시를 볼 수 없을 거니까 우리는 못 물어 보겠소."

"아―니, 어떻게 그다지 남들 속꺼지 잘 들여다보슈? 대관절 난 한 번 두 작인들 허구퍼하는 말 막아본 적은 없쇠다. 그것부터 동중에 물어보 슈. 내가 한 번이나 작인들 헐 말 못허게 금헌 적이 있는가?"

"그따위 물어볼 필요 없소."

이것은 실행위원의 대답이 아니라 억쇠의 결기 있는 목소리였다. 이 바람에 용길이도 한마디 보태였다.

"그따위를 묻는다 쳐두 당자가 있어선 안 됩니다."

"옳소!"

권생원은 그만 입속에서 이를 갈 듯 한편 볼이 수염과 함께 쌜룩 주 름이 잡히더니 자리를 일어섰다. 그리고도 달운이를 비롯해서 몇몇 자 기에게 만만한 사람들을 두리번거리어 눈을 맞추고야 저희 집으로 올라 갔다.

권생원이 사라지자 실행위원은 입을 열었다.

"여러분이 이 앞으로 맘놓고 자유스럽게 살기 위해선 이제 그 권씨가 이 동네에 그저 있는 게 좋겠습니까? 없어지는 게 좋겠습니까?"

"잠간 여러분……"

하고 여러 사람의 입을 막듯이 가로채고 일어서는 자가 있다. 달운이였 다. 이 동네 소위 농민조합분회장이라, 실행위원들도 무시하지 못하는 눈치다.

"나두 이 동네 사람이구, 나두 저 권생원네 땅 부치던 사람이구, 나두 우리 동네 잘되길 바라니까 하는 말이니 여러분이 참고적으루 들어두시 구 가부를 말씀들 허슈. 사실 권생원넨 이 토지 사가지구 와서 몇 해 되 지두 않었거니와 또 한 번두 지주 재세를 한 적도 없구 또 권생원은 아직 개성에 현금이 많습니다. 우리 동네다 학교두 하나 지어줄 의견입디다. 그러니……"

하는데 억쇠가 더 견디지 못해 불쑥 일어섰다.

"듣기 싫소. 달운이는 농민조합의 분회장이오. 지주조합의 분회장이오?"

모두 낄낄 웃고 손벽까지 쳤다. 억쇠는 말을 계속했다.

"권생원이 어째 이 동네에 몇 해가 안 되는 사람이오? 떠꺼머리 총각 때부터 이 동네서 서 푼 변 오 푼 변의 리자를 따갔다는 사람이오!"

"옳소!"

"또 권생원네가 어째 지주 재세가 한 번두 없었단 말이오? 지난가을에두 저희보다 김장을 먼저 했다구 눈이 뿌옇게 몰린 사람이 저기 앉었소. 지난겨울까지도 권생원네 뒷간길이나 나뭇가리길부터 쓸기 전에 제 집 마당부터 눈을 친 사람이 몇이나 되오?"

"옳소."

"우리는 학교를 못 지면 마당에서라두 뱁시다. 해방이 된 오늘에두 그 뱃속에 욕심과 똥만 들어찬 녀석들이 교주니, 설립자니 허구 돈자랑 비석이나 세우는 그따위 더러운 학교엔 다니구싶지 않소!"

"옳소."

"또 이 앞으룬 집이 없어 학교 못헐 리도 절대로 없는 거요."

"그렇지 않구!"

"그따위 구두쇠는 동네서 아주 하직을 시킵시다!"

"옳소. 그따위 그저 있게 허구 시집살이 허구픈 사람은 개성으로 따라감 되지 않소?"

장내가 조용해지기를 기다려 실행위원은 다시 나섰다.

"여러분네 의견 잘 알었습니다. 그러나 아까 다른 분두 말씀허셨지만 안노인댁 땅을 자작농지로 보존시키구 안 시키는 것이나, 이제 권지주네 떠나는 문제나 다 이 자리에서 이대로 결정짓는 건 아닙니다. 여러분의 의견이 잘 드러났으니까 이것을 존중해서 이제 이 마당에서 뽑히는 다섯 사람, 이 동네 농촌위원들이 법령에 쫓아 결정할 것입니다. 우리 실행위원들도 여러분의 의견을 알았고 여러분 자신들도 이 동민 전체의 의향을 아셨으니 이제는 농촌위원들이 법령을 지켜 결정할 것입니다. 그러나 이 일만 아니니까 무엇이나 여러분의 의견을 잘 대표해서 처리할 만한 위원 다섯 사람을 뽑습니다. 그런데 여러분의 대표구 위원이구 허다니까, 그 전 일제 때처럼 허턱 유력한 사람을 뽑아선 안 됩니다. 소위 유력자는 서로 안면관계도 있고 저만 이롭자는 엉뚱한 생각을 남 모르게 잘 하는 버릇이 있으니까, 첫째 맘보가 공정한 사람이라야 합니다. 남의 집 머슴 살던 사람도 좋습니다. 그런 사람이 누구보다 농간 부릴 줄 모릅니다. 낫 놓고 기역자도 모르는 무식한 사람이라도 말만 바르게 할 사람이라야 됩니다. 사무적으로 일하는 것은 우리가 죄다 해드리니까요. 그런 줄 알구 겉은 어떻게 됐는지, 공평허구 바른말 할 사람을 뽑으십시오."

권생원은 거의 두세 집에서 한 사람 폭으로 널리 정했고 여기서 뽑아 놓은 다섯 명 가재울 농촌위원 중에는 달운이는 빠지었어도 억쇠가 들어 있었다.

17

    이날 하룻동안 억쇠는 십 년을 살은 것 같았다. 그렇게 하로 사이에 엄청나게 자랐고, 하로 사이에 모든 것을 알어낸 것 같았다. 최초시헌테와 동회에서 터득한 것 나중에 면인민위원회까지 갔던 시위행렬에서 받은 군중이 가진 무한한 힘에의 자신과 감격 동민들이 뽑아준 농촌위원으로서 처음 품어보는 책임의식, 저녁에는 벌촌에 들려 그곳 농촌위원들과 합석하여 실행위원들로부터 다시 한 번 들은 토지개혁의 정신과 법령의 해설 이제는 누구 앞에서나 토지개혁에 관한 문제이면 무슨 대답이든지 막히지 않을 자신이 생기었다. 이 자신은 새 세상, 새 조선을 올바로 보아나갈 자신이기도 했다.

    '어서 분이부터 알려주자! 어서 뛰어가 분이부터 안심을 시키자!'

    억쇠는 아침에 나와 아직 집에 들어가지 못한 것이다. 벌촌 택길이가 저희 집에서 밤참으로 국수를 눌러 돌아오는 길이 더욱 늦었다.

    보름 지난 봄 저녁 달은 무리를 쓰고 은그릇처럼 부드러운 것이 걸려 있었다. 논이나 밭들도, 저희를 움켜쥐고 착취하는 죄악의 도구로 삼던 지주들로부터 풀려나와, 제 손으로 갈어주고 제 손으로 씨 뿌려주고 제 손으로 어루만져주는 정말 임자 농민들에게 돌아오는 것을 즐거워 소근소근 하는 것 같았다.

    억쇠는 방축머리에 이르러 걸음을 멈추었다. 방축에도 봄물 부풀어

오른 대로 달빛이 넘실거리었다.

"아!"

억쇠는 가슴이 홧홧 다는 것이 못 먹는 술 몇 잔 들어간 때문만은 아니다. 달빛 넘치는 이 방축머리, 저 실실이 늘어진 버드나무 아래는 분이를 처음 붙안고 같이 울던 자리요 같이 고락을 맹서하던 자리다.

억쇠는 벅찬 가슴속에서 숨을 몰아내고 저희 집 마당을 돌려보았다. 도꾸지란 놈은 관솔불을 들고 팔근이와 달운이란 놈은 몽둥이를 이끌고 저를 찾어헤매던 광경이 생각난다.

'아직도 너희놈들이 조선 어느 구석에 박혀있단 말이지? 달운이란 놈은 뻐젓이 이 동네 농민조합분회장이구! 어림두 없다! 그냥 둘 줄 아니? 만날 이럴 줄 아니? 이놈들아? 몇 대를 내려 너희놈들만 독차지했던 특권두 인전 끝장이 난 줄 알어라!'

억쇠는 집으로 달음질쳐왔다. 대문은 걸리지 않었으나 안방문은 걸려있다.

"문 열어."

"……"

"문 열어 어린애처럼 벌써 잔담?"

"가만……"

"얼른."

"되운."

억쇠는 뺨이 따끈하게 잠에 취한 분이가 귀찮은 듯이 일어나는 귀여운 모양을 눈앞에 그리며 장난삼아 문을 흔들어댄다.

"되우두 그류!"

"쾌두 꿈지럭거리네!"

"문고리가 왜 이렇게 안 벗겨질까."

"히히……"

"어쩌면 잔뜩 잡어다니면서?"

억쇠가 잡어다니던 문고리를 슬그머니 누추어주어 겨우 문이 열리었다.

"그새 자구있담!"

"……"

분이는 들창으로 은은히 우러드는 달빛 속에서 말둥히 억쇠의 얼굴을 쳐다본다.

"왜?"

"……"

"오늘 술 한잔 먹었지!"

분이는 그저 대꾸가 없이 자리로 가더니 감감하다.

"저렇게 졸렵담? 아침에 뭐랬드랬지? 집 문제구 땅 문제구 뭐든지 척척 물어봐 인전……"

그래도 감감하다. 가까이 와보니 벼개에 얼굴을 파묻고 누웠다. 억지로 안어 일으키니 달빛에 눈물이 반짝한다.

"왜?"

"……"

"어디 아퍼? 아프기루 어린앤가?"

분이는 그저 대답이 없이 뿌리치더니 다시 이불을 돌돌 말고 발버둥만 친다.

"저건 뭐야?"

억쇠는 등잔에 불을 켰다. 분이는 눈물에 젖은 얼굴을 들어 혹- 하고 불을 꺼버린다.

"이건 또 뭐구?"

분이는 그저 말은 없이 무슨 안타까운 일이 있는 것처럼 발버둥을 친다.

"저리게 어린애라지! 참 병아리나 잃어버리지 않았수?"

"나뻐!"

"무에 나뻐?"

"당신."

하면서 그제야 분이는 얼굴을 닦고 한숨을 호- 쉬며 남편을 쳐다본다. 어스름한 달빛에 떠오르는 분이 얼굴은 언젠가 분이네 집 부엌에서 꿀물 마시던 날 저녁에 보던 그 박꽃 같던 얼굴이다.

"흐!"

"나뻐!"

"무에?"

"문을 왜 그렇게 흔들어대?"

"걸은 걸 안 흔들어?"

"남 가슴 아프라구!"

"누가 문 흔들었지 사람 흔들었나?"

"바보!"

"누가 바보람?"

"나 설어!"

"설다니?"

"그날밤 저놈의 문 걸렸던 생각험!"

억쇠는 그제야 선뜻했다. 분이가 도꾸지에게 힐란받던 날 밤 걸려있던 바로 그 문이요 그 문 밖에 섰던 바로, 그저 자신이였다. 걸린 문 흔드는 소리에 분이는 거의 본능처럼, 덜컹 그 생각이 났고, 그날밤 자기의 그 비참했던 꼴이 다시금 분했다. 팔근이 계집년의 꼬임으로 오빠에게

나온 징용장을 도꾸지에게 제 손으로 갖고 가서 좋도록 해달라고 한마디 부탁만 하면 그만이라기에 복장을 치고 우시는 어머니와 얼굴이 백짓장이 되어 저녁도 못 먹고 물러나는 오빠를 어떡해서든 구해보고 싶은 안타까움에서만 그 길이 그런 모멸과 굴욕의 길인 줄은 미처 뜻하지 못하고 나섰던 것이다.

"당신이 그날밤 나더러 그랬지? 그놈의 방에 들어선 게 어떤 년의 발모가지냐구?"

"……"

"나 귀에 못이 박혔어!"

"어린애처럼 노염은!"

"누가 노엽대? 내가 그 말 열번 들어 싸게 헌 걸!"

하고 분이는 또 또루루 이불을 말고 발버둥을 쳤다. 두꾸지 같은 것에게 치마주름만이라도 따트렸던 것이 그게 제 발로 걸어갔던 것이기 때문에 분이는 정조나 잃은 것처럼 남편에게 얼굴이 들리지 않는 무안이였다.

"이거봐?"

"……"

"지금 우리가 그런 따분헌 생각으루 눈물이나 흘리구 앉었을 땐 줄 알우?"

"……"

"여보?"

벌써 방축으로 나가는 도랑이 얼음이 풀리어 졸졸졸 물 흐르는 소리가 들려온다. 억쇠는 슬쩍 말문을 돌린다.

"며칠 안 있으면 개구리두 입이 떨어지겠구나!"

"바보-"

"왜, 또 바보야?"

“난 벌써 개구리소리 들은 걸-”

“어린애들이 그런 건 먼저 듣는 법이지-”

“참 저녁 어떡했수?”

“난 먹었수만 당신은?”

“혼자 먹기 싫길래 ……”

“그래 여태 안 먹었수?”

“집에 가 엄마허구 ……”

분이는 아직도 친정집을 집이라 했다.

“이게 인전 우리 집이래두!”

하고 억쇠는 분이의 한편 귀를 잡어 일으킨다.

“우리 마당에 나가봅시다. 달이 여간 환-하지 않어!”

“달?”

“또 내 모두 얘기두 해줄께.”

“당신이 우리 동네 위원이지?”

“어떻게 알었수?”

“엄마헌테.”

분이도 약간 흥큰 머리를 흔들어버리며 날쌔게 일어섰다. 억쇠가 자기의 묵직한 겨울외투를 둘러주는 대로 아랫자락을 흡싸며 바깥마당까지 따라나왔다.

달빛은 안개처럼 포근한 것이 끝없는 대지를 고요히 마치 어미닭이 품듯 하고 있었다.

억쇠는 마당과 밭머리를 널다리나처럼 쿵쿵 굴러보며 걷는다.

“끄떡 없는 인전 우리 땅이다.”

“정말?”

“뭐든지 물으래두. 내 척-척 대답허지 않으리!”

억쇠는 분이를 바싹 곁으로 이끌었다.

"집두?"

"암-"

"땅은 얼마나?"

"이 터앞밭부터 우리가 지을 수 있는 만치는."

"아이 좋아!"

"내가 이 밭을 못 사 얼마나 속이 닳었는지 알우?"

"나두 다 들었다누!"

"또 당신 때문엔?"

분이는 고개를 깨웃해 억쇠 팔에 기대인다. 억쇠는 꽉 분이의 어깨를 안는다.

"참!"

"뭐?"

"안과부네 땅은 어떻게 되우?"

"뺏어야지!"

"뭐요?"

"법령대루 해야 허는 거야!"

"아니 안과부네가 무슨 죄가 있는데?"

"들어볼 테요?"

"그래 안과부네두 집두 내놓구 떠나야 해요?"

"암 인제 말이오 이를테면 여기서 배천 나가는 길을 일짜로 곧은 길로 고친다칩시다. 곧게 나가다가 아까운 논이 한두 평 짤려나간다구 그래 길을 거기서 구부러트려야 옳소? 그것과 마찬가진 거요! 또 안과부네 자신도 하로이틀 아니구 동네사람들 신세만 지구 거지처럼 동정이나 받구 가련허게 살게 뭐요? 만일 자기네 힘만으로 살 길이 정말 없다면 떳떳이 나라에서 보조를 받아야 헐 거요. 나라는 인제 국민들헌테 그런 책임을 져야 헐 거요."

"언제나?"

"언제나라니? 농군들은 신산헌 생활을 몇천 년을 참어왔는데 지주들은 나라가 설고선 못참어?"

"그래두 안과부넨 가엾지 뭐유! 글쎄 무슨 죄가 있단 말유?"

"무슨 죄?"

"아모리 제 힘으루만 몬 돈이라 칩시다. 그걸 그냥 먹든지 그걸 밑천으루 무슨 일이든 제 손을 놀리는 일을 해먹을 것이지 왜 남의 땀만 빨어먹을려구 땅을 샀느냐 말이야? 농사를 제 손으로 짓기 전에 땅을 산다는 건 그게 벌써 어진 맘보는 아닌 거요!"

"……"

"땅 없어 애쓰는 농군의 약점을 노리구 그 사람의 노력을 가만히 앉어서 한몫 먹자는 얄미운 계획이 아니구 무엇이었냐 말이야."

"거야 그때는 세상이 다 그랬으니까 ……"

"물론 남 다 허니까 무심히 했겠지. 그걸 모르는 건 아니야 그렇지만 지금 와 그 집 하나만 어떡허느냐 말이야. 그래 큰길을 억만 년 나갈 큰길을 째나가는 판에 그런 잔 사정 하나루 길을 구부러트린단 말이야? 더구나 따지구봄 역시 남을 착취허구 살던 사람인 걸!"

"……"

분이는 그만 무참히 부스러지는 제 조고만 의분심을 더 두둔할 여지가 없어 솔직히 웃어보이고 만다.

"여보?"

"응?"

"당신이 맘이 착헌 건 알어! 그렇지만 착허기만 헌 건 당신만일 줄 알우. 나비 같은 것두 붕어 같은 것도 착허지 뭐야? 그렇지만 우린 사람 아니냐 말요? 미물 아닌 굳센 의지와 판단력이 있어야 옳게 살아나가는 거요. 의지허구 판단력허구!"

억쇠는 분이의 어깨를 놓고 그의 손을 꽉 잡는다.

"분이?"

분이는 이슬기 있는 눈을 쳐든다.

"아까 울었지?"

"……"

"다신 울지 않기루?"

분이는 치어든 얼굴을 끄덕인다.

"울 게 아니라 다시는 한 사람도 모욕받지 않고 사는 세상이 되두룩 이를 악물구 팔을 걷구 나서야헐 때야!"

"……"

"우린 인전 농군만이 아닌 거요!"

"그럼?"

"이 토지개혁은 알구보면 이 세상을 새로 만드는 거요!"

"세상을 어떻게?"

"왜놈들만 물러갔으면 뭘허는 거유? 세상이 공평하게 돼야지. 조선 놈끼리 또 압제나 허구 또 착취나 허는 세상이면 우리 같은 건 밤낮 마찬가지지 뭐요? 토지개혁을 누구나 먼저 사람으루 똑같은 사람이 되구, 누구나 다 잘살 수 있는 그런 세상을 만드는 터 닦는 거요 이게!"

"그래두 저희만 잘살던 녀석들이 왜 가만 있겠다나?"

"그러게 우선 농군만이 아니란 거야! 전 조선인구에 댄다면 한 줌도 못 찰 녀석이지만 여태꺼지 세력 부려온 근거가 있지 않어? 만만히 수그러질 린 없지 않어? 누가 싸울 거냐 말야? 토지문제에서 생기는 쌈을 우리가 안 나서구 누가 앞줄에 나설 거냐 말야? 쏘련군대와 김일성장군 덕에 먼저 된 여기 토지개혁은 우리가 철벽처럼 지켜야헐 거구 아직 안 되구 있는 남조선을 위해선 여기처럼 되도록 우리가 밀구나가야 허는 거요! 저만 잘사는 지주 노릇을 그예 해보려는 녀석들 최후의 한 놈까지 발붙일 한 뙤기 땅이 남아있지 못헐 때까지 ……"

"조선인구에서 백 명이면 여든 명까지가 농군이라며?"

"그럼! 또 조선만 그런 줄 알우? 전 인류의 대부분은 농군인 거요! 전 세계에서 농군들이 문명이 되지 않군 문명세계란 허튼소릴 거요! 조선서 두 이 가재울과 서울이 문명에 들어 똑같이 차별이 없두룩 돼야 그게 진짜 문명국일 거요! 그러니까 어디서나 제일 뒤떨어진 우리 농민들이 어서 깨닫구 어서 배우구 잘 싸우구 잘 건설하구 하지 않으면 안 되는 거요!"

분이는 선뜩 남편의 손을 놓고 한 걸음 물러선다. 억쇠가 좋기만 할 뿐 아니라 이렇듯 든든하고 우뚝 솟아보여서 바라보기 흐뭇하기는 처음이다.

"아 어서 조선이 좋은 나라가 됐으면!"

"되구 말구! 되구 말구!"

달은 가지 않고 섰는 듯 고요한데 어느 동네에서인지는 자지들도 않고 해방된 농군들의 호적소리며 징소리며 풍년을 부르는 듯한 농악소리가 은근히 울려왔다.

1947년 6월

1948년 8월 10일 초판 발행.

먼 지

먼 지

1

한뫼선생은 오래간만에 손가방, 그 특별한 종이노가방을 찾아내었다. 손때 묻은 데는 곰팡이가 파랗게 피어 있었다. 조선종이로 꼰 노끈으로 짠 것이어서 틈새에 낀 곰팡은 여간해 털리지 않는다. 한뫼선생은 손톱으로 튀기어도 보고 그 연봉오리 같은 수염 가까이 가져다 불어도 본다.

일제 말년 가죽물건이 금제품(禁製品)으로 되었을 때, 고도서(古圖書) 중개인 성씨가 휴짓값도 안 되는 사략(史略) 통감(通鑑) 따위를 뜯어 노를 꼬아 손가방을 짜 들고 다니었다. 고졸(古拙)하나 문아(文雅)한 품이 있어, 고서적 수집가이며 조선 것과 옛것을 즐기어 아호까지 순조선

고어로 '한뫼'라 한 이 한뫼선생의 눈은 성씨의 이 종이노가방에 처음부터 무심할 리 없었다. 책흥정에 들어는 1, 2원 돈을 떨면서도 이 종이노가방에는 후한 값을 쳐 그예 할애(割愛)를 받은 것이다.

한뫼선생은 아들이 없었다. 딸만 형제였는데 큰딸은 서울 사나 막냉이로 정을 더 쏟았던 작은딸이 평양으로 출가한데다가 일제 말년에 반소개(疎開) 겸 작은딸네 곁으로 내려오고 말았다. 서울집을 팔고 평양집을 사느라고 오르내릴 때도 한뫼선생은 이 종이노가방을 자랑삼아 들고 다니었고 30여년간 수집한 그 소위 한우충동(汗牛充棟)이라 할 여러천 권 고서적들을 날라올 때도 서적목록과 운송점 물표를 이 종이노가방에 넣어 들고 오르내리었다.

그 뒤 해방을 전후하여 다섯 해 동안 이 종이노가방은 다락 속 고서적들 옆에서 여름마다 이렇게 곰팡만 피고 있었던 것이다.

한뫼선생은 해방이 되자 곧 친구들이 많고, 오래 못 본 큰사위네 외손들과, 더욱 일인 학자들의 장서(藏書)가 헐값으로 나와 굴러다닐 서울이 간절하게 가고 싶었다. 그러나 남달리 다심한 한뫼선생은 좀처럼 평양을 떠나지 못하였다.

해방 후 아직 치안이 자리잡히지 못했을 무렵, 이곳 평양에도 도적과 화재가 자로 일었다. 한뫼선생은 도적보다 화재가 무서웠다. 전쟁이 끝났으니 폭탄의 염려는 없어졌으나 화재의 염려는 사라지지 않았다. 불에 안심할 만한 서고(書庫)를 따로 갖지 못하고 서적들을 살림집 다락과 윗방에 쌓아둔 것이라 화재의 염려 때문에는 꿈자리에까지 번뇌가 생겨 한뫼선생은 불교 신자는 아니나 그야말로 세상이 화택(火宅)으로만 보여 마음놓을 찰나가 없었다. 어쩌다 바람을 쏘이려 가까운 연광정에 한번 나가려 하여도 몇 번씩 되돌다 들어와 안방아궁과 남에게 세준 뜰아래채 아궁까지 불단속이 회동그랗게 잘된 것을 자기 눈으로 만져보듯 하고야 그리고도 마누라님에게 신신당부를 하고야 나서곤 하였다.

한뫼선생은 일찍 서울서 한문과 습자선생으로 한 중학교에만 20여 년을 있었다. 집에는 학생 하숙을 쳐 많지 않은 식구의 생활을 지탱하면서 자기의 매달 봉급으로는 고스란히 고서적 수집에 바쳐온 것이다.

그때만 해도 일인(日人)들이 아직 조선 전적(典籍)에 손을 대기 전이어서 경쟁자 없이 희귀한 고려판(高麗版)들과 이조초기(李朝初期) 진본(珍本)들이 어렵지 않게 싼값으로 굴러들어왔다. 한뫼선생은 배를 퉁길 대로 퉁기면서 낙장(落張)이나 낙질(落秩)된 것은 손에 대지도 않으며 같은 판에도 전래유서(傳來由緒)가 깊은 것으로만 뽑아모았다. 권수로는그닥 방대한 것이 아니나 귀한 책과 알뜰한 책이 많은 것으로 이 한뫼선생의 장서는 여러 학자들과 도서관들에서 침을 흘려 온 지 오래다. 조선 총독부 도서관으로부터, 경성제대 동경제대 도서관들로부터, 모모하는 일인 학자들로부터 장서의 일부, 혹은 전부의 할애교섭을 한뫼선생은 여러 번 받았다. 그러나 한뫼선생은 돈의 옹색을 견디어가면서도 한번도 이에 응하지 않았고, 영인(影印)하기 위하여 빌리라는 것도 될 수 있는 대로 피하여 왔다.

내 장서가 오늘 일본제국이 조선 문화나 역사를 왜곡, 날조하는 데 이바지할 바엔 차라리 불을 질러 없애고 말겠다! 그래도 뒷날 우리 민족이 다시 우리말과 글을 찾아, 우리 문화와 역사를 자유스럽게 연구, 섭취할 날이 오고야 말 것이다! 오직 그날에 대한 희망에서만 나는 나 먹을 것 먹지 않고, 입을 것 입지 않고 모아온 책들인 것이다!

이것이 한뫼선생의 은근한 염원이었다. 이런 염원에서 8 · 15해방은 한뫼선생에게 남다른 기쁨을 가져왔고, 이런 염원이었기 때문에 북조선에 「김일성대학」이 창립되고 이 김대를 중심으로 모인 학자들로부터 자기에게 경의와 함께 장서의 공개요청이 왔을 때 한뫼선생은 우선 눈물겨운 감격과 30여 년 공적의 보람있는 긍지를 느끼었던 것이다.

그러나 한뫼선생은 그런 한편 서울 생각부터 더욱 간절해진 것이 사실이다. 자기가 이 책들을 모으기에 고심하던 가지가지, 자기 장서계통 특색을 알며 그전부터 부러워하던 동호인들이 서울에 더 많았다. 어서 통일이 되어 나라도 안정되고 문화에 대한 관심과 열의가 전국적으로 고조될 때 자기의 비장(秘藏) 진본(珍本)들을 비로소 세상에 피로(披露)하는 전람회를 열어 학계에 큰 충동을 주며 여러 친구들과 학자들의 흠망과 치하 속에서 나라에면 나라에 대학에면 대학에 번치나게 헌정하고 싶은 욕망이었다.

'이런 욕망이 반생을 두고 다른 욕심 없이 이것 수집에만 바쳐온 나에게 과분한 것일까?'

한뫼선생은 가끔 그 연봉수염을 쓰다듬으며 그것쯤은 자기가 탐내어 마땅하리라 믿어왔다.

한뫼선생은 김대에서 찾아온 학자들에게 장서목록도 아직 공개하기를 피하고 말았다. 언제까지나 자기 혼자만 비장하기 위하여서가 아니라 자기 장서 속에 어떤 희귀본들이 들어 있나 하는 학계의 기대와 흥미를 공개 전람회 때까지만 보류하고 싶은 것뿐이었다.

한뫼선생은 어느 친구보다도 그 사람 좋은 고서 중개인 성씨의 반가워할 얼굴을 머릿속에 그려보며 곰팡을 띤 종이노가방에 행장을 챙기었다. 한뫼선생의 해방 직후부터 벼르던 남조선행은 이제 결행될 단계에 이른 것이다.

한뫼선생은 북조선 정치노선이 옳은 줄은 안다. 그러나 북조선 신문들이 보도하는 남조선사태를 남조선의 진상으로 믿으려고는 하지 않는다. 왜? 자기 눈으로 보지 않았기 때문이다.

한뫼선생은 자기의 60년 생애에 믿을 수 있었던 일보다 믿을 수 없었던 일이 더 많던 세상임을 잘 안다. 남이 다 건너는 돌다리도 자기 손으로 두드려보기 전에는 결코 건너지 않는다. "어느 고가(古家)에 이러이러한 진본(珍本)들만 몇 간(間)이 된답니다." 혹은 "아무개 종손집인데 애끼던 서화를 내놨답니다. 아직 아무도 가보지 않은 숫자국입니다." 하여 따라가 보면 천 권의 먼지를 털어 한 권의 쓸 책을 고르기가 어려웠고 자기가 첫손이거니 해서 열심히 뒤져보나 나중 알고 보면 벌써 여러 사람이 다녀가 노란자위는 뽑혀나간 것이 예사였다.

'매사가 듣기완 다른 거여! 그저 내 눈으로 본 연후에야……'

한뫼선생의 사물에 대한 의심벽은 다년간 고서적 중개인들에게 시달린 데서도 굳어지기만 했다고도 볼 수 있는 것이다.

그가 북조선의 정치노선을 옳다고 인정하게 된 것도 자기 신변에 국한된 극히 사소한 것이나 자기의 그 가느나 안정(眼精)이 날카로운 눈으로 똑똑히 본 데서부터였다.

한뫼선생은 자기집 뜰아래채에 한 아버지와 아들만이 와 있는 타지방사람에게 세를 주었다. 아버지는 산업국 무슨 부장으로 다니고 아들은 김일성대학에 다니었다. 한 국(局)이면 성(省)이나 마찬가지요, 거기 부장이면 상당한 고급 간부일 것이나 늘 털레털레 걸어다니며 아침 일찍 나가면 밤 깊어 돌아와 식은 밥을 몇 술 떠먹는 생활을 한다. 아들도 식모 없이 제 손으로 아버지의 식사까지 해드리며 고생스러운 공부를 하고 있다. 그전 대학생들은 교복도 여름이면 세루, 겨울이면 써지, 바지는 언제나 줄이 서 있었고 책도 가죽뚜껑에 금자 번쩍이는 술 두꺼운 책들이었다. 지금 이 뜰아래채 대학생은 꾸깃꾸깃한 목세루 교복에 고작 신발이 좋아야 운동화다. 모자도 비뚤어졌건, 앞이 숙었건, 손에 잡힌 대로 쓰고 나서며 교복 그 채 석탄도 개고 밥도 짓고 방걸레도 치고 한다. 책도 싯누런 롤지에 값싼 잉크내가 코를 찌르며 제본도 마련 없이 된 것이 많다. 그의 동무들도 가끔 그런 차림으로 찾아오는데, 그들은 만나기만 하면 옆채에 딴 사람들이 자건 말건 밤이 새건 말건, 높은 소리로 토론들이었다. 하나도 잡담은 아니요 「유물사관」이니 「변증법」이니 하는 철학용어를 많이 썼고 「무자비」니 「타토분쇄」니 하는 격렬한 말도 많이 썼다. 밤 늦게 저의 아버지가 오면 좀 조용해지는 것이 아니라 그 아버지마저 한몫끼여 「유물사관」이니 「무자비」니 하고 더 왁자해진다.

요즘 그 아들은 방학 때라 학교에는 가지 않고 최고인민회의 선거를 앞두고 날마다 구(區)사무소에 동원되어 나갔다. 구사무소에 가서 종일 일보면서도 점심은 꼭 집에 와 먹었다. 집에 좋은 점심이 있어서가 아니었다. 잘 먹어야 식은 밥이요 반찬이 구비한 것도 아니었다. 그러면서도 그 아버지나 아들은 다 불평 없이 일터와 학교로부터 유쾌하고 전망에 찬 얼굴로 집에 돌아왔다.

이 뜰아래채 대학생은 몸도 튼튼하였다. 원기가 끓어넘치듯, 노어로 무엇을 읽을 때에도 주먹쥔 팔을 체조하듯 내어뻗었고 무슨 수학이나 화학공식을 외울 때도 마당을 뚜벅뚜벅 힘차게 거닐었다. 어떤 날은 파나 콩나물을 다듬으면서도 『측량학』이니 『이론역학』이니 하는 그 잉크내 코를 찌르는 책을 열어놓고 쑹얼쑹얼 읽었다.

한뫼선생 눈에 처음에는 모두가 어색해 보였다. 우스꽝스러웠다. 그러나 어느 틈에 당당하여 무시할 수가 없게 되었다. 점점 제격에 어울리고 올차고 여물어 보였다. 그 품에 맞지 않고 꾸겨 쫄아드는 교복 속에서도 쇳덩이 같은 몸집은 밋밋하고 틀지게 자라듯, 그 가죽뚜껑은 아니요 금자 표제(表題)는 아닌 교과서들 속에도 어떤 불멸하는 진리의 기록은 글자마다 인광을 발하는 것 같았고 그 진리의 광채는 이 무쇳덩이 대학생에게 천상천하를 투시할 천리안(千里眼)을 틔워놓는 것 같았다. 한뫼선생은 어떤 위압을 느끼기까지 하였다.

한뫼선생은 아직 인민학교 3학년짜리인 자기집 식모의 아들 대성이란 소년에게서도 범연치 않은 사실을 목격하였다.

이 열둬 살밖에 나지 않은 대성이는 가끔 뜰아래채 대학생과 장난도 하고 목청을 돋우어 「김일성장군노래」두 부른다. 목소리도 또랑방울로 야무지거니와 한번은 저의 방에서 저의 또래가 모여 학습회를 한다기에 한가한 한뫼선생은 넌지시 엿본 일이 있다. 대성이 또래 다섯 명이 모였는데, 복습하기 전에 저의 딴은 무슨 회의를 하는 모양으로, 한 녀석이 일어서 목에 핏대가 불룩해가지고 토론을 했다.

"운기동무는 어제 한 번만이 아니오. 이달에 벌써 세 번째 지각을 했으니께 이건 절대루 용서헐 수 없습니다. 이건 절대루 우리 학습반 불명예니까니 이 락후성을 퇴치하게끔 운기동무는 경각심을 높여서 다시는 지각 않게끔 해야겠습니다. 운기동무는 자기 잘못을 자기비판하면서 절대루 지각 안하기루 우리 앞에 맹서해야 될 줄 압니다."

이 아이가 미처 앉기도 전에 딴 아이 하나가 냉큼 일어서더니 비슷한 내용을 더 강조하고 앉는다. 그 다음에는 낙후분자 운기라는 당자인 모양으로 눈물을 한편 손등으로 쓱 문지르며 일어나더니 떠뜸떠뜸 입을 열었다.

"나는 동무들 앞에 내 잘못을 솔직히 자기비판하면서…… 우리 집엔 시계래 없으니께 어떤 날 아침은 늦은 줄 알고 뛔서 가면 여태 멀었구, 어떤 날은 여태 멀언 줄 알고 가면 벌써 지각이구 했댔는데…… 앞으로는 더욱 경각심을 높여 다신 지각 안해서 우리 학습반에 준 불명예를 씻갔습니다."

다른 두 아이들은 손뼉을 쌀각쌀각 쳤다. 그것으로 그만인가 하였더니 손뼉을 치지 않고 있던 대성이 녀석이 코를 쓱 씻으며 일어난다. 두 주먹을 꽉 쥐고 역시 목에 핏대부터 일으켜 말한다.

"동무들 토론이나 운기동무 자기비판이나 나는 하나도 돼먹지 않았다고 봅니다. 누군 어드렇게 했으니께 나쁘다, 나는 어드렇게 했으니께 잘못이다, 이런 말만 갖구 해결이 된다구 봅니까? 집에 시계가 없는데 경각심만 갖구 시간을 알 수 있습니까? 허턱 경각심만 지적하는 건 허나마나한 토론이구 허턱 경각심만 높이겠다는 건 허나마나한 자기비판입니다. 운기동무가 다신 지각 안할 수 있게끔 조건을 망글라줘야 될 줄 압니다. 나는 이렇게 결론짓습니다. 운기동무 자신은 부모님헌테 말해서 시계를 빨리 사놓게끔 노력해야 할 것이구, 우리들은 운기동무네가 시계가 생길 때까지 우리 네 사람이 한 주일씩 돌라가며 아침이면 운기동무 집에 반드시 들러 운기동무허구 하냥 학교에 갑시다. 동무들 생각에 내 의견이 어떻습니까?"

운기라는 아이 이외에는 모두 좋다고 찬성이다.

한뫼선생은 그때 한참이나 벌리고 섰던 입을 다물고 그애들의 방문 앞으로 갔다. 칭찬을 하자니 이애들에게서도 어떤 위압을 느끼도록 야무진 데 오히려 어안이 벙벙해 말이 나오지 않는다. 우두커니 들여다보노라니 문 앞에 앉은 녀석이 미다지를 획 닫아버린다.

"허, 맹-랑한 녀석들 같으니……"
하고 한뫼선생은 돌아설 수밖에 없었다.

평양에는 어쩌다 나가보면 딴판으로 달라진 데가 많았다. 리어카나 겨우 다니던 좁은 거리가 어느 틈에 운동장처럼 넓다란 큰길이 되었고 하룻밤새 돋는 버섯처럼 무슨 병원 무슨 신문사 하고 4,5층 집이 불쑥불쑥 올려솟았다. 쓰레기만 산처럼 쌓이던 곳은 분수가 올려뿜는 공원이 되었다. 쩔쩔 끓는 삼복지경에도 집채 같은 나무를 옮겨다 심어 난데없는 밀림 속처럼 서늘한 그늘이 우거졌다.

"저 나무들이 하나나 살까?"

걱정하는 사람들이 많았다. 그러나 대개는 싱싱하게 살아 배겼다. 어떤 사람들은 농조로 이렇게 말했다.

"살어라, 허구 명령인데 안 살어?"

사실에 있어 인민주권의 명령 앞에는 불가능이 없는 것 같았다.

1. 공사(公私)가 분명하며 실천력이 굳센 정치요,

2. 애국적이요 헌신적인 간부들이 하는 정치요,

3. 노동자 농민들이 사람 대접을 받고 살 수 있는 정치요,

4. 누구의 자손이나 똑같이 교육받을 수 있는 정치다. 그러나……

한뫼선생은 해방 후 3년간이나 자기 눈으로 보고 북조선 정치에서 얻은 결론을 이렇게 내렸는데 끝에 가서 "그러나……"가 달려 있는 것이다.

한뫼선생은 이 "그러나……"를 아무에게도 설명하지는 않았다. 다만,

"백문이 불여일견, 남조선도 내가 가서 내 눈으로 한번 보고야……"

이렇게 친지간에 더러 말하여왔을 뿐인데 8월 25일, 남북통일 최고 인민회의 선거가 발표되자 한뫼선생은 이 "그러나……"가 더 강경하게 그의 심경에 작용하게 되었다. 8·15해방 기념도 한번 남조선에서 맞아보고 싶었다. 북조선서는 두 번씩 맞아보았으니 남조선에서도 한번 맞아보아야 해방의 감격을 전국적인 것으로 체험할 것 같았다. 이제는 평양의 치안도 자리잡혀 도적과 화재의 염려도 많이 덜리었다.

'에라, 이 김에 데꺽 떠나자! 38선을 그저 두고 남북 통일선거란 난피해 할 수도 없거니와 비위에 맞들 않어……'

이리하여 한뫼선생은 다섯 해 동안 잊어버리고 두었던 종이노가방을 뒤져내어 장마친 곰팡을 턴 것이다.

2

차는 정각에 해주에 닿았으나 밤이 꽤 늦어서였다. 해방 후 시가의 면모가 그전 인상과는 달라 한뫼선생은 정거장을 나와 길 위에서 한참 두리번거리었다.

한뫼선생은 해방 전 생각이 나지 않을 수 없었다. 어디서나 정거장을 나서면 새빨간 불을 단 파출소부터 마주 띄었고, 거기서는 긴 칼을 찬 순사가 이쪽이 조선 사람이기만 하면 덮어놓고 무슨 범인취급으로 불러 세우고 닦달하다가 나중에 트집 잡을 거리가 없으면 「국민서사」라도 읽어보래서 일본말 발음이 하 흉치 않아야 놓아주던 생각을 하니, 아무도 알은체하지 않는 이 호젓함이 한뫼선생은 차라리 해방과 자유를 다시금 느끼는 감격이었다.

한뫼선생은 수양산 쪽을 향하고 허턱 걸었다. 여긴지 저긴지 미연가 해서 가끔 걸음을 주춤거리며 좌우를 살피노라니 내무서원 한 사람이 맞은편에서 나타난다.

"말 좀 물읍시다. 옥계동을 이 길로 올라가면 되는가요?"

"이리도 갈 수는 있습니다만 뉘 집을 찾으십니까?"

"윤면우씨라구 옥계동 초입세 있습넨다."

윤면우란 한뫼선생의 평양 사돈 집 일가로서 본래 해주 사람이다. 그 전부터 이남으로 가려거든 해주만 오면 자기가 믿을 만한 안내꾼을 붙여

주마던 약속이 있던 터이다.

"그 댁 사랑마당에 큰 느티나무가 섰습넨다."

"그럼 알겠습니다. 이리 오십시오."

하더니 내무서원은 앞을 서 그 집 문 앞까지 데리고 왔고 문을 뚜드려 주인까지 불러내주고 가는 것이었다.

마침 주인 윤씨는 집에 있었다. 윤씨뿐 아니라 한뫼선생도 초면은 아닌 듯싶은 다른 손님도 한 사람 있었다.

"아니, 욕이나 안 보셨습니까?"

자리에 앉자마자 주인은 한뫼선생에게 이렇게 물었다.

"욕이라니오?"

"내무서원이 따라왔게 말씀입니다."

"거 매우 친절합디다. 길을 물었더니 예까지 안내해주는군요!"

"그렇습니까? 그럼 그 내무서원 아니더면 도리어 집 찾게 욕보실 뻔허셨군요."

하고 주인은 다행히 여기는데 아랫목에서, 이건 내 자리라는 듯이 꿈적 않고 앉았는 손님이 힐끗 한뫼선생을 쳐다보고,

"차가 오늘은 제 시간에 오던가요?"

하였고, 이내,

"그가 친절한 안내인지 미행인지 누가 아나요. 허허……"

하고 웃었다. 목소리도 귀에 익다. 한뫼선생은,

"그분 낯이 매우 익은데 얼른 생각이 돌지 않습니다."

하니, 그는,

"요즘은 잠 잘 옵니까?"

하고 히쭉 웃으며 담배를 피워 문다.

그는 흰 위생복에 청진기를 들고 회전의자에 앉았는 것만 몇 번 보았

으므로 진찰실 아닌 데서 평복으로 만나서는 얼른 알아보기 어려웠다. 그는 한뫼선생도 불매증으로 몇 번 다니다가 너무 호된 약값에, 중지하고 만 일이 있는 평양 어떤 내과의사였다.

"심의사시로군! 여기서 뵙기 뜻밖이올시다."

"그럴 수도 있디오. 허허."

심의사는 갑자기 호인이 된 것처럼 허허 소리가 연달아 나왔다. 한뫼선생은 과히 자리가 오래지 아니하여 이 심의사의 해주에 와 있음도 자기와 같은 목적임을 알았다.

"그러면 심의사께선 평양을 아주 떠난단 말씀이시지?"

"통일되면 뻐젓이 옵지요. 허허."

"글쎄, 어떠실까? 우리완 달라 병원도 있구 생활도 되실 건데 이왕 참으시던 것 통일될 때까지 계시지 않구?"

"겨우 생활이나 되면 뭘 헙니까?"

하고 궁상을 떠느라고 비비적거리는 그의 두 손은 너무나 비대하고 기름져 있었다. 주인 윤면우는 그와 무관한 사이같이 이내 농조로 받았다.

"너희 의사들이야 불한당들 아니냐? 불한당질 못 하겠으니까 튀는 거지."

"사실 말이다, 어떤 놈이 겨우 밥이나 먹자구 의사노릇을 허니?"

"심의사께선 해방 전처럼은 돈을 많이 못 버신 게로군?"

"돈을 벌 재주가 있습니까? 글쎄 보셨지만 구(區)마다 인민병원이 생겨, 중앙병원이니 쏘련병원이니, 적십자병원이니 좀 많아졌나요? 게다가 우리넨 페니시링 한 대에 2천원은 받아야 허는 걸 저자식들은 단 6, 7백원씩에 놔주구, 쏘련병원에선 돈 없다면 그냥두 놔주지 않나요? 그러니 어느 미친놈이 개인병원엘 찾아오느냐 말이지요? 의산 고사허구 그게이끼(경기-편집자) 좋던 무당판수들이 북조선선 펀펀히 파리만 날린답디다요!"

"허긴, 전엔 돈 무서워 병원에 못 가구 무당 판수헌테 가던 사람이 대부분이었으니까 ……"

"내란 사람이 궁뎅이가 무거 여직 뭉싯대구 그 꼴을 봐왔지, 릿속 밝은 사람들은 해방 직후에 다 튀구 몇 남았나요, 어디?"

"가서 후회하는 사람들은 없나 그래?"

주인이 물었다.

"후회?"

심의사는 두리두리한 눈을 부릅뜨며 펄쩍 뛰었다. 그 사람들이 북조선서 몰수당한 토지들쯤은 아무것도 아니게 큰돈들을 모았고, 그 사람들이 북조선에 버리고 간 병원쯤은 아무것도 아니게 더 큰 일본 사람들의 병원들을 차지했다는 것이다.

"서울은 북조선서 간 의사만 해도 서로 경쟁일 터인데 어떻게 그새 큰돈들을 벌었단 말인가?"

"이 사람이 정신 있나 없나? 지금 서울선 머저리의사 아닌 담엔 귀에 청진기나 끼구 앉았질 않어!"

"그럼 뭘 헙니까?"

한뫼선생이 정말 이상스러워 물었다.

"우리 세브란쓰 출신들은 예쓰 노 소린 다 헐 줄 알지 않습니까? 미국 사람 판인데 뭐러 헌다나 째구 앉었겠습니까? 리권 하나 통역만 걸려두 하룻밤에 허리띠를 끌르구, 허다못해 약장살 해두 몇백만원이 오락가락합니다!"

"약장사가 그래? 의사보다 나리까요?"

"정말 학자님이시군! 약장사라니까 그전 길거리서 고약이나 파는 약장산 줄 아십니까? 따이야찡이니 페니시링이니 좀 많이 들어와 퍼집니까? 그 거래 한 끈만 잡어두 노다지판이랍니다."

아무튼 한뫼선생은 이남에의 이렇듯 열정적인 심의사를 만나 가장 든든한 길동무를 얻었다 싶었다. 더구나 심의사는 경계선만 넘어서면 무서울 게 없노라 하였다. 자기 사촌으로 하지 장군의 비서와도 친하고 군정청 요인들을 마음대로 주무르는 행세꾼이 있다 하였다.

이들은 이틀 뒤에 경험 많은 안내꾼을 앞세우고 경계선에 접근하여 보았으나 8 · 15 3주년과 최고인민회의 선거 직전이라 경비가 엄중하여 청단길은 단념하고 시변리로 돌아 삭령, 연천 쪽으로 해서 그 강이 바로 38선이 되는 하여울을 건너 8 15 기념 전으로 이남땅에 들어서는 데 성공하였다.

3

남산 밑 심기호의 저택에서는 오늘 저녁에도 미군 관계의 파티가 열리는 모양으로 미국 군용발전(發電) 자동차가 초저녁부터 이 집 뒷골목을 틀어막고 서서 저택 안으로 줄을 늘이더니 그 드끄럽기는 딴 집들이 더한 엔진소리를 덜덜거리기 시작했다.

반도호텔 자리, 「미나까이」 짜리 같은 미군들이 들어 있는 건물들 이외에는 석유불 아니면 촛불이나 켜놓아 이승만이가 선포한 국호 그대로 대한시절의 한양성을 방불케 하는 서울에서 심기호 저택은 오늘밤도 여봐란 듯이 식당, 무도실, 이층의 방방들과 베란다, 그리고 정원까지 눈부

시게 휘황해졌다.

사촌간이지만 심기호는 그 눈알 두리두리한 것, 턱에 군턱이 지도록 비대한 것, 대머리 벗어진 것 친형제 이상 심의사와 서로 닮았다. 다만 심기호는 입술이 좀 얇고 콧날이 좀 상큼한 때문일까 심의사보다 훨씬 잔일에 신경을 쓴다. 심기호는 친히 부엌으로 내려가서 커피 끓여 식히는 것을 맛을 보았고, 아이스크림 만든 것을 맛을 보았고, 제 딸년과 도미화의 화장하고 원삼입고 족두리 쓰는 것까지 살피면서 딸과 도미화의 인물을 비교해보았다.

염한 점으로는 아무래도 도미화가 뛰어나고 반대로 숫된 점으로는 아무래도 제 딸이 나아 보인다. 이래서는 안되겠다 싶어 심기호는 이층으로 올라와 딸과 도미화를 각각 따로 불러세웠다. 오늘 저녁 손님「우드」각하는 기생에는 멀미가 나 숫처녀를 좋아하기 때문에 상해에서 갓 돌아온 댄서 도미화를 매수한 것이다. 돌아먹던 계집애라 아무래도 숫된 구석이 적다. 심기호는 우드 각하께서 숫된 맛에 제 딸에게 손을 댈까보아, 딸에게는

"미국 사람들은 말이다, 숫된 걸 무지로 보고 애교가 세련돼야 교양 있는 집 딸로 존경한단 말이다. 오늘 저녁 손님에겐 특별한 써비스를 허란 말이다."

하고 반대로 일렀고, 도미화에게는, 자기부터 그 날씬한 손길을 한번 꼭 잡아보며 이렇게 일렀다.

"우드 각하께선 숫되구 순진헌 여성을 좋아한단 말이야. 알지? 그리구 일이 제대루만 되면 말이다. 석방이 돼 나오는 사람들도 미화헌테 그 공을 몰라줄 리 없으니…… 적어두 한 사람헌테 10만원씩은 내 장담허구 떼낼 테란 말이다……"

어떤 모리사건(模利事件)으로 걸려 제 동료 두 녀석이 벌금 2백만원

을 물고도 3년씩의 징역을 받은 것이다. 우드란 자는 이승만계의 미국인으로 군정(軍政)에서는 법무국장으로 있었고, 5·10단선으로 소위 대통령이 된 이승만정권에게 남조선에 대한 정권 이양(移讓)이 끝나면 이승만의 개인 고문격으로 있을 자다. 이런 자만 제대로 삶으면 좌익 정치범만 아닌 이상엔 3년 징역은커녕 사형받았던 죄수도 그날 저녁으로 놓여나온다. 갇혔던 사람이 놓여나올 뿐 아니라, 한번 이런 일로 그들과 소위「프렌드십」을 맺어놓기만 하면 모리와 협잡의 길은 만사형통으로 열리는 것이다.

이 도미화 이외에도 기생 일곱 명이 지휘받아 왔다. 우드의 통역, 주인측의 통역 중간에 나서준 군정청 고관도 두 사람이나 오기 때문이다. 그래 군정청 고관들이 어느 권번의 아무개 아무개를 불러달라는 대로 사흘 전에 지휘주었고, 그 기생들의 짝패를 모두 불러준 것이다.

미국 사람들은 대개 조선 계란과 조선 소고기를 좋아하였다. 심기호는 순 재래종 계란을 구해들이고 암소고기로 어느 양요릿집 명수를 데려다 비프떼끄를 만들렸다. 우드 각하도 조선 소고기를 매우 즐기는 모양으로 손바닥 같은 비프떼끄를 두 접시째 사양하지 않았다. 겉만 익고 속은 설어야 좋다 하며 이빨에 피가 흥건하면 위스키잔을 들어 양치질 삼아 마시었고 잣 까놓은 것을 그 투박한 손에 움큼으로 움켜다가 그 두툼한 입에 들어뜨렸다.

기생 일곱에 도미화에, 주인딸에, 손님보다 계집 수가 배나 되었다. 우드 각하는 도미화는 떼어논 당상이라 가만 두어도 이따 제 자동차 속에 절로 굴러들 것이므로 다른 계집들에게는 이를테면 개평 셈이었다. 그 술내, 고기트림 물큰거리는 입을 이 여자 입에, 저 여자 목덜미에 할리우드 식으로 함부로 쩍쩍거리었다. 댄스가 초□ 끝난 뒤 정원으로 나왔을 때. 아이스크림을 가져다 턱밑에 바치며 아버지의 명령대로 눈에

추파를 실어 입을 빵긋해 보이는 심기호 딸에게도 우드 각하는 그의 귀를 잡아 족두리 쓴 얼굴을 뒤로 젖히더니 아이스크림 대신에 입을 맞추어도 쩍 소리가 나게 한번 찍지게 맞추었다. 심기호는 못 본 체 슬쩍 얼굴을 돌리는 수밖에 없었다.

"아버지?"

그러나 딸의 비명이 아니라, 안으로부터 뛰어나온 아들애가 찾는 소리였다.

"뭐냐?"

"평양서 큰아버지가 왔대요."

"평양서? 어디?"

화제에 궁하던 끝이라 모두가 긴장하였다.

"동대문서에서 전화가 왔어요. 이리 돌렸으니 받으세요."

"동대문서라니?"

세 사람 이상 떼지어 나서거나, 길 가다 발을 멈추거나, 오후 여섯시 이후엔 길에 나서는 사람은 이유 여하를 불문하고 쏘아라 한 장택상 수도청장(首都廳長)의 포고가 5·10단선 이후 그대로 서슬이 푸르게 집행되고 있던 서울이라 오후 여섯시 이후에 동대문 안에 들어선 심의사와 한뫼선생은 뜻하지 않은 총소리를 뒤통수에 받으며 질겁을 해 고꾸라졌다. 분명히 이쪽을 향해 쏜 총이었다. 아무 문답이 필요치 않았다. 한 사람은 가죽가방, 한 사람은 종이노가방과 몸들에 지닌 것이 트집잡힐 물건이 아니어서 포승만은 지지 않고 동대문서로 끌려오는데 길에는 군데군데 담총한 경관들이요 어쩌다 고급자동차가 한두 대씩 전속력을 내어 지나갈 뿐 어린친 개새끼 하나 얼씬하지 않았다. 바로 이 동대문구에서 입후보 경쟁자 최능진을 불법적으로 몰아 잡아넣지 않았다면 당선도 될지 말지 했던 이승만 「각하」가 대통령이 되어가지고 소위 조각(組閣)을 하는 이화장이 있는 특별지구의 오후 여섯시 이후 광경이었다.

한뫼선생과 심의사는 총알에 맞지 않은 것만은 다행이나 유치장으로 몰아넣는 데는 기가 막히었다.

"여보? 우릴 뭘루 알구 이렇게 함부로 다루는 거요?"

"잔말 말어."

"우린 글쎄 북조선서 탈출해오는 사람이라니까…… 우리 신분 증명할 사람이 서울 장안에 몇백 명이라두 있소!"

"우린 몰라!"

"그럼 누가 안단 말이오?"

"상관들이 모두 동원돼 특별경계중인데 누가 언제 심문허느냐 말이다!"

새파랗게 젊은 녀석이 똑 떨어지게 해라를 하며 종이노가방을 비롯하여 두 사람의 소지품 전부를 빼앗고 혁대를 빼앗고 이름만 묻더니 한 유치장 안으로 들여모는 것이다. 심의사는 그 두리두리한 눈을 불거지도록 부릅떴으나 살기가 등등하여 여차하면 권총으로 갈겨버리려는 판에 말도 입에서 나오지 않았다. 유치장 문에 쩔거덕 자물쇠 소리가 나고 순경들의 구두소리가 저만치 사라진 뒤에야,

"북조선에서두 유치장 산 일이 없는 사람들을……"
하고 심의사의 입이 투덜거리기 시작했다.

대꾸라고는 유치장 안 사람들의 킥킥거리는 비웃음뿐이었다. 심의사와 한뫼선생이 다시 놀란 것은 발을 옮겨 놓을 데가 없게 유치장 안이 초만원인 것이다. 청년들이 많고 소년들과 늙은이도 적지 않다. 비웃음 가득 차 쳐다보는 얼굴들이 하나도 도적이나 노름꾼 같은 인상은 아니다.

'대체 어떤 자들인데 유치장에 이렇게 많이 들어왔으며 유치장에 갇힌 주제에 누구를 비웃는 건구?'

심의사와 한뫼선생은 앉을 자리도 없거니와 녹록히 앉고 싶지도 않았다. 심의사는 유치장 창살을 뒤흔들며 소리질렀다.

"남조선 경찰이 이럴 수 있소? 심기호가 내 아우요. 심기호에게 전화를 좀 걸어주시오."

구두소리가 쿵탕거리며 달려왔다. 심의사의 말을 대답하기 위해서가 아니라 노동자 하나를 또 이 칸에 집어넣기 위해서였다. 노동자는 상반신이 피투성이로서 그저 숨을 헐떡거리며 들어왔고 이상하게도 유치장 안 사람들에서 일어서 그를 맞는 사람들이 있다. 그들은 북족선의 젊은 사람들처럼 서로 '동무'라 불렀고, 피를 서로 닦아주었다. 그들은 연판장(連判狀) 이야기를 했다. 이 연판장 이야기에는 갇혀 있는 소년과 늙은 이까지도 서로 관련이 있는 듯 이내 한데 어울려 쑥덕공론들이었다.

한뫼선생은 이 연판장이란 자기가 옳다고 판단한 것을 위해 연명날인(連名捺印)하는 것임을 알고 있다.

'대체 무엇을 위한 연명날인인가?'

한뫼선생은 이 궁금증을 오래 끌지는 않았다. 이내 귀띔이 되었다. 이들의 연판장은 다른 것이 아니라, 미국의 탱크와 폭격기와 군함의 출동으로 억지조작한 5·10단선 산물, 소위 「국회」와 「정부」를 반대하고 8·25 전조선최고인민회의 선거를 위한 남조선에서의 비합법투쟁으로서의 인민대표 선출운동이었다. 남북통일선거는 북조선의 선전만이 아니라 사실에 있어 엄연히 진행되고 있었다. 그들은 살점이 찢기고 옷깃에 피흔적이 낭자하였다.

'남조선 사람들도 온통 북조선 편이란 말인가?'

한뫼선생은 그 가늘고 날카로운 눈을 한참이나 깜박이었다. 서울의 현실은 들어서는 길로 자기 눈을 지지듯 뜨겁게 하였다.

'불문곡직의 발포(發砲), 불문곡직의 검속, 남녀노소 대중의 결사

항쟁……'

한뫼선생은 3·1운동 때 자기도 며칠 유치장에 갇히었던 생각이 났다. 그때 자기자신도 그런 판국에서 잡범(雜犯)으로나 좁은 유치장 안을 쑤시고 들어서는 녀석들을 벌레만도 못하게 미워하고 멸시하던 생각이 났다. 한뫼선생은 심의사 같은 사람과 짝지어 북조선으로부터 나온다는 것을 이 피의 투사들에게 알려질 것이 슬그머니 겁이 났다.

'그러나…… 그러나…… 한편이 혼자만 지나쳐 나가는 거다. 통일되도록, 남북이 화해되도록 그런 정세를 조장시키구 성숙시키는 게 아니라 한쪽을 무시허구 저만 나가는 거다. 아무리 좋은 정책이라도 먼저 통일시키구 합의껏 전국적으로 실시험 좀 좋으냐 말이다. 남의 발등을 밟고 먼저 자꾸 나가면 누군 남의 뒤나 따라가길 좋다나? 그러니까 자꾸 엇나갈밖에……'

한뫼선생의 그 북조선 정치가 다 옳으나 끝에 가서 "그러나……"를 붙이던 이유는 별것이 아니라 이런 것을 가지고였다. 한뫼선생은 나도 잡범류는 아니라는 듯이 자세를 태연히 고치며 쪼그리고나마 자리를 쑤시고 앉았다.

심의사는 당직순경이 갈려 새 사람이 들어설 때마다 차츰 비겁해지는 애원조로 "내 사촌 심기호에게 전화……"를 애걸해 보았다. 그러나 순경들은 심의사의 애원성을 귀담아 들을 겨를이 없도록 검속되는 인민들은 뒤를 이어 들어왔다. 노동자, 학생, 사무원, 부인네, 여학생, 소년들, 노인들 나중에는 유치장에 더 틀어박을 수가 없어 이층 어느 방으로 끌어올리기 시작하였다.

심의사도 지치어 나중에는 그 안반만한 궁둥이로 아무 어깨나 깔고 비비어 결국 자리를 잡고 앉고 말았다. 이들은 크게 기대한 남조선에서의 8·15 3주년기념도 그만 유치장 속에서 쇠였고 그저 취조도 아무것도 없다가 17일날도 밤번을 들어온 순경에 겨우 그 심기호의 성세를 짐작하는 자가 있어 비로소 심기호 저택에 전화 연통이 되었고 과연 심의사의 사촌 심기호의 셋발은 서슬이 푸르러 전화가 걸리기가 바쁘게 미국 군인 한 명에 군정청 거물 우드 각하의 명함이 들려 번질번질한 자가용 차로 동대문서에 득달같이 달려든 것이다.

때가 이미 밤이라 한뫼선생도 따로 나서기가 위험하여 한차에 심의사를 따라 심기호의 저택으로 오게 되었다.

심의사는 감격스러웠다. 일제 때나 다름없이 여전히 출세하고 있는 원기왕성한 사촌과 다년 만에 만나는 것이나 군정청 대관, 요인들과 손을 잡는 것도, 벌써 남조선에 온 모든 것이 성공되었다 싶어 감격스러웠다.

한뫼선생도 세수만 대강 하고는 꾸겨진 대마양복째 연회석으로 끌려 나왔다. 우드 각하께서 어서 북조선서 오는 사람들과 만나 북조선 이야기를 듣자는 것이었다.

"북조선에서 얼마나 고생들 했냐구 허십니다."

우드 각하는 이쪽에서 인사를 치르기가 바쁘게 통역을 통해 말을 붙인다.

"덕분에 이럭저럭 지냈습니다."

한뫼선생을 모두들 뚫어지게 쳐다보는 바람에 잠자코 있을 수가 없었다. 우드 각하는 자기에게 마땅히 언권이 있다는 듯이 냅킨으로 번지르르한 입을 닦으며 계속해 물었다.

"우리 미국이 유엔까지 움직여 조선에 독립정부를 세워주는 걸 북조선사람들도 감사히 생각하겠지요?"

한뫼선생은 어떻게 대답하여 좋을지 몰라 우물쭈물하는데 심의사가 선뜻 앞질러 대답해 주었다.

"그렇습니다. 속으로는 다들 감사하며 기뻐들 합니다."

"평양서는 그자들도 선거를 한답시고 더구나 남북을 통해서 선거를 한답시고 떠들어대는데 어떤 모양입니까? 백성들을 꽤 못살게 들볶지요?"

"말해 뭘 합니까? 오죽하면 여태 견디다가 지금이라두 옵니까? 그런데 여기 남쪽에서두 북조선 선거를 실시하라구 그냥 내버려둡니까? 경찰서에 잡혀 들어오는 걸 보니 대단 성한 모양입니다요."

"남쪽에는 우리 미국이 있습니다. 유엔조선위원단이 있습니다. 염려 마십시오. 세계는 쏘련보다도 미국이 더 큰 세력으로 건재합니다. 불란서를 보십시오, 영국을 보십시오. 또 동양에서 제일 큰 중국을 보십시오. 장개석 국민당이 건재합니다. 아직 유명한 나라와 크고 문명한 나라는 우리 미국 편입니다. 안심하십시오. 여기 남쪽에서도 공산분자들이 비밀 선거하는 것은 사실입니다. 그러나 절대로 성공 못합니다. 중국에 미국 대포와 폭격기가 얼마나 많이 가 있습니까? 조선도 자꾸 올 수 있습니다. 정치는 훌륭한 사람들이 하지 로동꾼들이 못합니다."

하고 우드 각하는 통역의 말이 끝나기를 기다려 불룩한 배를 내려쓸며 껄껄거리었고 안경알만한 술잔을 올려 마신다기보다 홀깍 털어넣더니 그 입으로부터 이런 기상천외의 질문이 나왔다.

"평양서는 생활난으로 대동강에 빠져 죽는 사람이 매일 몇십 명씩 된다지요? 선생께서도 그 비참한 광경을 많이 보셨겠지요!"

이말에만은 유들유들한 심의사의 입도 얼어버리는 모양으로 힐끗 한뫼선생을 쳐다본다. 한뫼선생은 얼른 우드 각하의 눈치를 살폈다. 움푹한 눈 속에서 정력적으로 번들거리는 눈알은 이쪽에 물어본다기보다 자기가 다 알고 있다는 듯한 긍지와 그 이상이라는 표현의 대답을 강요하는 듯한 압력으로 차 있었다. 그런 음험한 우드 각하의 눈초리는 한뫼선생에게로 옮겨져 더듬었고 주인 심기호는 귀빈의 질문에 대답이 시원치

못할까 면난하여,

　"그까짓 다 아는 사실 시원히 대답허지 우물쭈물할 건 뭐 있습니까? 우리나라 숭이라구 해서 감출 자리가 따로 있지 조선을 도와주시는 미국 어른 앞이 아닙니까?"

하며 시원한 대답을 재촉한다. 한뫼선생은 그다지 녹록치는 않다. 한뫼선생의 눈은 작으나 날카롭고 자기 눈으로 본 바에는 소신을 굽히지 않는다. 더구나 평양서는 쌀 대두 한 말에 5백20원 하는 것을 보고 왔는데 이남 들어서 동두천에서 물으니 3천2백원이라 했다. 사람들이 만일 생활난으로 강물에 빠진다면 대동강일 것인가, 한강일 것인가? 한뫼선생은 이것을 이들에게 되묻고 싶었다. 그러나 그럴 용기라기보다 그런 객기는 부리고 싶지 않았다. 동양도덕으로 남의 술자리에 뛰어들어 파흥까지 시키는 건 옳지 못하다고 자신을 변명하며 사이다잔을 집어다 목을 적시었다. 역시 심의사는 사촌아우의 낯을 본다기보다 우드 각하의 환심을 이 기회에 사두는 것은 우선 내일부터 절박한 자기의 현실문제였다. 그는 한뫼선생의 눈치를 더 볼 필요 없이 이렇게 대답하였다.

　"많이 빠지구 말구요. 송장에 걸려 낚시질꾼들이 낚시질을 할 수 없다니까요. 허허……"

　우드 각하는 만족감이 그득한 턱을 끄덕거리며 심의사에게,

　"내가 내일 리승만 대통령에게 당신을 소개하겠습니다."

하였다. 심의사는 얼른 일어나 기생들에게 술잔들을 채워 부으라 이르고 이승만 대통령의 건강을 위하는 축배를 제의하였다. 거듭 우드 각하의 건강을 위하는 축배까지 들고 나서야 심의사는 진작부터 궁금하던 조카딸의 족두리 쓰고 원삼 입은 까닭을 물었다.

　"저애 혼인인가, 오늘이?"

　"허 형님두 정말 촌에서 오셨구료! 우리 남조선선 요즘 저 어른들 청

하는 자리엔 저렇게 채리구 맞는 게 류행이라우. 저분들이 좋아허니까…… 저기 저 사람두 하나 그렇게 채리지 않았소?"

하기는 원삼에 족두리 쓴 것이 자기 조카딸 하나만이 아니었다. 심의사는,

"그거 딴은 니이야까해(새롭게-편집자) 보이긴 허는군."

하고 심상히 여겨버리나 한뫼선생은 이것이 그다지 비위에 맞지 않았다. 생각해보면 조선 풍속이나 문화에 대한 모독이 아닐 수 없었다.

축음기 소리가 옆방에서 났다. 우드 각하를 비롯하여 손님들은 원삼이며 모시치마자락에 휘감기어 그쪽으로 춤추러들 들어갔다. 한뫼선생은 그 틈을 타 심의사에게 청하여 먼저 회석에서 빠져나왔고 이층 구석방에 자리를 얻어 유치장 속에서 사흘이나 새우등이 되었던 허리를 펴고 눕고 말았다.

아래층에서는 재즈소리, 웃음소리, 손뼉소리, 그리고 꽤 가까운 어느 골목에서는 탕탕하고 연방으로 총소리가 두 번이나 울려왔다.

4

이튿날 아침 한뫼선생은 갓밝이에 눈을 떴다. 좌우 옆방에서들은 그냥 코고는 소리들이 밤중 같았다. 담배를 한 대 피워 물고 머리맡을 둘러보니 신문이 몇 장 놓여 있다. 『대동일보』란 것으로 「신정부에 기함」이란 사설이 실리고 상공부 장관에 임영신 여사란 제목이며 어느 요인과

요인이 어느 요정(料亭)에서 중대회견을 했느니 풍우불측(風雨不測)의 정계동향(政界動向)이니, 마치 그전 일제 때 신문들의 인기주의식 그대로다. 상공부 장관 임영신 여사의 취임소감이 났는데, 자기는 미국 가 있을 때 장사를 좀 해본 경험이 있어 자신만만하노라 하였다.

'장살 좀 해본 경험? 그럼 서울 종로바닥엔 상공부 장관 재목이 바리루 들어찼게?'

어째 위태위태스러웠다.

한뫼선생은 아래층에서 심의사의 기침소리가 나기가 바쁘게 달려 내려와 전후사의를 표하고 세수도 않고 식전인 채 심기호의 저택을 빠져나왔다. 곧 일인들의 게다소리가 들릴 듯싶은 남한정을 내려 남대문통에 들어섰다. 큰딸네 집으로 가는 길녘이니 친구들의 거취도 알 겸 고서적 중개인 성씨부터 찾을 셈으로 안국동을 향해 걷는데 정자옥 근처에서부터 담총한 경관이 거의 서로 손이 잡힐 만한 밭은 간격으로 양쪽에 늘어섰다. 굉장히 삼엄한 경계여서 거리사람들에게 물어보니 이제 한 시간 뒤에 장택상 수도청장이 출근할 것이라 하였다.

한뫼선생은 비실비실 가녘으로 피하면서 될 수 있는 대로 뒷골목으로 들어섰다. 그러나 뒷골목은 뒷골목대로 걷기가 힘들었다. 쓰레기와 오줌똥이 발을 골라 딛기 어려웠고 그런 위에도 짐구루마며 빙수구루마들을 끌어들이고 그 위에서 자는 사람도 많았으며 부엌이 없어 남의 집 뒷벽에 의지해 솥을 걸고 조반을 끓이는 식구들도 많았다.

성씨는 집에 있었다. 성씨는 얼굴이 바짝 쪼그라들고 옷주제도 일제 때보다 더 궁조가 흘러 있었다.

"왜 이렇게 늦었소?"

"늦지 않구 어쩝니까! 제나 평양으로 가야 뵐 줄 알았더니 참말 반갑습니다. 어쩐 일루 오셨습니까?"

"나 오는 게 뜻밖이란 말이오?"

"죄진 놈들이나 이 속에 꾀들지, 선생 같은 분이 아직 뭐러 오십니까?"

"안방에 가 들으면 시에미 말이 옳구 부엌에 가 들으면 메누리 말이 옳다군 하지만 양쪽 말을 다 들어두 볼 겸 양쪽 노는 꼴을 내 눈으로 보기도 할 겸 내 나라나 다니길 도망꾼이 걸음을 쳐 왔소."

하고 한뫼선생은 우선 세숫물을 청하여 낯을 씻고 성씨로부터 몇몇 친지들의 소식부터 들었다.

어떤 사람들은 서울대학이니, 동국대학이니에 무슨 과장, 교수, 강사 등으로 있었고 어떤 친구들은 해방 직후 정치면에 나서 군정치에까지 덤벼드는 적극성이었는데 자기들이 크게 환상을 갖던 소위 좌우합작(左右合作)에 실망하며부터는 좌에도 우에도 다 못마땅하여 마치 일제 때처럼 정치를 경원하는 것으로 처세를 삼는 패도 있었다. 한뫼선생은 이 패들에게 "역시 그럴 테지……" 하는 동감을 느끼었다. 한뫼선생 자신과 함께 전날 성씨의 좋은 고객(顧客)이었던 소장학자 김씨는 학계에는 눈을 돌릴 새 없이 좌익에 나서 정치활동을 하다가 지난 5·10단선 반대투쟁 때 검거되어 아직 공판도 없이 투옥된 채 있으며 그의 가족들은 생활방도가 없어 부득이 김씨의 그 소중한 장서를 헐어 팔기 시작하는데 그것을 자기 손으로 맡아 흩이기란 마음아픈 일이라 하며 성씨는 눈물을 머금었다. 그리고 해방 후 전적(典籍) 이야기에 옮아, 서울대학 법문학부 자리에 미군 항공부대가 들어 있었는데 미군들이 총과 구두를 닦기 위해 조선 귀중본 여러백 권을 찢어 없앤 것과 이왕가 장서에서도 조선에 한 벌밖에 남지 않았던 이조실록이 굴러나와 휴지로 팔리는 것이 발견되어 일부는 회수하였으나 일부는 가뭇없이 사라지고 말았다는 딱한 이야기도 들었다.

성씨 자신은 집세를 놓아 연명하노라 하였다. 해방 직후에는 일인의 장서들이 빈번히 나도는 바람에 벌이가 괜찮았으나 책을 살 만한 사람들은 차츰 생활에 쪼들리게 되었고 책을 수집할 만한 기관들은 책임자들이 출세에만 눈이 뻘개 밤낮 자리싸움질에 난장판이라 하였다. 자기는 서울에 집 귀한 덕을 보아 문간방과 건넌방까지 세를 주고 다섯 식구가 안방 가바에서 볶아친다 하였다. 아닌 게 아니라 고양이 이마때기만한 뜰 안에 올망졸망한 장객들과 한뎃솥들이 너저분히 놓여 있고 아이들까지 6, 7명이 한울 안에 찍째거리어 잠시 마루에 걸터 앉았기에도 면구스러웠다.

"아이들이 방학 때가 돼서 집에들 몰켜 있군!"

"방학이 뭡니까?"

하고 성씨는 혀를 찼다. 자기 큰아들 하나만 휘문중학에 다니는데 요즘 선거투쟁으로 며칠째 얻어볼 수 없이 나간다 하였고 둘쨋놈은 벌써 작년에 중학에 갈 나인데 돈이 못 되어 입학을 못 시키고 놀린다 하였다. 중학에 들자면 공적 부담금이니 자축금이니 허고 공공연히 받는 것이 6만원 이상이며 그전에 먹이는 것이 최소 10만원은 차고 나서야 입을 씻긴다 하였다.

"그러나 일제 때와도 다른데. 자식을 놀려두다니?"

"어쩝니까? 지금 남조선서 경향을 막론허구 모리배 자식 이외에 학교에 가는 애 몇 되는 줄 아십니까?"

"그래선 큰일인데!"

"누가 아니랍니까? 그게 이놈의 세상 얼른 뒤집어 놓지 않으면 큰일입니다. 북조선선 중학교 하나 드는 데 15, 6만원씩 들지 않습죠? 저렇게 집집마다 학교에 못 가는 애가 많진 않습죠?"

"그건 그래……"

"그게 북조선 좋은 줄은 남조선 살아본 사람이 더 잘 알 겝니다."

"그래서 큰녀석이 무슨 투쟁엔가 나 다니는 걸 그냥 두느군 그래?"

"인심이 천심 아닙니까? 그놈들은 끌려다니구 매맞구 유치장살이 좋아 그러겠습니까?"

"글세 원……"

한뫼선생은 말이 이어지지 않았다. 성씨가 자기의 한때 솜씨를 반가운 듯 집적거리는 종이노가방에서 북조선 담배 남은 것을 꺼내 권하였다. 그리고 첫 끼니부터 밀뜨데기나마 같이 좀 들자는 것을 굳게 사양하고 속으로 '일제 말년에도 그처럼 부드럽던 사람이 아주 날카롭게 모가 섰군!' 한탄하면서 원남동에 있는 큰딸네 집으로 왔다.

사위는 없고 딸과 두 외손자는 있었다.

자라는 아이들은 커서 몰라보게 되었거니와 딸은 성씨에게서 받은 인상 그대로 쪼그라져 몰라보게 되었는데 덜컥 손을 붙들자 울기부터 하는 것은 오래간 만에 친정아버지를 만난 반가운 눈물만이 아닌 것 같았다. 그리고 이 집도 조반부터 밀가루 음식은 한뎃솥에서 퍼나르며 있는 것도 성씨네와 다름없는 정경이었다. 딸은 어머니와 동생네 안부 다음으로는

"평양서는 쌀 한 말에 얼만가요?"

하고 쌀 시세부터 물었고, 또 성씨나 마찬가지로,

"여태 안 오신 서울을 통일 전에 뭐러 고생하시며 오셨어요?"

하였다. 한뫼선생은 그 말에는 대답 안 하고 사위는 어디 갔느냐 물으니

"쟤 아버진 요즘 집에 못 들어온답니다."

하였다.

"집에 못 들어오다니?"

"형사허구 서북청년놈들이 무시로 덤벼드는 걸요."

"아니, 애아범두 요즘 좌익이란 말이냐?"

딸은 아버지의 말투를 보아,

"요즘 좌익, 우익이 따로 있나요 눈 바로 배긴 사람은 다 여기 정치 반대죠 뭐. 아버지께서도 인제 한 달만 계셔보세요."

하면서 아버지를 위해 쌀밥을 지으려는 눈치다. 한뫼선생은 우선 시장하기도 하려니와 미국의 「원조」식량을 한번 맛보고도 싶어 밀뜨데기를 먹기로 하였다. 빛은 희나 매캐한 곰팡내에 목이 대뜸 알싸해졌다.

"애아범은 첨엔 군정청에 취직했었다면서?"

"반년이난 다녔습죠. 광공국에, 바로 북조선 전기(電氣) 대상물자 마련해 보내는 과(課)더랬는데 도적놈 되기 싫다구 나왔답니다."

"도적놈이 되기 싫다니? 어디서나 저 하나 청백했으면 그만이지 남 참견헐 거야 뭐 있나?"

"원 아버지두! 황인가 유황인가 한 톤에 5만원씩 하는 걸 대뜸 15만원씩이라구 전표를 떼라구 하더랍니다. 그래 조사해보구 떼겠다구 허니까 미국녀석 과장은 화를 내구, 그담 자리 조선녀석은 일제 때부터 총독부 관리 해먹던 잔데 돈 2만원을 싸가지구 넌지시 변또그릇에 싸주면서 등을 툭툭 치더라나요. 그걸 애아범이 아무리 궁허기루 받을 사람이야요? 북조선두 우리 조선인데 이런 도적질을 나는 할 수 없다구 하니까 그럼 좋다구 허더니 그 이튿날부터 은근히 애아버지 맡어 한 일을 미주알고주알 캐보기 시작하드랍니다. 아모리 캐기루 나 잘못한 것 없는데 그리게 걸리진 않았습죠. 그렇지만 언제 어떤 모함에 누명을 쓸지 아나요? 그만 그 길루 사표 내놓구 말었답니다. 그리구 해방 직후 감격해서 그것두 나라일이 될까 해 들어갔지, 그런 미군정이구, 그런 리승만 정권이라면 애초에 거길 뭐러 취직을 헙니까? 그만 거기 반년 가 있은 걸 자기 이력에서 생전 지울 수 없는 치욕이라구 자다 말구두 가슴을 친답니다."

"그럼 그후 어떻게 살어왔느냐?"

그만 딸은 뜨데기 그릇에 덤벼드는 파리만 날릴 뿐 대답이 없었다.

한뫼선생은 대청에 앉은 채 열려진 문으로 안방 건넌방 모두 둘러보았다. 겨울에도 들어서면 답답하리만치 그득 쌓였던 세간이 번뜻한 것은 한 가지도 눈에 뜨이지 않는다. 우선 대청에도 쌀뒤주 찬장 살평상 등속이 간데없으며 안방의 체경 한 쌍과 발틀 자봉침이 보이지 않았고 건넌방엔 두 벽으로 꺾어 쌓였던 책들이 허룩하게 뽑혀나가고 몇 권 남 (한 행 소실-편집자)

"거덜난 집안 같구나!"

"남조선서 집 하나만 지니구 살어두 다행헌 편이랍니다."

"북조선이 옳긴 옳은가부다. 그러나……"

"그런데 선거 때 선거 않구 오시면 의심사지 않으시나요?"

"의심할 테면 하라지…… 아무리 잘하는 정치라두 통일과 멀어가는 정치 뭘 하는 거냐?"

"북조선 정치가 왜 통일허구 멀어가긴요?"

"글쎄 남조선 이런 꼴 내버려두구 저만 무슨 개혁이다 무슨 국유화다 허구 자꾸 앞질러 나가면 낭중에 어떻게 되느냐 말이다. 점점 앞서나가니 마주잡어야 할 손목은 넨-장 점점 천만리로 달어나는 것 아닌가베!"

"원 아버지두! 그새 정세가 얼마나 발전했는데 해방 직후 좌우합작을 떠들던 중간파 같은 꿈을 여태 꾸구 계시네!"

"꿈? 흥……"

딸은 속으로, 이것 큰일났다 싶었다.

"장인께서 북조선에 그냥 계시긴 허지만 거기 로선에 불평객 노릇이나 마세야 헐 텐데" 하던 남편의 의구심이 까닭 없는 것이 아니었구나 싶었다.

한뫼선생은 서울만 오면 사위에게서 용돈도 좀 마련하고 키와 몸피도 비슷하니 갈아 입을 양복도 염려 없으리라 믿고 왔는데 이 두 가지가

다 하나도 여의치 않았다. 우선 고의적삼만 사위 것을 걸치고 앉아 입고 온 양복을 빨게 하였다. 그리고 몰라보게 키들은 자랐으나 영양이 좋지 못한 두 외손자를 가까이 앉히고 야윈 팔목과 종아리를 쓸어볼 때 저윽 속 깊이 창자의 쓰라림을 금할 수 없었다. 한뫼선생은 유치장 속에서 선거투쟁으로 잡혀온 남녀노소들이 유치장 투쟁에까지 기세를 올리는 왕성한 의기들이면서도 그들의 얼굴과 팔다리들은 하나같이 빈혈적이던 것도 절로 연상되었으며 어젯밤 심기호의 저택에서 본 심기호 종형제간과 그 하마 같은 턱을 불룩거리던 우드란 자의 영양 과잉을 연상하는 데까지 이르러서는 한뫼선생은 베었던 퇴침을 밀어던지고 벌떡 일어나고 말았다. 큰외손자를 시키어 가까운 성씨를 불러오게 하였고, 성씨에게는 다시 돈 좀 변통할 능력이 있을 듯한 친구부터 불러다 달래어 이날 저녁으로 딸네 집에 쌀말과 고깃근도 사들이게 하였고 외손자들의 손목을 이끌고 나가 평양서는 3, 4원씩 하는 노랑참외를 40여 원씩 주고 사들려 주기도 하였다.

5

한뫼선생은 양복을 빨아 다려 입는 날로 인천으로 내려왔다.

어떤 일본인이 수집했던 조선 전적(典籍)들도 섞여 나오는 서화 골동 경매가 있는데 오래간만에 안 가볼 수 없고 가려면 현금 준비가 좀 필요하였다. 성씨 말에 의하면 한뫼선생 자신이 그전부터 눈독 들이던 「완당집(阮堂集)」을 가졌던 일인의 소장품들이라 그 고판 '완당집'이 틀림없이 나옴직하고 나오기만 하면 연대는 오래지 않다 하더라도 근자의 활판본과는 달리 만원대는 넘을 듯하다 하였다. 그래 돈 1, 2만원쯤 난색 없이 돌려줌직한 친구들 찾아 인천까지 내려온 것이다.

해방 이전부터 소규모나마 종이공장을 경영하던 이 인천친구는 집에 있었다. 그러나 한뫼선생이 찾아온 뜻은 흡족히 이루지 못하였다.

이 기업가 친구는 한뫼선생에게 도리어 하소연하듯 이렇게 말하였다.

"해방이 되었으니 인젠 일본 상품에 휘둘리던 것두 면허구 조선기업가들도 한번 기를 펴보나부다 허지 않았습니까? 웬걸요! 처음에 원료와 연료가 달리죠. 그담엔 대한로총(大韓勞總) 떼거질 당헐 수가 있습니까? 전평(全平) 노동자들은 가끔 파업은 해두 물건만은 노동자다운 양심에서 기술껏 만들었는데 이 대한로총 놈들은 이건 노동자가 아니라 생 불한당 패들이군요! 기껏 원료를 구해다 대면 파품만 만들어내구 사무실까지 떡 차지허구 앉아 핑계만 있으면 술을 내라, 무슨 비용을 당해라 생떼를 부립니다그려! 게다가 배보다 배꼽이 더 크다구 버는 건 죄다 바쳐두 세금이 모라랍니다그려! 그래두 기곌 멈출 수 없어 장래나 보려구 일제 때두 잽히지 않은 공장을 잽혀가며꺼지 끌어오지 않았습니까? 나중엔 뭡니까? 미국 종이가 어느 날 부산이나 인천에 들어온단 소문만 나두 벌써 종잇값이 폭락입니다그려! 원룟값두 안 되게 떨어지니 이 노릇 해먹을 장수 있습니까? 악을 쓰구 뻗치다 문닫구 말았습니다. 어디 종이뿐인가요? 경인간(京仁間) 크구 작구 간에 조선사람 기업 3분지 2 이상이 벌써 문닫었구, 지금 몇 군데 남은 것두 나라에서 미국 물건을 막지 못하는 한 견딜 놈 하나 없습니다……"

한뫼선생은 돈 겨우 5천원을 돌려가지고 돌아오는 길에 경인선 각지와 영등포 공장지대를 갈 때와 달리 유심히 살펴보니 과연 굴뚝 열이면 겨우 한둘이 연기를 흘릴 뿐 지붕까지 벗겨먹고 시뻘겋게 녹슨 기계만 노출된 공장이 많았다. 이런 공장들은 거대한 무덤이요 이런 기계는 거대한 시체 같았다.

차가 용산역에 들어왔을 때다. 한뫼선생은 기계 시체가 아니라 이번에는 정말 사람의 시체를 목격하게 되었다. 골이 깨어져 피 흐르는 시체가 아직 거적도 덮이지 못한 채 여러 역원들에게 둘러싸여 있는 것을 보았다. 죽은 사람의 옷이 철도종업원인 것으로 보나, 둘러선 동료들이 붉으락푸르락 분노에 찬 얼굴들인 것으로 보나 자기 실수로 차에 치여 죽은 것 같지 않았다. 죽은 사람의 동료들뿐 아니라 듣는 사람마다 분격해했고 분격한 사람들은 자기 일처럼 힘써 말을 전했다.

죽은 사람은 용산역의 조역의 한 사람이라 한다. 급히 영등포에 갈 일이 있어 남행차 폼에 나왔는데 차는 벌써 움직이고 있었다. 우선 아무 찻간에고 매달린다는 것이 미군 전용 찻간이었고, 문 밖에 나섰던 미군 장교는 무어라고 소리를 질렀다. 조역은 올라가서 다른 찻간으로 가겠다고 말했으나 "가땜" 한마디에 미군 장교의 구둣발은 조역의 가슴을 차내던졌다는 것이다. 역원들이 달려가니 조역은 옆엣 철길 대철에 쪼인 머리를 들지 못하고 말았고 미군 장교는 권총부터 뽑아들더니 사라지는 찻간 속으로 유유히 들어갔다는 것이다.

한뫼선생은 용산서 경성역까지 오는 동안 크진 않으나 안정은 날카롭던 눈이 현기증이 나도록 침침하였다.

'대체 그네들 눈엔 조선 사람이 뭘로 보이는 건가? 쏘련 사람들과 달리 인종차별이 심하단 말은 들었지만 설마허니 저런 짓을……'

한뫼선생은 그 다음날 돈 5천원을 넣고 성씨와 함께 고미술협회 경매장으로 왔다. 진고개에 있는 그전 「에도가와」 지점 자리 일본집 이층이었다.

진열된 종목은 서적만이 아니었다. 고려 이조 양조의 서화(書畵)들과 도자기(陶磁器)들도 수천 점이 나열되어 있었다. 손님에도 낯익은 반가운 사람이 많았고 특히 일본 사람들이 안 보이는 대신 미국 사람들이 군복인 채, 구두 신은 채 많이 올라와 서성대고 있는 것이 한뫼선생에게는 이채로웠다.

　　"저 사람들두 더러 삽디까?"

　　"더러가 뭡니까, 덮어놓구 값나가는 건 죄다 사니 걱정이죠."

하고 성씨는 자기 어깨 너머로 내려다 보는 미국 장교 앞에 자기가 떠들춰보던 책에서 손을 떼며 물러났다.

　　한뫼선생은 눈에 모가 서 찾던 고판 「완당집」을 드디어 발견하였다. 이 「완당집」 놓인 데는 여러 사람이 둘러서 있어 인기부터 유표하였는데 한뫼선생은 여기 둘러선 사람들 속에서 만나고 싶던 동호가(同好家)들을 여러 사람 만났다.

　　"이거 누구요?"

　　"이거 언제 왔소? 해방 후 우리 처음 아닌가!"

　　"호랑이도 제 말 하면 온다더니....."

　　"이 「완당집」에 오래 공력 들이던 한뫼형이 오셨으니 우린 선두 보지 말아야겠군!"

하고 반가워들 할 뿐 아니라 조선인 동호자들끼리는 어떤 물건이고 그 물건에 대한 욕망이 자기보다 더 간절한 사람에게는 서로 사양하는 예의가 있으므로 한뫼선생은 속으로 저윽 안심하면서 벽오동 책갑에 든 「완당집」 다섯 권을 떨리는 손으로 안아내었다. 고운 때 묻은 뚜껑은 양피처럼 부드러웠고 가볍고 눈결같이 흰 후백지에 송체(宋體)와 명체(明體)에 어중간하여 표일하면서도 전아한 자양(字樣)은 한뫼선생은 어느 빛깔 고운 꽃이나 향기로운 음식에서처럼 눈이 매끄러워지며 입안이 흥건해짐을 금치 못하였다.

이윽고 경매가 시작되었다.

미국 사람들만은 양편 가에 의자를 놓고 구두 신은 채 걸터앉았고 그 밑에는 그들의 단골인 거간과 상인들이 하나씩 맨바닥에 붙어앉았다.

미국 사람들은 대개 고려자기에 더 열광했다. 그러나 서화에도 값나 가는 것에는 으레 뛰어들었고 이 한뫼선생이 잔뜩 장을 댄 「완당집」에도 덤벼드는 자가 없지 않았다. 성씨가 첫번에 5백원을 부르니 미국 사람의 단골 거간은 첫마디에 덜컥 3천원을 불러 예기 지름을 한다. 한뫼선생은 성씨를 향해 약간 떨리는 연봉수염을 끄덕이었다. 성씨는 3천5백원을 불 러 맞섰다. 저쪽에서는 천원을 껑충 뛰어 4천5백원을 부른다. 한뫼선생 은 이마가 화끈하였다. 가진 돈이 5천원뿐인데 암만해도 그 이상 올라갈 것 같다. 어떡해서도 이 책만은 놓치지 않고 싶다. 한번 저 사람들 손에 들어만 가면 조선과는 하직이니 뒷날 어떻게 해볼 기회도 없는 것이다. 성씨로 하여 자기의 최후의 역량 5천원을 불러버리게 하였다. 저쪽의 미 국 장교는 한뫼선생을 힐끔 보고 빙그레 웃더니 자기 앞잡이 상인의 어 깨를 툭툭 치며,

"고온 고온."

하였다. 6천원이 되었다. 한뫼선생은 그만 얼굴빛만 퍼렇게 질리고 말았 는데 딴 미국 사람 앞에 앉았는 거간이 건너편에서 7천원을 부르며 대신 나선다.

한뫼선생이 그만 물러앉는 것을 보고 다른 조선 동호인 하나가 불러 보기 시작했으나 그도 기껏 큰맘 먹고 만원까지 따라가 보고는 떨어지고 말았다. 나중에 미국 사람 판이 되더니 그들은 귀중한 고전도서를 산다 는 태도보다 무슨 투전판아니 스포츠삼아 장난질이었다. 하나가 천원을 더 부르면 하나는 2천원을 더 부르고 그 다음 이편에서는 3천원을 부르

며 휙- 휘파람도 불고 떡- 하고 손가락도 튀기었다 귀가 찢어지게 휘파람을 불던 미국 장교가 「완당집」을 2만원에 차지해 버리었다.

'저 사람들에게 「완당집」이 하관(何關)고!'

한뫼선생은 눈에 그만 모래가 든 듯 깔끄러워지고 말았다.

한참 더 앉았으려니까 고려자기가 나왔다. 이른바 수류포금(水柳浦禽)의 상감(象嵌)으로 장내가 긴장하는 것부터 다르더니 예서 제서 악쓰듯 덮쳐 불렀다. 조선 사람들은 5만원 안에 모조리 나가 떨어지고 서양 사람 판이 되더니 30만원짜리를 29만원까지 따라오다 떨어지고 만 사람은 소위 「유엔조선위원단」 불란서 대표라고들 쑥군거리었다.

한뫼선생의 5천원 따위는 이 판에서 돈머리에 들 것이 못 되었다. 한뫼선생은 더 앉았을 맛이 없어 성씨를 찔러 가자고 중간에 나오고 말았다.

"그거 조선 사람 어디 돈 써보겠다구?"

"이걸 가지구 그러십니까? 서화 골동만이면 좋게요? 만반 경제가 온통 저 꼴이니 걱정이지요!"

"그런데 그놈들은 웬 돈이 그리 흔헌가?"

한뫼선생은 의식적이든 무의식적이든 미국 사람에게 「놈」자가 나오고 말았다. 성씨도 그네들을 호놈하여 대답하였다.

"아, 그놈들은 딸라 때문 아닙니까? 한 딸라에 요즘 2천원 한답니다. 이제 그런 놈들은 하급 장교들이지만 월급이 2백 딸라는 된답니다. 그게 벌써 조선돈으로 얼맙니까? 40만원 아닙니까. 조선 와 있으면 한 달에 40만원씩의 월급을 받는 셈이구 또 저 도적놈들로는 여간 머저리 아니군 조선서 생기는 게 월급만 아닙니다. 허!"

"……"

한뫼선생은 덤덤히 대답 없이 걸었다.

"저놈들은 단 만 딸라만 던져두 벌써 그게 2천만원 자금 아닌가요? 1

원에 같은 1원 하던 일본 자본헌테두 꼼짝 못했는데 3년간에 벌써 2천 배나 차이가 생긴 미국돈에 몇 해나 지탕할 상부릅니까? 네? 그런데 미국 사람은 조선에 자유로 오너라 미국돈은 얼마든지 투자해라, 유형무형 헌 걸 마음대로 차지해라, 이게 명색이 원조며 이게 언필칭 원조받는다는 놈들익 소립니까? 허!"

"……"

한뫼선생은 그 말에도 씁쓰름한 입을 다문 채 걸었다.

"이제 그「완당집」으로 론지해두 우린 5천원을 부르고도 못 샀지요. 저놈들은 2만원에 샀지만 5천원에 4배밖에 더 됩니까? 2천 배의 돈으로 단 4배에 사니 저놈들은 말이 2만원이지 그냥 갖는 셈입니다. 저의 돈으로는 고작 단 10딸라에 산 거니까요. 저의 나라선 요즘 책도 웬만한 건 다섯 권에 10딸라로 사기 어려우리다."

"참 그렇겠군!"

"작년까지두 나두 제왕 국가가 아닌 미국더러 어째 제국주의 나라라는지 몰랐는데 지금 와선 삼척동자두 다들 알게 됐답니다."

"……"

한뫼선생은 거기 대해서 자기는 별로 생각해 본 일이 없었다. 그러나 자기도 이 순간 갑자기 좌익이 되어서가 아니라 사고 싶은 책 한 권을 꼼짝 못하고 놓쳐보고는「딸라」라는 괴물에 대하여 미상불 절실한 관심이 솟아오르는 것만은 속일 수 없었다.

'왜놈들은 합병시키구 먹더니 이놈들은 원조해 준다구 하면서 먹는 재주가 있군!'

명치정 골목에 들어서 몇 집 안 내려왔을 때다. 양담배와 껌장사 아이들이 새매 본 새떼처럼 납작 엎디며 흩어져 이 골목 저 골목 속으로 숨는다. 그전 취인소 쪽 네거리에는 사람이 그득 차서 길이 막힌다. 웅성대는 속에서 싸우는 소리가 들린다. 가슴에 패를 찬 순경, 바가지 같은 전투모에 흰 뺑끼로 영자를 쓴 '엠피'들, 호각을 불며 군중을 헤치고 속으로 들어가려 한다. 잘 헤쳐지지 않는다. 사냥총 소리와는 달라 딱- 소리로 울리는 권총이 어느 쪽에서 터진다. 군중은 와- 물러서며 그 틈으로 순경과 엠피가 쑤시고 들어간다. 총소리쯤엔 군중은 마비된 듯 다시 조여들었고 이 골목 저 골목에서 사람들은 더 몰려나왔다. 싸움소리가 아니라 연설소리였다.

"우리 민족은 하납니다. 남조선에다 단독정불 세울 리유가 어디 있습니까? 여러분! 여러분이 만일 조국 통일독립을 원한다면, 여러분이 만일 민족이 분열되며 이 남조선 형제들이 또다시 식민지 노예가 되는 걸 원치 않는다면 이 8 · 15 남북통일선거에……"

어떤 상점 창틀에 올라서서 한 손으로는 캡을 벗어 움켜잡고 외치던 젊은 노동자는 다리에 팔에 벌떼처럼 매달리는 순경들과 엠피 때문에 말이 끊어졌다. 청년은 발을 버둥거려 순경을 차버린다. 엠피는 총을 댄다. 청년은

"쏠 테면 쏴라!"

소리 지른다. 순경들은 방망이로 청년의 얼굴을 올려갈긴다. 입이 터져 피가 쏟아 졌으나 청년은 소리 질렀다.

"여러분! 우리는 우리 손으로 통일독립을 쟁취하는 길밖에 없습니다. 그 길은 통일선거에서……"

"옳소!"

"옳소!"

여기저기서 군중들이 맞받아 외치었다. 순경들은 노동자의 몸을 나무 타듯 앞뒤에서 기어올랐다. 상점 창살이 와지끈 부서지며 노동자는 그만 순경들과 한덩어리 되어 길바닥에 떨어진다. 군중들은 와- 조여들

었다. 그리고 서로 등을 떠밀어 순경 위에 엎치고 덮치었다. 확실히 군중들은 노동자의 포박을 방해하는 것이었다.

"똥바가지 짓밟아라!"

"똥바가지 깔아 뭉개라!"

똥바가지란 순경들이 쓴 「헬멧」과 엠피가 쓴 전투모를 말함이었다. 이렇게 소란한 속에 이 틈 저 틈에서는 청년들이, 부인네들이, 소년들이 연판장을 들고 이름들을 받았고 또 군중들은 민속하게 서명날인하고 있었다. 성씨와 한뫼선생 앞에도 중학생 하나가 두루마리를 펴들었다. 성씨는 이내

"난 우리 구에서 했습니다."

하고 아들 같은 청년에게 경어를 써 존경한다. 한뫼선생은 당황하였다. 이런 환경 속에서 서명날인하는 것은 이것이 곧 유혈 낭자한 결사적 투쟁에 가담하는 것이라 느낄 때 한뫼선생의 손은 움츠러들고 말았다.

"우리 구는 ×××선생이십니다."

중학생의 화끈거리는 입에서는 선출후보의 성명이 은근히 울려나왔다.

"자유십니다만 하실랴면 속히 해주십시오."

중학생의 눈은 '당신이 애국자 편이냐 매국노 편이냐?' 하는 듯한 섬광이 번뜩이었다. 한뫼선생은 이런 시험을 받는 듯한 압박이 또 불쾌했다. 한뫼선생은 이 긴박한 순간에서, '나는 좌도 아니요 우도 아니다' 하는 초연한 안색을 고쳐 부채질을 하며 얼굴은 중학생에게서 돌리고 말았다.

아래쪽으로부터는 순경의 방망이가 이 사람 골패기를 치며 저 사람 등때기를 갈기며 이쪽으로 달려왔다. 한뫼선생은 따라오는 성씨까지 숨이 차도록 구멍을 빠지듯 길을 쑤시며 걸음을 재우쳤다.

연설하던 노동자는 어찌 되었는지 잡혀가는 그림자는 볼 수 없었고

순경들이 흙투성이 된 옷을 털며 경찰봉으로 닥치는 대로 갈기면서 다시 군중들에게 깔릴 것만 무서워 줄짜를 놓고들 있었다.

경관과 엠피가 흩어지는 듯하자 어느 틈에 골목골목에서 새떼 풍기듯 했던 조무래기 장사꾼들이 길을 덮고 쏟아져나왔다.

"양담배 삽쇼."

"껌 하나 팔아줍쇼."

"미국 치약입쇼. 미국 비눕쇼.'

한뫼선생은 평양집 식모의 아들 대성이 생각이 났다. 고만큼씩한 사내아이, 계집애들이 미국담배, 껌, 화장품, 머릿빗, 칼 따위를 종이곽에 혹은 손바닥에 든 채 저저마다 팔아달라고 아우성이다. 성씨는,

"이 자식들아, 귀찮다, 귀찮어……"

하고 화증을 내 쫓아버리곤 하였다.

6

한뫼선생은 심기가 매우 편치 못해 딸네집으로 돌아왔다. 와보니 딸네 세 식구는 더욱 편치 못한 기색이었다.

외손자 큰녀석은 얼룩이 진 시뻘겋게 충혈된 눈을 껌벅거리며 마루 밑돌에 걸터앉아 일어나지도 않고 있었고 작은녀석은 마루 기둥에 기대선 저의 어미 치마폭에 얼굴을 싸고 돌아서 있었다.

"왜, 그 녀석들이 싸왔니?"

"아니야요."

"날두 몹신 찐다. 아이들두 더위에 지친 게로구나……"

"아버지?"

"왜?"

딸은 용하게도 눈물은 꼬물도 없이 어떤 군센 저개신에 타는 눈으로 말하였다.

"그 개새끼들이 어째 며칠째 안 찾아오나 했더니 애아범이 며칠 전에 붙들려버렸군요!"

한뫼선생은 잠간 멍청히 방에 들어와서 모자를 쓴 채 서 있었다.

"헤, 부질없는 사람 같으니……"

하고 한뫼선생은 사위를 책망하였다.

"아버진, 그 사람 잘못으로 아시나요?"

"수신제가(修身齊家) 연후에 국사(國事)니라. 집안을 이 꼴을 만들어 놓구 또 제 몸까지 망쳐?"

딸은 잠자코 아버지를 쳐다 보았다. 아버지가 아니라 이승만이패나 한국민주당 사람 같아 보였다.

"아뭏거나 아버지 좀 애들 다리구 집에 계세요."

"어딜 갈 테냐?"

"그렇지 않어두 요즘 잘 먹지 못해 몸이 약헌데 그냥 내버려둘 순 없군요."

"사식을 넣게?"

"네."

"무슨 돈으루?"

"……"

"뭘 또 팔 테냐?"

"급헌 때 쓸려구 금반진 뒀드랬어요."

"혼인반질 팔어, 부모가 대사 때 해준 례물을……"

"……"

딸은 대답은 하지 않으나 금반지를 팔러 나가려는 눈치다. 한뫼선생은 책 사려던 돈 5천원을 꺼내 딸에게 던지었다.

"5천원이다."

"아버지두 용돈 쓰셔야지 어떡허세요? 그리고 사식비 한 달치를 먼저 내야 허는 데 최하라두 만원이 넘는다구 어제 친구 되는 이가 와 일러주구 갔어요……"

"만원이 넘는다……"

한뫼선생은 그렇다고 해서 어른 된 체모에 더는 모르는 체할 수가 없었다.

"계 있어, 내 어디 잠시 다녀오마."

하고 딸에게 위신을 돋우며 자기가 돈마련을 나왔다.

한뫼선생은 해가 지도록 서너 친구를 찾아 다녔다. 그러나 단돈 천원이 만만치 않았다. 대개 경매장에서 만났던 친구들인데 그들은 미국 사람들이 돌보지 않는 몇쪽 편화(片畵)와 간찰류(簡札類)에나마 푼푼치 못한 주머니들을 털고 와 있었다.

한뫼선생은 아무리 딸이라도 출가한 자식이라 빈손으로 들어서기가 너무 계면쩍었다. 한뫼선생은 나중에 성씨를 찾아가 의논하였으나 성씨역 취대할 만한 자리는 이미 빚지지 않은 자리가 없어 나서 볼 데가 없노라 하였다. 한뫼선생은 벌써 어두워진 하늘의 별들을 쳐다보면서 서울 안 자기 친교(親交)의 범위를 훨씬 늘려 더듬어보았다. 그러다가 가히 머리를 끄덕일 만한 한 군데가 떠오른 것이다.

"진작 거길 가볼 걸 그랬군!"

"어딘데 말씀입니까?"

"박교주를 찾아가면 날 돈 만원 안 돌려주겠소?"

자기가 20년 동안 근속한 중학교 교주였다. 학교를 사직한 뒤에도 한동안 왕래가 있었고 박교주는 간혹 고서화를 사려면 한뫼선생을 청하여다 감정을 받았었다.

"가시기만 하면 돈이야 좋아라구 돌려드리죠. 지금 저명한 사람 한명이라두 더 자기편에 끌어들이지 못해 열광이 난 판인데 좀 반가워하겠습니까? 그렇지만 거긴 가실 생각 아예 마시는 게 좋을껄요."

"어째?"

"거기서 꿔온 돈이라면 아마 따님께서 받지부터 않을 거구 서랑 되시는 이두 그 사식을 먹지 않을 겁니다."

"옳지, 박교주는 요즘 문자루 뿌루죠아진가 뭔가라구 해서?"

"글쎄 거긴 안 가시는 게 좋을껄요. 그자들헌테 신세진 일 때문에 그자들 문 안에 드나들다가 그자들 정당에 옭혀가지구 제 자신 신세완 당치 않게 재산가 옹호에 나선, 그야말로 왜말에 반또오(대리인-편집자)니 방겐(집 지키는 개-편집자)이니 허는 게 돼버린 자가 한둘이 아니랍니다."

"그 사람 벨소릴 다 허는군! 내가 그래 돈 만원에 박교주 주졸이 되리란 말이야? 난 바지저구리만 댕기는 줄 아는군!"

하고 한뫼선생은 화를 내며 성씨 집을 나섰다.

골목은 어두웠으나 박교주 집 문전은 예나 오늘이나 한결같이 융성하였다. 자가용차가 두 대나 서고 미국 군용차도 한 대 멎어 있었다.

'아차, 손님들이 있고나!'

이래서 주춤거리고 망설이면서 접근한 것이 외국 군인의 눈에는 더욱 수상쩍게 보인 셈이었다. 키가 9척 같은 자가 지프차에서 뛰어내리더니 뭐라고 떠드는 품이 뜻은 모르나 대뜸 시비조로 길을 막는다. 이런 때

멀쑥해 그냥 물러설 한뫼선생도 아니었다. 잡담 제하고 들어가려 한즉 9 척 장승은 껍신 허리를 굽히는 듯하더니 야윈 한뫼선생 눈두덩에 벼락불을 안겼다. 한뫼선생은 이것이 그들이 즐기는 권투에서 무슨 종류의 격타법인지 알 리 없이 단번에 「넉아웃」이 되어 뻣뻣하게 나가 떨어지고 말았다.

이튿날 재동 어느 안과병원 이층에 누워 한뫼선생은 딸을 불러왔다. 딸은 입술이 파랗게 질리었다. 한쪽 관골이 터지어 바가지처럼 붓고 그쪽 눈 하나가 멍이 꺼멓게 든 아버지의 봉변이 분해서만 아니었다. 아버지의 그런 봉변은 차라리 당연한 결과라 하고 싶도록 아버지가 그따위 이승만 도당에게, 자식들이 목숨을 걸어 싸우는 그따위 원수 도당에게 자식들의 용감한 투쟁을 무슨 딱한 궁상이나처럼 사정을 하러 갔다는 것이 딸은 치가 떨리게 분하였다. 딸은 안타까워 울었다.

"왜 아버진 그다지두 분별이 없으슈? 왜 그다지두 정세판단을 못허세요. 지금이 어떤 첨예화된 시긴 줄 아세요? 난 엊저녁에 면회하구 왔세요. 우리쪽 순경이 번을 든다구 누가 와 일러줘 잠간 가 면회했는데 사식 말을 허니까 그 사람은 펄쩍 뛰더군요. 사식 못 먹는 동무들이 얼마나 많은 줄 아느냐구 허면서 정세에 대해 그다지 어두우냐구 꾸지람했어요. 그리구 아버지 오셨다니까 깜짝 놀라면서 어디 자주 나가시지 말게 허라구 신신당부 했어요. 왜 그랬는지 아세요? 박교주 같은 데나 가시구 무슨 말 끝에 북조선에 대헌 당치 않은 비평이나 허실까봐 그러는 거야요. 곰곰이 생각해 보세요? 어디가 옳구 그른가……"

"……"

한뫼선생은 연봉오리 수염만 가벼이 떨 뿐 붕대에 감기지 않은 눈도 뜨지 않았다. 딸은 말을 계속하였다.

"아버진 북조선이 잘허긴 해두 혼자만 앞질러가기 때문에 통일이 안 된다구 그러셨지? 그건 반동파들이 들으면 좋아 날칠 소립니다. 쏘미공동위원회 사업을 어느 쪽에서 파탄시켰습니까? 조선에서 쏘미 양국 군대가 동시에 철거허잔 제의가 어느 쪽에서 나왔으며 이 제의를 반대헌 게 어느 쪽입니까? 또 단독정부를 어느 쪽에서 먼저 세웠나요? 도무지 진상과는 하나두 맞지 않는 말씀을 누가 좋아하라구 허시는 거야요. 매국노들을 변호허는 것 아니구 뭐야요. 아버진 반동이세요."

"뭐야?"

한뫼선생은 한쪽 눈이나마 최대한도로 부릅떴다.

"누가 날 반동이라드냐?"

"생각해 보세요. 아버지 지론이 민주진영에 유리허겠습니까 반동진영에 유리하겠습니까?"

"난 불편부당이다! 공정헌 조선 사람인 것뿐이다!"

"아버진 여태 꿈속에 계세요. 불편부당이란 게 얼마나 모호헌 건지 여태 모르시는 말씀이세요. 지금 어정쩡한 중간이란 건 있을 수 없는 거야요. 자기 불편부당을 가장 공정한 태도로 알구 중립이라구 허지만 그는 자기도 모르는 새 자꾸 반동에 유리헌 역할을 노는 거야요. 박교주 녀석 집에…… 조선 인민은 박교주 녀석 집에 폭탄이나 던지러 갈까 그 외엔 갈 일이 있을 수 없는 거야요."

"나두 내 지각과 내 요량이 있는 사람이야, 너의나 너의 소신대로 나가렴."

"누가 어버지더러 당장 좌익 리론가나 투사가 되시길 바라나요. 아버지 정의감이 계시지 않어요? 아버지 요량에 확실히 원칙이 옳다구 인정되는 편에 왜 결정적으로 가담 못 허시나요? 옳다구 인정되는 편에 꽉 밀착허시란 말이야요. 지금 시대가 어떻게 급격한 회전(回轉)인지 아세

요? 어름어름허구 떠도시다간 날려버리구 마십니다. 력사의 주인공은 못
되시나마 력사의 먼지는 되지 마세요?"

"먼지……"

한뫼선생은 이 말을 딸에게 돌려보내듯 쓴웃음을 침이 튀게 뿜었다.

딸은 집에 아이들만 두고 와서 오래 앉았지 못하고 가버리었다.

이튿날 성씨도 병원으로 찾아왔다.

"이런 봉변이 어디 있습니까?"

"내가 이녁의 말 안 들은 탓이오!"

하고 한뫼선생은 성씨에게만은 박교주네 집에 갔던 것을 솔직히 후회하
였다.

"그놈들은 죄다 권투광인지 길거리에두 권투허는 시늉을 하면서 다
닌답니다. 그러다 한번 진짜루 갈겨보구 싶으면 아무나 때려 눕히는걸
요! 뭐시, 아파까트라든가요, 턱을 치받지 않으면 눈통을 갈겨 멀쩡히 지
나가다 송장처럼 나가 떨어진 사람 많습니다. 그러게 미국 녀석인 줄만
알면 그저 멀찍이 피허는 게 상책이랍니다."

"아니, 박교주넨 뭘 허러 미국 병정을 문간에 세워두누? 그게 요즘
세상 제돈가?"

"아마 미국놈 무슨 요인이 왔던 게죠. 박교주 녀석 요즘 석유놀음에
한몫 잘 보니까요."

"석유놀음이라니?"

성씨는 피우던 담배를 끄며

"참, 선생께선 여태 남조선 석유놀음을 모르시겠군!"

하고 이렇게 요령만 들어 이야기하였다.

"북조선 전깃값을 떼먹구 결국 북조선 전기를 퉁겨버린 건 저의 석유
를 더 많이 팔아먹자는 심산이었더군요. 해방 직후 과학자동맹에선 남조

선에두 훌륭헌 석유공장이 있으니 원유(原油)를 들여오지 가공품을 들여올 필요가 없다구 군정청에 항의를 했답니다. 원유 1억원어치를 갖다 조선서 만들면, 조선 공장두 살구, 노동자들도 살구, 1억원어치 원유에서 3억원어치 석유 까솔린, 중유가 나온답니다. 그런데 이 날도적놈들 보슈, 과학자동맹 사람들을 공산당이라구 검거해다 집어넣구, 그런 여론 퍼뜨리지 못하게 허구, 저의 석유재벌 텍사쓰니, 썬라이징이니 하는 장사꾼들헌테 석유 수입권을 줘 석유는 석유대로, 까솔린은 까솔린대로, 중유는 중유대로 들여다 팔어 1억원어치를 3억원어치로 팔어먹지 않습니까?"

"저런 도적놈들이 있나!"

한뫼선생은 미국 사람들을 그냥 「놈」이 아니라 이번에는 「도적놈」이라 불렀다 그리고 한쪽 눈에나마 정채가 돌며,

"아니, 이승만 대통령은 그런 걸 묵과헌단 말이야? 그리구 무슨 건국이란 말이 될 뻔헌가?"

하였다.

"저런 말씀 봤나! 묵과가 뭡니까? 그런 불한당 놀음을 원조니, 한미협정이니 허구 도장을 떡떡 찍구 앉었으니 그러게 월가 앞잡이라, 매국매족노라 허지 않습니까? 바루 박교주놈두 그런 매국정당 두목에 하나구, 바루 그 석유 남조선 각 지방에 퍼치는 리권을 얻어쥐구 해방 후에 몬 돈이 해방 전 재산의 30배가 넘는다는 겁니다. 그래 북조선에도 이따위 외국 장사꾼놈들이 판을 치며 제 민족 고혈을 긁어가는 도적놈들의 심부럼을 허구 제가 배때기만 채는 조선놈들이 판을 치고 있습디까?"

"……"

"한뫼선생께선 여태 북조선 살어보시구 등하불명이신 것 같어!"

하고 성씨는 한탄하듯 말하였다.

"등하불명? 그래 난 등하불명이라 칩시다. 그러면 옆에 그런 매국역

도들을 두고 남조선 사람들은 여태 뭣들을 했단 말이오?"

"저런 말씀 보게! 그러게 모두 들구 일어나지 않습니까? 사위 되는 분은 뭐러 붙들린 줄 아십니까? 죽은 사람이 벌써 몇만 명인 줄 아십니까? 갇힌 사람이 벌써 몇십만 명이게 그러십니까? 원!"

"아니, 그래 몇십만 명이 몇 놈 매국노 못 당해?"

"저런 딱헌 말씀 봤나! 그 몇 놈 매국노들이 제 힘으로 꺼떡대는 줄 아십니까?"

"옳아, 미국이 있지 참!"
하고 한뫼선생은 스스로 서글피 웃었다.

"그러나 미국이 열이 오면 뭘 헙니까? 놈들은 철저한 장사꾼들입니다. 릿속이 틀렸다 봐질 땐 그놈들처럼 뒤가 물른 것두 없는 겁니다. 그전 호랑이 담배 먹을 때 말이지 지금은 어림이나 있습니까? 쏘련 같은 나라가 생긴 걸 노동자들이 모릅니까? 농민들이 모릅니까? 이쪽이 모를세 말이지 깨닫구, 단결허구, 결사적으로 항쟁허는 마당엔 그놈들이 목숨 내걸루 덤빌 놈은 하나두 아니니까요. 중국 돼가는 걸 보십시오그려!"

"아니 이승만이나 박교주 같은 작자들은 장랠 어떻게 보길래 민심을 잃구 견디려는 건구?"

"미국으루 튀겠죠. 그러게 그 녀석들 딸러허구 귀금속만 사 모지 않습니까? 서울 안 금강석이니 보석이니 하는 건, 이승만이 양첩이 죄다 그러모구 앉았답니다."

"조선을 버리구?"

"그놈들헌테 조선이 그리울 게 있습니까? 그러게 그놈들이 조선문활 뭘 애끼는 줄 아십니까?"

"허긴 그렇드군! 미국놈 초대연엔 으레 딸년들을 족두리에 원삼을 입혀 내세드군! 해괴헌 일이지, 제 민족 문화풍습을 그렇게 모독헐 데가 있나! 그 미국놈을 어째 사모관대꺼지 시키진 않는지……"

"말 맙쇼. 조선 건 일제 때 이상 천대허구 모두가 경조부박한 미국식이죠. 그러게 매국노들은 세계 어디든지 「딸라」면 그만이게 되구, 미국식 퇴폐문물로 통일됐으면 제일 편헐 테죠. 어디루 쫓겨가든 조선이 따로 생각날 필요가 없어지고 말게…… 그러게 요즘 좌익에서들은 미국이 세계 각국더러 민족적 자존심을 버리라는 둥, 북대서양동맹은 구라파 합중국의 제일보라는 둥, 공공연히 내세우는 세계주의라는 것과두 싸우지 않습니까?"

"그런 타민족 말살정책과 싸우는 건 옳은 일이지."

"그것만이 아니라 알구 보면 좌익에서 허는 일이 다 옳습디다요."

"봉변은 했어도 박교주 녀석과 대면 안 되길 잘했군……"

"그렇습니다."

"……"

한뫼선생은 입을 다물고 말았다. 성씨는 수선스럽지는 않으나 덤덤히 앉았지는 못하는 성미라 다시 이런 화두를 꺼내었다.

"난 요즘 가끔 이런 공상을 해보니까……"

"무슨?"

"박연암(朴燕巖)이나 김완당(金阮堂)은 한뫼선생께서 더 잘 아시겠지만 만일 이런 분들이 지금 세상에 계시다면 어느 편일까? 허구……"

"그거 재미있는 궁린 걸! 그래서?"

"그때 세상에서두 양반놈들을 드러내놓구 풍자했구, 경제사상으로 일관했던 연암이 오늘 있었다면 공산당 안 될 도리 없을 거라구요."

"완당은?"

"실사구시(實事求是)가 뭡니까 허황한 관념철학인 성리학(性理學)을 배척허구 실지과학을 주장헌 것 아닙니까? 실학파의 거두 완당이 오늘 있었다면 사회과학에 거물이 되지 않을 수 없었을 겁니다. 한뫼선생께선 어떻게 생각허십니까?"

"거 맹랑헌 문젠걸……"

한뫼선생은 성씨의 의견을 더 따져가며 듣기만 하고 아날 자기의 의견은 말하지 않았다.

한뫼선생은 그후 이틀 동안이나 외로이 병원에 누워 맞은편 벽에 걸린 색맹검사표(色盲檢査表)만 바라보았다.

'내 눈은 북조선을 보는 데 색맹이었던가? 전체는 보나 어느 한두 가지를 제대로 못 본……'

창 밖 길거리에서는 자동차 달리는 소리가 끊일 사이 없이 지나갔다. 날랜 새매 지나가듯 쌩ー 소리가 나는 것은 보지 않아도 미국 군인의 지프차일 것이요 거대한 괴물이 용을 쓰듯 으르렁거리며 집을 흔들고 달리는 것은 보지 않아도, 그것은 미군의 트럭일 것이었다.

'나는 보았다. 남조선을 이 눈이 터지도록 본 셈이다! 나는 더 보기 싫어졌다! 더 보기 싫어진 이게 내가 반동이 아닌 표다!'

한뫼선생은 딸의 말이라도 반동이란 말은 노여웠다. 자기는 일제 하 36년간 그다지 비굴하게는 살지 않아왔다. 자기는 지금 5 · 10단선 반대 투쟁으로 투옥되어 그 가족들이 그의 장서를 팔아먹고 산다는 김씨 같은 불평할 줄 아는 인물이 그전부터 좋았기 때문에 나이는 틀리나 친구로 지냈고 그도 역시 연암이나 완당을 누구보다도 좋아해서 서화에는 무관심하면서도 완당의 글씨만은 몇 폭 가지고 있었다.

한뫼선생 자신도 자기가 수집한 책에서 연암의 것을 「열하일기」를 비롯하여 가장 많이 읽었고, 「완당집」은 활판본을 통하여서나마 그 호한한 전집을 거의 섭렵하였다. 이번에 고판 「완당집」을 놓치고 만 애석함은 전적 수집벽(蒐集癖)에서보다도 자기가 완당을 숭상해온 후학(後學)의 도리에서 더하였던 것이다.

'연암이나 완당께서 생존하셨다면 그 정의감들과 그 실학정신들이 좌익에 가담하고말고! 가담이 아니라 일선에 나서 지도허실 어른들이지!'

한뫼선생은 성씨 의견에 합치되지 않을 수 없었다. 그리고 자기는 자기 딸이나 동대문경찰서 유치장에서 본 사람들이나, 명동 골목에서 본 중학생과 노동자들에게서만 비웃음을 받을 것이 아니라, 자기가 오늘까지 숭상해오는 연암이나 완당 같은 선현들로부터도 비웃음과 꾸지람을 면치 못할 것이라 생각할 때 한뫼선생은 이마가 화끈 달아올랐다.

'나를 반동이라는 건 과헌 말이다! 그러나 보수적이었던 건 사실이다! 보수파? 내가 보수파?'

한뫼선생은 병상에서 후닥닥 상반신을 일으켰다. 부채를 집어다 아직도 무거운 얼굴을 발작적이게 부치었다.

'보수파? 이건 내 본의가 아니었다! 보수의 무리는 어느 시대에 있어서나 자기 나라 자기 사회의 발전을 저해한 독충들이었다! 내가 보수파라니?'

한뫼선생은 아직도 한 이틀 병원에 더 누웠어야 할 것을 한쪽 눈을 붕대로 동인 채 뛰쳐나오고 말았다. 울적한 심사는 딸네 집으로도 들어가기 싫어, 전에 서울 살 때, 자주 다니던 취운정(翠雲亭)으로 올라왔다.

울창하던 솔밭은 정자가 벌거벗은 것처럼 드러나 한쪽 눈의 시력만으로도 시가를 전망하기에는 제격이었다. 멀리 남산 밑으로 40년 전 일본 통감부(統監府) 자리가 마주 바라보였다. 일본기 대신 오늘은 미국기가 펄럭거리는 미군 헌병대였다.

한뫼선생은 반청문(半淸門)께로 산등을 타고 거닐었다. 「유엔 조선위원단」이란 것이 들어와 있다는 덕수궁이며 이승만이가 미군정의 대를 물려 매국내각을 차리며 있는 경복궁이 손바닥처럼 내려다보인다. 근정전 마당에는 미군 숙사들이 빼곡히 들어섰고 광화문통 넓은 길에는 미군들의 군용차가 개미떼 서물거리듯 한다. 그중에는 번질번질한 승용차도 섞이어 덕수궁으로 경복궁으로 뻔질나게 들락날락거린다.

한뫼선생은 이 번잡함이 말할 수 없이 서글프고 울분하였다. 어렸을 때 그것도 자기 눈으로 똑똑히 본 한국 말년의 한양 풍경이 회상되었다. 이등박문(伊藤博文)이가 「실크햇」을 쓰고 쌍두마차를 타고 송병준이, 이완용이 일진회(日進會)패들이 인력거를 타고 덕수궁으로 경복궁으로 뻔질나게 드나들던 꼴이 오늘 다시 너무나 방불하였다.

'이놈들아, 또다시 일진회놀음을 채린단 말이냐!'

한뫼선생은 한 눈은 붕대로 싸매고 한 눈은 눈물에 글썽해 자못 비장한 한숨을 쉬었다.

7

한뫼선생은 딸네 집에 나와 있다가 눈에서 붕대를 끄르기가 바쁘게 그 종이노가방을 들고 서울을 떠났다. 성씨도 어느 친구도 다시는 만나지 않고 재판도 출옥도 가망이 없는 사위도 기다리지 않고 서울을 떠나 버리었다.

역시 길은 경험 있는 동두천 쪽으로 잡았다. 동두천에 와 사흘이나 묵으며 안내군을 수탐했으나 경비가 심하다고 나서는 사람이 없었다. 좁은 거리에 여러 날 묶는 것도 본색이 드러날 위험성이 있으므로 한뫼선생은 불과 달포 전에 지나온 길이라 혼자 자신있게 나서고 말았다.

30리를 걸어 한여울 강가에 다다랐을 때 어느 마을에서는 두 홰째 우는 닭소리가 들려왔고 북조선의 첫마을 전곡거리는 인민의 집에도 관리의 집에두 함께 전등불이 휘황하여 알른알른 바라보였다.

한뫼선생은 숨을 죽이고 좌우 동정을 살폈다. 괴괴하였다. 조용히 옷을 벗어 종이노가방과 한데 묶어 등에 걸머졌다. 벌써 가을물이라 올 때보다 수심은 낮으나 얼음처럼 차고 돌들이 미끄러웠다. 아무래도 물소리가 났다. 반도 못 것너서다. 그만 크게 털벙 소리를 내며 넘어졌다. 한뫼선생이 다시 일어서 몸도 가누기 전이었다.

딱 꿍,

딱 꿍 치르르……

카빈총 소리는 철교 서쪽 잿등에서이므로 상당히 먼 거리이나, 한두 총구에서 쏟아지는 것이 아니었다. 총알은 강바닥을 덮어 소낙비 퍼붓듯 물방울쳐 쏟아지고 말았다.

총탄의 소나기는 잠시 뒤에 멎었다.

그러나 사위는 다시 괴괴할 뿐, 그만 북쪽 강기슭에도 남쪽 강기슭에도 사람이 나오는 그림자나 물소리는 나지 않고 말았다.

1950년 2월 (『문학예술』 1950. 3)

해 설
어휘해설

역사의 변주, 왜곡의 증거
-해방 이후의 이태준

박 헌 호 (고려대 BK21 연구교수)

1. 역사의 비약과 문학의 비약.

1945년 8월 15일 정오 무렵, 문학평론가 백철은 〈매일신보〉에 있었다. 정오에 중대발표가 있다는 소식을 듣고, 그런 소식이라면 무엇보다도 각종 정보가 모이는 신문사에서, 그것도 조선총독부의 기관지 격인 〈매일신보〉에서 알아보는 것이 가장 정확하고 빠르리란 판단 때문이었다. 그러나 어찌된 영문인지 신문사에서도 자세한 내용을 미리 알고 있는 사람은 없었다. 그저 기다려 볼밖에…… 드디어 정오, 라디오에서 천황의 떨리는 목소리가 "우리의 착하고 충성스런 국민이여, 세계의 일반 정세가 오늘 우리 일본제국에 가하고 있는 여러 가지 급박한 관계를 깊이 사려한 나머지 우리 제국은 부득이 비상조치로……"하며 울려퍼졌다. 역사가, 그 단절적인 모습을 유감 없이 드러내며, 백척간두에서 진일보하는 비약을 감행한 것이다.

〈매일신보〉라면 총독부의 기관지 격으로, 적어도 여기서 일을 하는 사람들은 일제 말기 황국신민(皇國臣民)의 정책에 순응하던 사람들이었다고 생각할 수도 있다. 그런데도 천황의 방송이 채 끝나기도 전에 여기저기서 탄성이 터져나왔다. 교정부(校正部)의 한 노인은 보고 있던 교정용지를 손에 든 채 부들부들 떨며 감격에 찬 큰 목소리로 두 손을 번쩍 들고 "만세!"를 불렀다. 그것을 신호탄으로 편집부실은 금새 난장판이 되었다.[1] 〈매일신보〉의 풍경이 이러할 때 다른 곳은 어떠했겠는가. 일본 신문사였던 〈경성일보〉의 깃발은 조선인 기자들과 직공들에 의해 찢어졌고 간판은 장작을 패듯 산산조각이 나버렸다. 그리고 다 함께 만세하고 합창을 하는 진풍경이 벌어지고 있었다.

　　이런 것이 모두 순간적으로 일어나고 있는 충격적인 장면이었다. 그뿐이 아니었다. 수백만 시민들 중에는 어느 사이에 대한독립만세(大韓獨立萬歲)라는 플래카드를 써서 들고 20명 가까운 사람들이 트럭을 타고 신문사 앞 광화문 쪽에서 남대문을 향하여 만세를 부르며 질주하는 광경까지 보였다. 나는 이때 거리에 서서 그 급전하는 대현실(大現實)의 역사적 장면을 바라보면서 소위 변증법(辨證法)을 책으로 읽던 것이 실지로 눈앞에 실광경(實光景)으로 전개되는 것을 볼 수 있었다. 역사의 발전이란 어떤 극한의 상태에선 저렇게 비약적인 전환을 하는구나 하는 실제의 발전상 같은 것이다.(백철, 같은 책, 288면.)

백철이 해방의 첫 광경을 보고 '책으로 읽던' 변증법이 눈앞에서 전개되고 있다고 느낀 것은 결코 과장이 아니다. 흔히 말해지듯이 해방이

---

1) 백철에 관한 내용은 백철, 『문학자서전—후편』(박영사, 1976) 참조.

'도적같이' 찾아왔다고 표현하는 것도, 이렇게 역사의 비약을 체험한 인간의 당연한 반응양상이리라. 해방은, '어떤 극한의 상태'에서 일어난, 누구도 쉽게 예측할 수 없었던 역사의 단절이요 비약일 수밖에 없었던 것이다.

우리의 소설가, 상허 이태준에게도 해방은 같은 모습이었으리라. 일제말기 스스로 강원도 철원의 안협에 파묻혀 낚시와 독서로 소일했던 그였으므로, 안협에서의 생활조차 감시와 불안에 시달렸던 그였으므로, 해방은 그에게도 한 새벽의 도적처럼 찾아왔을 것이다. 해방 이후 그의 첫 작품 「해방전후」를 보노라면 저간의 사정이 눈앞에 있는 양 확연하다. 허나 우리가 해방 이후의 이태준을 말하고자 하는 까닭은 일제말기를 살아낸 사람이라면 내남 없이 겪었을 법한 고통을 위로하기 위해서가 아니다. 도적처럼 찾아왔다는 해방의 '느닷없음'을 새삼 확인해보려는 낡은 취미 탓도 아니다.

우리가 그를 주목하는 것은, 해방 이후 그가 보여줬던 사상적 변신의 충격 때문이며, 그의 변모가 상징하는 – 한국 근대문학사에 깊이 배어 있는 속살의 아픔 때문이다. 모두 알다시피, 이태준은 카프에 대항하여 순수문학을 표방했던 문인단체 〈구인회〉의 좌장으로, '한국 근대 단편소설의 완성자'라는 평가를 받을 만큼 뛰어난 작품으로 한 시대를 풍미했던 작가였다. 스스로 고백했던 것처럼, 식민지 시기의 이태준은 '민족 대신 계급을 강조하는 좌익문학엔 차라리 반감'을 가지고 있었고, 작품의 사상성보다는 문장의 표현과 기교에 더 치중했던 작가였다. 좌익 측이 30년대 중 후반을 휩쓸었던 전통부흥운동을 복고적, 퇴영적 경향이라며 맹렬하게 비판할 때, 그는 이른바 '상고주의'에 흠뻑 몸을 담아 골동품과 난(蘭)의 세계에 침잠했던 심미주의자이기도 했으니까.

그런데, 그랬던 그가 해방 이후 과거 좌익계 인사들이 주도하여 만들어진 '조선문학가협회'에 가입하여 주도적으로 활동했으며 부회장의 자리에까지 올랐다. 또한 해방 1주년을 즈음하여 소련 측이 마련한 소련 방문단의 일원으로 참여하여 소련의 실상을 찬양하는 『소련기행』을 남겼고, 사회주의 체제를 선택하여 북한에서 행해졌던 토지개혁의 정당성을 설파하는 『농토』를 짓고, 전쟁중에는 미국을 증오하는 내용의 소설집을 간행하기도 하였다. 이것을 어떻게 볼 것인가? 이태준은 결국 휴전 후에 북한을 뒤덮은 숙청의 바람에 휘말려 사라져감으로써 한국 근대문학사의 비극성을 온몸으로 체현한 바 있지만, 그가 남긴 행적의 사상사적·문학사적 문제성은 사라지지 않고 고스란히 남아 있다. 진정 이것을 어떻게 볼 것인가!

해방이란, 역사의 단절이자 비약이라는 말로 설명될 수 있을 것인가. '단절'이므로, '비약'이므로 그것은 논리적 설명을 아예 봉쇄하고 있는 것일까? 아니면 '공산당의 간계에 속았다'는, 터무니없는 설명에 만족해야 하는 것일까?

해방이 역사의 비약이었다고 해서 해방 이후 전개된 각 작가들의 행동과 체제 선택의 문제도 역사의 비약만으로 설명할 수는 없다. 거기에는 각 작가의 해방 이전의 삶이 유형 무형의 형태로 작용하며 논리의 일관성 역시 작용한다. 다만 해방 직후의 무정형의 상황이 그들의 행동과 선택의 방향성을 더욱 증폭시켰으며, 역사의 비약만큼 삶의 비약도 이루어졌다고 보는 것이 적절한 시각일 것이다. 이를테면 해방 이후의 처신은 한 인간의 입장에서 보자면 단절과 비약이면서 동시에 삶의 연속이기도 하다. 또한 '공산당의 간계'로 모든 것을 설명하려는 시도는, 역사의 역동성을 간과하는 인식이며, 사상이란 이름으로 표출되었던 역사적 열망과 인간적 진실을 매도해버림으로써 스스로의 역사를 폄하하는 반지성적, 반인간적 설명에 지나지 않는다. 이러한 설명방식들이 놓치고 있는 것은, 백철이 해방의 현장에서 적나라하게 깨달았다는 '살아 있는 변증법'일 터이다. 역사뿐만 아니라, 한 개인의 삶도 자기모순을 운동의 원리로 삼고 있다는 변증법적 인식지평에 서야만, 우리는 이태준의 변신의 원인을, 그리고 그것이 한국 근대문학사에서 지니는 진정한 의미를, 이윽고 깨달을 수 있을 것이다.

다행스럽게도 이태준은 해방 직후의 상황에서 정치적 활동에 많이 종사했으면서도 상당량의 글을 남겼다. 이 글들은 일차적으로 이태준 개인의 변모를 이해하기 위한 시금석이다. 뿐만 아니라, 그것은 식민지 시대 지성인들의 정신 구조와 사상적 원리를 드러내주는 민족사적 자료로도 유용한 글들이다. 그의 변신이 단순히 개인적인 문제가 아니라 당시 많은 작가들도 공유했던 현상이었으며, 또한 그것이 현재의 분단으로까지 이어지는 한국 근대사의 모순의 반영이라는 점을 고려할 때 그 중요성은 새롭게 평가해야 할 것이다. 오늘날 이 책을 다시 펴내는 역사적 이유가 여기에 있다.

2. 두 개의 기행문, 하나의 진실

여기 두 권의 '소련 기행문'이 있다. 하나는 노벨 문학상에 빛나는 앙드레 지드가 1936년에 썼던 『소련방문기』(정봉구 역, 춘추사, 1994)이고, 다른 하나는 그로부터 10년 후 식민지 조선 출신의 이태준이 작성한 『소련기행』이다. 앙드레 지드는 잘 알려져 있듯이 『전원교향곡』, 『지상의 양식』, 『좁은문』, 그리고 『사전(私錢)꾼들』과 같은 작품을 창작했던 프랑스의 작가다. 그는 흔히 인간을 둘러싼 온갖 허위에 저항하려는 정신의 소유자로 평가받는다. 그 저항이 처음에는 외부세계보다는 인간의 내면에 치중해있었다. 『콩고기행』은 지드의 눈을 사회로 돌리게 한 계기가 되었다. 오직 이성과 양심의 명령에만 따르려는 그의 태도가 사회 현실의 문제에서도 그대로 작용했던 것이다. 그 결과 이 책은 유럽 제국의 식민정책의 허구성을 폭로하여 커다란 반향을 불러 일으켰다. 이로부터 지드는 차츰 인간 사회의 근본적인 개혁을 통해 만인의 행복과 정의를 구현해야 한다는 신념을 확고히 한다. 그 귀결은 공산당 입당으로 나타나며, "소련의 성공을 보장하기 위하여 내 생명이 필요하다면, 나는 즉석에서 생명을 바치겠다"는 신앙고백을 하기에 이른다. 그의 공산당 입당이 국제사회에서 소련의 위상을 높이는 데 얼마나 기여했을지는 충분히 짐작할 수 있다.

지드의 소련방문은 이런 맥락 속에서 1936년 이루어졌다. 당연히, 소련 정부의 접대는 극진하기 짝이 없었고, 20여 년에 걸친 사회주의 건설의 위대함을 증명하기에 여념이 없었다. 그러나 한 달 남짓의 소련여행을 마치고 돌아와 그가 내놓은 『소련방문기』는 완곡한 표현 밑에 소련의 근본적인 문제점들을 적시해놓고 있다. 이에 대해 로망·롤랑을 비롯한 좌익 인사들의 비난이 쏟아지자 그는 더욱 강력한 소련비판서인 『소련방문 수정기』를 1937년에 내놓는다. 이때 그의 나이 70에 가까워지고 있었다.

이태준의 소련기행을 앞에 두고 앙드레·지드를 말하는 이유는 그역시 소련을 다녀왔기 때문이 아니다. 그럼에도 비교하려는 것은, 첫째 이태준이나 지드 모두 작가이며, 처음부터 친좌익적 인사가 아니었다는 것. 다음은 이들이 소련이라는 구체적인 현실을 자기화하는 방식을 비교함으로써 당대 유럽의 지성과 갓 식민지에서 벗어난 조선의 지식인 사이의 차이를 살펴볼 수 있기 때문이다. 이러한 차이는 서구적 근대와 파행성을 거듭해 온 식민지적 근대의 차이점을 드러내는 일이요, 또한 그러한 환경 속에서 성장한 인간들이 어떠한 방식으로 사회주의적 현실과 대면했던가를 살필 수 있는 기회이기도 하다.

이태준의 감격은 이미 비행기를 탈 때부터 시작된다. 당시로써는 진귀한 여행수단이었을 비행기를 신분과 빈부의 귀천(貴賤)을 떠나 모든 사람들이 함께 탄다는 사실은, 오랜 세월 불평등을 당연시해온 상허에게는 곧 평등의 현실화로 인식된다. 또한 여행의 첫 기착지인 검역소에서 이태준은 새로운 러시아의 인간을 발견한다. 아무하고나 잘 어울리고 명랑하며 천진한 젊은이들을 보면서 상허는 '새로운 인간상'을 느낀다. 러시아 젊은이들의 명랑함은 소비에트가 환원시켜준 인간의 고귀한 본질로 파악되는 것이다. 이러한 사고의 뒤에는 식민지 조선의 열악한 사회 환경 때문에 고통에 지친 조선인들이 비교의 기준으로 깔려 있다. 이것이 얼마나 강렬했던가는 그가 여행에서 돌아와 서울의 문학가동맹의 동지들에게 보낸 편지에도 나타나 있다.

> 소비에트는 무엇보다 인간들이 부러웠습니다. 그전 문학에서 보던 사람들은 없었습니다. 자연으로 돌아가라 마음이 가난한 자는 복 받느니라 아무리 외치어도 잃어버리기만 하던 인간성의 최고의 것이 유물론의 사회에서 소생되어 있는 것은 얼마나 놀라운 사실이리까! 제도의 개혁이 없이는 백천 번 외어대야 미사려구에 불과하므로 예술이 인간에 보다 크게 기여하려면 인간을 못살게 하는 제도개혁에부터 바쳐야 할 것을 절실히 느꼈습니다.[2]

이태준은 이러한 변화를 가능케 한 '제도'에 관심을 기울이게 된다. 그가 소련여행을 통해 배운 것은 바로 이것인데, 그것은 크게 두 가지로 나누어질 수 있다. 하나는 평등사회를 만들어가기 위한 소비에트 정부의

2) 이 편지는 문학가동맹의 기관지 『문학』 2호(1946. 11) 23면에 발표되었다.

정책들이다. 생활의 상대적 빈곤은 전(全) 공화국의 절대평등을 추구한 소산이라는 설명에 동감하고, 특히 소수민족에게도 차별이 없고 그 민족의 언어와 문화를 보존하는 정책에 대해서는 깊은 감동을 표시한다. 그리하여 상허는 "우리의 관심사는, 어느 사회가 그 원칙에 있어, 그 제도에 있어 더 정의요, 더 진보요, 인류의 문화와 평화를 위해 더 위대한 가능성을 가졌는가"에 있다고 단언한다. 소련기행을 총괄하면서 그것이 "제도의 승리"라고 평하는 것은 이 때문이다. 두 번째로 이태준은 인민이 문화적 생활을 즐길 수 있도록 배려하는 제도에 대해 깊은 관심과 감동을 표현한다. 그가 '소비에트는 인간들이 부러웠다'고 말한 직접적인 원인은 국민들이 생계문제에 얽매이지 않고 예술과 취미 생활을 누릴 수 있도록 보장한 사회제도에 있었다. 이러한 감탄은 『소련기행』 도처에서 반복된다.

이태준은 일찍이 문화적 가치의 인지(認知)와 향유(享有)를 진보의 척도로 파악하였다. 물질적인 것을 최고의 가치로 놓는 속물근성에 대항하여 비실제적인 것, 정신적인 것의 가치를 옹호하였다.[3] 이런 이태준에게 국가가 국민들의 문화생활을 보장해주는 사회주의는 인류 발전의 지향점으로 인식되었을 것이다. 아울러 작가들의 창작활동을 제도적으로 보장해주는 사회주의는 바로 인류의 문화정신을 중심으로 삼는 가장 진보한 제도로 파악됐을 것이다.

이제 이태준이 해방 이후 사회주의 체제를 선택한 원인이 선명해졌을 것이다. 그것은 한마디로 '문화와 제도'를 중심에 놓는 사유방식의 결과라고 하겠다. 이것은 상허의 고유한 특질로써, 한 개인이나 집단의 진보의 기준을 문화적 가치에 대한 감식안과 향유능력에서 평가하는 것

---

3) 자세한 것은 나의 박사학위논문, 『이태준과 한국 근대소설의 성격』(소명출판사, 1999)을 참조할 수 있다.

을 의미한다. 그런 점에서 문화의 고도화는 근대의 척도로 작용한다. 식민지 시대에도 이 같은 특질은 상허에게 내재한 것이었다. 그의 골동취미나 표현을 중시한 예술관 역시 이와 무관치 않다. 다만 식민지 시대에는 그러한 문화주의가 개인의 영역과 사회의 영역에서 분리되어 있었다. 해방은 이태준에게 분열된 상태로 억눌려 있던 사회적 근대성이 전개될 기반을 제공하였다. 지식인으로서의 사회적 책무를 강하게 의식하고 있던 상허는 무정형 상태의 해방 정국에 뛰어들어 사회를 자신이 진보라고 믿는 방향으로 이끌고 가기를 원했다. 그때 그에게 다가선 것이 사회주의였다. 이때의 사회주의는 문학의 예술성을 잠식하는 이념으로서의 사회주의가 아니라 인간을 생계의 노예로부터 해방하여 문화적 삶을 누릴 수 있도록 만들어주는 제도로서의 사회주의였다. 그것은 '비효용적' 인 것을 국가가 나서서 충족시켜주는 제도이며, 재능만 있다면 누구나 자신의 정신이 지닌 가치를 증명할 수 있는 구조로 파악되었다. 자신이 식민지 시대부터 꿈꾸어왔던 '정신과 문화' 에 의해 추동되는 사회를 상허는 당대 소련에서 발견하였다. 평등과 정의, 도덕과 예술의 가치들은 그가 '정신을 인정하지 않는다' 하여 배척했던 사회주의에서 오히려 만개하고 있었던 것이다. 체제로써 사회주의를 선택하는 것은 상허의 인식논리로는 필연이었다.

지금의 상황에서 이 같은 사고의 문제점을 지적하는 일은 쉬운 일이다. 그러나 '사회주의는 이미 망했다' 는 식의 논리를 제거하고 봐야만 이태준의 한계와 그 의미가 더 분명해질 수 있다. 우선 우리는 낙후한 조선 현실에 눈을 돌릴 필요가 있다. 반봉건적(半封建的)이고 식민지였던 조선의 지식인 이태준에게는 당대 소련의 수준도 감당하기 어려울 만큼 높은 것이었다. 때문에 앙드레 지드가 여전히 존재하는 불평등의 증거로 보았던 '일등객실(一等客室)' 의 존재도, 상허에게는 우선 국민들의 문화수준이 고급화되기 이전까지의 과도기적 처방으로 긍정된다. 조악(粗惡)한 공산품과 상점에 늘어선 물건을 사려는 사람들의 줄을 보고, 지드는 국민들의 가장 소박한 욕망도 채워주지 못하는 국가와 무관심과 기강해이에 빠진 노동자들의 자세를 비판하였는데, 이태준은 그것을 낙후된 모든 소수민족까지 끌어안고 발전하기 위한 평등주의적 정책의 소산이라 보았다. 지드의 비교기준이 30년대 후반 발전된 서구유럽의 그것이었다면 이태준의 기준은 공출과 배급에 시달렸던 식민지 조선의 것이었던 까닭이다.

더욱 근본적인 것은 '정신과 문화'에 대한 불구적 인식이다. 지드는 러시아 사람들의 행복한 모습은 "개인의 비개성화"와 '무지'에서 비롯된다고 보았다. 즉 그들의 행복은 소비에트 정부의 폐쇄적인 국제정책 때문에 외국과의 비교가 불가능한 데서 오는 무지에서 비롯되는 것이며, 정부에 의해 주입되는 미래에 대한 희망에서 비롯되는 것이라고 비판하였다. 또한 그들의 명랑함이야말로 현실에 대한 비판정신이 사라진 결과이며, 국민들은 주체적인 사고능력을 상실하고 정부에 '의해' 사고하는 "순응주의"에 빠져있다고 비판한다. 그들은 외국인들이 자신들을 자랑스럽게 생각할 것이라는 왜곡된 "우월 콤플렉스"에만 빠져 있을 뿐, 사태를 자신의 이성에 의해 판단하는 주체성이 상실되어 있었다. 이러한 비판성, 주체성이 사라졌을 때 인간 정신의 진보를 기대하기 어렵다는 것은 두말 할 나위도 없다. 그래서 지드는 말한다. "만약에 한 국가의 모든 시민이 똑같은 생각을 한다면 위정자(爲政者)들에게는 이보다 더 편한 일이 없을 것이다. 그런데 이와 같은 정신적 빈곤 앞에서 그 누가 감히 '문화'를 말할 것인가?" 지드는 덧붙인다.

이 결함들은 일시적인 것이며 마침내는 더 큰 선에 도달할 것이라고 당신들은 주장한다. 당신들, 총명한 공산주의자들은 이 결함들을 인식하고 이렇게 받아들이면서도 당신들보다 총명하지 못한 사람들이 이것을 알게 되면 틀림없이 분개할 것이므로 그들에게는 감추어두는 편이 더 좋다고 판단하는 듯하다.[4]

이와 같은 비판은 인간의 이성과 주체성을 판단의 근거로 삼은 발언이다. 그것은 제도나 표면적인 성장의 정도를 문제삼는 것이 아니라, 인간이 자신의 삶을 인식하는 방식, 그러한 삶과 관계 맺는 근원을 묻는 방식이다. 그것은 주체성과 이성의 능력을 신뢰한다는 점에서 가장 근대적인 사고이기도 하다.

이태준은 『소련기행』에서 일찍이 지드가 했던 비판에 일일이 '해명'을 하고 있는데, 우리는 이것 때문에 오히려 식민지 반봉건 사회에서 살았던, 그리하여 근대성에 대한 철저한 자각을 가질 수 없었던 식민지 지식인의 왜곡된 관점을 아프게 인식할 수 있다. 그 근본에는 진정한 의미에서의 주체성의 단계를 통과하지 못한, 나아가 사회와의 관계 속에서 주체성을 형성시켜 보지 못한 파행적 근대화가 도사리고 있다. 이태준은 지드가 '순응주의'와 '비판정신의 실종'을 본 것에서 '인간성의 최고의 것'을 보았다. 주체성의 포기와 무지에서 비롯된 낙천성을 제도의 변화가 창출한 인간성의 복원으로 이해하였다. 또한 그것에서 인류의 평화를 예감했으며, 제도의 힘을 체득하였다. 이러한 사실들은 상허를 포함한 당대 지식인들의 근대 인식이 개인의 '이성'에 기반하기보다는 '제도'에 기반하였음을 보여준다. 이것이 당대 조선의 근대화의 수준이었으며 방식이었다. 그러므로 이태준의 문학적 행적의 동인(動因)과 그 의미는 우리 근대사의 파행적 근대화 과정과 떨어트려 생각할 수 없다. 이태준을 이해하기 위해서 한 발 내딛는 순간, 우리는 파행적인 한국 근대사의 전

---

4) 앙드레 지드, 같은 책, 176면.

모와 대면하게 되는 것이다.

3. 사회주의에 대한 인식과 분단

『농토』는 하인의 자식 '억쇠'를 통해 토지개혁의 정당성과 의미를 그려내고 있는 작품이다. 억쇠가 주인의 권위에 빌붙어 사는 기생적 존재로부터 '땅'의 가치를 발견하는 농사꾼으로 변모하고, 나아가 토지개혁을 수행하는 과정에서 '가재울'의 농촌위원으로 선발되기까지의 의식의 성장이 작품의 축을 이루고 있다. 또한 억쇠 아버지나 주인나리(윤판서댁), 권생원, 분이, 성필이 등의 주변인물을 통해 토지문제를 비단 경제적인 차원만이 아니라 민중들의 반농노적(半農奴的) 삶의 문제와 연관시켜, 토지개혁을 새로운 인간상을 수립하기 위한 필수적인 과제로 평가하고 있다.

이러한 인식의 변모과정에서 첫 번째 제기되는 것이 '땅'의 가치를 발견하는 것이요, 그러한 땅에 뿌려지는 노동의 신성한 가치이다. 여기서 땅은 인과응보의 존재다. 인간이 땀 흘려 노동하면 그것에 상응하여 대가를 주는 생명의 원천인 것이다. 이러한 '땅'의 가치발견은 곧 노동의 신성성에 대한 발견이며, 이는 지식인 이태준이 '생산과 노동의 가치'에 대한 발견에 이르렀음을 말해준다. 아울러 이러한 땅의 가치는 자연상태와 인간사회의 모순점을 알려주는 매개이기도 하다. 다시 말해 그러한 인과응보의 법칙 발견은 그것이 인간사회에서는 통용되지 않는 것을 깨닫는 계기가 된다.

사회의 부조리에 대한 최초의 인식은 억쇠로 하여금 주변을 둘러보게 만든다. 거기서 발견한 인물이 성필이와 '밀집모자는 썼으나 농삿군 같지 않은 낯선 사람' 즉 '주의자(主義者)'이다. 이런 '주의자'는 작품 초반에서도 암시적으로 등장한다. 이때의 억쇠는 '농민 반제투쟁'이니 '적색노조 사건'이니 하는 것들이 신문에 나도 다른 기사를 다 읽고 나서도 심심하면 읽던 것이요, 또 '소작쟁의'라는 것은 "천기예보와 마찬가지로 신문에는 으레 나는 것으로 여기"였던 터라 이런 인물들의 존재나 그들의 활동상황에 대해서는 의식이 미치지 못했었다. 그런데 자신이 소작농의 비애를 맛보고 난 뒤, 성필과 낯선 사람에 의해 자신들이 못사는 이유를 알게 되고 "세상을 볼 줄 아는 눈이 이제 비로소 트이는 것"을 느낀다.

자신들이 알아차리지 못하는 세상 속에서 목숨을 내걸고 투쟁했던 사람들에 대한 경외심은 확고하다. 지식인의 희생정신과 정신적 지조의 문제를 가치판단의 최우선에 두기 때문이다. 그 역시 해방 이후 이러한 인간들의 존재와 의미를 깨닫게 되었을 것이고, 그에 대한 자책감이 그들에 대한 신뢰로 이어졌을 것이다. 「해방전후」에서 주의자들의 투쟁에 대한 신뢰가 그들의 노선에 대한 신뢰로 이어졌던 것처럼, 이 작품에서도 억쇠는 자신의 판단근거를 이들의 도덕적 희생으로부터 끄집어내고 있다. 토지개혁을 앞두고 몰래 땅을 사라는 권유를 물리칠 때도, 또 자작농으로 어렵게 땅을 장만했던 '안과부' 네 땅에 대한 몰수의견이 나왔을 때도 최종적인 판단근거는 '그들'의 존재요, 일제시대에도 목숨을 내걸고 농민들을 위해 투쟁하던 '그들'이 잘못할 리 없다는 믿음이다.

개인의 이익보다 민족과 공동체를 위해 헌신하는 인간상은 상허의 초기작부터 일관돼온 판단기준이었다. 상허가 「누이」에서 묘지에서 만난 여인과 동지애적 우정을 확인하게 되는 계기, 또 「결혼의 악마성」이나 「코스모스 이야기」에서 여주인공들이 물질의 유혹으로부터 벗어나는 계기가 바로 이러한 '집단에의 헌신욕구'였음을 상기할 필요가 있다. 말하자면 상허의 초기작에서부터 관철되고 있는 '집단에의 헌신욕구'는 이태준이 사회주의적 전망을 자기화하는 매개 역할을 하고 있으며 그런 점에서 정신주의, 도덕주의의 틀을 벗어나지 못하고 있다.

'주의자'에 대한 믿음이 자아의 외부로부터 제시된 판단기준이라면 억쇠의 의식이 성장하는 부분은 그것을 내면화하는 과정으로 그려져 있다. 여기서 강조되는 것은 정신적 노예상태로부터의 탈출이다. 주인공 억쇠의 성격을 제시하는 첫머리에서부터 이러한 점들은 암시되고 있거니와, 토지개혁의 궁극적인 의의가 여기에 맞춰져 있음도 유의해야 한다. 사랑하는 분이를 겁탈하려는 '도꾸지'를 패주고 도망간 뒤 해방을 맞아 귀향했을 때, 성필은 도꾸지의 땅과 집을 억쇠보고 맡으라고 한다. 억쇠가 주저하자 성필은 "동무가 그렇게 자신 없이 굴면 안 되우. 집을 멀쩡허게 뺏기구, 이태씩 종살이를 허구, 어째 그런 놈의 새낄 철저허게 미워 못허는 거요? 해방된 오늘두 그자들헌테 쭈뼛거림 안 되우. 인전 우리들 자신이 싸워 이기며 살어야 허는 거요"라고 격려한다.

이를 통해 이태준이 강조하고자 하는 것은 토지개혁이 경제적 문제만이 아니라 봉건적 신분관계를 타파하여 정신적으로 완전히 독립한 인간으로 만드는 작업이란 것이다. 식민지시대 지주와 소작농의 관계가 단지 경제적 계약관계가 아니라 봉건시대의 신분적 주종관계를 내포하고 있었다는 사실을 볼 때, 상허가 토지개혁을 근대적 인간의 성장조건으로 인식한 원인을 파악할 수 있을 것이다. 여기에 이르면 토지개혁은 물질과 정신에서 조선이 발전하기 위한 토대로써 확고한 의미를 갖게 된다.

「조선 인구에서 백 명이면 여든 명까지가 농군이라며?」

「그럼! 또 조선만 그런 줄 알우? 전 인류의 대부분은 농군인 거요! 전 세계에서 농군들이 문명이 되지 않군 문명세계란 허튼소릴 거요! 조선서두 이 가재울과 서울이 문명에 들어 똑같이 차별이 없도록 돼야 그게 진짜 문명국일 거요! 그러니까 어디서나 제일 뒤떨어진 우리 농민들이 어서 깨닫고 어서 배우고 잘 싸우고 잘 건설하고 하지 않으면 안 되는 거요!」

작품의 마지막을 장식하는 억쇠의 말은 토지개혁을 통해 민족 모두가 '문명'의 세계에 진입하고자 하는 이태준의 희망의 표현이다. 이때의 문명이란 경제적 자립뿐만 아니라 교육과 계몽을 통한 정신의 해방이며, '문화적 삶'으로의 진입을 의미할 터이다. 이것이 식민지시대 이래 상허의 정신적 지향점이었으며, 『소련기행』에서 그가 소련체제에 매혹했던 이유였음은 이미 밝힌 바 있다.

또한 『농토』에서 눈여겨봐야 할 것은 "소련군대와 김일성장군 덕에 먼저 된 여기 토지개혁은 우리가 철벽처럼 지켜야 할 거구 아직 안 되구 있는 남조선을 위해선 여기처럼 되도록 우리가 밀구 나가야 한다"는 인식이다. 이는 곧 그가 사회주의를 보다 나은 체제로 선택했지만, 그것이 분단에 대한 수긍과는 아무런 관계가 없다는 사실을 반증한다. 이태준은 보다 인간적인 '제도'로서 사회주의를 선택했을 뿐, 민족이 통일되어야 한다는 생각에는 한 치의 양보도 하지 않았다. 이 점을 분명히 보여주는 것이 분단이 기정사실화 되고 전쟁의 기운이 팽만하던 1950년 3월에 발표된 작품 「먼지」다. 이 작품은 남북한 사이에 고조되는 냉전적 적대감의 문제를 정면으로 제기함으로써 당시 일반적인 정치상황과 다른 입장에 서 있는 민족주의자 이태준의 면모가 드러난다.

이 작품의 주인공 '한뫼선생'은 일찍이 서울에서 한문과 습자선생으로 20년을 근무한 사람으로 집에서는 하숙을 쳐서 생활을 하고 자기 봉급으로는 고서적을 수집했던 고완(古翫)취미가 있는 인물이다. 일제 말기 소개(疏開)삼아 평양의 작은딸네 집에 왔다가 거기서 해방을 맞으면서 북한의 개혁정책을 호의적으로 바라보게 된다. 그러나 북한의 정치노선이 긍정적인 것임에도 불구하고 북조선의 신문이 보도하는 남조선의 사태에 대해서는 믿으려 하지 않는다. 그는 그것을 자신의 눈으로 보지 않는 한 믿을 수 없다고 생각한다.

이런 생각으로 월남한 그는 일제 때 세도를 부리던 인간들이 그대로 세력을 유지하고 있고, 또 통역정치라는 새로운 권력형태로 말미암아 영어를 조금 할 줄 아는 사람들이면 미군정과 결탁하여 온갖 부패를 자행하는 남한 현실을 목격한다. 미군정에 다니던 큰사위도 부패한 현실에 저항하여 사표를 던지고 민중들의 투쟁에 동참하여 감옥에 갇혀 있었고, 거리에는 남북한 통일선거를 옹호하는 민중들의 시위와 이를 저지하려는 경찰들의 실랑이가 벌어지고 있었다. 월남한 첫날 통행금지를 모르고 걸어다니다가 잡힌 한뫼선생은, 유치장에서 민족통일을 위해 싸우는 청년, 노동자들의 형상도 목격하고, 고서적 경매장마저도 좌우하는 '딸라'의 위력을 깨닫는다.

그런데 자기의 뜻대로 남한의 현실을 목격했으면서도 한뫼선생은 자신의 입장을 결정적으로 표명하지 않는다. 미군병사에게 얻어맞아 병원에 입원한 후, 찾아온 큰딸이 "원칙이 옳다구 인정되는 편에 왜 결정적으루 가담 못하냐"고 반문을 해도 그는 "난 불편부당이다! 공정한 조선사람인 것뿐이다!"라고 대답하고 있다. 물론 그 역시 미군정과 이승만 정권을 비판하며, 지금의 현실을 "어렸을 때 그것도 자기 눈으로 똑똑히 본 한국 말년의 한양 풍경"과 흡사한 것으로 파악하고 있다. 그러기에 그가 존경해오던 "연암이나 완당께서 생존하셨다면 그 정의감들과 그 실학정신들이 좌익에 가담하고말고! 가담이 아니라 일선에 나서 지도허실 어른들"이라고 판단한다.

그러나…… 그러나…… 한편이 혼자만 지나쳐 나가는 거다. 통일되도록, 남북이 화해되도록 그런 정세를 조장시키구 성숙시키는 게 아니라 한쪽을 무시 허구 저만 나가는 거다. 아무리 좋은 정책이라도 먼저 통일시키구 합의껏 전국 적으로 실시험 좀 좋으냐 말이다. 남의 발등을 밟고 먼저 자꾸 나가면 누군 남의 뒤나 따라가길 좋다나? 그러니까 자꾸 엇나갈밖에……

이 작품의 문제성은 북한이나 남한의 어느 한 편에 대한 결정적인 옹호나 폄하로 연결되지 않는다는 점에 있다. 요컨대 남한의 현실을 확인하는 것이 북한에 대한 일방적인 찬사로 귀결되지 않는다. 위의 인용문에 나타나듯이 한뫼선생은 통일을 위한 정세의 조장과 성숙에 최우선의 가치를 두고 있다. 이것은 전쟁으로 치닫던 당시의 남북한 모두의 정세를 고려할 때 매우 소중한 문제의식이다. 이는 한뫼선생이 다시 월북하면서 카빈총에 맞아 죽는 것으로 작품이 끝나는 데서도 드러난다. 이러한 결말 처리는 당시 정세에 대한 이태준의 비판적 태도를 반영한다. 다시 말해서 이태준은 당시 남북한의 노선이나 현실이 비록 현격한 차이가 나더라도 그것이 통일되지 못하고 각기 단독정부를 세워 분단을 고정화시킨다면 그것은 곧 민족상쟁의 비극을 초래할 것임을 비판하고 있는 것이다. 상허는 북한의 정치노선이 올바르다는 입장에 서 있었다. 그러나 어느 곳의 현실이 바람직한가의 문제와 별도로, 남북한의 통일문제를 최우선의 과제로 인식해야 한다는 생각했다. 이러한 사고는 소중하다. 한국전쟁의 발발과 전쟁 이후 남북한 모두에서 전개됐던 왜곡된 현대사의 비극이 그 정당성을 웅변하고 있지 않은가.

4. 다시 역사로.

이태준의 사상적 변신은 한국 근대사의 왜곡의 반영이자, 한국 근대사에서 사상이 놓인 위치를 가늠케 해주는 바로미터의 의미를 지닌다. 진정한 주체의 각성을 통과하지 못한 정신은, 소련체제의 획일성과 인민들의 '순응주의'에서 인간성의 천국을 보고, 무지에서 천진난만함을 읽어낸다. 야만적 식민통치에 젖은 정신은 '문화'의 제도적 보장에서 정신의 최고경지를 예견하였다. 이태준은 소련에서 야만을 읽은 것이 아니라 문화를 읽었고, 독재를 읽은 것이 아니라 평화를 보았다. 그러기에 그는 인민의 최소한의 욕망조차 만족시켜주지 못하는 체제의 모순을 읽어낼 수 없었다. 그의 말대로 '육군대신', '해군대신', '공군대신'이 있던 나라(일본)의 백성이, '미술대신', '문학대신'이 있는 나라(소련)를 동경하지 않을 수 있겠는가? 우리가 이태준을 위해 던질 수 있는 최대의 위로는 그의 정신이, 그리고 그의 선택이 그의 무지와 어리석음에서 비롯된 것이 아니라, 바로 식민지 조선의 왜곡된 역사에서 비롯된 것이라고 말해주는 일일 것이다.

이는 통일에 대한 강렬한 지향이 소중한 만큼이나, 『농토』가 보여주는 '철없는' 현실인식은, 이태준과 달리 너무 많이 현명해져버린 우리의 가슴을 아프게 한다. '주의자'에 대한 도덕적 맹신과 땅과 자연, 공동체에 대한 터무니없는 숭앙은, 서글프도록 그의 단순함을 전해준다. 이로부터 우리는 인간과 자연 모두에 대해 보다 역사적인 관점을 가져야 한다는 사실을 건져 올리게 된다. 그러한 관점만이 '책으로 읽는' 변증법이 아니라, 현실 속에 작동하며 현실을 움직이는 '살아있는' 변증법으로 인도할 것이기 때문이다.

이태준은 한뫼선생처럼 남북한 모두에서 버림받고 역사 저편으로 사라졌다. 그리고 우리 역시 그의 글들이 전해주는 교훈을 생생하게 체감하지 않고는, 극복해내지 않고는 모순에 찬 한국 근대사를 뛰어넘을 방도를 찾기 어려울 것이다. 오늘날 이 책을 다시 펴내는 역사적 이유가 여기에 있다.

어휘해설

소련기행

간상(奸商) · 50 : 간사한 방법으로 부당하게
  이익을 취하는 장사.

감벽(紺碧) · 85 : 검푸른 색.

감향(甘香) · 97 : 감미로운 향기.

개암 · 86 : 개암나무의 열매. 껍질이 단단하
  고 둥글다.

경역(境域) · 109 : 구역.

고불통 · 34 : 흙을 구워서 만든 담뱃대.

골패 · 15 : 놀음기구의 하나. 네모지고 납작
  한 작은 나무쪽에 흰뼈를 붙이고 그
  면에 여러가지 구멍을 파서 만든다.
  모두 서른두짝으로 되어 있다.

공로(空路) · 12 : 비행기가 다니는 하늘길.

궁륭관(穹窿舘) · 55 : 한가운데는 높고 사방
  주위는 차차 낮아지는 모양의 집. 아
  아치형 집.

기세(棄世) · 17 : 세상을 떠남. 죽음.

기익(機翼) · 12 : 비행기 날개.

냉무(冷霧) · 74 : 찬 안개.

노변화계(老邊花階) · 105 : 길가의 꽃 계단.

녹정불가타(綠淨不可唾) · 16 : 맑은 물에 침
  뱉을 수 없음.

농무(濃霧) · 44 : 짙은 안개.

누언(累言) · 177 ; 아껴서 하는 말.

담수어(淡水魚) · 55 : 맑은 민물에 사는 물
  고기.

대인접물(待人接物) · 115 : 사람과 사물을
  상대함.

동구서치(東驅西馳) · 16 : 동쪽 서쪽으로 말
  을 달림. 분주하게 달리는 모양.

두창(痘瘡) · 16 : 머리에 나는 헌데, 부스럼
  같은 것을 통털어 이르는 말.

롱(籠) · 12 : ①새장 〈롱속에 갇힌 새〉 ②장
  농이나 옷장.

만도(晚到) · 70 : 늦게 도착함.

매골(埋骨) · 176 : 뼈를 묻다. 죽음.

맥진 · 79 : 아주 힘차게 나아가는 것, 또는
  한달음에 나아가는 것.

메졌으나 · 33 : 메지다. 반죽이나 밥, 떡 같
  은 것이 끈기가 적다.

명념(銘念) · 12 : 명심 〈그대의 말을 두고두
  고 잊지 않으리라〉.

명모(明眸) · 88 : 밝고 맑은 눈동자.

모순당(矛盾撞) · 130 : 이치에 맞지 않음.

무위(無爲)**의 하일장**(夏日長) · 27 : 하는 일
  없이 긴 여름 날.

문채영롱(紋彩玲瓏)·45 : 문양의 색채가 반짝거림.

물상(物象)·14 : ①물건의 생김새 ②자연의 경치.

미채(迷彩)·46 : 희미한 무늬.

번념(煩念)·118 : 번뇌. 괴로움.

벽신문·65 : 벽에 붙여 놓고 소식을 알리는 판 = 게시판.

복엽식(複葉式) **소형기**·37 : 이중날개 소형기.

산갈피·15 : 여러개의 산줄기의 겹치거나 내려오는 줄기의 고랑사이.

산적(山籍)·91 : 산의 주소.

삼공(三公)·27 : 삼정승, 곧 영의정, 좌의정, 우의정을 말함.

솔문·14 : 경축이나 환영의 뜻을 나타내기 위하여 푸른 솔가지를 입혀서 세운 문.

수범(垂範)·141 : 모범을 보임.

수풍금(手風琴)·25 : 손풍금(아코디언 Accordion). 주름상자 모양의 풀무를 양손으로 신축시키면서 건반이나 버튼을 눌러 연주함.

신보(神譜)·30 : 신의 족보. 보통이 아닌 존귀한 가문의 족보.

신역(神域)·30 : 신령스런 영역.

심록(深綠)·57 : 짙푸른 색.

애애(皚皚)·86 : 서리나 눈이 하얗게 내린 모양.

양관(洋舘)·17 : 서양건물의 총칭.

연봉제설(然峰霽雪)·85 : 봉우리마다 눈이 개임.

열주(烈酒)·49 : 독한 술.

영자(影子)·31 : 사람의 그림자.

운모(雲母)·43 : 광물의 한 가지. 전기 절연체로 쓰임.

울연·12 : ①너무나 좋다 ②잔뜩우거져서 무성하다 ③사물의 형상이 흥성하거나 성하다.

요항(要港)·112 : 중요한 항구.

이맛자리·169 : 이마를 빗대어 이르는 말.

이타(耳朶)·31 : 귓밥.

일고촌(一孤村)·17 : 쓸쓸한 시골 마을.

일로평안·14 : 한결같이 탈이나 걱정되는 일이 없이 편하다.

일망무제(一望無際)·45 : 아득하게 끝없이 멀어 눈에 가리는 것이 없다.

자가용채전(自家用菜田)·38 : 자기가 직접 농사 짓는 작은 밭.

작약(雀躍)·45 : 참새가 팔짝 뛰는 모습.

장행회(壯行會)·162 : 먼 길을 떠나기 전에 갖는 모임.

저육(猪肉)·39 : 돼지고기.

적광장(赤廣場)·19 : 붉은 광장. 러시아 모스크바의 크렘린궁전 동쪽에 있는 노천광장. 오랫동안 정치사와 사회사의 구심점이 되어 왔고 처형, 시위, 폭동, 연설 따위의 무대가 되었으며 특히 노동절 행사와 10월 혁명 기념일 행사는 유명하다. 레닌의 묘가 있다. 길이 500미터 넓이는 120미터.

적년구우(積年구友)·170 : 오랜 친구.

전아장중(典雅莊重)·133 : 아담하고 장엄함.

전적(戰跡) · 112 : 전쟁의 자취.

정궤(正軌) · 11 : ①바른규정. 또는 정식의 규정 ②정상적인 궤도.

정금(正襟) · 105 : 옷깃을 바로 잡다.

정육(情育) · 56 : 마음을 기르는 교육.

제로(帝露) · 94 : 제정 러시아.

조야(粗野) · 129 : 거칠고 천함.

조읍(朝揖) · 108 : 두 손을 앞에 모으고 공경하게 하는 아침 문안인사.

조지(阻止) · 140 : 막음. = 저지.

주독(走讀) · 21 : 빨리 읽다 = 속독.

주마관산격 · 147 : 말 타고 지나 가면서 산을 봄. 간략히 봄.

지육(智育) · 56 : 지식을 기르는 교육.

진드근히 · 34 : 성질이나 행동이 검질기게 끈기가 있다.

창수(漲水) · 38 : 불어난 물. 홍수.

창장(窓帳) · 167 : 창문을 가리는 정막. 커튼.

책사(册肆) · 49 : 책 가게. 서점.

척량(尺樑) · 15 : 등마루.

천손신병(天孫神兵) · 30 : 일제시대 일본이 자신들의 군대를 하느님의 자손으로 귀신같은 병사라고 일컫음.

청징(淸澄) · 43 : 맑고 맑음.

채필(彩筆) · 100 : 채색하는 데 사용하는 붓.

축항(築港) · 60 : 항구. 항구를 만듬.

취우(聚雨) · 41 : 소나기.

취차포(醉且飽) · 122 : 술에 취하고 배불리 먹음.

층류급단(層流急湍) · 101 : 층층히 흐르고 급히 흐르는 여울.

침윤(沈淪) · 158 : 흠씬 적심. 깊이 잠김.

침로(針路) · 108 : 나침반이 가르키는 길. 곧 배나 비행기가 나아가는 길.

평교간(平交間) · 41 : 평등하게 교재하는 사이.

호대조(好對照) · 54 : 좋은 대조를 이룸.

호역(虎疫) · 17 : 콜레라를 이르는 말로써, 콜레라를 호열자라 하여 나온 말이다.

호한(浩瀚) · 109 : 물건이 매우 많음.

호형(湖形) · 41 : 호수의 모양. 호수의 형태.

호호야(好好爺) · 19 : 마음씨 좋은 할아버지.

황원(荒原) · 176 : 거친 들판.

후지산(富土山) · 90 : 일본 최고 높은 산으로 분화구가 있는 산.

흘립(屹立) · 87 : 우뚝서다.

희랍교 · 69 : 그리스의 정교. 카톨릭의 일파, 로마교황을 인정하지 않고 교회의 의식을 존중함.

농 토

가다루가나투(Guadalcanal) · 244 : 솔로 문제도 동남부의 화산이 있는 섬. 면적이 6,500평방 킬로미터로 태평양전쟁때 미국과 일본의 격전지.

가막소 · 237 : 감옥을 이르는 옛 명칭.

간작(間作) · 272 : 사이 짓기. 틈새에 짓는 농사.

겻두리 · 201 : 새참. 참밥 : 농사꾼이나 일꾼들이 끼니외에 참참이 먹는 음식.

경자유기전(耕者有基田) · 305 : 밭을 직접 농사 짓는 사람에게 농지 소유권이 있음.

구근(球根) · 201 : 뿌리가 둥근 식물.

남포(Lamp) · 198 ; 남포등. 석유를 사용하는 서양식 등잔.

노누매기듯하다 · 241 : 배급주듯하다 : 여러 몫으로 갈라 나누는 일, 또는 그렇게 나누어진 몫.

다래키 · 204 : 다라기, 대 · 싸리. 고리버들 등을 칡넝쿨 따위로 엮어서 만든 아가리가 좁고 바닥이 넓은 바구니.

닭이장 · 265 ; 닭장. 닭을 가두는 우리.

덧묻다 · 209 : 정해진 수량외에 덧붙여진 것.

도깨그릇 · 217 : 독, 항아리, 중두리, 바탱이 따위를 통틀어 이르는 말 = 독그릇.

동척(東拓) · 222 : 동양척식회사, 1908년 일제가 한국의 경제를 독점, 착취하기 위하여 한국 내에 설립한 국책회사.

등피(燈皮) · 198 : 남포등에 씌운 유리.

마당질 · 206 : 마당에서 추수를 하거나 쓸거나 하는 행동.

마름 · 199 : 지주의 위임을 받아 소작지를 관리하는 사람.

만세일계(萬世一系) · 293 : 오랜 세월동안 한 계통으로 이어 옴. 일본에서 천황가(天皇家)를 일컫어 하는 말.

맹꽁이 쇠 · 195 : 수갑(手匣).

멧소 · 211 ; 작인에게 빌려주고 해마다 쌀로 세를 받는 소.

물방구리 · 212 : 물을 담는 그릇.

미욱 · 194 : 미련하고 어리석음.

반대기 · 197 : ①가루로 반죽한 것이나 삶은 푸성귀 따위를 얄팍하고 둥글넙적하게 밀어서 만든 것, 〈밀가루 반대기를 짓다〉 ②운두가 좀 놓고 위가 벌름하게 생긴 질그릇.

반두 · 202 : 그물의 한 가지. 양 끝에 막대기를 대어 두 사람이 맞잡고 잡도록 되어 있음.

밤밥 · 208 : 쌀에 밤을 넣고 만든 밥.

방축머리 · 220 : 방죽. 물이 밀려 들어오는 것을 막기 위해 쌓은 둑의 시작되는 곳.

배천온천(白川溫泉) · 197 : 황해도 백천(白川)에 있는 온천.

버럭짐 · 279 : 미련하게 욕심을 내어 지는 짐.

볏멍석 · 205 : 벼로 새끼를 꼬아 엮은 멍석.

보약풍로(補藥風爐) : 보약 달이는 화로.

봉당 · 209 : 양통집. 세겹집에서 토방 또는 실내 작업장으로 쓰는 방.

북데기 : 벼나 밀같은 낱알을 털때에 나오는 짚부스러기 깍지. 이삭 부스러기.

빚청장 · 210 : 빚을 달라고 청하는 것.

산미증산운동(産米增産運動) · 213 : 쌀 생산을 증가하도록 하는 운동.

상채(喪債) · 222 : 장례지낼 때 든 빚.

신답풀이 · 231 : 지금은 힘이 들지만 새 논에 농사를 지으면 수확이 많아서 생활이 넉넉해진다는 뜻.

소작쟁의(小作爭議) · 196 ; 소작문제로 빚어진 지주와 소작인 사이의 다툼.

손포 · 210 : 일할 사람. 〈품앗이로 손포를 덜다〉

송화(松花) · 203 : 소나무 꽃.

솥부뚜갱이 · 217 : 밥짓는 솥은 걸어 놓은 부뚜막. 솥등을 통틀어 이르는 말.

수세(水稅) · 206 : 저수지에서 논에 물을 대고 내는 물값.

숫눈 · 295 : 눈이 와서 쌓인 상태 그대로의 깨끗한 눈. / 숫눈이 그대로 쌓여 있는 길, 즉 눈이 내려 쌓인 뒤에 아직 아무도 지나가지 않은 길 「숫눈길」.

신사(神社) · 232 : 일본 종교인 신도(神道)에서 혼을 위해 두는 사당.

신주토막 · 216 : 조상의 신주를 얕잡아 하는 말.

쓰보가리(つぼかり) · 234 ; 평애법(平刈法).

작황을 알아보기 위해 평뜨기로 농작물을 베는 것.

어리 · 202 : 병아리 따위를 가두어 기르기 위하여 덮어 놓는, 싸리같은 것으로 둥글게 엮은 것.

오륙 · 305 : 오장육부라는 뜻으로 「온몸」을 이르는 말.

우둔 · 204 : 가슴이 두근 거림.

욱박는다 · 194 : 윽박지른다. 기를 못펴게 한다.

울력다짐 · 287 : 여럿이 힘을 합하여 그 기세로 일을 해 치우는 행동.

원형리정 · 253 : 하늘이 가지고 있는 네가지 덕. 「원」 만물의 시작으로 봄에 속하고, 「형」 만물의 성장으로서 여름, 「리」 만물의 결실로서 가을, 「정」 만물의 완성으로 겨울에 속한다 하여, 이것들을 각기 인. 의. 예. 지에 맞추어 설명한다.

을룽하다 · 225 : 제힘을 믿고 남에게 으르다. 〈사납게 을릉대는 개〉

이울어 · 202 : ①꽃이나 잎이 시들다 ②점점 쇠약하여 지다/기울다.

입도차압제(立稻差押制) · 210 : 벼를 추수하기 전, 지주와 작인 사이에 양을 정하는 것.

작인(作人) · 199 : 농사를 짓는 사람, 소작인.

장리(長利)쌀 · 210 : 봄에 꾸어주고 가을에 이자를 보테 받는 쌀.

줌 · 204 : 한 움큼. 한 손아귀에 쥐어지는 량.

지전(紙錢) · 194 : 종이 돈.

천렵(川獵) · 203 : 냇물에서 물고기를 잡는 일.

천장지구(天長地久) · 293 : 하늘과 땅은 영원함.

총찰(總察) · 201 : 총괄하여 살핌.

타작 · 206 : 곡식 추수를 하는것. 줄기에서 알곡을 도리깨 등으로 두두려 털어내는 일.

탕개 · 208 : 물건의 동인줄을 죄는 물건. 동인줄의 중간에 비녀장을 질러서 틀어 넘기면 줄이 좔아 들게 된다.

푸샛것 : =푸성귀. 사람이 가꾼 채소나 저절로 난 나물따위를 통틀어 이르는 말.

하관사(何關事) · 318 : 무슨 관계가 있겠느냐?

화수분 · 210 : 재물이 계속 나오는 보물단지. 그 안에 물건을 담아 두면 끝없이 새끼를 쳐 그 내용물이 줄어 들지 않는다는 설화상의 단지.

황국신민의 맹세 · 232 ; '황국신민의 서사(1937년 10월 제정)로 상징되는바와 같이, 조선인 자제에게서 민족혼을 빼앗아 천황의 '충량한 신민'으로 바꾸는 교육을 말한다. 아동용 '황국신민의 맹세'는 다음과 같다. 1. 우리는 대일본제국 신민이다. 2. 우리는 마음을 합해 천황폐하에게 충의를 다한다. 3. 우리는 인고 단련하여 훌륭하고 강한 국민이 된다.

혼채(婚債) · 222 : 혼인할 때 든 빚.

이태준 문학전집 4

소련기행 · 농토 · 먼지

초판발행/ 2001년 7월 15일
2쇄 발행/ 2005년 4월 1일

저 자 이 태 준
펴낸이 박 현 숙
찍은곳 신화인쇄공사

110-290 서울시 종로구 인사동 153-3 금좌B/D 305호
TEL. 02-764-3018, 764-3019   FAX. 02-764-3011
E-mail : kpsm80@hanmail.net

펴낸곳 도서출판 깊 은 샘

등록번호/제2-69. 등록년월일/1980년 2월 6일

ISBN 89-7416-048-X
ISBN 89-7416-037-4 (세트)